U0529334

本书受贵州财经大学资助出版

王禹偁散文研究

陈为兵 著

中国社会科学出版社

图书在版编目(CIP)数据

王禹偁散文研究/陈为兵著. —北京：中国社会科学出版社，2020.8

ISBN 978-7-5203-6714-1

Ⅰ.①王… Ⅱ.①陈… Ⅲ.①王禹偁(954-1000)—古典散文—古典文学研究 Ⅳ.①I207.62

中国版本图书馆 CIP 数据核字(2020)第 113266 号

出 版 人	赵剑英
责任编辑	郭晓鸿
特约编辑	李 英
责任校对	周 昊
责任印制	戴 宽

出 版	中国社会科学出版社
社 址	北京鼓楼西大街甲 158 号
邮 编	100720
网 址	http://www.csspw.cn
发 行 部	010-84083685
门 市 部	010-84029450
经 销	新华书店及其他书店
印 刷	北京明恒达印务有限公司
装 订	廊坊市广阳区广增装订厂
版 次	2020 年 8 月第 1 版
印 次	2020 年 8 月第 1 次印刷
开 本	710×1000 1/16
印 张	19.25
插 页	2
字 数	233 千字
定 价	99.00 元

凡购买中国社会科学出版社图书，如有质量问题请与本社营销中心联系调换

电话：010-84083683

版权所有 侵权必究

目　录

序言 …………………………………………………………（1）

绪论 …………………………………………………………（1）

第一章　王禹偁生平及作品概述 ………………………（9）
　第一节　王禹偁生平简介 ………………………………（9）
　第二节　王禹偁作品概述 ………………………………（15）

第二章　王禹偁的碑体文 ………………………………（19）
　第一节　碑体文的形态演变和特征 ……………………（20）
　第二节　王禹偁的碑体文 ………………………………（30）
　第三节　王禹偁碑体文小结 ……………………………（51）

第三章　王禹偁的序体文 ………………………………（55）
　第一节　序体文的发展及特征 …………………………（55）
　第二节　王禹偁的作品集序 ……………………………（58）
　第三节　王禹偁的赠序文 ………………………………（69）

第四节　王禹偁序体文小结 …………………………………（86）

第四章　王禹偁的表体文 ………………………………………（88）
　　第一节　表体文的发展与文体特征 …………………………（88）
　　第二节　王禹偁的表体文 ……………………………………（91）
　　第三节　王禹偁的笺、启文 …………………………………（119）
　　第四节　王禹偁表体文小结 …………………………………（126）

第五章　王禹偁散文的其他几种文体 …………………………（128）
　　第一节　杂体文 ………………………………………………（128）
　　第二节　书体文 ………………………………………………（141）
　　第三节　记体文 ………………………………………………（159）
　　第四节　论体文 ………………………………………………（170）

结语 ………………………………………………………………（177）

参考文献 …………………………………………………………（195）

附录一　王禹偁作品书目提要 …………………………………（204）

附录二　王禹偁《滁州全椒县宝林寺重修大殿碑》
　　　　　考证一则 ………………………………………………（210）

附录三　王禹偁年谱简编（黄启方）……………………………（213）

附录四　王禹偁史料汇编 ………………………………………（260）

附录五　王禹偁政论文研究 ……………………………………（286）

后记 ………………………………………………………………（300）

序　言

关于文章的体式，金代王若虚有文章"定体则无，大体须有"之说，可见界定一种文体并非易事，因此在讨论王禹偁散文之前有必要对"散文"这一概念作个说明。

"散文"一词最早出现于宋代罗大经《鹤林玉露》中，其丙编卷二称黄庭坚"山谷诗骚天下，而散文颇觉琐碎局促"。甲编卷二则引周必大语，评论黄庭坚"四六特拘对耳，其立意措辞，贵于浑融有味，与散文同"，虽然没明确指明什么是散文，但也明显将其与诗对立了。而且有一点特别值得我们注意：就是罗大经提到了黄庭坚的"四六"即骈体文虽讲究骈偶对仗但意蕴与"散文"同，很明显"散文"与骈体文在形式上也是相对的。

秦汉之前骈散是不分的，而且汉赋产生之后骈体文一直在中国文坛上占有绝对统治地位，这种状况一直持续到中唐韩愈、柳宗元发起古文运动。古文运动所尊崇的正是先秦时期的诸子散文，诸子散文是不讲韵律和骈偶的。因此宋明两代文人更愿意将长短错落、无韵律骈俪之拘束，不讲求辞藻与用典的文章称为"古文"，其实就是散文，朱自清在《什么是散文》一文中予以了确认了这一点："散文的意思不止一个。对骈文来说，是不用对偶的单笔，即所谓的散行的文字，唐以来的'古文'便是这东西"。

其他很多现代文学家也对此进行了解释，譬如葛琴在《略谈散文》中认为："'散文'一词（Prose），在西洋里是相对于韵文（Poetry）而言，凡不是用韵脚的文体，都总称散文。"梁实秋在《论散文》中则指出散文和韵文的区别"便是形式上的不同：散文没有准定的节奏，而韵文有规则的音律；散文没有一定格式，是最自由的，而韵文格式是一定的，韵法也是有准则的"，近代文学家陈衍更是在《散体文正名》中直接指出"不骈俪即为散文"。

由此可见，"散文"是个很宽泛的概念，除了诗歌、辞赋和骈体文等讲究音韵、格式的文体之外所有文章都可以被称为"散文"。"但中国的散文不能这样包罗万有，不惟不能把小说拉进来做它的部下，就是介乎诗文之间的赋、骈文及戏剧，也不能包括在内。'散文云者，乃对四六对偶之文而言'，这真是中国散文最好的定义"（罗泽根《罗泽根古典论文集》）。由此我们可以基本断定，古代作家作品中排除诗歌、骈文、赋、戏剧及小说之外的文体就是"散文"了。

就本书讨论的宋代作家王禹偁而言，其所留存的文集中并无小说和戏剧，排除其中的诗歌和赋，剩余皆可视之为散文，具体情况阐述如下：

《小畜集》三十卷卷一为古赋，卷二为律赋，卷三、卷四和卷五为古调诗，卷六为古诗，卷七、卷八、卷九、卷十和卷十一为律诗，卷十二和卷十三为歌行，以上皆不在本书讨论之列。其余十七卷均为散文，分别为：卷十四杂文，卷十五论，卷十六、十七碑记，卷十八书，卷十九、卷二十序，卷二十一至卷二十四表，卷二十五笺启，卷二十六、卷二十七拟试内制五题，卷二十八、卷二十九碑志，卷三十志碣。

《小畜外集》残卷六到十三卷，共八卷，卷六、卷七为诗，卷十

序　言

为箴赞颂和卷十二代拟为韵文。卷八杂文、卷九论议（传附）、卷十一代拟、卷十三序，另加《小畜集拾遗》两篇均为散文。

可见散文在王禹偁的文学创作中占有相当大的比重，散文作品如此之多是王禹偁研究者无法回避也是必须予以重视的。研究其散文对于了解王禹偁生平思想、把握王禹偁文学创作特点、定位其在中国文学史上的地位自然而然有着重要的意义，这也正是本书的初衷所在。

王禹偁是北宋初期重要的作家，在唐宋古文运动中起到了承前启后的作用。研究他的散文对了解宋代古文运动的形成与发展和把握宋代文学的整体风貌有着很大的帮助。本文除绪论和结语外，重在按文体对王禹偁散文进行分类研究。

绪论主要阐述研究意义、研究现状、研究的范围、目的和方法。论文主体共分五章。第一章简要介绍王禹偁生平和作品情况，以期对王禹偁其人和创作有一个大概了解。第二章到第五章按文体对王禹偁散文进行归类分析，每章均首先阐述该文体的基本特征，为分析王禹偁作品提供理论依据。除第五章介绍多个文体、形式不固定外，其余三章均是介绍单一文体并按照"文体概论——作品分析——文体小结"的行文模式展开讨论。第二章介绍王禹偁的碑体文，第三章分析王禹偁的序体文，第四章讨论王禹偁的表体文，第五章则将王禹偁作品集中数量相对较少的书、论、记和杂文等体文一并进行研究分析。

结语部分从两个方面对王禹偁进行分析评价，首先肯定王禹偁的文学地位，然后指出王禹偁存在的不足，以期对王禹偁的历史作用有一个完整的认识，也希望本书能抛砖引玉，让广大宋代文学研究者更加重视王禹偁散文，不足之处恭请各位同行和专家批评斧正。

陈为兵
2019 年 8 月于贵阳花溪斗篷山居

绪　论

一　王禹偁散文研究意义

在宋代作家中，王禹偁可能远远不如欧阳修、苏轼等文学大家那样被人们所熟知，但他确实在中国古代文学尤其在宋代文学史上占有一席之地。不但他的诗歌是北宋初期白体诗的代表①，而且他的散文创作成就也很高，这一点在宋代就已经被意识到了，如宋太宗就曾肯定王禹偁文章："卿聪明，文章在有唐不下韩、柳之列。"②欧阳修在贬官滁州时曾感叹道："想公风采常如在，顾我文章不足论。"③叶适在《习学记言序目》卷四九中也赞道："王禹偁文简雅古淡，由上三朝未有及者。"④

王禹偁不但散文成就高，而且在唐宋古文运动发展过程中也发挥着不可忽视的作用。《新唐书》谈及唐代古文运动时说道："韩愈倡之，柳宗元、李翱、皇甫湜等和之，排逐百家，法度森严，抵轹

---

①　蔡宽夫《诗话》云："国初沿袭五代之余，士大夫皆宗白乐天诗，故王黄州主盟一时。"方回《送罗寿可诗序》云："宋划五代旧习，诗有白体、昆体、晚唐体。白体如李文正、徐常侍昆仲、王元之、王汉谋。"
②　释文莹：《玉壶清话》，中华书局1984年版，第41页。
③　欧阳修：《欧阳修全集》，中国书店1986年版，第78页。
④　叶适：《习学记言序目》，中华书局1997年版，第733页。

晋、魏，上轧汉、周，唐之文完然为一王法，此其极也。"① 可以说韩愈发起的古文运动对整个中国文学产生了深刻而又广泛的影响。但可惜的是随着韩愈去世，古文运动难以为继，文格日衰，鄙俗奢靡的文风直到宋代初年仍充斥文坛。在这种情形下，柳开、王禹偁、穆修等人重新举起古文运动的大旗，开始从理论和实践上纠正唐末五代以来萎靡不振的文风，虽然没有从根本上彻底扭转文坛习气，但总算开启了文坛革新之风，其后经过欧阳修、苏轼等人的艰苦努力，唐宋古文运动终于取得了彻底胜利。

唐宋古文运动是中国文学史上一次深刻的文学变革运动，影响深远，意义重大，它的发展奠定了中国其后几千年的文章格局。在这场文学运动中，王禹偁起到了承前启后的作用。最早完整阐释王禹偁这一作用的人是苏颂，他在《小畜外集序》说："窃谓文章末流，由唐季涉五代，气格摧弱，沦于鄙俚。国初屡有作者，留意变风，而习尚难移，未能复雅。至公特起，力振斯文，根源于六经，枝派于百氏，斥浮伪，去陈言，作而述之，一变于道。后之秉笔之士，学圣人之言，由藩墙而践奥，系公为之司南也。"② 很明确地指出了王禹偁在唐宋古文运动中承前启后的地位。后来的研究者虽然众说纷纭，但基本赞同这一看法，如清初的吴之振云："元之独开有宋风气，于是欧阳文忠得以承流传响。文忠之体，雄浑过于元之，然元之固其滥觞矣。"③《小畜集提要》云："宋承五代之后，文体纤俪，禹偁始为古雅简淡之作"。郭预衡认为："王禹偁是北宋初期最伟大的作家，是连接唐之李杜韩白与宋之欧苏的关键人物，也是形

---

① 欧阳修、宋祁撰：《新唐书》，中华书局1999年版，第1041页。
② 王禹偁：《小畜外集》，四部丛刊本，商务印书馆1937年版，第426页。
③ 吴之振：《宋诗钞》，中华书局1986年版，第13页。

绪 论

成宋代诗文特色主流之先河。"① 王运熙《中国文学批评史新编》认为："王禹偁以继承李杜韩柳传统自勉并号召后进，体现了对唐代诗文的最佳选择，虽然身后西昆体大兴，文风更迭，但北宋中期欧阳修领导的诗文革新运动正是沿着王禹偁的道路前进的。"② 孙望、常国武等人也认为："王禹偁发挥了韩愈文从字顺的传统，比柳开更加强调文章平易，而且于'传道'之外，提出'明心'，于'言外'提出'有文'，他的文学见解，对欧阳修、曾巩等人起到了先导作用。"③ 马茂军《宋代散文史论》："王禹偁的说理散文、叙事散文堪称宋文典范的散文语言，开创了文赋的先河。王禹偁的纯文学成就应在韩柳欧苏之后，又在王安石、苏洵、苏辙、曾巩之前。" 刘衍《中国古代散文史》认为："王禹偁以清俊的情怀、平易的风格，为宋代文坛带来了新气息，也为其后欧阳修等人的新古文运动开了先声。"④ 姜书阁《中国文学史纲》亦认为："王禹偁有意识用理论特别是创作实践来提倡文学革新，而且也确实取得了很大的成就，为宋代诗文创立了新的风格，引其走上了现实主义创作道路，给文学革新的斗争打下了基础。"

由此可见，欲一窥宋代古文全貌就不能不考虑王禹偁在此领域里的筚路蓝缕之功，就不能不去研究王禹偁的散文创作，这是王禹偁散文研究意义的一个方面。

另一方面，从数量上看，在王禹偁遗留作品中散文也占很大的比例，其中《小畜集》共三十卷，散文就有十七卷；《小畜外集》残存八卷，散文就有六卷，共二十三卷，共二百七十五篇。如此大

---

① 郭预衡：《中国古代文学史长编·三》，上海古籍出版社 2007 年版，第 84 页。
② 王运熙：《中国文学批评史新编》，复旦大学出版社 2001 年版，第 284 页。
③ 孙望、常国武：《宋代文学史》，人民文学出版社 1996 年版，第 43 页。
④ 刘衍：《中国古代散文史》，高等教育出版社 2004 年版，第 229 页。

数量的创作不被重视和研究是无法想象的。而且近几年来王禹偁的价值逐渐得到了重视，关于他的研究日渐增多，其中一个很重要的标志是2010年4月15日王禹偁研究会在山东菏泽巨野县成立，同月23日至24日，由菏泽学院、曲阜师范大学文学院和巨野县委、县政府共同举办的首届全国王禹偁学术研讨会如期举行，出席的学者有现任山东省古代文学研究会会长、山东大学博士生导师袁世硕先生和中国宋代文学研究会会长、四川大学博士生导师曾枣庄先生等，这次会议对促进王禹偁研究必然有着十分重要的意义，可以预见的是未来关于王禹偁的研究成果会越来越多，这也为我们进一步研究王禹偁及其散文创作提供了很好的机遇。

二 王禹偁散文研究现状

1. 王禹偁散文作品整理

王禹偁散文主要存于《小畜集》和《小畜外集》中，关于这两部作品集从宋代至明清时期的流传和整理情况在本文第一章第二节中有专门介绍，此不赘述。民国二十六年，由上海商务印书馆出版了由王云五先生主持整理的《小畜集》及其外集，除了基本的文字校正外，书中还对王禹偁的作品进行了句读。应该说这是对王禹偁作品进行句读的开始，但从实际效果看，这次句读谬误太多，存在很多讲不通的地方，极易对读者的阅读造成干扰，这也是民国整理本的最大诟病所在。

对王禹偁作品集进行整理的还有《全宋文》（360册）和《王禹偁诗文选》。《全宋文》于2006年由上海辞书出版社、安徽教育出版社出版，编排体例是按照作者的大致年代依次排列，每个作者的文章又按文体和成文时间罗列，可以说是目前为止有关宋文最权威的整理本。《全宋文》收集的王禹偁作品与《小畜集》及其外集编排

绪 论

方式明显不同。《全宋文》明显打乱了《小畜集》及外集按文体集中编纂的体例，而且还收集了一些《小畜集》及外集中没有包含的作品，如《投宋拾遗书》《遗拙鬼文》《寿域碑》《陵母碑》等九十多篇，这对丰富王禹偁作品和全面考察王禹偁散文创作具有很重要的意义。而王延梯先生的《王禹偁诗文选》则由人民文学出版社于1996年出版，主要是对王禹偁的部分诗文进行注释，选文不但篇幅短而且数量少，只有《待漏院记》《黄州新建小竹楼记》《送丁谓序》等十五篇，每篇注解之后都交代文章的写作背景和时间并对内容和艺术特点作简要评价，更像一种通俗读物。

除此之外，到目前为止尚未发现其他专门的整理本，更没有对王禹偁作品集和版本的流传进行介绍和梳理的论著，唯有徐规先生的《王禹偁事迹著作编年》[1]（以下简称《编年》），金开诚、葛兆光先生合著的《古诗文要籍叙录》[2]（以下简称《叙录》）和祝尚书先生的《王禹偁事迹著作补考》[3]（以下简称《补考》）有些相关论述。《编年》简单介绍了作者目前见到了的关于《小畜集》《小畜外集》《小畜集拾遗》和《五代史阙文》的各种版本并列举了各种版本的序和跋，除此之外还列举了历史上关于《建隆遗事》的真伪之争，既然是"以余所见及者"，那么《编年》所列版本有所阙漏自是难免，而且仅仅是介绍各个版本，对各个版本的渊源关系并未作出清晰的分析。相反《叙录》虽然没有《编年》那样详细的版本介绍，却大致勾勒出了《小畜集》各个版本的源流关系，不足的是，对各个版本之所以存在这样那样关系的原因揭示不足，缺乏必要的佐证和必要的细节分析。而发表于1992年的《补考》是祝尚书先生在

---

[1] 徐规：《王禹偁事迹著作编年》，商务印书馆2003年版，第200—210页。
[2] 金开诚、葛兆光：《古诗文要籍叙录》，中华书局2005年版，第358—361页。
[3] 祝尚书：《宋代文学探讨集》，大象出版社2007年版，第419—429页。

《编年》基础上将《全宋文》新辑得的王禹偁散文的创作年代进行了考证并对《编年》中的一些作品考证提出了自己的看法，是对《编年》进行的一次查漏补缺，因此可以说这三种本子是互为补充、相得益彰的。

可见目前针对王禹偁散文作品进行校勘整理和版本研究的著作是很少的，这对多达二十三卷的王禹偁散文来说算得上是一种遗憾。

2. 王禹偁散文研究论文

除了散文史中些许论述外，目前可以搜索到的关于王禹偁散文的专门论文数量不多。其中山东大学教授王延梯先生着力最多，他的主要贡献在于王禹偁杂文研究，其《王禹偁杂文的思想意义》和《王禹偁的杂文艺术》从思想和内容两方面完成了对王禹偁杂文的全面阐述，认为王禹偁杂文真正体现了其散文简雅古淡的特点，分析细致而独到，论述比较专，也比较深刻，但尚有需要深入的地方，如从文体的角度而言，仍可对王禹偁的杂文进行细分处理和研究。不过善于归纳总结是王延梯先生的特点，其《王禹偁政论文刍论》就是将不同文体中的关于王禹偁政见的文章进行整合归纳，从中总结王禹偁政论文的内容和特点，认为王禹偁的政论文如实地反映了当时的社会矛盾，旗帜鲜明地体现了其改革政治的主张，开北宋政治改革之先声，犀利明快，鞭辟入里。[①]

随着人们对王禹偁的关注越来越多，从整体上对王禹偁散文进行研究的论文也陆陆续续出现了，如刘娜的《从〈黄州新建小竹楼记〉窥探王禹偁的散文风格》、王文涓的《王禹偁散文的分类评析》和《王禹偁散文的人格呈现与审美追求》，程秀利和龙理鹏两位硕士的论文《王禹偁散文研究》和《王禹偁及其散文研究》等，虽然数

---

① 王延梯：《王禹偁政论文刍论》，《烟台大学学报》（哲学社会科学版），1992年第3期。

量不多，但这最起码是王禹偁研究不断深入和王禹偁散文研究越来越受重视的重要体现。

刘娜的论文试图从《黄州新建小竹楼记》入手去分析王禹偁散文特点，这种角度是值得赞赏的，但单篇作品固然能体现一个作家的特点，却并不是全部，还需要更多的作品分析来支撑论证，而文末将苏颂为《小畜外集》所作序中的话说成苏轼所言，以此证明王禹偁散文对苏轼有很大的影响，这就很不应该了。王文涓的《王禹偁散文的分类评析》选取了赋、书牍和赠序三种文体进行了论述，揭示了王禹偁这三种文体的创作特点，简明扼要，但将存在归属争议的赋纳入王禹偁散文分析中本身就是很大的争议；而《王禹偁散文的人格呈现与审美追求》认为王禹偁散文是现实主义和浪漫主义的结合的观点是一种很有独创性的观点，新颖独特。

在这些论文中，两篇硕士论文用力最深。无论是在结构安排方面还是主体内容方面，这两篇论文都具有很大的相似性，文中都对王禹偁散文的成就和不足进行了整体观照，这也是这两篇论文最大的成就所在，对全面研究王禹偁散文来说无疑具有比较重要的意义。

跟诗歌研究相比，王禹偁散文研究虽然从20世纪80年代开始受到重视，论文、著作日渐增多，但就其散文研究来说仍处于起步阶段，究其原因，除了王禹偁不如欧阳修、苏轼等人名气大之外，大概还有以下三个原因：一是在王禹偁文集中诗歌基本是按时间顺序排列的，而且地域性非常明显，这有利于研究者快速把握诗歌创作的背景和时代特点，而其散文编排却不具备这样的优势；二是相对于散文而言，诗歌讲究对偶的特点更有利于作品的句读，而对散文进行句读却不那么容易；三是王禹偁是宋初白体诗派的代表人物，其诗歌宗师白居易，浅显易懂，而且不少诗歌还有作者自注，这就更有利于诗歌理解，而王禹偁散文虽然易道易晓，但相比起诗歌来说毕竟难以理解一些。当然，除此之外可能还有深层次的原因，有待于进一步研究，这也告诉我们，在王禹偁散文研究的领域还有很多工作要做，可作为的空间很大。

三 研究的范围、目的和方法

本文研究的对象是王禹偁散文，所谓散文就是句式长短错落、无韵律骈俪拘束、不讲求辞藻华丽、散句单行性质的古文，具体到王禹偁作品集来说，本文研究的范围是《小畜集》中从卷一四到卷三十的文十七卷和《小畜外集》十三卷残卷中的卷八至卷十三的文六卷。研究的目的是通过总结归纳王禹偁的散文特点以考察王禹偁文章的价值和文学地位，研究主要依循以下思路展开：

首先，本文立足作家作品，从文本解读出发，在读懂文本的基础上，知人论世，从作品本身去分析王禹偁散文创作，而不是脱离实际地套用空洞的理论。

其次，本文研究王禹偁散文采取依体而论的方法，对王禹偁散文按文体分类，在论述过程中，采用"文体——作品——总结"的模式。在分析王禹偁的每一种文体作品前，先对这种文体的共性特征及源流作一下简单梳理，从中总结出某些文体规律用以指导对王禹偁作品的分析，在此基础上对王禹偁散文作品进行分析归纳，最后再予以总结。

最后，在分析每一种文体的作品时，摒弃过去思想内容和艺术特征脱离的二元结构，采取二者合二为一的行文结构，结合内容分析归纳其散文特点。

第一章　王禹偁生平及作品概述

第一节　王禹偁生平简介

王禹偁，字元之，济州巨野（今山东巨野县）人①，生于后周世宗显德元年（954年），卒于宋真宗咸平四年（1001年），终年四十八岁。王禹偁有嘉佑、嘉言两个儿子，嘉佑仕途不顺，嘉言官至殿中侍御史；曾孙王汾举进士甲科，官至工部侍郎。

一　少年苦寒，崭露头角

王禹偁郡望太原②，"家本素寒，宅于澶渊。梁季乱离，举族分散。叔父没于兵而葬雷夏，伯父没于客而葬博关，太夫人又旅葬于济。当时未名，以乞丐自给，无立锥之地以息幼累。"③可见王禹偁身世漂泊，家境贫寒，故其自幼用功读书，九岁能文，十五岁秉笔为赋，十八岁结识济州团练推官毕士安。

---

① 脱脱：《宋史》，中华书局1977年版，第9793页。
② 黄启方《王禹偁年谱》考证为此，详文见吴洪泽、尹波等编《宋人年谱丛刊》，四川大学出版社2003年版，第254页。
③ 王禹偁：《小畜集》，四部丛刊本，商务印书馆1937年版，第266页。

结识毕士安是王禹偁人生的一大机遇，因为毕士安颇有美名，曾官至宰相，在朝廷内外有很高的声誉。"毕文简[①]为郡从事，闻其家以磨面为主，因令作磨诗，元之不思即对曰：'但存心里正，无愁眼下迟。若人轻着力，便是转身时。'文简大奇之，留于子弟间讲学。一日，太守席上出诗句：'鹦鹉能言争似凤。'坐客皆未有对，文简写之屏间，元之书其下：'蜘蛛虽巧不如蚕。'文简叹息曰：'经纶之才也。'遂加以衣冠，呼为小友。"[②] 王禹偁由此寖有声。

二　初入仕途，恩宠荣耀

太平兴国五年（980年），二十七岁的王禹偁省试登甲科，以一篇《三杰佐汉孰优论》获首荐。同年三月，覆试殿廷，不中上旨，遭黜落。太平兴国八年（983年）正月复试礼部，以《四科取士何先论》获首荐。同年三月覆试殿廷，中进士乙科及第。四月宋太宗赐宴新及第进士于琼林苑，这对王禹偁来说是一种极大的荣耀，因为从他这一批进士开始，皇帝赐宴琼林苑成为朝廷奖赏新科进士的一项惯例。七月，王禹偁被任命为成武县主簿，成武"庭有顽吏，士无秀民，或通刺而来皆腐儒也"（《送鞠仲谋序》），人文环境极差，是故王禹偁除"供吏职、奉晨羞外，经旬浃未尝与人语"，在此度过了一年艰苦的时光。雍熙元年（984年）十一月，授大理评事、知长洲县，在长洲度过了他仕途中最顺心的一段时光。王禹偁"为长洲县令，侍亲而行。姑苏名邦，号为繁富，鱼酒甚美，俸禄甚优。"（《与李宗谔书》）又与知吴县的同年进士罗处约"每日私试五题，约以应制，必取两制官。"（《哭罗三》）两人唱酬之作在苏杭间

[①] 毕士安谥号文简。
[②] 丁傅靖：《宋人轶事汇编》，中华书局1981年版，第173页。

第一章 王禹偁生平及作品概述

广为传诵，成就了一段文坛佳话。

这段佳话也传到皇帝耳朵里，雍熙四年（987年）八月，太宗闻二人之名，召赴阙。端拱初（988年）正月，王禹偁、罗处约应中书试《诏臣僚和御制雪诗序》，甚得太宗意，擢禹偁右拾遗、直史馆，赐绯，太宗特意下诏赐给王禹偁文犀带。按照旧例，赐绯的人得到一条涂金银带就足够荣耀了，更何况是文犀带？这种宠遇是前所未有的，以至王禹偁此后的岁月里一直念念不忘太宗对自己的眷顾。作为对这种宠遇的投桃报李，王禹偁响应宋太宗三月发出的求直言之命，上《端拱箴》一篇。箴中提出了自己的忠告："勿侈乘舆，无奢宫宇，当念贫民室无环堵。无崇台榭，无广陂池，当念流民地无立锥。御服煌煌，有采有章，一裘之费，百家衣裳；御膳郁郁，有梁有肉，一食之用，千人口腹。勿谓丰财，经费不节，须知府库聚民膏血。勿谓强兵，征伐不息，须知干戈害民稼穑。"这种民生观念其实早在王禹偁担任成武县主簿和长洲县令时就已经萌生，在长洲他目睹了赋税给人民造成的沉重负担，曾经撰《上许殿丞论榷酒书》请求减轻百姓赋税，甚至连主簿这样卑微的官职他也颇为重视，认为"苟能曲尽规正、裨合于道，则一邑之政有由主簿而化者，得轻其所任乎……为主簿者，始能公于心而执乎道，足下千里，毫末合拱，其为难哉？又何卑冗之有焉？"（《单州成武县主簿庭记》）

正是在这种在其位谋其政的理念支配下，担任谏官的王禹偁坚持直言进谏。端拱二年（989年）正月，宋太宗下诏名文武群臣上书言备边御戎之策。王禹偁上《御戎十策》[①]，洋洋洒洒数千言，系统提出了自己的政治主张，十策分外任五、内修五，外任五为：兵

[①] 赵汝愚：《宋朝诸臣奏议》，上海古籍出版社1999年版，第1426—1428页。

势患在不合,将臣患在无权;侦逻边事,罢用小臣;行间谍以离之,因衅隙以取之;以夷狄攻夷狄,中国之利也;下哀痛之诏以感激边民。内修五为:并省官吏,惜经费;艰难选举,抑儒臣而激武臣也;信用大臣,参觉机务;不贵虚名,戒无益也;禁止游惰,厚民力也。从后来宋朝兴衰演变来看,王禹偁这些论断可谓是切中时弊,非常具有战略眼光和政治洞察力。

端拱二年三月,宋太宗"亲试贡士,召禹偁,赋诗立就。上悦曰:'此不踰月遍天下矣。'即拜左司谏、知制诰。"[①] 同年冬,京城大旱,王禹偁上书自减俸禄。淳化元年(990年)正月,王禹偁摄中书侍郎、捧玉册玉宝,不久又加封柱国,谢恩当日,太宗又面赐金紫,至此王禹偁的仕途可谓是春风得意、荣耀无比。

三 八年三黜,饱尝冷暖

为报君王知遇之恩,屡受宋太宗提拔重用的王禹偁更是尽忠尽责,更是以直道自任,喜谈时事,臧否人物,口无遮拦,锋芒毕露,"兼磨断佞剑,拟树直言旗。遇事难缄默,平居嫉喔咿"(《谪居感事》,下同),又加上王禹偁"在阁下草词,多不虚饰,以此亦为人所怨",这就为他以后的人生埋下了祸根,并为此付出了沉重的代价。

宋太宗淳化二年(991年),庐州尼道安诬陷左散骑常侍徐铉与妻甥姜氏通奸,王禹偁执法为徐铉雪冤,抗疏论道安告奸不实之罪,"厚诬凌近侍,内乱疾妖尼。丹笔当无赦,金科了不疑。拜章期悟主,引法更防谁。姜斐终无已,雷霆遂赫斯。……众铄金须化,群排柱不支。佞权回北斗,谗舌簸南箕……道姑贻众怒。责薄赖宸慈,西掖除三字。"在触怒龙颜和群起攻击之下,九月王禹偁被解除朝中

---

① 脱脱:《宋史》,中华书局1977年版,第9794页。

第一章　王禹偁生平及作品概述

职务、贬为商州团练副使，从此开始了贬谪之路。

淳化四年（993年）正月，朝廷举行南郊祭祀，大赦天下，又加以自己以家父年迈无以奉养为由不断请求移任别处，四月王禹偁得以携全家改任解州团练副使。不久被召回朝廷，拜为右正言。但宋太宗让宰相以"刚直不容于物"诫之，由此可见王禹偁不容于人的亢直性格，这恐怕也是王禹偁被一贬再贬的主要原因。其后王禹偁又值昭文馆，上表请求外任以便奉养。淳化五年（994年），王禹偁就知单州军州事，赐钱三十万，但仅仅到任十五日即被召还任礼部侍郎，再知制诰。

至道元年（995年）正月，召拜翰林学士，兼知审官院、通进、银台和封驳司。王禹偁的仕途一如过去辉煌荣耀，让他似乎忘了前车之鉴，皇帝敕书、朝廷诏令一有不如意的地方他就加以论奏。四月，"孝章皇后崩，迁梓宫于故燕国长公主第，群臣不成服。禹偁与客言：后尝母仪天下，当遵用旧礼。"① 从王禹偁《滁州谢上表》中"三日一到私家，归来已是薄暮。先臣灵筵在寝，骨肉衰绖在身。纵有交朋，无暇接见，不知谤议自何而兴"等语来看，这种传闻显然纯属子虚乌有，但终因其犯了太宗忌讳而导致自己再次被贬。五月九日，王禹偁坐轻肆之名，罢为工部郎中、知滁州军州事。

至道二年（996年）十一月，南郊大赦，王禹偁移知扬州。至道三年（997年）正月，太宗下诏授王禹偁尚书工部郎中、知扬州军州事。三月，太宗崩，真宗即位。四月，大赦天下，特授王禹偁尚书刑部郎中，散官勋赐如故。五月，真宗下诏求直言，王禹偁上书言事："一曰谨边防、通盟好，使辇运之民有所休息；二曰减冗兵、并冗吏，使山泽之饶，稍流于下；三曰艰难选举，使入官不滥；

---

① 脱脱：《宋史》，中华书局1977年版，第9795页。

四曰沙汰僧尼，使疲民无耗；五曰亲大臣，远小人，使忠良謇谔之士知进而不疑、奸险倾巧之徒知退而有惧。"① 政治理念与宋太宗时所上《御戎十策》一脉相承。疏上，深得真宗赏识，旋即被召回，再掌制诰。

咸平元年（998年），王禹偁参修《太祖实录》，直书其事。时宰相张齐贤、李沆相互排斥，拉拢同党，王禹偁两不攀附，且以直言自任，对时事多有议论，因此遭到忌恨，遂于十二月二十九日被罢免知制诰，出知黄州。咸平二年（999年）三月到黄州任上，开始了第三次贬谪历程。被贬黄州对文学意义上的王禹偁来说是一个很重要的阶段，他也因此被世人称为"王黄州"。到任之初，王禹偁即作《三黜赋》总结了自己八年三黜的经历，表达了"屈于身而不屈于道兮，虽百谪而何亏"的平生志趣，给其后的宋代文人的处世立身矗立了一座高峰。脍炙人口、流传千古的古文名篇—《黄州新建小竹楼记》亦诞生在黄州期间。此外，王禹偁在黄州期间还着手编次平生为文，编成三十卷，名为《小畜集》。因此我们可以说黄州成就了一个文学上的王禹偁，这一点对中国文学的发展意义重大。

咸平二年（999年）六月，真宗因王禹偁曾预修《太祖实录》特授其朝请大夫。十一月授王禹偁上柱国之勋官。咸平四年（1001年），黄州境内发生了两虎相斗事件，一只老虎被吞食大半。无独有偶，州内又发生群鸡夜鸣、经月不止和冬雷阵阵等不正常现象，这些在当时都被视为不祥之兆，日官认为太守王禹偁难辞其咎，但真宗惜其才，命徙蕲州。王禹偁到任不到一个月，即卒于任上，终年四十八岁。一代名臣再也没能回到魂牵梦萦的朝廷，中国文坛上一

---

① 王禹偁：《小畜集》，四部丛刊本，商务印书馆1937年版，第513—518页。

第一章　王禹偁生平及作品概述

颗冉冉升起的文苑之星未来得及大放光芒就已然陨落。

第二节　王禹偁作品概述

关于王禹偁作品，宋代陈振孙撰写的《直斋书录解题》卷五记有《五代史阙文》一卷、《建隆遗事》一卷，卷十七记有《小畜集》三十卷、《外集》二十卷并作说明曰："知制诰济阳王禹偁元之撰。自为之序，略曰：阅平生所为文，类而第之，得三十卷。将名其集，以《易》筮之，遇乾之小畜，象曰'君子以懿文德'，未能行其施，但可懿文而已。《外集》者，其曾孙汾衰辑遗文，得三百四十首。又有《承明集》十卷、《奏议集》三卷、《后集诗》三卷，未见。"[①]

《宋史·列传第五十二》记载有《小畜集》二十卷、《承明集》十卷、《集议》十卷、诗三卷，《宋史·志第一百五十六·艺文二》记载有王禹偁《五代史阙文》二卷、《建隆遗事》一卷，《宋史·志第一百六十一·艺问七》记载有《小畜集》三十卷、《外集》二十卷、《承明集》十卷和《别集》十六卷。现存《小畜集》三十卷和《小畜外集》残本七到十三卷。

一　《小畜集》概述

《小畜集》是王禹偁在黄州期间自行编纂，其序曰：

淳化二年，岁在辛卯，禹偁王□□□□□□□州团练副使。至道二年乙未岁，□□□□□士黜守滁上，后尚书工部郎中，十二月移知广陵。又明年三月，今上嗣位，复以刑部郎中入西

---

① 马端临：《文献通考》，中华书局1986年版，第1861页。

掖。咸平二年，守本官知齐安郡。年四十有六，发白目昏，居常多病，大惧没世而名不称矣。因阅平生所为文，散失焚弃之外，类而第之，得三十卷。将名其集，以《周易》筮之，遇乾之小畜。乾之象曰：君子以自强不息。是禹偁修辞立诚行已之义也。小畜之象曰：风行天上，小畜，君子以懿文德。说者曰：未能行其施，故可懿文而已。是禹偁位不能行其道，文可以饰身也。集曰小畜，不其然乎！咸平三年十二月晦日太原王禹偁序。

序文一一交代了编纂文集的背景、缘由、体例、文集名称的由来、目的和时间。背景是三次被贬经历，缘由是惧怕去世后名不得传，体例是按文章类别编排，以"小畜"名集是取其自强不息、懿文德之意，目的是借文集传名于后世，时间是咸平三年（1000年）十二月，距王禹偁去世已不足一年。

《小畜集》共三十卷，有赋二卷、诗十一卷，文十七卷，编成后并没有刊印流行，而是以私家收藏和手抄的形式流传。直到宋代绍兴丁卯（1147年），王禹偁去世一百多年后，才由黄州知府沈虞卿以家笥所藏《小畜集》善本加以校勘雕版刻印发行，但流传不广。"明清以来，转相抄录，要皆以黄州本为祖。黄丕烈得补钞宋本，谓宋刻居三之一，堪傲汲古阁，似已不存。"[①]《四库全书总目·小畜集提要》云："明代未有刊本，世多钞其诗歌，而全集罕观，故王士祯《池北偶谈》称仅见书贾以一本特售，后不可得为憾。近世平阳赵氏始得宋本刊行。"[②] 但清代丁日昌的《持静斋书目》却记有"《小畜集》三十卷，外集七卷，宋王禹偁撰。注：明初刊本无外

---

① 王重民：《中国善本书目提要》，上海古籍出版社1983年版，第510页。
② 永瑢：《四库全书总目》，中华书局1965年版，第1307页。

集。此集世所罕见，虽间有讹伪，然胜赵氏本也。"①，孰真孰伪，难以定论，因此明代未有刊本一说尚存争议。

尽管如此，《小畜集》抄写本确实在明清两代盛行。明代抄本有十行二十字和十一行二十字之分，均录万历庚戌谢肇淛跋；清抄本以清倪氏经鉏堂绿格写本为主，九行二十一字，②另有宋氏漫堂抄本、清江乡归氏抄本、彭元瑞校并跋和翁心存校的清抄本、黄丕烈校并跋的清抄本、王鸣韶跋的清抄本、佚名校的清抄本（卷二十四至三十配清田雯抄本）、佚名墨笔校杨思敬朱笔校补并跋的清抄本和康熙五十九年蒋继轼家抄本（清蒋继轼抄补并校跋、翁同书校并跋）。

明清刻本有清乾隆二十五年太平赵熟典爱日堂刻本，无外集，黄丕烈据宋本较，有跋；吴翌凤据抄本校，有跋；张绍仁据吾砚斋抄本较，有跋。还有"聚珍本，福本。广州局重刻聚珍本，四部丛刊影印经鉏堂钞本三十卷，又影印影写本外集七卷"③。

二 《小畜外集》概述

《小畜外集》由王禹偁的曾孙王汾搜寻王禹偁残轶诗文汇编而成，苏颂在《小畜外集序》中云："集贤君购寻裒类，又得诗赋碑志论议表着凡三十卷，目为《小畜外集》"④，但宋史艺文志及后世都著录为二十卷，大多残佚不传。原有三百四十篇诗文，现存一百一十篇，包括四十四篇诗歌、八篇杂文、五篇论议、三篇传、九篇箴赞颂、二十篇代拟和十二篇序。

---

① 丁日昌：《持静斋书目》，上海古籍出版社2008年版，第421页。
② 傅增湘：《藏园群书经眼录四》，中华书局2009年版，第1121页。
③ 张之洞：《书目答问二种》，生活·读书·新知三联书店1998年版，第209页。
④ 王禹偁：《小畜集》，四部丛刊本，商务印书馆1937年版，第426页。

《小畜外集》初刊于宋代，日本静嘉堂文库收藏一部，"二十卷，宋王禹偁撰，存卷七至十三卷，宋刊本，半页十一行，版心记刊工姓名。按：此书刻工古厚，版式阔大，避桓字讳，则为南宋初刊本审矣"①。桓为宋钦宗赵桓的名讳，赵桓于南宋绍兴二十六年（公元1156年）病死于燕京，此残本避讳桓字也可能为北宋人所刻。清代钱曾所著的《读书敏求记校证》中"又有北宋本《小畜集外集》，卷六末页起卷十三止，后有'嘉靖二年闰四月二十二日野竹斋裱完'一行，别见《仪顾堂集》"②的文字记录就足够说明这一点。

明清时代以抄本形式流传，有清代丁丙跋本、翁方纲校并跋本和清道光十一年东武刘氏味经书屋抄本。"上海涵芬楼借江南图书馆藏宋写本影印之本，收入四部丛刊初编集部。"③另外纪昀阅微草堂还藏有一部《小畜外集》残本，"仅存第七卷至第十三卷，而又七卷前缺数页，十三卷集贤钱侍郎知大名府序，惟有篇首二行，计亦当缺一两页。原帙笺题，即曰小畜外集残本上下二册，知所传止此矣。其中次韵和朗公见赠诗及题下自注朗字皆缺笔，知犹从宋本影钞也。"④

---

① 傅增湘：《藏园群书经眼录四》，中华书局2009年版，第1120页。
② 钱曾：《读书敏求记校证》，上海古籍出版社2007年版，第385页。
③ 徐规：《王禹偁事迹著作编年》，商务印书馆2003年版，第204页。
④ 永瑢：《四库全书总目》，中华书局1965年版，第1307页。

第二章　王禹偁的碑体文

在王禹偁《小畜集》卷十六、卷十七两卷"碑记"中有《重修北岳庙碑奉敕撰并序》《四皓庙碑》《济州众等寺新修大殿碑并序》《商州福寿寺天王殿碑》《扬州建隆寺碑》《滁州全椒县宝林寺重修大殿碑》和《涟水军王御史庙碑》等共7篇,《小畜集》二十八卷、二十九卷、三十卷中有《右卫上将军赠侍中宋公神道碑奉敕撰》《前普州刺史康公预神道碑》和《殿中丞赠太常少卿桑公神道碑》等神道碑共3篇,有《著作郎赠国子博士鞠君墓碣铭》《故泉州录事参军赠太子洗马陈君墓碣铭》和《建溪处士赠大理评事柳府君墓碣铭》等墓碣铭共3篇,《小畜外集》卷十一"代拟"中还有1篇《拟侯君集平高昌纪功碑并序》,以上合计14篇。

另外在《小畜集》中还有《宣徽南院使镇州都部署郭公墓志铭》《谏议大夫臧公墓志铭》《故侍御史累赠太子少师李公墓志铭》《故商州团练使翟公墓志铭》《右卫将军秦公墓志铭》《殿中丞赠户部员外郎孙府君墓志铭》《赠太子洗马王府君墓志铭》和《监察御史朱府君墓志铭》等8篇墓志铭。[1]

---

[1] 《小畜集》及《外集》均据四部丛刊本,商务印书馆1937年版。

按一般的说法，神道碑、墓志铭和墓碣铭可统称为墓碑，但墓志铭和碑碣在用途上有着本质的区别，至于如何不同，文中自有阐述，此不赘述。尽管如此，墓志铭和碑碣的体例、风格等诸方面还是大致相同，所以我们在文中将墓志铭纳入碑文讨论之列，这样一来，王禹偁的碑文数量就达到了 22 篇。为了更好地探讨王禹偁碑文的文学特征和文学价值，有必要对碑文追根溯源，故文章开始先探讨一下碑文的形态演变及其文体特征。

第一节 碑体文的形态演变和特征

碑体文是古代文学中重要的一种文学体裁，它的产生和繁荣一方面是碑文化发展的必然趋势；另一方面也是其自身内部为了适应时代的需要不断发生变革的结果。碑上刻字以来，经过历代演变，碑体文衍生出来多种文体形态，碑体文也由此分为宫庙碑、纪功碑、神道碑、墓碣铭和墓志铭等多种体裁，每种体裁都在保留碑铭的共同特征之外呈现出自己独特的风貌和形态，它们一起构成了我国灿烂悠久的碑文化。但是当我们回过头来审视碑体文的载体——碑的诞生和功用时，我们会发现，这些碑体文不同的文体形态其实都可以追溯到碑的不同功用上，可以说碑的不同功用促成了不同形态的碑体文的产生和发展。

一 从碑到碑体文

碑一开始并不是作为一种文体而存在的，"碑，竖石也"[1]。作为竖石，它的最初功用也和现在有很大差别。明吴讷《文章辨体序

---

[1] 许慎、段玉裁：《说文解字》，上海古籍出版社 1988 年版，第 450 页。

第二章 王禹偁的碑体文

说》曰：

> 《仪礼·士昏礼》"入门当碑揖"，又《祭义》云"牲入丽（拴）于碑。"贾氏注云："宫庙皆有碑，以识日影，以知早晚。"《说文》注又云："古宗庙立碑系牲，后人因于上纪功德"，是则官室之碑，所以识日影，而宗庙则系牲也。①

碑产生之初只是一块竖起的石头，在宫庙有识日影、划分时刻之用，于宗庙则是祭祀时用以系牲，另据《释名》记载，碑本来是葬时所设，其功用是"施鹿卢以绳被其上，引以下棺也"，作为牵引棺材的工具，"其首必穿"②：这就是碑的最初三个功能。这三种功能下的碑并没有承载任何文字内容，因此也不具备后来作为一种文体的碑的特征——为了便于区别这两个概念，以免混淆，我们把作为文体的碑称为碑体文——但自从碑上刻有了文字，情况就完全不同了，因为从这一刻起，碑就从当初的系牲、识日影和引棺的工具开始了向承载文化内容的文体的转变，碑体文也从此成为我国古代文学的一种重要体裁。

从这个意义上讲，碑在前，碑体文在后，并且二者有着天然的不可分割的关系。王兆芳《文体通释》云：

> 碑者，竖石也。古宫庙庠序之庭碑，以石丽牲，识日影；封圹之丰碑，以木悬棺绋，汉以纪功德，一为墓碑，丰碑之变也；一为宫殿碑，一为庙碑，庭碑之变也；一为德政碑，庙碑、

---

① 王水照：《历代文话》，复旦大学出版社2007年版，第1632页。
② 刘永济：《文心雕龙校释》，中华书局2007年版，第40页。

墓碑之变也。①

纪功德是碑向碑体文过渡的一个转折点，也是碑体文开始形成的标志。可以肯定的是，由于所处的位置和承载的功能不同，铭刻于碑上的文字自然会有不同的内容，这就直接促生了不同的碑体文形态：墓碑由丰碑②演变而来，系牲和识日影的碑刻上文字则转变成宫殿碑和庙碑，在墓碑和庙碑基础上又衍生出一种的新的碑体文形态——德政碑，而碑上纪功德则直接促生了纪功碑这一体裁。由此可见碑与碑体文的渊源关系，但是不管何种形态的碑体文，古人刻于碑上的最初动机都是借此流芳后世，从而实现死而不朽的愿望。

二　碑体文发展的内因

碑的泛滥和碑体文的兴起与繁荣从一开始就深深打上了中国传统文化的烙印，这个烙印就是古人期望永垂不朽的观念。明代徐师曾《文体明辨序说》云：

> 是知宫庙皆有碑，以为识影、系牲之用，后人因于其上纪功德，则碑之所从来远矣。而依仿刻铭，则自周秦始耳。后汉以来，作者渐盛，故有山川之碑，有地池之碑，有宫室之碑……皆因庸器渐缺而为之，所谓"以石代金，同乎不朽"者也。③

碑体文自周秦才开始，至东汉开始盛行的原因在于"庸器渐缺

---

① 转引自詹锳《文心雕龙义证》，上海古籍出版社1989年版，第446页。
② 《礼记·檀弓》曰：季康子之母死，公肩假曰："公室视丰碑。"后面郑玄注云："丰碑，以木为之，形如石碑，树于椁前后，穿中为鹿卢，绕之繂，用以下棺。"由此可知具有牵引棺木功能的碑就叫丰碑。
③ 王水照：《历代文话》，复旦大学出版社2007年版，第2115页。

第二章　王禹偁的碑体文

而为之"。庸器即青铜器，受当时生产力水平的限制，青铜器不但稀缺而且价格昂贵，非常人所能拥有。但石碑就不同了，不仅材料易寻而且价格低廉，这也是石碑得以大量取代庸器的客观原因。但问题的关键不在这里，而在于石碑本身能够"以石代金，同乎不朽"，"不朽"二字才是核心。这是因为以碑体文为载体的碑文化从一开始就与中国古人死而不朽的文化观念紧密相连。为什么这么说呢？我们且看《左传·襄公二十四年》中的一段话：

> 二十四年春，穆叔如晋。范宣子逆之，问焉，曰："古人有言曰：'死而不朽'，何谓也？"穆叔未对。宣子曰："昔匄之祖，自虞以上为陶唐氏，在夏为御龙氏，在商为豕韦氏，在周为唐杜氏，晋主夏盟为范氏，其是之谓乎？"穆叔曰："以豹所闻，此之谓世禄，非不朽也。鲁有先大夫曰臧文仲，既没，其言立，其是之谓乎！豹闻之，'大上有立德，其次有立功，其次有立言'，虽久不废，此之谓三不朽。若夫保姓受氏，以守宗祊，世不绝祀，无国无之，禄之大者，不可谓不朽。"[1]

这场论争是中国古人很早就开始探讨"死而不朽"问题的典型体现。自古以来，追求不朽就是中国文化里一个永恒的话题。从孔子的"嫉没世而名不称"而发奋著书立说到秦始皇渴望建立万世帝业的宏伟抱负，都说明古人期望通过"立德、立功、立言"达到不朽的愿望。既然立德、立功和立言为三不朽，那么只有将自己的德行、功业和美言让后人铭记心中才能达到这一目的，碑的出现就恰好顺应了这一需求。曾巩说："铭特古之人有功绩材行志义之美者，

---

[1] 杨伯峻：《春秋左传注》，中华书局 2009 年版，第 1087、1088 页。

惧后世不知，则必铭而见之。或存于庙，或置于墓，一也"①。这种惧后世不知的刻碑心态不正体现出古人渴望不朽的观念吗？由此可见，碑的出现极大满足了人们追求永远不朽的愿望，正如美国现代哲学家詹姆士在《人之不朽》一文中所说"不朽是人的伟大的精神需要之一"，这种渴望不朽、期盼自己流芳百世的传统文化观念大概就是中国古人乃至现代人喜欢树碑、镌刻碑文的根本原因。

三 碑体文的形态演变

随着碑体文的大量出现，其内部结构形式也在逐渐发生变化。由原先单一的铭文结构发展为后来的序铭结合的复合结构，直至后来铭文不存而只保留序。

晋代挚虞《文章流别论·碑铭》曰："古铭于宗庙之碑，后世立碑于墓，显之衢路，其设之所载者，铭也。"② 由此可见，不管是立于宗庙之碑还是立于墓前之碑，其载体都是铭，碑铭同体。从这一点看，说完备形态的碑体文是从秦代刻石纪功铭文开始的论断应该是可信的，只不过当时只称刻石而不名碑，碑是后来的说法。最具代表性的当属后世称之为"李斯碑"的《会稽刻石》，节选如下：

皇帝休烈，平一宇内，德惠攸长。卅有七年，亲巡天下，周览远方。遂登会稽，宣省习俗，黔首斋庄。……大治濯俗，天下承风，蒙被休经。皆遵度轨，和安敦勉，莫不顺令。黔首修絜，人乐同则，嘉保太平。后敬奉法，常治无极，舆舟不倾。

---

① 王水照：《历代文话》，复旦大学出版社2007年版，第533页。
② 郭绍虞：《中国历代文论选》第一册，上海古籍出版社2001年版，第192页。

第二章　王禹偁的碑体文

从臣诵烈，请刻此石，光垂休铭。①

全文用工整匀称的四字句极力讴歌了秦始皇统一天下的丰功伟绩，三句一韵，语言庄重凝练，韵味悠长，不愧为此类作品中的代表作。但这时候的碑文只有铭文而没有序，而且铭文创作并不多见，西汉时期刻石才开始以碑命名。到了东汉，碑体文大兴于世，此时碑文不仅前面有了序，而且铭文在篇幅上就已经开始不占优势了，以蔡邕的代表作《太尉杨赐碑》②为例。《太尉杨赐碑》全文共625字，序的篇幅就达到了513个字，而本为碑主体的铭文却只有112个字，碑体文序已经远远超过了铭文部分。由于"自后汉以来，碑碣云起，才锋所断，莫高蔡邕"③，因此我们由蔡邕碑文即可窥一斑而见东汉碑文全貌。而且从碑体文创作情况来看，这种碑体文结构也基本上奠定了东汉以后碑体文的结构基础。

立碑在魏晋南北朝时泛滥一时，撰写碑体文也因此蔚然成风，碑体文形态结构也日益成熟完备，但极尽阿谀奉承之能事也是这个阶段的碑体文广受诟病的重要原因。到了唐宋，碑体文进一步得到发展，结构形式上也出现了一些新的变化。有的碑体文前面的序洋洋洒洒而铭文却只有寥寥几句，如韩愈的《柳子厚墓志铭》是一篇千古名作，但后面的铭文却只有"是惟子厚之室，既固既安，以利其嗣人"三句；有的碑体文甚至没有了铭文而只有序，如宋初王禹偁的《涟水军王御史庙碑》，通篇叙述的是著作郎兼领涟水军事高绅受梦所托祈雨成功而后修葺王义方庙的前后经过，这显然是一篇序文，后面并没有出现铭文；有的碑体文甚至改变了前序后铭的格局，

---

① 严可均：《全上古三代秦汉三国六朝文》，中华书局1958年版，第122、123页。
② 刘永济：《文心雕龙校释》，中华书局2007年版，第288页。
③ 刘勰著，范文澜注：《文心雕龙》，人民文学出版社1958年版，第214页。

将序放在后面,如王禹偁的《滁州全椒县宝林寺重修大殿碑》,不仅序在后铭在前,而且这篇碑文的序非常简短,其篇幅不及铭文的四分之一,这又是一个新变化,仿佛又要回到碑体文的原始状态。这种情况到了明清更为普遍,如我们熟知的张溥的《五人墓碑记》,就是一篇完完整整的碑文序。但我们说,不管如何变化,碑体文结构始终脱离不了铭序结合的结构,任何改变和发展都是围绕这个中心结构的铭与序的此消彼长。

碑体文在结构发生变化的同时,其表达方式也随之发生了变化:原先以叙述为主的碑文,逐渐糅入了议论和抒情。明代徐师曾在《文体明辨序说》中将碑文划为三类,提出了"三品说":

> "碑之体主于叙事,其后渐以议论杂之,则非矣。故今取诸大家之文,而以三品列之:其主于叙事者曰正体,主于议论者曰变体,叙事而参之以议论者曰变体而不失其正。至于托物寓意之文,则又以别体列焉。"[①]

据此来看,徐师曾的"三品"说其实就是碑体文在表达方式上的演变,从以叙事为主的"正体",到夹叙夹议的"变体而不失其正",再到以议论为主的"变体"甚至到托物寓意的"别体",无不清晰地展示了碑体文的不断发展的轨迹。而且经过唐宋八大家的荡涤之后,正体、变体而不失其正和别体反而成为碑体创作中的常态,碑体文的表达方式就出现了叙事、议论、抒情等三种表达方式鼎足而立的局面。

与表达方式变化相对应的还有碑体文内容上的变化,原先单纯

---

① 王水照:《历代文话》,复旦大学出版社 2007 年版,第 2115 页。

第二章　王禹偁的碑体文

的歌功颂德内容中逐渐增添了讽谏之意和个人感怀。碑体文诞生于碑上纪功德，因此歌功颂德是碑体文应有之义，但凡事要有度，过度赞美就是阿谀奉承，这种现象被称为"谀墓"。到东汉时，"谀墓"风气已是非常流行，这跟当时大文豪蔡邕是有很大关系的，刘永济就认为"蔡氏诸碑，类皆揄扬盛美之辞，实启贡谀献媚之渐。"① 此后此风愈演愈烈，虽魏武帝曹操等明令禁止，但阿谀风气依然很严重，南北朝的时候居然到了"或云散粟凶年，施非望报；或云却金暮夜，清恐人知……状枭獍为鸾凤；进砾、跖为勋、华，虽语有精丽，而咸归矫饰"②的地步，虚夸程度无以复加，这就让人觉得面目可憎了。到了唐宋这种局面才得以改观，如唐宋八大家之首的韩愈"作铭数十，时亦有讽有劝，谅非特虚美而已"③，他的《柳子厚墓志铭》在赞美柳宗元高尚品德的同时更是饱含了对朋友平生遭遇的同情之泪，在这篇碑体文里韩愈还对当时的社会宿弊进行了抨击：

> 呜呼！士穷乃见节义。今夫平居里巷相慕悦，酒食游戏相征逐，诩诩强笑语以相取下，握手出肺肝相示，指天日涕泣，誓生死不相背负，真若可信；一旦临小利害，仅如毛发比，反眼若不相识。落陷阱，不一引手救，反挤之，又下石焉者，皆是也。此宜禽兽夷狄所不忍为，而其人自视以为得计。闻子厚之风，亦可以少愧矣④。

---

① 刘永济：《文心雕龙校释》，中华书局2007年版，第40页。
② 王水照：《历代文话》，复旦大学出版社2007年版，第2893页。
③ 同上书，第533页。
④ 高步瀛：《唐宋文举要》，上海古籍出版社1982年版，第356页。

寥寥数语就将势利小人禽兽不如的丑恶面目刻画得入木三分，虽是反衬柳宗元的侠义之风但也痛斥了当时社会的不良之风，由此可见韩愈在碑体文中亦是嬉笑怒骂、言语犀利。经过韩愈等人这样的改造，碑体文摆脱了单调的溢美之词，加入议论和个人抒情后的碑体文就更加富有内涵，这也可以说是碑体文内容上的变格，并且这种变格在唐宋明清亦成主流态势。

四 碑体文的共同特征和写作要求

无论碑体文在发展中出现什么样的变化，其共同特征都是稳固不变的。那共同特征是什么？借用刘勰《文心雕龙》里的一段话来说明这个问题，其文曰：

> "夫属碑之体，资乎史才。其序则传，其文则铭，标序盛德，必见清风之华；昭纪鸿懿，必见峻伟之烈：此碑之制也。夫碑实铭器，铭实碑文。"[①]

一篇完整的碑文由序和铭两部分构成，其序则传、其碑则铭、碑铭同体，便是碑体文共同的结构特征；"标序盛德""昭纪鸿懿"是其共同的内容要求，而"必见清风之华""必见峻伟之烈"则是其共同达到的目的；语言形式上，序为散体，铭为韵体，铭文以四言为主；表达方式上，以记叙为主、议论和抒情为辅：这些构成了各类碑体文共同的文体特征。对这个问题，近代林纾在其《春觉斋论文·流别论》中也曾有过精妙的论述："大抵碑版文字，造语必纯古，结响必坚骞，赋色必雅朴；往往宜长句者，必节为短句，不多

---

① 刘勰著，范文澜注：《文心雕龙》，人民文学出版社 1958 年版，第 214 页。

第二章 王禹偁的碑体文

用虚字，则句句落纸，始见凝重。"① 很是切中碑体文的共同属性。

不仅如此，碑体文在写法上还有一些共性的原则和要求。既要按顺序一一叙述人物生平事迹，又要对材料适当取舍以彰显人物个性。这就要求碑文作者除了采用史家手法外，在刻画人物方面也需要进行合理的艺术加工，否则，如果一味地平铺直叙就难以达到让后人铭记于心的效果了。

在这种情况下就要处理好"诬"与"蔽"的关系，做到既不隐瞒事实、又不刻意夸大。何为诬？何为蔽？明代吴讷《文章辨体序说》云：

> "大抵碑铭所以论列德善功烈，虽铭之义称美弗称恶以尽孝子慈孙之心，然无其美而称者谓之诬，有其美而弗称者谓之蔽。诬与蔽，君子弗由也欤。"②

"诬"就是不能无中生有地凭空捏造先人的功业美德，但也不能对其美好德行视而不见，此之谓"蔽"，"诬"与"蔽"都是不可取的，一个真正有文品的作者不会选择其中任何一种做法，二者应该辩证统一起来。那怎样才能写出一篇真正的碑铭呢？刘勰认为应该"铭德慕行，文采允集"，意思是说即使是铭刻美德、记叙言行也应注意文采的适宜；同时碑文还要做到"观风似面、听辞如泣"，人物刻画要生动逼真栩栩如生、如同先人就在眼前，铭文要真情流露、让人不禁潸人泪下，这样的碑文才能"石墨镌华、颓影岂忒"从而余韵留香、流芳千古。

---

① 郭绍虞、罗根泽：《中国古典文学理论批评专著选辑》，人民文学出版社1959年版，第56页。
② 王水照：《历代文话》，复旦大学出版社2007年版，第1633页。

第二节　王禹偁的碑体文

根据题材的不同，我们将王禹偁的二十二篇碑文分为宫庙之碑、寺院之碑、墓碑和纪功碑四大类，下面就从内容和艺术特点两方面逐类论之。

一　宫庙之碑：铭序互补、暗寓讽谏

从字面上看，王禹偁碑文中共有《重修北岳庙碑奉敕撰并序》《四皓庙碑》《涟水军王御史庙碑》等三篇宫庙之碑，但从后文缀有"年月日记"和碑文内容来看，《涟水军王御史庙碑》虽冠有庙碑二字，但更像一篇"记"，叙述的是王禹偁同年进士高绅以著作郎兼领涟水军事时因祈雨不成而梦唐御史王义方托语指引，于王义方庙祭祀而得雨，缓解旱情后遂修葺王义方庙的前后经过，文中并没有出现铭文，这种情况在宫庙碑中是很少见的，这是碑体文发展过程出现的变体，在此姑且不论，重点讨论《小畜集》和《小畜外集》可见的另外两篇宫庙碑文：《重修北岳庙碑奉敕撰并序》和《四皓庙碑》。

《重修北岳庙碑奉敕撰并序》全称《大宋重修北岳安天王碑铭》，作于宋太宗淳化二年（991年）。当时王禹偁正"沐浴皇泽、优游紫垣"[①]，任司谏而知制诰，在此情形之下王禹偁奉太宗之命为当时重修的北岳庙撰写碑实至名归。北岳恒山是当时文化圣地，高大挺拔、气势磅礴，在帝王看来这样的山上接云天，颇有帝王之势，

---

① 王禹偁：《小畜集》，四部丛刊本，商务印书馆1937年版，第219页。如无特别交代，下文中引文均来自于王禹偁的《小畜集》，不再一一注释，特此说明。

第二章 王禹偁的碑体文

所以一直是辽金宋元历代帝王必去之地，而北岳庙作为恒山庙群中的主庙则是恒山文化凝聚所在。为了彰显帝王功德、展现大宋朝的顺应天命，在对北岳庙进行大规模的修葺工作之后，立碑铭刻大宋王朝丰功伟业自然必不可少。

从文章结构来看，《重修北岳庙碑奉敕撰并序》分为序和铭两部分，按照"其序则传，其文则铭"的原则，这篇庙碑的序应该是传记写法，但事实上序的部分却以议论为主。序文可分四部分：从开头到"诞符至诚，历代奉之，其来尚矣"为第一部分，论述北岳是自然灵气和神灵聚结之地，险峻挺拔，气势宏伟；"我法天崇道皇帝"到"而有象之躯难逃其数"为第二部分，论述宋太宗功德；从"先是匈奴之犯塞也"到"未为神武者"为第三部分，将宋太宗宽厚仁德与匈奴的傲慢无礼作对比，指出只要措施得当必定会驱除契丹收复失地；从"臣沐浴皇泽"到"有玷他山之石"为第四部分，属自谦之语，以示诚惶诚恐之意。从"十月北巡之礼，尽举彝章。辑五端于公侯、问百年之耆艾……陈诗观风，察北方之哀乐"等句来看，这篇碑文是为宋太宗北巡祭拜北岳庙而作，自是要歌颂皇家风范和帝王气度，但就是在这样需要极尽赞美之能事的文章里王禹偁还是趁机表达了自己的政见，这是难能可贵的，也从而使这篇碑文一下子摆脱了以前作家单纯歌功颂德的俗套，让文章内容充实起来。

在歌功颂德中暗含讽谏之意是本文在内容上的最大特色。能做到这一点是跟王禹偁的谏官身份和刚直性格有关，右拾遗的身份让他时刻没忘记自己应该不断提醒皇上体恤国事，而刚直而不容于物的性格又让他知无不言、言无不尽。就在宋太宗刚上台的端拱元年他曾经上过《端拱箴》以寓规讽，"时北庭未平"，太宗"访群臣以边事"，王禹偁又提出了《御戎十策》：

"今国家之广大,不下汉朝,陛下之圣明,岂让文帝。契丹之强盛,不及军臣单于,至如挠边侵塞,岂有候骑至雍,而火照甘泉之患乎?亦在乎外任人、内修德尔。臣愚以为:外则合兵势而重将权,罢小臣调逻边事,行间谍离其党,遣赵保忠、折御卿率所部以掎角。下诏感励边人,使知取燕蓟旧疆,非贪其土地;内则省官以宽经费,抑文士以激武夫,信用大臣以资其谋,不贵虚名以戒无益,禁游惰以厚民力。"①

这次进谏虽然深得太宗赞扬但我们知道宋朝从一开始就奉行崇文抑武的国策,所以王禹偁提出了"重将权""抑文士以激武夫"等主张虽然合情合理但因为触动了宋朝统治者的大忌终究不会被采纳。从"(端拱元)年十一月,契丹大至唐河北,将入寇。诸将欲以诏书从事,坚壁清野勿与战……中黄门林延寿等五人犹执诏书止之"②等事来看,宋太宗骨子里是不想与契丹开战的,因为战端一开,边关将领势必手握重权,恐重蹈唐代藩镇覆辙。面对契丹的不断来犯,淳化元年,宋太宗竟"遣殿直张明至定州,谕都部署李继隆曰:'若敌复入寇,朕当亲讨,卿勿以为虑'"③,其忌惮边将之心如此可见。但是边关危急的形势并不以宋太宗的意志为转移,契丹更加有恃无恐,边关形势日益紧张,面对此情形朝廷上下纷纷出谋划策抵抗外族侵略,王禹偁也不例外。在《重修北岳庙碑奉敕撰并序》里王禹偁还是提出了自己的御敌之策,只不过是比较委婉罢了。"单于之火照甘泉,岂伤文帝;颉利之兵陈渭水,未累太宗"让我们看到了"契丹之强盛,不及军臣单于,至如挠边侵塞,岂有候骑至

---

① 脱脱:《宋史》,中华书局1977年版,第9793、9794页。
② 李焘:《续资治通鉴长编》,中华书局1992年版,第657、658页。
③ 同上书,第707页。

第二章　王禹偁的碑体文

雍，而火照甘泉之患乎"的影子，大意是契丹不足为患，朝廷大可与之开战。至于制敌措施，王禹偁显然吸取了以往的教训，稍微做了一下改变，由强硬对敌变为"或示之祸福，革彼豺狼之心；或鼓以雷霆，剿其犬羊之类"，威逼利诱和挥舞大棒并举。"尚思魏绛之言，更鉴王悝之策"，魏绛是春秋时晋国大夫，他曾提出"和戎"政策，为晋国换得多年的边境和平；王悝是三国时期曹魏大臣王观之子，王观在担任涿郡时期积极修筑工事抵抗鲜卑族的侵略，此处提及王悝显然是有所指。很明显，王禹偁认为对待契丹可以和、可以战，两者权衡取其重，还是战为上。有了这两种手段，再加上皇上威武神明又有北岳神灵庇佑，一定可以有效控制契丹，"夫如是，则封狼居而禅姑衍，但恃穷兵；临瀚海而勒燕然，未为神武者也"，皇上的功业就连霍去病都难以企及，于赞美中不失时机地提出自己的主张，可谓是水到渠成。

除了行文上曲折委婉之外，《重修北岳庙碑奉敕撰并序》序还极尽夸张、对仗之能事。说北岳恒山之气势，有"却雁塞以标雄、压龙荒而挺秀"之语，标雄、挺秀突出北岳恒山的高大雄伟；"天官画野，势当昴毕之星；易象流形，名系雷风之兆"便有"物华天宝，龙光射牛斗之墟；人杰地灵，徐孺下陈蕃之榻"的精美对仗，其意亦在渲染北岳高耸入云之势；"括禹画于无垠，化尧封于比武""文德丽星辰之象，武功彰雷电之威"是用对仗更是用夸张来极力称赞宋太宗的文功武治，诸如此类，繁不胜举。

不仅序如此，铭文亦如此。《重修北岳庙碑奉敕撰并序》铭文的内容与序文内容可以互相印证，唯一不同的就是铭文中少了劝谏之意，一眼看去满是赞颂之情，这本是铭文应有之义，无可厚非。值得注意的是铭文采取了赋的写法，出现了大量带有"兮"字的对仗句，让文章有前后贯通、一气呵成之感，并且韵味十足，读起来朗朗上口，富有音乐美。总之，对仗、夸张和用典等手法的运用是序文甚至铭文显得典雅富丽、文采斐然的必然要求，而且四言、五言、四六、兮字句等句式的大量运用，使文章看起来工整对称、错落有致，充分展现了王禹偁辞赡富丽的骈文能力。

再看王禹偁的另一篇宫庙之碑《四皓庙碑》，这篇碑文是为缅怀商山四皓而作。商山四皓是指秦汉之际归隐于商山的东园公唐秉、甪里先生周术、绮里季吴实和夏黄公崔广四位隐士，因传说中的四人须眉皆白故称"商山四皓"。商山四皓因时乱避于世，又因汉高祖欲废太子而出山，待太子巩固地位后拒绝高官俸禄重归隐于商山，太子即位后拒绝朝廷征召归隐至终老，朝廷遂立碑纪念以表彰商山四皓的美德。王禹偁撰此碑文即是羡慕四皓不为名利的高尚品操。

《四皓庙碑》照例是有序有铭，结构完整，但与《重修北岳庙碑奉敕撰并序》的曲尽其意、委婉含蓄不同，王禹偁在《四皓庙碑》中则用非常直白的方式表达了对朝中意图通过依附君王谋取富贵之人的讥讽之意，序末曰：

> 辛卯岁，予坐事解制诰职。翌日，有商于贰使之命。下车拜庙西山之侧，退立廊庑，古碑在焉。自唐御史大夫赞皇李公而下，作者若干人。因历览之，美则美矣，叙先生之道，似有未尽。就馆濡笔申之，以碑斯文也，岂直歌鸿飞、状鹤发而已哉？实欲使立朝廷为臣子而挟幼冲图富贵者闻而知惧，亦春秋诛乱臣贼子之旨也。

在交代撰写碑文的原因后王禹偁直接点出了自己的写作目的，那就是"岂直歌鸿飞、状鹤发而已哉？实欲使立朝廷为臣子而挟幼冲图富贵者闻而知惧，亦春秋诛乱臣贼子之旨也"，不但要歌颂商山

第二章 王禹偁的碑体文

四皓的高风亮节，还有以此来警示那些挟幼小的太子谋取荣华富贵的乱臣贼子之意，警告他们不要心存幻想，否则人人得而诛之，这就是碑文的主旨所在。当然，文章主旨的揭示离不开前文严谨而又水到渠成的议论。

序文采用了正反论证的方法，有驳有立，驳立结合。首先正面肯定四皓乃一代圣人，高度评价四皓"知进退存亡而不失其正"，是圣人，接着从反面假设"若其秦乱而不避，则焚书坑儒、高斯之流也；汉危而不出，则素隐行怪、巢由之徒也。应高祖之命，则溺其冠而骑其项矣；拒孝惠之聘，则功不立而名不称矣"，所以"引而伸之，先生可谓全德者"，这是序中的第一层论证；其次将周公与四皓作比较，论述自古辅佐幼主、主持大政就是一件很艰难的事情，就连被后人誉为圣人的周公都落得个"召公不说于内，三叔流言于外，盛德大业几坠于地"，更何况一般人？四皓一出、天下立定的功劳丝毫不亚于周公，在此情形下如果四皓"挟震主之威、负不赏之功，又何止流言不说之事哉！欲望其茹紫芝、卧商岭，其可得乎"？文章由此得出结论，四皓复出"非谋汉也，实将救时也"，其后复隐"非独全于此，亦将矫世也"，这是第二层论证，至此文章也水到渠成地得出结论：商山四皓知进退存亡，是"千古四贤人"。论证到此，堪称完美，但作者觉得论述还是有漏洞，必会有人提出疑问"周公相成王、摄天子，功成治定、制礼作乐，号为先圣，历代仰之，其先生之道过于周公乎？"针对这个问题，作者认为周公和四皓都是圣人，只不过周公是"圣人之用"而四皓是"圣人之晦"，两者的区别就在于"时异而迹殊耳"，是不同时代的不同的表现罢了，不存在过与不过的问题，这就是典型的树靶子论证法，亦称驳立论证法，这一论证更加阐明了商山四皓的美德，可与周公相媲美。这些论证法都是《四皓庙碑》的特色所在。

至于《四皓庙碑》的铭,除了和《重修北岳庙碑奉敕撰并序》的铭一样跟前面的序互为印证、互为补充外,还对序中的意思进行了引申甚至还抒发了作者本人的无限感慨之情和浓厚的历史沧桑之感。在商山四皓身后的乱世中,废立之事不断上演,出现了"操欺孤儿,莽抱孺子,成即自我,权亦归己"等一系列丑恶事件,为此作者感叹:"先生不生,大事去矣!"四皓不在,只留下"苍野峨峨,祠荒薜萝"的荒凉景象。面对四皓遗像,圣贤音容笑貌如在眼前,此时此景,怎不让人感慨万千呢?此处大有陈子昂"前不见古人,后不见来者。念天地之悠悠,独怆然而涕下"的悲凉和感慨。由此可见,《四皓庙碑》铭的部分又运用了情景交融的文学手法,做到了以景抒情,叩人心扉。

其实从上面提到的王禹偁撰写此碑文的原因来看,此处的写景抒情并不难理解,王禹偁以其刚正不阿的性格为遭受尼姑道安诬陷的徐铉鸣冤而无辜被贬商州,本已愤懑不已,"古庙对山开,清风向人寒,更无隐遁士,空有宾客官……吾道多龃龉,吾生利盘桓",一丝丝凄凉和苦笑自然流出。王禹偁对四皓庙是很有感情的,在离开商州时他还曾作《别四皓庙》一首:"明朝欲别采芝翁,吟绕阶前苦竹丛。贬谪入山非美退,此中争敢逐冥鸿。"就表达了自己来商州并不是如四皓一样是"美退",这一点是不敢与四皓相提并论的,对四皓的仰慕和自嘲溢于言表。

在形式上,《四皓庙碑》的铭文没有《重修北岳庙碑奉敕撰并序》的参差不齐、错落有致。除了"知秦之祚亡于子婴,知汉之祚存于惠盈"是八字句外,其他是清一色的四字句,对仗整齐,读来感觉短促有力、音节铿锵、余味无穷。

总而言之,相对于宋代以前的碑文而言,王禹偁的宫庙碑文无论在形式上还是在内容上都有了很大的创新。在形式上,王禹偁的

第二章　王禹偁的碑体文

庙碑在严格遵循"其文则铭,其序则传"原则的基础上,逐步作了一些改进,由原来的叙事变为夹叙夹议甚至以议论为主,句式也多种多样,并且采用了多种多样的论述方式,为更好地表达自己的观点提供了有力的保障;在内容上也有了很大的创新,不再是以前单纯的歌美德、颂功业,而是慢慢渗透作者本人的主张,甚至还融入了一些文学抒情方法,这都体现了宋代文人心怀天下的士子情怀。

二　寺院之碑:主题趋同、各有所长

目前在可见的王禹偁碑文中有关寺院的就只有《济州众等寺新修大殿碑并序》《商州福寿寺天王殿碑》《扬州建隆寺碑》和《滁州全椒县宝林寺重修大殿碑》等四篇。从题目上看,除了济州是王禹偁的籍贯外,商州、滁州和扬州都是王禹偁的贬谪地。这些碑文是否如其宫庙碑文一样寄托个人思绪,是一个值得探讨的问题,这就要从碑文的内容入手分析。

王禹偁的寺院碑文内容,一言以蔽之,就是"废兴修建而已"。其共同特征是按时间顺序叙述寺院的建造和发展过程,重点突出建寺的艰苦和主事者的功勋,每一篇碑文就是一部寺院兴衰史,只不过《济州众等寺新修大殿碑并序》《商州福寿寺天王殿碑》和《扬州建隆寺碑》是叙述寺院兴衰史,序、铭皆有,序详而铭略,序铺陈而铭精简,铭是对序的高度凝练,二者殊途同归;而在《滁州全椒县宝林寺重修大殿碑》一文里,这一任务则由铭完成,而它的序与其他几篇明显不同,它的序没有在铭之前而在其后,名之曰"后序"。其序曰:

> 雍熙中,予为大理评事知长洲县,范以进士见予于姑苏。今年予自翰林学士出守滁上,范为属邑吏。碑之请也,不得而

拒矣。因效元相桐栢观体，韵而书之。一挥而就，不复加点。盖任其俊而不系乎文也。时至道二年十月日记。

只叙述撰写碑文的理由和成文过程及创作时间，而对碑所涉之事一概不谈，与其他碑文的序相比篇幅又极为短小，这一点在碑文中是很少见的，但是这篇序和其他碑文的序相比也还是有一点共同之处的，那就是这篇序的内容和铭文也是相互照应、相互补充的，此篇碑文铭后半部有辞曰：

有范百宗，成名泽宫，为赋曹椽，旧识吾面，聿来诸郡，再拜恭恳，曰公词臣，久司帝纶，兹殿之碑，非公而谁。键毫不抽，实寺之羞，顾其勤勤，敢吝斯文。直书事实，词句鲁质，庶几胜缘，垂乎亿年。

同样是叙述受人所托，但铭比序更加具体、生动、形象，不仅把与友人的相识过程予以描绘，而且还把受托之时友人的谦恭之态展现在我们眼前，一个活脱脱的人物形象跃然纸上！"旧识吾面""再拜恭恳""非公而谁""顾其勤勤"让人更加体会到"碑之请也，不得而拒矣"的缘由和其中蕴含的真诚，由此可见铭与序互相照应，互相补充，相得益彰。值得我们注意的是，在这一铭一序中王禹偁还直接提到了创作时的感受和行文风格："一挥而就，不复加点，盖任其俊而不系乎文也"。由此我们可以想象作者提笔行文时是何等的酣畅淋漓；"直书事实，词句鲁质，庶几胜缘，垂乎亿年"更是此篇碑文语言朴实无华最好的见证。行文不受辞藻的束缚，叙述实事求是，语言质朴自然，可以说正是王禹偁此类碑文的一大特色。

不仅如此，王禹偁还能在平淡叙事中融入文学色彩，让肃然的

第二章　王禹偁的碑体文

碑文趣味盎然，如《商州福寿寺天王殿碑》就有一段神话般的描写：

> 初，怀省之伐殿材也，在深山穷谷之中，常时度材者以僻险不取，咸谓弃其功，必不能至矣。会天大雨，溪水暴作，一夕吹积于山下，栾、栌、橑、桷，以类而聚，若人力之区别。然而寺封尚远，河流顿耗，非复一雨不可至矣。怀省乃昼夜环礼，精心祷之。果有风雷吼骇，山谷推荡，漂注集于郡南。

依靠当时的条件，在山谷中采伐的木材是运不出去的，但偏偏来了场雨将山谷中的木材冲到山下，这还不算什么，也许这是天意，但所有木材居然还能够分门别类地堆在一起，就像有人整理过一样，这就具有神幻色彩了。至于后来怀省因为河道干涸、寺庙尚远、木材不能运达寺院而求雨、雨果然如期而至，这就是神话了。很显然，这段文字是在美化福寿寺弟子怀省的建造之功，但读来并不让人觉得有幻化之感，相反在经历过前面平淡如水的铺叙之后，笔锋至此，让人顿有耳目一新之感。"风雷吼骇，山谷推荡"更是将当时电闪雷鸣、大雨滂沱的情景描绘得有声有色，让人如同身临其境。这样一来，全文就显得文采斐然、异趣横生了。

除了用寥寥数语点活人物之外，王禹偁也不失时机地在这类碑文里表达自己个人情怀，如《扬州建隆寺碑》在叙述建隆寺建造过程之后，作者哀叹道："呜呼，战伐所亡，人骨已朽，乘兹善果，皆出冥途，岂知不再事朝廷复为臣子欤？"联系到前文所提到之所以在交兵的地方设立佛寺是为了让"死事之人尽离鬼趣，士捐生而无恨也"，我们便可知王禹偁在文中对死去本该无所恨的人表达了哀伤之情：即使修得善果、重新投胎人世间，但再也不能重新做回臣子为朝廷效忠了，这样的生又有何益？不是没有遗恨，而是遗恨更大。

至此我们就明白王禹偁的个人心绪：自己比起那些战死的人来说是幸运的，因为自己还活在世上，但自己空负一身才华却屡遭贬谪，既然不能效忠朝廷，活着比死了又强到哪里去呢？这就把王禹偁渴望回京、报效朝廷的心情强烈地表达了出来。所以在接下来的铭文中王禹偁说"佑我圣祚垂无穷"，意思就是希望我的皇帝能够世世代代延续下去，其忠君爱国之心呼之欲出！将个人深沉的情感注入严谨的碑文中，一下子就让文章跳出沉闷的窠臼变得生动起来，这就是王禹偁的艺术创造之功。

总之，王禹偁这四篇寺院碑文或平铺直叙、语言朴实，或刻画人物、生动可感，或直抒胸臆、真挚动人，各有特色，各有千秋。

三 墓碑之文：直而叙之，叙中显情

因为都跟坟墓有关，所以人们习惯上将神道碑、墓碣铭和墓志铭统称为墓碑。但三者毕竟有所不同，所以在讨论王禹偁作品之前，还是有必要对神道碑、墓碣铭和墓志铭进行一下简单区分。

神道碑和墓碣铭文本无二致，只是立碑之人官阶大小不同而已。根据碑碣制度，"三品以上神道碑"，"五品以下，不名碑，谓之墓碣"[1]，"文与碑同"[2]，此神道碑与墓碣铭之区别。而两者与墓志铭最大之区别，在于碑碣都是树立坟墓之外，而墓志铭则是埋于坟墓之中，故亦称埋铭，所谓"墓志纳之墓中柩前"是也，从此点看墓志铭必于葬前拟定，如此方可埋于坟冢，而碑碣既可写于葬前，也可作于葬后。从历代创作情况来看，墓志铭与碑铭无论在结构上还是在行文上大致是相同的，但在内容上却不同：碑铭的作用是彰显

---

[1] 王水照：《历代文话》，复旦大学出版社2007年版，第1373页。
[2] 同上书，第1632、1633页。

第二章 王禹偁的碑体文

功德，所以行文中只需能够抓住能够彰显人物功德的地方进行记述或议论即可，为了达到这种效果可以自由剪裁、不受人物履历等拘束；而墓志铭的作用是"直述世系、岁月、名字，爵里，用防陵谷迁改"，就要规规矩矩、原原本本地介绍人物。因为上述区别，所以就有"碑表于其外，文则稍详；志铭则埋于圹中，文则严谨"之说，这就是碑铭与墓志铭的本质区别，《金石例》云：

"墓志、墓碑文辞各异。（墓志）只可纳于墓内，不可作碑用。如文词有可通用，则或为墓志，或为墓道之碑，亦可也。但碑上不言志字，只言某官某人之碑，或云墓碣。"[1]

由此可见碑碣同属，墓志铭另为一类，不可作碑，因此墓志铭也不能等同于碑铭。但通过历代作家的创作情况来看，除了文辞通用之外，墓志铭与碑铭在结构安排和写作手法上基本没什么差别，所以把墓志铭划为墓碑文之列应该是合理的。但是还要注意这里的碑铭的"详"并不是事无巨细，而是在叙述事迹时要内容丰富，从而使人物形象丰满起来。而墓志铭的"严谨"则是指在记录墓中人家谱、年龄、姓氏等内容时要持有一种严肃的态度。当然有的墓志铭也有刻画，但这都是后人对这种文体进行加工创作的结果，并不影响这个关于碑铭和墓志铭区别的论断。

这些区别在王禹偁的一篇神道碑里得到了明显验证，这篇碑文就是《前普州刺史康公预神道碑》。如果不细读原文，就极可能认为这篇神道碑记述的对象是康预，其中"公"是尊称，但其实不然，由"吾见于康公矣。公讳延泽，字润之，代北人也"可知原来神道

---

[1] 王水照：《历代文话》，复旦大学出版社2007年版，第1372页。

碑记述对象不叫康预而叫康延泽，其碑文序还曰：

> 吾有平蜀微功，思预刻吾墓，其谁能之？……吾欲生前自视其文，知词无愧而功不诬也。

这段话是淳化三年康延泽七十六岁时让儿子去请"有文称于代"的王禹偁给自己撰写碑文时所说。由"预"字可知《前普州刺史康公预神道碑》是作于康延泽去世之前，而《右卫上将军赠侍中宋公神道碑奉敕撰》和《殿中丞赠太常少卿桑公神道碑》这两篇则是写于其人已殁之时：《右卫上将军赠侍中宋公神道碑奉敕撰》有"上将军邢国公薨"为证，《殿中丞赠太常少卿桑公神道碑》则有"归葬吾乡"为证。

除了铭序同构外，这三篇神道碑在内容安排上的共同点在于：三者都无一例外地按照"名讳——籍贯——履历——子嗣"的顺序来写，履历部分重在突出其平生功业，这也符合碑铭镌刻美德功业的一贯做法。但不同的是《右卫上将军赠侍中宋公神道碑奉敕撰》和《前普州刺史康公预神道碑》的序都是叙述人物履历之前先有评价，记述完之后在对人物一生进行总结，如《前普州刺史康公预神道碑》前有"立功名之谓贤，齐得失之谓道，悟生死之谓达，三者有一，可谓闻人矣"，简洁含蓄地指出康公是有功名的贤人和名人，而文末在"大率平蜀之功，公居第一。离而辨之，其功有五"之后从五个方面对康公的功绩进行了总结，前后呼应，浑然一体，而《殿中丞赠太常少卿桑公神道碑》只有后文有评价。《右卫上将军赠侍中宋公神道碑奉敕撰》和《前普州刺史康公预神道碑》都是鸿篇巨制，尤其前者，洋洋洒洒，甚为详细，而《殿中丞赠太常少卿桑公神道碑》篇幅短小，这个可能跟逝者的身份有关：官职越大篇幅

第二章 王禹偁的碑体文

越长，事无巨细，功德更多。三者中宋渥是右卫上将军、邢国公，职位最高，功伐最多，故《右卫上将军赠侍中宋公神道碑奉敕撰》最为繁富，篇幅最长；康公次之，所以其碑篇幅略短；而桑公在三人中最不显赫，故其碑文最为短小，但《殿中丞赠太常少卿桑公神道碑》却最能融入王禹偁的感情，有辞为证：

> 某为巨野人也。儿童时，少卿数来吾家。先人命拜，少卿踞受曰："童子答某常记之。"

读此语真可谓"观风如面，听词如泣"①，而后文中所云"公读周公孔子之书，而道屈于场屋；负冉有季路之政，而命厄于州县"，这岂不是王禹偁空负一身才华而屡遭贬谪下放州县的写照吗？睹物思人，由人及己，惺惺惜惺惺，可谓是感同身受，黯然神伤了。因此王禹偁这篇神庙碑虽然最短但最为感情真挚，而《右卫上将军赠侍中宋公神道碑奉敕撰》虽然巨制宏伟，但因为是奉敕而撰，只能"详求家牒，参用国史，论次功行，直而叙之"，在此情形下写出的碑文必然会华丽有余而真情不足，不过话说回来，这篇碑文又最能体现碑铭"文则稍详"的特点。

相对于神庙碑的文丰意厚来说，王禹偁的墓碣铭则显得简短些，《著作郎赠国子博士鞠君墓碣铭》《故泉州录事参军赠太子洗马陈君墓碣铭》和《建溪处士赠大理评事柳府君墓碣铭》等3篇墓碣铭序只是流水账式地记叙了主人公的姓氏、家世、履历和子嗣，没有重点铺叙，也没刻意渲染主人公的美德功业，完全是一副是非功过自有后人评说的势头，而且铭文也惜墨如金。究其原因大概和碑碣主

---

① 刘勰著，范文澜注：《文心雕龙》，人民文学出版社1958年版，第215页。

人公的官阶有关，按照"三品以上神道碑""五品以下，不名碑，谓之墓碣"① 的葬礼规定，墓碣铭主人公的级别比神道碑主人公至少差两级，官卑职微，五品以下的官员自然比不上三品以上的大员建树多，所以墓碣铭行文远没有神道碑文的大开大阖。

但这并不等于王禹偁墓碣铭没有可取之处，在这三篇墓碣铭中，《著作郎赠国子博士鞠君墓碣铭》是最能让人称道的。这篇墓碣铭优于其他两篇的地方倒不在其文字的多少，而在于在这篇墓碣铭里有纤细入微的细节描写，还在于在这里我们又看到了王禹偁怀才不遇的影子。这里所指的细节描写就是碑文中鞠舆的侄子仲容写给王禹偁的一段话，择其要曰：

> "……两院儿女，凡有九人，训抚提携，并如己子，于今乡人不知有从父兄弟。嗟予小子罪逆不孝，禄不及亲。官添通籍，今奉天子命，得封赠父母。未立片石，以表坟墓。大惧我祖考之遗烈将坠于地。幸与足下布衣之旧，岂惜一言不慰罔极之心乎？"

这段话包含三层意思：一曰叔父婶娘将所有孩子视若己出、一视同仁的养育之恩；二曰自己既不能用俸禄奉养二老又不能为二老树碑、上对不起列祖列宗的愧疚之心；三曰既然是叔父旧交、自然不会对所托之事无动于衷。层层递进，言之切切，心之拳拳，此等孝子慈孙之心怎会不让王禹偁心碎动情，接受所托，写下这篇墓碣铭呢？

这篇墓碣铭写于王禹偁"左官掖垣，忧畏奔迫"之际，"昼寝既

---

① 王水照：《历代文话》，复旦大学出版社2007年版，第1373页。

第二章 王禹偁的碑体文

酬,初夕无寐,因命家童秉烛,据行实而书之",其忧谗畏讥、惶恐不安的心态可想而知。从"闰三月九日晨,及光州加禄驿"来看,应该是王禹偁第二次被贬、赶往滁州的路上,从仅仅因为在孝章皇后崩后自己私下里说"后尝母信仪天下、当遵用旧礼"而落下了诽谤的罪名,到一路颠簸困顿,茫然、愤懑必会溢于胸臆之中。面对凭一篇万余言的《四时成岁赋》就"声振场屋"但却"不登朝籍"、最终"含章遁世"的鞠舆,性格刚直而不容于物的王禹偁必然也会不平则鸣:"呜呼!士之处世,患才无所取名,名无所开。名既立,患无知己。唯公负天才,得高第,复有范鲁公赵相国为之引拔,而不登朝籍,终于畿令,岂非命欤!"有才,有名,又有人引荐到朝廷,但最终却不能在朝为官而终老于地方官任之上,这岂不是造化弄人、命运无常吗?但遭到命运捉弄的不止鞠舆一人,还有王禹偁。王禹偁以文名轰动朝野从而备受太宗喜爱,一度掌管制诰,是何等的荣耀,但浮华一梦,转瞬间自己就被贬谪远方而不能在朝为官,所以王禹偁对鞠舆表达了强烈的哀悼之情,顾影自怜,同时也表达对自己不幸遭遇的愤懑之情,可以说是痛彻心扉,催人泪下。恐怕连王禹偁本人也没想到,他也最终老于蕲州任上,这种命运与《著作郎赠国子博士鞠君墓碣铭》的主人公是何等相似!在严谨的碑文中如此强烈的抒发个人情感、大胆表露自己人生遭遇,可以说是这篇墓碣铭的成功之处。

这一点不但墓碣铭如此,就是在以严谨为准绳的墓志铭里也很常见,如王禹偁就在《宣徽南院使镇州都部署郭公墓志铭》就用"降年不永,大勋未立,可痛惜哉"来表达对"出师未捷身先死"壮志未酬的郭守义的痛惜之情。本来墓志铭只记载家世、姓氏、岁月、履历和子嗣等情况,埋于坟冢之中以便后人迁坟时识别之用,是很严谨的,是不可以抒发感情、发表议论的,但当它成为文人倾泻个人才华的载体的时候就不仅仅叙事那么简单了。不仅可以议论、抒情，而且在结构上也呈现出多样化的趋势，我们以王禹偁的墓志铭为例。

在王禹偁这8篇墓志铭里，有的先叙家世，次叙名讳，再次履历，接以死葬，最后是子嗣，如《宣徽南院使镇州都部署郭公墓志铭》；有的先叙死葬，次叙名讳，然后依次是履历、子嗣，如《谏议大夫臧公墓志铭》；有的先自乞铭开始，次叙名讳、家世、履历、死葬和子嗣，如《故侍御史累赠太子少师李公墓志铭》；有的先叙死葬、再叙子女有功名、父因子贵、子求铭文，然后再继之以名讳、家世、履历和子嗣，如《殿中丞赠户部员外郎孙府君墓志铭》；有的则先叙祖宗功业，再叙名讳、履历和子嗣，如《赠太子洗马王府君墓志铭》；有的还先说姓氏，次叙家世，然后才是履历、死葬和子嗣，如《监察御史朱府君墓志铭》。基本上一篇一个样式，各有各的特色，这也体现出王禹偁对这种文体驾轻就熟的能力。

这里面最能体现王禹偁驾驭能力的是《殿中丞赠户部员外郎孙府君墓志铭》，现择其要摘录如下：

> 端拱元年正月朔，殿中丞富春孙公自龙州受代，终于岐山。诸孤护丧，权窆于许。服阕，长子何举进士，中甲科，声名振天下。俄拜右正言，直史馆，赐三品服。进阶为朝奉郎，策勋为骑都尉。且命副漕运使于畿甸之西，按行数十郡。属吏故人，负弩望尘之不暇。今春上郊祀毕，以何贵，制赠殿丞府君为户部员外郎。将改葬，请进士王巇齐书来滁上，祈铭于工部郎中王某，公讳庸，字鼎臣，其先……公即评事之次子。少孤力学，举进士不进退而……在郡四年，复命得疾，肩舆而归，享年六十有七。……次子仅，举进士，文学如其兄。次子侑，……长

第二章 王禹偁的碑体文

女……次女适进士刘仲堪，俊而有文采。昔西汉选用经术，晁错、董仲舒以对策高第显……此三不遇也。呜呼！天其或者屈公之位而大公之嗣乎！至于业官之绩，可以为吏师；修身之道，可以为人范。……户部之贤，三英之秀，有自来矣！先是，某为左司谏，知制诰，有以何之文相售者。见其文有韩柳风，因夸于同列，荐于宰执间。居数月，何始来候，吾又得仅之文一编。时给事中兼右庶子毕公与吾同典诰命，适来吾家，因出仅文以示之。读未竟，乃大呼曰："吓死老夫矣！"其为名贤，推服也如此。今缙绅中言掌诰之才者，咸曰："朝廷不命其人则已，命之则必何也。"场屋中语科第之殊级者，亦曰："国家罢举则已，举不罢则首冠者必仅也。"吾是以知廷评之积德，户部之道屈，在夫三子矣，岂止文学之出入矣，又将富贵之逼身也。铭曰……

这篇墓碣铭的独特处在于：按墓志铭的一般写法，全文主要是写家世、履历和子嗣，但这些内容《殿中丞赠户部员外郎孙府君墓志铭》还占不到一半的篇幅，这是其一；其二，这篇墓志铭在开始交代完孙府君终于岐山之后本该开始叙述主人公家世，但王禹偁却将笔墨放在描写他的儿子孙何高中状元、大受朝廷重用而声名显赫，之后才开始写孙府君之家世、履历和子嗣；而且一般墓志铭介绍子嗣时，都只是言简意赅地介绍对主人公每一个子女的生平，但《殿中丞赠户部员外郎孙府君墓志铭》却在笼统介绍完子嗣情况之后，重点介绍了主人公的两个儿子——孙何、孙仅，这是其三；其四，在记叙两个儿子之前还插进了一段议论兼抒情的评价，在总结了孙府君"三不遇"之后作者感叹道："呜呼！天其或者屈公之位而大公之嗣乎！"接着就突出描写了孙何、孙仅兄弟二人的盛名，而盛名又通过"吓死老夫矣""朝廷不命其人则已，命之则必何也""国家罢举则已,举不罢则首冠者必仅也"等别人口中语来突出,这种以此映彼的手法明显是衬托的手法。由此可见,在撰写过程中王禹偁可谓是率性而为,毫无羁绊,忽而叙事,忽而议论,忽而抒情,究其原因,大概是不论孙府君还是其二子都是王禹偁熟悉之人,尤其是孙何、孙仅横空出世,声震朝野,这让具有引荐之功的王禹偁异常兴奋和自豪,同时也深深为主人公扼腕叹息,"是以知廷评之积德,户部之道屈,在夫三子矣,岂止文学之出人矣,又将富贵之逼身也",如果主人公活在当下,看到自己的后代既有文名也有功名,也应该欣慰了。

总之,王禹偁墓碑文遵循"直而叙之"的原则,讲究用事实说话,这也是王禹偁在这几篇墓碑文中一再予以强调的,如在《右卫上将军赠侍中宋公神道碑奉敕撰》云"考其实而文之,于是详求家牒,参用国史,论次功行,直而叙之",在《殿中丞赠太常少卿桑公神道碑》说"命其子齐书而来,某据事状次而书之",在《著作郎赠国子博士鞠君墓碣铭》亦云"据行实而书之",这无一不表明了庙碑文要实事求是,这也暗合了刘勰"属碑之体,资乎史才"的原则,尤其是序采取了史传的写法,在"叙事该而要"[①]的基础上,也注意内容的剪裁得当,有详有略,更好地突出人物的高尚品德和丰功伟绩。但在给熟悉的人物撰写碑文时,王禹偁也毫不掩饰地在碑文的字里行间倾泻个人情怀,或悲伤,或同情,或愤懑,这就避免了碑文直而叙之的单调和乏味,这样不仅没有影响到文章的真实性反而更好地增强了事情的可信度,这也是其碑文让人称道之处。

四 纪功之碑:文采有余、浩气不足

从现在的角度看,纪功本就是树碑的应有之义。从现有的记录

[①] 刘勰著,范文澜注:《文心雕龙》,人民文学出版社1958年版,第214页。

第二章　王禹偁的碑体文

看，纪功碑的源头最早当追溯到周穆王纪迹于弇山，后又有李斯刻石纪录秦始皇功德，至此刻石始曰碑，故纪功碑应从此开始诞生。李斯的《会稽刻石》当为现存最早的纪功碑。整片碑文是由四字句构成，三句一组，三句一韵，工整匀称，读起来铿锵有力、朗朗上口，风格清俊质朴，很有气势。李斯的这篇纪功碑对后世影响很大，鲁迅在《汉文学史纲要》认为其"质而能壮，实汉晋碑铭所从出也"。与后来的碑文不同的是，李斯的这篇碑文只有铭而没有序。到了后来人们在铭文之前加上了序，而且序越来越长，甚至压倒了后面的铭文，铭文显得倒不重要了。纪功碑的结构形式也和其他碑文一样，有序有铭，序为散体，铭为骈体。

宋代之前的纪功碑，论成就当首推韩愈的《平淮西碑》。这篇碑是记录唐宪宗派裴度和李愬带兵打败吴元济从而平定淮西的历史事件。平定淮西，对结束藩镇割据、巩固唐王朝统治意义重大，任何溢美之词也是不过分的。大凡这种碑文都是用对仗工整的骈体文写成，而且用词讲究，典雅稳重，但韩愈此文却形象生动，下笔如行云流水，如大江之水汪洋恣肆。无论是前面的序还是后面的铭都有详细的人物或场面刻画，让人仿佛身历其境，不愧是纪功碑的传世佳作。作为崇韩、学韩的王禹偁显然是受到了这篇碑文的影响，也写了一篇以记录重大历史事件为主的纪功碑——《拟侯君集平高昌纪功碑并序》。

单从题目上来看，《拟侯君集平高昌纪功碑并序》就显示出模仿韩愈作品的痕迹，韩碑为平淮西，而王碑为平高昌；从内容上看，韩碑记叙的是唐宪宗派裴度等平定淮西这一重大历史事件，而王碑记叙的是唐太宗派侯君集平定高昌这一历史事件，王禹偁和韩愈一样都侧重歌颂皇帝的功德，都在渲染战争的正义性；在构思上，二者也有很多相似之处：都是开头盛赞唐朝历代皇帝之圣明，历数罪

49

逆之不轨，然后记叙逆贼谋反皇帝派兵征讨，征讨前都是皇帝对出征将领千嘱咐万叮咛，然后才是战争过程，二者对战争过程的记叙都极为简略，在全文占的篇幅很小。

但两篇碑文毕竟是出自两个不同的作者之手，韩愈固然是一代文豪，但王禹偁亦是一朝词臣，虽然学韩但也不至于蹈袭前人、毫无变化，在很多方面《拟侯君集平高昌纪功碑并序》还是自有特色的，主要表现在两个方面：一是战争场面描写上，王碑比韩碑更有气势，如在描写唐军攻城时曰"高楼下瞰，疑鲸鲵以晴；矢飞石交，驰误星辰之夜陨"，刀剑林立，犹如白昼，飞箭与石块撞击产生的火花仿佛夜空下坠落的星辰，用比喻的手法写出了敌我双方交锋之激烈和唐军攻势之凌厉；二是王碑序以议论开始、以议论收尾，首尾呼应，开头曰"圣人之化，其行也无外；王者之师，其征也无战"，结尾又曰"非夫圣人之行化，王者之用师，孰能舆于此乎"，前后呼应，突出西昌之战胜在王者之化、帝王之圣，结构严谨，浑然天成。

但韩愈毕竟是唐宋八大家之首，其才华历代公认，这是王禹偁无法媲美的，表现在这篇纪功碑上，韩愈在很多方面远远胜过王禹偁。如同时描写重大历史事件，韩愈因亲历过战事，凡事亲身目睹耳闻，所以《平淮西碑》中有多次人物对话，描述也就显得具体形象，而王禹偁是拟写碑文，写的是本朝之外的事情，并不是亲历之事，故《拟侯君集平高昌纪功碑并序》叙事就略显乏味；又如同样是写战争胜利、宣扬帝王圣化之功，韩碑铭曰：

蔡之卒夫，投甲呼舞；蔡之妇女，迎门笑语。蔡人告饥，船粟往哺；蔡人告寒，赐以缯布。始时蔡人，禁不往来；今相从戏，里门夜开。……蔡人有言：始迷不知，今乃大觉，羞前之为。蔡人有言：天子明圣，不顺族诛，顺保性命。汝不吾信，视此蔡方；

第二章 王禹偁的碑体文

孰为不顺,往斧其吭。凡叛有数,声势相倚,吾强不支,汝弱奚恃?其告而长,而父而兄,奔走偕来,同我太平。①

而王碑铭曰:

献俘太庙,庆我王室,人骇捷音,事光史笔。非臣之力,乃君之德,睿算无遗,神功不测。化苟未敷,萧墙有隙,道之既至,鬼方必克,西域又安。师人凯旋,干戈倒载,风教昭宣,德迈前古,功侔上玄。

两相对比,孰高孰低,一览便知。韩碑通过蔡人的欢呼鼓舞、奔走相告和口耳相传鲜明形象地展现了战争的正义性和天子的圣明,而王碑则是通过议论性的语言对战功进行了评价,虽然语言华丽,但总体来说不如韩碑来得自然生动,韩碑较王碑更加古意盎然。韩愈才气充沛,行文纵横开阖,毫无羁绊,总是把文章写得率气洒脱,而王禹偁则是文采有余而气不足,这就是王禹偁不如韩愈之处,看来有人说"王禹偁学韩而不至"是有一定道理的。

第三节 王禹偁碑体文小结

明人徐师曾认为碑文有"三品":"其主于叙事者曰正体,主于议论者曰变体,叙事而参之以议论者曰变体而不失其正。"② 以此观之,王禹偁碑文大都是叙事为主并参之以议论,可谓是"变体而不失

---

① 刘真伦、岳珍:《韩愈文集汇校笺注》,中华书局2010年版,第2198、2199页。
② 王水照:《历代文话》,复旦大学出版社2007年版,第2115页。

其正"。从正体到变体而不失其正，再到别体，这也是碑文这种文体演变的必然趋势，更是历代作者为了表达的需要而不懈努力的结果。

除了寥寥几篇碑文之外，王禹偁的碑文大都碑铭同体，有铭有序，"序则传，碑则铭"，序铭互为补充，互为照应。在叙事上，王禹偁始终坚持据实直书，不夸大，不隐藏，真正做到了"不诬""不蔽"，碑文中的序因此也就具有了很强的史料价值。但王禹偁并没有一成不变地拘泥于历史实录，而是对人物事迹进行了合理剪裁，从而更好地突出了人物，增强了文章的文学性。

除此之外，在表现手法上，王禹偁碑文或叙事，或议论，或抒情，其中最值得一提的是王禹偁能够将个人的身世浮沉和人生际遇融入到本该严谨的碑文中。不仅如此，王禹偁碑文在采用骈散结合的语言模式之外，还大量运用比喻等修辞手法和细致入微的描写刻画，从而使碑文变得充实而又鲜活，这就充分体现了王禹偁在碑文体制上的大胆尝试。当然王禹偁的碑文也有瑕疵之处，也有"谀墓"之嫌，譬如其纪功碑就将宋太宗的圣人之化神话了，这是不足取的，但是瑕不掩瑜，这丝毫不影响我们对王禹偁碑文的肯定与赞扬。

王禹偁碑体文之所以取得这样的成就也是他虚心向前人学习的结果。除了学习韩愈外，他还向元稹学习，《滁州全椒县宝林寺重修大殿碑》就是明证。《滁州全椒县宝林寺重修大殿碑》序有"因效元相桐柏观体，韵而书之"等语。其中"元相"即指元稹。"桐柏观体"即指元稹的《重修桐柏观记》，这一点我们可以先从桐柏观入手去分析验证。

桐柏观即浙江台州桐柏宫，"唐景云二年，为司马承祯建，然梁沈约有《桐柏山金庭观碑记》，则唐以前先有之矣。至太和、咸通之间，道士徐灵府、叶藏质新之，元微之、刘处静为记。五代开平中，先武肃王重建，名桐柏宫。至宋大中祥符元年，又改名崇道观……

第二章 王禹偁的碑体文

洪武间重建，永乐中又加新之。其时尚有唐人碑刻，如《崔尚碑颂》，韩择木八分书"[1]。由此可知，桐柏观至五代始称桐柏宫，宋大中祥符元年（1008年）又以观名，而此时王禹偁早已去世多年，从这一点来说，王禹偁效仿五代或者宋代以桐柏观命名的碑文的可能性不大，那么"元相"就极有可能是五代以前之人。

从上面史料记载来看，在五代之前给桐柏观撰写碑记的有沈约、元微之、刘处静和崔尚。其中，沈约，字休文；刘处静字道游，处静又作玄静、玄靖。无论从姓名和字讳来看都跟"元相"没有关系，故这两个人可以排除，那"元相"的最可能人选就在崔尚和元微之两人之间。

崔尚，登久视（武则天年号）进士第，唐玄宗时官祠部郎中，新旧唐书中均没列传，名讳无所考，但从碑文形式来看，王禹偁《滁州全椒县宝林寺重修大殿碑》以铭为主，序为辅，铭有304字，序为87字，铭的篇幅远远超过序；而崔尚所撰《唐天台山新桐柏观颂颂并序》[2]，序洋洋洒洒1171个字，而铭却只有寥寥110个字，这种结构形式明显与王禹偁碑文不同，故王禹偁不可能效法崔尚，"元相"也不可能是崔尚。

那"元相"是元微之的可能性最大，而且这种可能性的理由也最充分。据查，元微之即是元稹。"元稹，字微之，……与白居易友善。工为诗，善状咏风态物色，当时言诗者，称元、白焉。自衣冠士子，至闾阎下俚，悉传讽之，号为'元和体'"[3]。王禹偁诗学白居易，在北宋初期"白体诗"派作家中成就最高，从这一点来说，他在学习白居易的同时不可能不去关注与白居易同为"元和体"诗

---

[1] 钱泳：《履园丛话》，中华书局1979年版，第488—499页。
[2] 董诰等：《全唐文》，中华书局1983年版，第3089页。
[3] 刘昫：《旧唐书》，中华书局1975年版，第4334页。

人的元稹，学习元稹的行文之法并为己所用也与王禹偁"宗白"精神相吻合，这是其一；其二，元稹的《重修桐柏观记》①铭文有269字，而序则只有26字，铭的篇幅远远超过序的部分，王禹偁的碑文结构布局与之高度相似，都是典型的铭繁序简结构；其三，从"稹初罢相，三司狱未奏"和元稹自编《元氏长庆集》"自叙曰：卒用予与裴俱为宰相"等语句来看，元稹官至宰相之职。按古人以官职相称的习惯，王禹偁称元稹为"元相"合情合理。

所以我们可以断定，"元相桐柏观体"中的"元相"即指元稹，"桐柏观体"即为元稹所作碑记《重修桐柏观记》，王禹偁《滁州全椒县宝林寺重修大殿碑》所模仿的正是元稹这篇碑文。

---

① 董诰等：《全唐文》，中华书局1983年版，第6646页。

第三章　王禹偁的序体文

第一节　序体文的发展及特征

作为我国古代文学中的一种重要文体，序一开始并不是文体的专属名词，这就要从"序"字的释义说起。

《尔雅·释宫第五》曰："东西墙谓之序。郭璞注：所以序别内外。"①段注《说文解字》进一步注释曰："按堂上以东西墙为介。礼经谓阶上序端之南曰序南，谓正堂近序之处曰东序、西序。古假杼为序。尚书大传：天子贲庸，诸侯疏杼。郑注云：墙谓之庸，杼亦墙也。"②这跟后来作为一种文体的序是完全不搭边的，但古代造房必先确定东西墙然后才付诸后续动作，这其中的喻义就和后来的序文体有一定的联系了。段注曰："次第谓之叙。经传多假序为叙。周礼、仪礼'序'字注多释为次第是也。又周颂：继序思不忘。传曰：序，绪也。此谓序为绪之假借字。"原来序是"叙"或者"绪"的假借字，而"叙，绪也"③，这层含义就跟后来作为文体的序的作用一致了。

---

① 郭璞注：《尔雅》，浙江古籍出版社2011年版，第30页。
② 许慎撰，段玉裁注：《说文解字注》，上海古籍出版社1988年版，第444页。
③ 郭璞注：《尔雅》，浙江古籍出版社2011年版，第2页。

明代吴讷在《文章辨体序说》中作了进一步说明："序之体，始于《诗》之《大序》。首言六义，次言《风》《雅》之变，又次言《二南》王化之自。其言次第有序，故谓之序。"① 这也与"绪"或者"叙"的含义一致，"言其善叙事理、次第有序若丝之绪也"②。

尽管有诸如吴讷等人"序之体，始于《诗》之《大序》"的说法，序体文的渊源目前学术界还是在争论不休，但"序体产生于编辑整理文献过程中"③ 这一说法是比较可信的，至于具体产生时间最晚不会晚于司马迁的《太史公自序》，因为司马迁史记中的这篇序是公认的一篇体制成熟的序体文。到了南北朝，序体文获得了长足的发展，最为重要的标志就是南北朝萧统的《文选》就收录了大量的序文。从现有的文献看，在唐代之前，序体文的各种形态已经完备，书序、赋序、诗序、集序、铭序、碑序和游宴序等已经被大量创作，唯独没有赠序。

赠序原先是依附于古人临行相赠的诗文，题目一般冠之以"送……序"，无非是表达惜别、劝勉、鼓励、赞许等意，后来独立成文，至唐宋始大兴于世。姚鼐在《古文辞类纂》里将赠序从序跋类分出来另列一类，云"唐初赠人，始以序名，作者亦众，至于昌黎，乃得古人之意，其文冠绝前后作家"。虽然以后很多研究者据此认为赠序实与其他序跋类内容不同，因此赠序与序跋类不同体，如曾枣庄就认为"赠序之序和序跋之序实为不同性质的文章，赠序为赠人以言，序跋为叙述著作之意，赠序之序与序跋之序应各为一类"④，但从赠序的来源和序的本义来看，其与序跋文共同归于序体

---

① 王水照：《历代文话》，复旦大学出版社2007年版，第1622页。
② 同上书，第2106页。
③ 吴振华：《序体溯源及先唐诗序的流变过程》，《学术月刊》2008年。
④ 曾枣庄：《以序名篇，文非一体》，《古典文学知识》2011年第4期。

第三章　王禹偁的序体文

文之类应该是没有什么问题的。

至于序体文的分类，从严可均的《全上古三代秦汉三国六朝文》至今所有的文集中基本都是依据序体文的内容来划分的，如碑铭序、集序、赋序、诗序和赠序等，虽然各种文集出现的序体种类数量不一，但大都可以简单划分为单篇作品序、作品集序、宴集序和赠序，其中单篇作品序因为依附于大量的不同文体的文章里，卷帙浩繁，不胜枚举，而且它的存在丝毫撼动不了其所依附文章的文体性质，故没有必要对其进行细致划分。而在其他类里，作品集序可以分为诗集序和文集序，作品序有的是前序，有的有后序即人们常说的跋，有的前序后序均有；宴集序和赠序则不再进行划分。

吴讷《文章辨体序说》云："东莱云：'凡序文篇，当序作者之意，如赠送、宴集等作，又当随事以序其实也。'大抵序事之文，以次第其语、善叙事理为工。近世应用，惟赠送为盛，当须取法昌黎韩子诸作，庶为有得古人赠言之义，而无枉己徇人之失也。"[1] 这就说明序文既要有条理、有次序地表达作者的意图，又要按照事理的本来面貌如实叙述，不能为了迁就别人而歪曲自己的本意。"其为体有二：一曰议论，二曰叙事。"[2] 但是从历代名家名作的创作情况来看，这两者是很难孑然独立的，往往是结合在一起的，只不过有的以叙事为主，有的以议论为主，共同的特征就是夹叙夹议。

在现存的王禹偁《小畜集》及《小畜外集》中共有三卷是序体文，其中《小畜集》两卷，分别为卷十九和卷二十，每卷15篇，共30篇；《小畜外集》一卷，为卷十三，此卷13篇，共计43篇，其中外集中《集贤钱侍郎知大名序》一篇已残缺不全，只存寥寥几句，

---

[1] 王水照：《历代文话》，复旦大学出版社2007年版，第1622页。
[2] 同上书，第2106页。

可以忽略不计。剩余的42篇按内容来分，大致可分为两大类：一曰作品序，以作品集序为主，共有11篇，其他2篇，为《周易彩戏图序》和《商于驿记后序》，在这一类里重点讨论作品集序；二曰赠序，共29篇。可见王禹偁的序体文创作以赠序为主，这也是本节讨论的重点。

第二节 王禹偁的作品集序

王禹偁的序体文中，作品集序共11篇，分别为《小畜集》十九卷、二十卷中的《中书试诏臣僚和御制雪诗序》《三谏书序》《东观集序》《诸朝贤寄题洪州义门胡氏华林书斋序》《诏臣僚和御制赏花诗序》《冯氏家集前序》《皇华集序》《孟水部诗集序》《右街僧录通惠大师文集序》等9篇和《小畜外集》十三卷中《桂阳罗君游太湖洞庭诗序》《神童刘少逸与时贤联句诗序》等2篇，共11篇。

根据内容，这些作品集序可以分为集体作品序和个体作品序，集体作品序就是为集体创作的作品结集撰的序，个体作品序就是为作家个人的作品集撰写的序。集体作品序有《中书试诏臣僚和御制雪诗序》《三谏书序》《诸朝贤寄题洪州义门胡氏华林书斋序》《诏臣僚和御制赏花诗序》和《皇华集序》，其他为个体作品集序。他们的共同特性一言以蔽之，就是"序者，序典籍之所以作也"[①]。换言之，在序文里交代作品集结集或者成书的原因和过程就是此类序文的共同内容，这一点在集体作品序里尤为明显，而个体作品序除了这个共性之外，还比集体作品序更多地融入了一些议论、评价和个人情感。

---

① 王水照：《历代文话》，复旦大学出版社2007年版，第1483页。

第三章　王禹偁的序体文

一　集体作品集序：典丽宏赡、礼赞帝王

王禹偁的这类序文以《中书试诏臣僚和御制雪诗序》和《诏臣僚和御制赏花诗序》为代表，文章富丽宏赡、用词考究。这两篇序是王禹偁为宋太宗和群臣相互之间酬和的诗集而作，这种序在古代是普遍存在的。通常情况下，文人士大夫相聚游玩或者饮酒相互酬唱赋诗而成集，并由其中一人为之作序，此类序文一般是描绘宴游场面，交代作序缘起并间或抒发人生际遇的感慨。

这类序由来已久，最典型的代表作就是我们耳熟能详的王羲之《兰亭集序》。《兰亭集序》全文324字，既记录了盛会的时间、地点、人物和宴会场面的优美风雅，又抒发了人生倏忽的无限感慨，文章最后一段还交代了结诗成集的目的，整篇文章融叙事、写景、议论和抒情于一炉，简洁明快，浑然天成，不愧为序体文的经典之作。反观王禹偁的这两篇序，在继承古人此类序传统手法的同时也形成了自己的一些特点，以《中书试诏臣僚和御制雪诗序》为例。

宋太宗雍熙四年"十二月丁巳，大雨雪，近臣称贺"（《太宗实录》卷四二），太宗大宴群臣，席间吟诗助兴，相互唱和，次年（端拱元年）"正月庚申，太宗御制喜雪五言二十韵，赐宰相李昉等，令属和"（《太宗实录》卷四三）①。此时王禹偁名声已为太宗所闻，"命召试中书，宸笔赐题《诏臣僚和御制雪诗序》，卷篇称善，自大理评事擢右拾遗，直史官，赐绯衣犀带以宠异之。"

"诏""和"和"御制"等词便已决定了序是为皇家而作，从太宗"卷篇称善"看，这篇序内容自然是顺应了瑞雪兆丰年的喜庆之气和赞扬了皇帝的仁义功德；作为宋太宗亲自命题的应试之作，充

---

① 徐规：《王禹偁事迹著作编年》，商务印书馆2003年版，第71、73页。

分展现自己的文学才华方能取悦于龙颜从而获得赏识和提拔。从结果来看，王禹偁显然做到了这一点，因此这篇序文语言雍容华贵、气势不凡也不足为奇了。

与《兰亭集序》一样，《中书试诏臣僚和御制雪诗序》也交代了宴会的时间、背景和作序的目的，但与《兰亭集序》语言简洁明快的风格不同，王禹偁这篇序文用语更加繁富典丽，现将两文节选如下：

> 永和九年，岁在癸丑，暮春之初，会于会稽山阴之兰亭，修禊事也。群贤毕至，少长咸集。此地有崇山峻岭，茂林修竹；又有清流激湍，映带左右，引以为流觞曲水，列坐其次。虽无丝竹管弦之盛，一觞一咏，亦足以畅叙幽情。是日也，天朗气清，惠风和畅，仰观宇宙之大，俯察品类之盛，所以游目骋怀，足以极视听之娱，信可乐也。①（《兰亭集序》）

> 雍熙纪号之四年冬十又二月，宝图大昌，岁律将暮，日穷次而月穷纪。方及送寒，车同轨而书同文，咸归大化。五行以之顺序，六气以之和平。繁云翳空，密雪飘野。至诚有感，爰当大腊之期；上瑞斯呈，何止小康之兆。其始也，阴风渐沥，微霰悠扬。散五谷之精华，润三农之畎亩。上林未暖而花发，禁柳不春而絮飞。星榆之叶下青冥，琪树之蕊飘沧海。点缀于五城双阙，飞翻于三市九衢。溟濛而远蔽耕坛，凌乱而光生御座。天颜兑悦，临轩乍满于重瞳；民心又安，在野惟闻于鼓腹。则有天禄石渠之士、鸿笔丽藻之臣。觊是休祥，聿陈歌咏。风

---

① 吴楚材、吴调侯：《古文观止》，上海古籍出版社2006年版，第315页。

第三章 王禹偁的序体文

雅作矣，见王化之兴隆；物情诱之，动诗人之藻思。同称圣感，互达天聪。皇帝乐善忘疲，诲人无倦。诏令向所进者，咸可属而和之。埙篪之韵相谐，黼黻之华交映。虞歌鲁颂铿锵，俱合于声诗；王后卢前颖脱，各呈于锋锐。赓歌既罢，睿鉴尤嘉。于是宸眷曲回，王言焕发。示天心之善诱，降御制以作程。称赏良多，激劝斯在。遂使四方文士不敢言诗，五榜门生咸思阁笔。(《中书试诏臣僚和御制雪诗序》)

同样是描绘宴游的场面，如果用化妆作比，《兰亭集序》用的是淡妆，而《中书试诏臣僚和御制雪诗序》用的则是浓妆；王羲之用寥寥几语便把宴会时间地点和场景交代清楚，而王禹偁则回环往复，极力铺陈，用不断变换的句式将宴会场景描述得如梦如幻。在这篇序里，王禹偁充分展示了驾驭语言的能力，不管四言、五言、六言、七言抑或四六句式都力求句式整齐，对仗极为工整，这极大地扩张了语言的表现力。

因为是应试之作，所以作品力求工整典雅。对仗手法的大量运用使文章音节谐和，行文错落有致，不断变换的句式使文章读起来铿锵有声、抑扬顿挫，更好地为宋太宗治下的太平盛世高唱颂歌。而典故的大量运用则使文章含蓄典雅，在不动声色中褒扬了宋太宗的仁德功勋，以例为证。文中"天颜怡悦，临轩乍满于重瞳；民心又安，在野惟闻于鼓腹"中的"重瞳"和"鼓腹"就是用典。重瞳因为少见，所以在古代是被认为异于常人的表现，一般是帝王的象征，司马迁《史记·项羽本纪》就曾提到用"吾闻之周生曰：舜目盖重瞳子。又闻项羽亦重瞳子。"[1] 显然王禹偁在这里是将宋太宗与

---

[1] 司马迁：《史记》，上海古籍出版社2011年版，第223页。

舜齐肩。而"鼓腹"一词最早来源于《庄子·马蹄》，其文曰："夫赫胥氏之时，民居不知所为，行不知所之，含哺而熙，鼓腹而游。"①鼓腹就是吃饱肚子的意思，很明显，这里是说在太宗治理下的百姓都安居乐业、欢乐祥和。这样的例子还有很多，如用"天禄石渠之士，鸿笔丽藻之臣"来比喻当时宋太宗周围汇聚了一大群饱读诗书、笔力雄健之士；用"埙篪之韵相谐，黼黻之华交映。虞歌鲁颂铿锵，俱合于声诗；王后卢前颖脱，各呈于锋锐"来形容众臣僚不甘居后，创作的诗歌异彩纷呈。文末以"遂使四方文士不敢言诗，五榜门生咸思阁笔"落笔，用极为夸张的手法突出了当时君臣相互唱和的气氛之热烈和声势之盛大。

这样的风格在同为君唱臣和的《诏臣僚和御制赏花诗序》里也得到了充分的体现，但与《中书试诏臣僚和御制雪诗序》对帝王和臣子均予以溢美之词相比，《诏臣僚和御制赏花诗序》除了对宋太宗仍然褒美外，对臣僚却比较客观冷静了。如在该篇序文末谈及群臣唱和帝王时说道：

"……不醉无归，尽欢而罢。越明日，复出御制赏花之什，五章章八句，十章章四句，首示辅臣，次传近位。文含五纬，韵叶八风。锵乎治世之音，大矣经天之作。雅颂之道，虽易俗而移风；元首之歌，亦君唱而臣和。让章虽上，宸旨弗移。况两制三馆之臣，幸当文治；美千载一时之盛，宁寝颂声。各进数章，共成一集。虽群星向日，更无嗟彼之光；而众草偃风，亦助穆如之势。其间有燃其欲速，既醉成篇，或体律未谐，或风骚无取，上咸令甄录，曾不弃捐。亦犹朝百谷于沧溟，未尝

---

① 郭象注，成玄英疏：《庄子注疏》，中华书局 2011 年版，第 186 页。

第三章 王禹偁的序体文

辞露；会九江于云梦，足得包荒。臣叙事非工，言词鲜妙。五吏写诏，无王勃之雄才；百僚和诗，非太真之高等。"

面对宋太宗"文含五纬，韵叶八风。锵乎治世之音，大矣经天之作"，群臣唱和之作却不怎么让人满意。如果帝王之作是太阳，那么众臣僚的应和之作则是暗淡无光的小星星（"虽群星向日，更无嗜彼之光"），更像衬托帝王诗作和美的众草（"众草偃风，亦助穆如之势"），更有甚者则"体律未谐""风骚无取"，直接不入流了。"上咸令甄录，曾不弃捐"则是对有些臣僚唱和之作的讽刺，而"百僚和诗，非太真之高等"更是王禹偁对这些臣僚作品的尖锐批评。

同样冠以"御制"的两篇序作者态度何以有如此大的差距呢？这其中最大的原因可能就是：撰写《中书试诏臣僚和御制雪诗序》时，王禹偁是为了应试而作，为了给帝王和臣僚们好印象，他不可能也不敢在文中流露任何贬斥之意，更何况此时的王禹偁并未进入朝中，乍得皇帝赏识更是意气风发、踌躇满志，在他面前自然是坦途无限、阳光一片，并不知朝廷之险恶和朝臣之妍媸；而到了写作《诏臣僚和御制赏花诗序》时就情况就大不同了，此时正是宋太宗淳化元年暮春，距离其初次被贬的淳化二年还有一年多的时间，此时的王禹偁在朝中已近两年的时间，在这段时间里他目睹了一些朝臣的不思进取和尸位素餐，再加上他生性耿直，作为谏官的他自然会经常愤懑不平，在现实中就敢指摘同僚的错误和缺点，那么在自己的作品里对同僚进行批评就不足为奇了。当然，王禹偁在任何情况下是不敢对帝王进行批评和表达不满的，这也是中国古代社会文人士大夫的共性，无论身经何等挫折和磨难，忠君爱国始终是他们一贯坚守的品性。

这也决定了在王禹偁这些集体作品序里几乎无一例外地对宋太

宗大加褒扬，如《诸朝贤寄题洪州义门胡氏华林书斋序》中就一改原先含蓄的态度，直接将太宗比成舜尧两帝："今天子大孝如舜，至仁如尧。耻言霸图，纯用帝道。"这种认识在《皇华集序》再一次得到体现："皇上黜霸道，立民极。褒拔秀茂，辑宁黎元。"宋太宗在王禹偁眼里就是士大夫眼中标准的仁义之君，具有堪比尧舜禹三代帝王的优秀品质：不穷兵黩武，礼贤下士、爱惜人才，关心黎民百姓疾苦。即使他的《三谏书序》里向皇帝推荐刘实《崇让论》、韩愈《论佛骨表》和杜佑《并省官吏疏》也是为了"采掇古人章疏，可救今时弊病"，其最终目的也是为了说明太宗臻于完美。王禹偁如此看重宋太宗除了跟儒家知识分子忠君爱国的情怀外，恐怕也跟太宗对他的知遇之恩有很大关系。

"端拱初，太宗闻其名，召试，擢右拾遗、直史官，赐绯。故事，赐绯者给涂金银带，上特命以文犀带宠之。""二年，亲试贡士，召禹偁，赋诗立就。上悦曰：'此不逾月遍天下矣。'即拜左司谏、知制诰。"① 并曾经称赞"王禹偁文章，当今天下独步"②，而且王禹偁在翰林时，宋太宗对他"恩遇极厚，尝侍宴琼林，独召至御榻顾问"③。可以说王禹偁一生的辉煌都是拜太宗所赐，赏识、知遇如此，难怪王禹偁念念不忘太宗恩德，时时不忘表达对太宗的赞美和讴歌。

总之，在王禹偁集体作品序里虽然不忘表达对帝王的赞美之情，但因为是集体作品，对所有作者作品进行一概而论是不合时宜的，所以此类序文无论叙事还是评价都比较客观冷静，尽量避免掺入个人主观感情色彩，与之相反，王禹偁在为个人作品集所作的序里就毫不吝惜地表达自己的感受了。

---

① 脱脱：《宋史》，中华书局1977年版，第9793、9794页。
② 江少虞：《宋朝事实类苑》卷七，上海古籍出版社1981年版，第67页。
③ 同上书，第68页。

第三章 王禹偁的序体文

二 个体作品集序：叙事详尽、色彩浓厚

王禹偁专门为个人的作品集撰写的序包括《东观集序》《冯氏家集前序》《孟水部诗集序》《右街僧录通惠大师文集序》《桂阳罗君游太湖洞庭诗序》和《神童刘少逸与时贤联句诗序》等6篇，从文章结构来看，这几篇序和我们今天的书序是大致一样的。

这些序文有着很明显的共同体例，每篇一开始几乎无一例外地都是先对作品集作者做一个定位性评价，然后叙述著作者的个人履历，接着对作品集及其著作者进行评价，说明作品集的编写体例和内容，最后交代作序的目的、时间和撰序者的身份，当然也不忘顺便表达一下自谦之意，这种体例的最典型代表就是《右街僧录通惠大师文集序》。

《右街僧录通惠大师文集序》以"释子谓佛书为内典，谓儒书为外学，工诗则众，工文则鲜，并是四者，其惟大师"将通惠大师定义为精通儒佛两家之学、工于诗文的大家，接着全文用大篇幅叙述大师的平生履历，重点突出其文名备受时人推崇，最后以"猥蒙见托，不克固辞。总其篇题，具如别录，凡内典集一百五十二卷，外学集四十九卷。览其文，知其道矣。因征其世家行事，备而书之，使后之传高僧铭塔庙者，于兹取信云"收尾，将作序者自谦、大师文集的编写体例和作序的目的一一解释清楚。

总体说来，王禹偁这类序文有两大特点。一是叙事极为详尽，具有很高的史料价值。叙事本来也是序的特征，只不过因为所序之事的特殊性，王禹偁在这些序里叙事可谓是不惜笔墨。譬如《右街僧录通惠大师文集序》就将通惠大师从出生到终老的过程完整而详尽地一一交代，《孟水部诗集序》尤其如此，其他序亦然。之所以如此，是跟王禹偁作此类序的目的和原则有关，如《右街僧录通惠大

师文集序》云"因征其世家行事,备而书之,使后之传高僧铭塔庙者,于兹取信云",《东观集序》亦云"故并序其官氏,拜章进御,乞付三馆,亦所以备史笔之阙文也",正是出于"备"的目的,所以在王禹偁的这类序里所序之人的生平资料尤为详尽,这就使这些序文具备了史料价值。其中最为值得一提的是《孟水部诗集序》,由于孟水部诗集在元代之后佚失,现存于各种史料著作中有关作者孟宾于的资料都是以王禹偁这篇序为依据的,后人也只能从这篇序里了解孟宾于的生平履历和著作情况,其史学价值由此可见一斑。

这类序文的另一个特点就是主观色彩浓厚。通过序文内容来看,这应该跟王禹偁与所序之人之间的关系有关。在《东观集序》《冯氏家集前序》《孟水部诗集序》《右街僧录通惠大师文集序》《桂阳罗君游太湖洞庭诗序》和《神童刘少逸与时贤联句诗序》等6篇序文里所叙之人不是王禹偁的同年挚友就是其钦佩之人,在叙事过程中情不自禁地流露出个人情感是无法避免的,唯其如此,王禹偁此类序文往往充溢着动人的感情色彩,这种感情或是由衷的仰慕,或者是痛彻心扉的悲伤,抑或是情不自胜的欢欣。

王禹偁是很反对佛教的,认为"像教弥兴,兰若过多,缁徒孔炽,蠹人害政,莫甚于斯",其对佛教强烈的排斥态度招致众僧尼的怨恨,直接导致被贬商州,王禹偁的一生从此大起大落、反反复复直至死于职守。从这一点来说,王禹偁能够为通惠大师的文集作序实属难当,如果不是出于对通惠大师学贯儒释两家的超人文学才华的敬佩,单凭他对佛教的态度是绝对不可能为一个僧人作序的,文章不但开始就发出了"其惟大师"的赞叹,而且最后还用"岂所谓必得其寿,必得其位乎"来表达对大师的仰羡之情。同样,王禹偁撰写《孟水部诗集序》也是完全出于自己儿时读书时对孟水部的仰慕之情:"余总角之岁,就学于乡先生。受经之外,日讽律诗一章,

第三章　王禹偁的序体文

其中有绝句云：'那堪雨后更闻蝉，信绝重湖路七千。忆昔故园杨柳岸，全家送上渡头船。'余固未知谁氏之诗矣。及长，闻此句大播人口。询于时辈，则曰江南孟水部诗也。游宦以来，求其全集，卒不可得。"由钦佩而欲见其人的迫切心情跃然纸上！这也不难理解在孟水部去世二十多年后王禹偁从其子孟唐那里得到孟水部文集就立刻欣然为其作序的原因了。

但是钦佩归钦佩，仰慕归仰慕，像通惠大师和孟水部这样的人物毕竟不是和王禹偁生活贴近的人，所以在这些序文里虽然有感情色彩，却并不是那么浓厚，真正融入王禹偁强烈主观感情的是《东观集序》和《冯氏家集前序》。这两篇序文牵扯到了对王禹偁的一生来说非常重要的两位人物：一是罗处约，二是冯伉。

这两个人都是王禹偁同年进士，一人相知于仕途开始，一个相惜于贬官伊始。雍熙元年甲申（984 年）秋王禹偁以大理评事的身份知苏州长洲县，开始了仕途生涯，此时的罗处约正在吴县任职，两人相距不远，相约日赋五题，唱诗应答，一时在苏杭传为佳话，两人也建立起深厚的友谊，"思纯，仆之执友也"，以至罗处约英年早逝，王禹偁痛彻心扉，"宿草离披泪满衫"，甚至在一年后谪官商州时依然"往往入梦寐，悲感之思见之于诗"还"晓来襟袖有啼痕"，其感情之深厚和对亡友的痛悼之切跃然纸上。而在因道安诬陷徐铉案贬谪商州期间，王禹偁在经受第一次贬谪的痛苦折磨时，又是冯伉予以慰藉关照，两人在商州相互唱和，惺惺相惜，留下的唱和诗作绝不少于其与罗处约的酬唱之作，可以说王禹偁是对冯伉心存感激的。在如此亲密关系的前提下，王禹偁为罗处约文集和冯伉家集作序自然会比撰写其他序更加倾注自己的感情。

和其他作品序一样，《东观集序》和《冯氏家集前序》都是以议论开始，中间按时间顺序依次叙述事情的来龙去脉，最后再阐述撰序目的。但不同的是，这两篇序不仅在文后增加了议论的篇幅，而且还多了几分赞美、倾慕和喟叹，以《东观集序》为例。

《东观集序》全文763字，关于罗处约生平的文字不足200字，大部分篇幅以议论和抒情为主。全文一开头就用了264字的篇幅将宋代与前朝对比，论述了宋朝太平盛世，文人贤臣辈出，文章繁荣，远胜唐朝，"然而汉文之代，贾谊之道不行；元和之时，李贺之才自夭。天弗与命，位不称才。岂曰无时，亦将有数，故著作郎直史官罗君之谓乎！"将贾谊和李贺与罗处约相提并论，表达了王禹偁对同年挚友身逢盛世却天不假年、有才无命的无限悲痛。在简单介绍完好友生平之后，文章再一次强调罗处约"年三十三，亦贾谊、李贺之俦也……左司谏知制诰王某以布素之分哭之恸"，前后呼应，对挚友去世的恸哭和痛惜之情跃然纸上，文章最后曰：

> 噫！国初已来，才有余而位不至者，若寿光李均、襄阳观风从事郭昱、太常博士董淳、太子中允颖贽，皆赍志没地，垂之空文，翌日国家诏史臣修文苑传，此数人者，不可遗也。使处约之名，与之同列，文亦无愧，行又过之，亦足彰好文之朝、得贤之盛也。

罗处约文行俱佳，可入文苑传记。可见在王禹偁心里，这个好友的形象是多么高大完美。一个"噫"字包涵了作者由心底而生的悲痛、感慨、叹息等种种复杂滋味，至此文章一唱三叹，完成了自身强烈感情的抒发。

林纾云："数种（序）中，书序最难工。人不能奄有众长，以书求序者，各有专家之学。譬如长于经学者，忽请以史学之序，长于史者，忽请以经学之序；门面之语，顾足铺叙成文，然语皆隔膜，

第三章 王禹偁的序体文

不必直造本人精微。故清朝考据家恒互相为序。惟既名为文家，又不能拒人之请。故宜平时窥涉博览，运以精思；凡求序之书，尤必加以详阅，果能得其精处。出数语中其要害，则求者亦必餍心而去。"[1] 以此观之，如果没有王禹偁对求序之书和求序之人的深入了解和绝顶超群的文学才华，怎么可能写出评论如此精当、感情如此浓郁的序文呢？既如此，王禹偁写出来的书序也必然让求序者爽心而归，让求序之书光泽于后世。

第三节 王禹偁的赠序文

赠序是一种因为古人亲朋好友之间送别而产生的一种文体，它产生于赠别诗序。古代文人相别之际都有众人以诗相赠，然后由一人为之作序，此之谓诗序。随着时间的推移，发展到即使没有诗歌相送，古人在分别之际也会写文相送，以表达惜别、劝勉等感情，这就形成了现在所谓的赠序，这时候的序文跟诗歌就完全没有关系了。曾国藩《易问斋之母寿诗序》："古者以言相赠处，至六朝唐人，朋知分割，为饯送诗，动累卷帙，于是别为序以冠其端。昌黎韩氏为此体尤繁，间或无诗而徒有序，于义为已乖矣。"[2] 此语点评甚为恰当。

赠序虽然诞生于唐代之前却在唐宋以后大兴。清代姚鼐曰："赠序类者，老子曰：君子赠人以言。颜渊、子路之相违，则以言相赠处，梁王觞诸侯于范台，鲁君择言而进，所以致敬爱陈忠告之谊也。唐初赠人始以序名，作者亦众。至于昌黎乃得古人之意，其文冠绝前后作者。苏明允之考名序，故苏氏讳序，或曰引，或曰说。"[3] 近

---

[1] 林纾：《春觉斋论文》，人民文学出版社1959年版，第71页。
[2] 曾国藩：《曾国藩诗文集》，上海古籍出版社2005年版，第161页。
[3] 姚鼐：《古文辞类纂》，西苑出版社2003年版，序目第2页。

代林纾认为姚鼐"之知昌黎深矣。唐初虽杰出如陈子昂，然其《别岳中二三真人序》，则皆用骈俪之语，如'悠悠何往，白头名利之交；咄咄谁嗟，玄运盛衰之感。'语至凡近。其余则李白为多，白《送陈郎将归衡岳序》，如'朝心不开，暮发尽白。登高送远，使人增愁。'句则狃于六朝积习，《金陵与诸贤送权十一序》，如'岁律寒色，天风枯声。云帆涉溟，囧若绝雪。举目四顾，霜天峥嵘。'气干虽佳，仍落子山窠臼。《送张承祖之东都序》：'金骨未变，玉颜以缁。何尝不扪松伤心，抚鹤叹息。'虽名佳句，仍不可施之散文。夫文章至于子昂、太白，尚何可议？不过唐世一有昌黎，以吞言咽理之文，施之赠送序中，觉唐初诸贤，对之一皆无色，韩集赠送之序，美不胜收。"[①]

昌黎文集三十四篇赠序，于惜别等本义外，将赠序内容扩大至可以阐述自己的主张、可以评论时事、可以抒发自己的人生抱负等；在手法上，融叙事、议论、抒情于一炉，可谓赠序中的上乘之作。作为宗韩、学韩并时刻以韩愈文章作为创作楷模的王禹偁在创作赠序过程中不可能不受到深刻影响。

王禹偁现存赠序29篇，《小畜集》十九卷10篇，二十卷9篇；《小畜外集》十三卷10篇。在诸作之中，直接反映赠序原本之意的是《送寇密直西京迁葬序》。其文末云："群公着位明庭，弗克会葬。盖各赋诗，取白华之义，歌孝子之洁白乎。直凤阁王某序以冠其首云。"很清楚无误地表明了此序是为众人各赋赠诗而作，类似的还有《送李蕤学士序》的文末："俾朝之名士若元白者属和成集，其希韩者愿为序以继其美。告行有期，聊以为送。"再如《送薛昭序》："于是两制三馆之士，为歌诗以饯行，且命不才序其冠首"像这种直

[①] 林纾：《春觉斋论文》，人民文学出版社1959年版，第68页。

第三章 王禹偁的序体文

接提及诗的序在韩愈三十四篇赠序中也有十六篇，这正是赠序这一文体发展的源头，由此可见王禹偁学韩的痕迹。

根据赠序的对象，王禹偁的赠序文大致可以分为送友人和送门生两大类，在送友人的序文里还可以分为送赴任友人序和送普通朋友序。当然这种划分是粗线条的，王禹偁赠序对象也绝不可能这么单纯易分，尽管如此，这样粗略划分也有利于从不同角度去展示王禹偁赠序的不同风貌。

一 送友人：感情深厚、手法多样

1. 送赴任友人

据徐规先生《王禹偁事迹著作编年》考证，王禹偁现存的诗文大多作于其太平兴国八年（983年）考中进士、步入仕途之后，赠序也不例外。在近二十年的宦海沉浮里，王禹偁目睹了官场的升迁贬谪，在众多面对官场起伏变迁的官员里自然不乏王禹偁的好友和同事，在他们赴任之际要么有人索序，要么王禹偁自愿题序，这就留下了大量的送友人赴任的赠序文。《小畜集》和《小畜外集》残卷里的《送张咏序》《送王旦序》《送戚维序》《送谭尧叟序》《送牛冕序》《送薛昭序》《送廖及序》《送李蕤学士序》《送柳宜通判全州序》《送毕从事东鲁赴任序》《送柴侍御赴阙序》《送柴转运赴职序》《送许制归曹南序》和《送荣礼丞赴宋都序》等十五篇序文均是送友人上任所作，占到了其赠序文的一半还多。

既然是送友人赴任，那么这类赠序除了一般赠序所具有的惜别之情外，阐述为官之道，勉励、告诫或者期望赠送对象履行好职责，也就成了王禹偁此类赠序文内容上的最大特色；体制安排上，这些赠序大都以议论引起所赠对象，紧接着叙述被赠对象的宦途经历，对其赞美有加，以议论行文，最后以表达赠者之意结束。在这类序

文里,《送张咏序》堪称典范,谨在此录其全文:

今之县尹,古之诸侯。自秦郡天下,小国皆化为县。县有政,听郡条而后行;县有长,观守牧而后动。秩卑禄微,弗足自庇,固不暇使风俗之移易。逮乎炎汉隆兴,始有重外之旨。故命郎官出宰百里之邑,秩四百石。尊其位,厚其禄,盖欲分君忧而求民瘼也。由汉而下,邑官益卑,故梁𫗧有徒劳之言,渊明起折腰之叹。侪胥伍吏,区区于风尘间,遂使抱王佐者耻而不居,黩货利者稔而自处。苟县政有阙,率曰:"吾将罢兹邑而适它邑,乌用革焉。"县人有病,亦曰:"吾将舍此民而莅它民,乌用易焉。"观其视一邑之政,临一邑之民,若行客之宅邸舍也,待旦而去,固无所惜焉。风行雷同,浸而成俗,良由国家小亲民之任,轻字人之官之所致也。将拯其弊,非圣人孰能制乎!

宋天王嗣位之五载,亲选贡士,分甲乙科,中甲科者通理郡事,乙科者专任县政,尊以廷评之位,重以使者之车,县政有阙,得以擅革,县人有害,得以专易,既革且易,不康何待?诗所谓能官人者,岂独美于文王乎?清河张咏,字复之,本宅九河间。少有奇节,钓鱼侍膳外,读书无虚日,秉笔为文,落落有三代风。今春举进士,一上中选,将我王命,莅乎崇阳。分君之忧,使帝心休休乎;求民之瘼,使人心熙熙乎。江流之南,郡大惟鄂,鄂人得贤,亦孔之乐。波映鹦洲,烟藏鹤楼,白云芳草,思古悠悠。堂有鸣琴,足以振穆若之风;樽有醇醪,足以养浩然之气。维江汤汤,鉴其襟袖;维山峨峨,媚其户牖。鲙得鲂鲈,果多橘柚;吏隐于兹,足保无咎。且优且游,勿为江山羞。复之勉旃云尔!

第三章 王禹偁的序体文

　　文章写于张咏将要"莅乎崇阳"之际，全文共 610 个字，委婉含蓄，曲尽其意，有三折。文章一开始就有一大段议论，共 397 个字，占了全文大部分篇幅。如此安排显然不是徒费笔墨，必有其目的所在。这段议论首先阐述了郡县的由来，并指出汉代以来"命郎官出宰百里之邑，秩四百石。尊其位，厚其禄"的目的是"盖欲分君忧而求民瘼也"，从而阐述县尹的重要性，这实际上是委婉含蓄地提醒张咏不要觉得县尹是小官，县尹官职虽小但责任重大。接下来文章又列举了县尹困惑和不重视这一职务的种种表现，"其视一邑之政，临一邑之民，若行客之宅邸舍也，待旦而去，固无所惜焉"，并将这一原因归结为"良由国家小亲民之任，轻字人之官之所致也"，指出历史之所以上出现县尹或尸位素餐、或没有自豪感的原因是国家不重视县尹这一职务。接着作者笔锋一转，趁势引出"将拯其弊，非圣人孰能制乎！"的呼唤，指出要改变历代县尹的弊病，非圣人不能为也，那么谁是圣人呢？当然是下文的宋天王，这是一折。

　　宋天王即宋太宗，在王禹偁眼里宋太宗就是能够挽救一切时弊的圣人，在他手里县尹被"尊以廷评之位，重以使者之车"，如此一县之长官就可以大展鸿鹄："县政有阙，得以擅革；县人有害，得以专易。既革且易，不康何待？"如此帝王怎能不堪比知人善任的周文王呢？至此我们就可以明白，前文之所以不惜用 288 字的篇幅论述历来县尹官位卑微、视一县如客栈的原因就是为后来讴歌宋太宗的圣明张本，前后也因此构成了一种强烈的对比。仔细斟酌，我们不难发现，王禹偁之所以采取了这种前后对比手法的目的除了突出宋太宗这一贤君形象之外，还在明确告诉张咏：身逢圣明之君，县尹这一职位，不仅能够有所为，而且还大有可为，你就放心地放开手好好干吧！此为二折。

　　如果说圣王出世是上天赋予的有利条件，那么张咏自身也是有条件担当好县尹这一职务的,张咏"秉笔为文,落落有三代风",此去必会"分君之忧,使帝心休休乎;求民之瘼,使人心熙熙乎"。不仅如此,崇阳位于江南最大的鄂郡,民心思贤,风景优美,物产丰富,衣食无忧,在此做官足以心无旁骛、专心政务。如此一来,天时地利人和都具备了,焉有不作为之理?故曰:"且优且游,勿为江山羞。复之勉旃云尔!"这是三折。

三折下来,就将王禹偁对好友张咏首次步入仕途的喜悦之情和殷勤希望之意表达得淋漓尽致。文章前后照应,大开大阖,婉转流利,曲尽其妙,不愧为王禹偁赠序的代表之作。

在王禹偁眼里,只要忠君爱国、有一颗为君分忧、为民解难的赤诚之心,即使做个县尹也是能体现个人价值的。这一思想除了在《送张咏序》中详细论述外,在《送廖及序》中也再次予以了强调。王禹偁认为从孔子开始,凡是圣贤之人都不以位低为耻:"仲尼不耻中都之小者,行乎道也;宓子贱、巫马期尽心殚力一邑者,为乎人也,岂以位之高下为意乎?"而"今之宰邑者异乎是哉",他们不顾道义,不体恤百姓,认为当一个县尹是折腰之事,徒劳无功,只会让自己蒙羞。对此王禹偁提出了严厉的批评,认为"施泽于下,尽礼于上,固宰邑之职然也",况且连身处五位至尊的帝王都修礼仪、敬天地万民,"不自大而示有所尊也",作为臣子的怎么能够"矧未能受下而欲慢上也"?这个应当是县尹铭记在心的,所以王禹偁对即将出任巨鹿县尹的廖及在告诫之余也怀有很大的期望:"是行也,当行道而惠人矣,肯以下僚为念哉"。

而与以《送张咏序为》为代表的送友人赴任之赠序文相较,《送廖及序》最大的特色的就是通篇在阐述道理,前议县尹该尽之职守,后论巨鹿现状之艰难,而对赠送物件则以"廖君由文学之科,探政事之要"一笔带过,这种通篇议论的体例在王禹偁此类序中也

第三章 王禹偁的序体文

算是别具一格。

独为一体的还有《送王旦序》。此文与韩愈的《送张道士序》如出一辙，均为"赠意在诗，序言其故耳"①，两文列举如下：

> 张道士，嵩高之隐者。通古今学，有文武长材，寄迹老子法中，为道士，以养其亲。九年，闻朝廷将治东方贡赋之不如法者，三献书不报，长揖而去。京师士大夫多为诗以赠，而属愈为序，诗曰：
>
> 大匠无弃材，寻尺各有施。况当营都邑，杞梓用不疑。张侯嵩高来，面有熊豹姿。开口论利害，剑锋白差差。恨无一尺捶，为国答羌夷。诣阙三上书，臣非黄冠师。臣有胆与气，不忍死茅茨。又不媚笑语，不能伴儿嬉。乃着道士服，众人莫臣知。臣有平贼策，狂童不难治。其言简且要，陛下幸听之。天空日月高，下照理不遗。或是章奏繁，裁择未及斯。宁当不竢报，归袖风披披。答我事不尔，吾亲属吾思。昨宵梦倚门，手取连环持。今日有书至，又言归何时。霜天熟柿栗，收拾不可迟。岭北梁可构，寒鱼下清伊。既非公家用，且复还其私。从容进退间，无一不合宜。时有利不利，虽贤欲奚为？但当励前操，富贵非公谁。（韩愈《送张道士序》）②
>
> 圣人藉千亩之岁，元老膺三久之命。王泽大赉，庙谟惟新。有善必果，有恶必去。乃放郑侯，以肃京辅。有以见善人为邦而不善者远矣。言念圜田，择贤而治。用御暴横，是资循良。先诏侍御史范阳卢公牧而抚之，次命殿中丞琅琊王公通而理之，

---

① 王水照：《历代文话》，复旦大学出版社2007年版，第1804页。
② 刘真伦、岳珍：《韩愈文集汇校笺注》，中华书局2010年版，第1147、1148页。

皆能哲也。王公即故夏官贰卿之子也，以雄文直气扬其父风，以儒学吏才张为国器。是行也，所任虽小，而所委重矣。西门秋风，北阙行色。四牡凤驾，五马迎郊。朝僚知其得贤，郡人歌其来暮。右省谏官王某迹郑民之旨，为诗以送焉，辞曰：

　　昔我郑邦，厥守不良。厥佐吐刚，吾相疾之。吾君窜之，我民用康。今我郑封，其守惟公。其佐惟通，吾相金之。吾君命之，我民其丰。荥泽之兽，溱水之鱼。泳尔清流，毓而丰刍。不弋不网，与民同苏。匪我圣君，匪我相臣，暴曷去兮，贤曷举兮。革我苦兮，为荣土兮。（王禹偁《送王旦序》）

一般赠序行文至诸如"京师士大夫多为诗以赠而属愈为序""右省谏官王某迹郑民之旨，为诗以送焉"等处后再加诸简单或勉励或期望之语便结束全文，而韩、王之作截然不同。一般序中主要意思在前面就已经表达清楚，此两篇前面却只是后面诗的序言，真正的意思则蕴涵于其后诗中，从而形成序中有序的格局，而且无论是韩文还是王文，其文中之诗和前面所述内容互为补充，相得益彰。不同的是王禹偁所作之诗侧重于对君相的歌颂，相对来说单调了些；而韩愈文中诗则抒发了对张道士虽有文武之才但却不被重视的"时有利不利，虽贤欲奚为"的感慨和"但当励前操，富贵非公谁"的期望。整首长诗将前文所述更加具体化、形象化了，远比王禹偁文中诗生动得多。当然王文在诗之前的文字以议论为主、叙事为辅，这也体现了王禹偁在学韩的基础上的创造性。

　　除了对即将上任的友人告诫、劝勉、珍重和期望之外，有的赠序还对友人进行了细致入微的劝慰，如《送戚维序》。照例，《送戚维序》也是因议论起头，用一句"崇位厚禄，人心弗欲者鲜矣。然取之不以道，昔人不贵焉。是知学古人官沈于下僚者，非君子之耻

第三章 王禹偁的序体文

也"统摄全篇，也为下文对友人的劝慰提供了理论和事实的依据。文中的戚维，虽然"下笔到古人，诵书得圣理"，却一直"位未崇，禄未厚""颠踬穷苦者二十年"，后被授予郡主簿，生活刚刚有起色，不久即被任命为遂宁县尹。虽然从官职上来说是高升了，但对戚维来说是一个艰难抉择。一则遂宁地处蜀地，"剑阁倚云，遐指天末"，前去之路充满凶险；二则这一走，尽孝都成问题，路途遥远，恐怕连父母去世前都不能见上一面。不去赴任就只能归隐，但归隐后又有没有可耕之田，一家人吃饭就会成问题；如果赴任，小小县尹也不会有很高的俸禄。这种"藩羊其羸，进退安据"的困惑让戚维想到了放弃："与其千里负米，孰若五斗折腰邪"。

面对朋友的窘状，王禹偁一方面表达了对友人长时间未遇的喟叹，一方面认为"导一人之泽，福百里之民，亦足行乎道也"，意思是说此去以己之力造福一方百姓，也是行古人之道，再说虽然俸禄不高但也能够奉养双亲，足以光大自己的孝心，所以即使"割慈去里"，也"勿庸介怀"；另一方面友人也不是第一个被派到蜀地去的官员，"皇朝平蜀已来，宰邑相望于候馆。是以宋紫薇由小着往，杨侍御自拾遗出"，连著作郎宋湜和侍御史兼右拾遗杨微之这样的大官都去过蜀地任职，你一个县尹还有什么不能的呢？况且这两个人结束蜀地任职后回到朝中都得到了重用，如此"安知遂宁不为大来之朕乎"？说不定遂宁是你的福地呢。王禹偁从行道、尽孝、福气三个角度层层推进，环环相扣，每一层都针对戚维的顾虑有的放矢，可谓是词词贴心，句句到位，在此情形之下，戚维不去赴任也难了。

阐述为官之道是王禹偁此类赠序内容上的一个重要特点。王禹偁通过在不同的文章提出的为官从政的标准，勾画了自己心目中的良吏形象。一个良吏除了上文提到的必须为君分忧、为民解难和不以官位高低为荣辱之外，还应该不贪图名利安乐，如《送李巽序》

中就告诫即将赴婺州担任赋税监管的李巽"怀安败名,乐不可极",还是要以天下百姓为念;再如《送牛冕序》期望屡担要职的牛冕勤于政事、惠及民生,要时刻不忘百姓之辛苦,"勿使采诗者听伐檀之刺也";当然作为一个良吏最基本的素质就是读圣贤书,行古人之道,要实施仁政,如"文学本乎六经者,其为政也必仁且义"(《送谭尧叟序》)。

在王禹偁此类赠序中还有一个内容上的特点需要注意,那就是在这些序里流露出王禹偁关于祖宗荫佑后代的思想。如《送寇密直西京迁葬序》中"少卿之积善余庆也既如彼,平仲之遇主荣亲也又如此。诗云:'贻厥孙谋,以燕翼子'。少卿有焉"。又如《送上官知十序》云"非积善有后,畴能与有此乎"。再如《赠别鲍秀才》亦云"先君隶钱氏为陪臣,国小而才大,故功弗之立。归朝,终太仆丞。位卑而道屈,故庆及后昆",此等说法在《送许制归曹南序》等赠文中亦有提及。这些思想在充分体现了古代社会的门第观念的同时也能够反映出潜藏于王禹偁内心的对自己出身低微的自卑心理。据毕仲游《西台集》卷十六《丞相文简公行状》记载,王禹偁出身磨家儿,以磨麦制面为生,生活极为困苦,"家本素寒……以乞丐自给"(《送鞠仲谋序》),这种卑微的出身在激励王禹偁上进的同时,亦会在其内心深处留下挥之不去的阴影和遗憾,这也是他一再对别人良好的家世发出赞美和羡慕之音的根本原因所在。

除了内容上的这些特点外,点染景物,以景衬情,情景交融也是王禹偁此类赠序的一大艺术特色。有的形容出行的壮观,如《送王旦序》中的"西门秋风,北阙行色,四牡凤驾,五马迎郊"就将王旦的出行置于一副秋风飒飒、气势盛大的画面之下,以此突出朝廷之得贤臣;有的借助景物表达对友人的不舍之情,如《送柴转运赴职序》"梅雨初霁,麦秋尚寒,画舸频移,绣衣渐远",用景物的

第三章 王禹偁的序体文

移动和渐行渐远的友人衣服将自己目送友人远去依依不舍的深情生动细致地刻画出来了；有的情景互映，如《送许制归曹南序》中的"江梅弄黄，江雪飘白，别酒未尽，征帆屡移，平芜远山，连袤千里。之子于役，相别何之"，连绵不断的远山，诉说不尽的离情，景中含情，情以衬景，等等。诸如此类的景色描写，对更好地表达人物感情、渲染文章主题起到了很好的作用。

2. 送普通朋友

与写给赴任朋友的赠序相比，王禹偁写给普通朋友的赠序更加感情真挚、曲折动人，如《送鞠仲谋序》：

> 皇宋嗣位之五祀，余始随计吏，识鞠生于场屋中。是岁，余与生俱为御试所黜。胥别辇下，邈无音尘。王八年春，余第中乙科，生以家艰，不预于选。阅同年之籍，不下二百人，无生之名，为长太息矣。洎余解褐掌簿书于成武，县即隋之戴州也。庭有顽吏，士无秀民，或通刺而来，皆腐儒也。以是供吏职，奉晨羞外，经旬浃未尝与人语。居一日，生款扉而来。余既喜且愧，盖喜生之命驾，愧生之未禄也。问其行，则曰："哀瘵之中，不敢事笔砚而事家产，姑以卜葬为事耳。"曰："某之祖考洎季父俱以游宦终于理所，今悉扶护而归，将祔于故里。"且出中谏苏公德祥饯行文序以示余。夫苏公，天下之名士也，非生之博雅笃行，又乌肯序以褒之？且述生自申抵陕，历河阳，下洛都，由浚郊而东至于高密。迂行曲途，殆近万里。非事父母能竭其力者，孰能与于此乎？
>
> 余因念家本寒素，宅于澶渊。梁季丧乱，举族分散。叔父没于兵而葬雷夏，伯父没于客而葬博关，太夫人又旅葬于济。当时未名，以乞丐自给，无立锥之地以息幼累，况殡礼乎！今

兹起家，位下俸薄，接晨炊之不及，况茔域乎！一旦睹生之行事，良可恸哭。噫！堂有严君，微得月俸以奉甘旨，则生之幸民也；野有露骨，无土地以厝窀穸，则生之罪人也。誓将积余俸，市高原，捧土起坟，负骨归葬，以继生之事，则所愿毕矣。辱生之来，起余以不匮之志，受惠多矣。生之门第文学已备苏公之笔，故不书，但感慨而序云。

"但感慨而序云"是全文点睛之笔，"感慨"二字是文章主旨所在。这篇赠序成功运用了对比手法，在对作者自己和赠序对象进行对比的过程揭示"感慨"的缘由。

王禹偁在赠序中从两个方面进行了对比：一是人生际遇，二是所作所为。从人生际遇看，两人相识于考场之中，都曾经殿试失利，但王禹偁三年后再试中进士，并被授予成武县主簿，而鞠仲谋因为家境艰难，没有参加考试；从两人所作所为上看，鞠仲谋虽然家境艰难，而且也没有官职俸禄，但却不远万里，不辞千辛万苦，扶护祖考泊季父尸骨归乡合葬，而王禹偁虽然有官职有俸禄，却未曾想将流落他乡的亲人尸骨迎回故乡合葬。这样巨大的反差让王禹偁情不能堪，"一旦睹生之行事，良可恸哭"，于是他下定决心，"誓将积余俸，市高原，捧土起坟，负骨归葬，以继生之事，则所愿毕矣"。这种对比让人强烈感受到王禹偁那种对失去的亲人生不能奉养、死不能尽殡礼的痛彻心扉和椎心泣血的自责，读至此处，一个悲痛欲绝、失声痛哭的作者形象也跃然纸上。

至此全文在事实上又形成第三层的对比：鞠仲谋上门之时，王禹偁一喜二愧，但在经过交流之后，却变成了一悲二愧，只不过这次愧的不再是朋友没有加官晋爵，而是友人在艰难的条件下做了自己本来应该做的事让自己心生惭愧。从喜到悲，从为他人感到羞愧

第三章 王禹偁的序体文

到为自己感到羞愧，这其中滋味只有王禹偁自己才能体味。这种对比手法的运用，让开头娓娓而来的叙述顿生波澜，震撼人心，真正做到了以人生至情动人，表达效果强烈。

与送友人赴任相比，跟一般朋友的道别就少了些拘束和道义上的责任感，所以出语更加率性自然、感情浓厚，这也是这类赠序区别于送友人赴任序的最大特点。再如《送进士郝太冲序》就劝告郝太冲不要违背自己"拔立群萃求明天子知"的誓言，要更加刻苦自强，争取早日"囊策袖书，款于帝扃，高吐三千言，直上九万里"。在这篇文章里，王禹偁并不是空洞的说教，而是结合科举失利的亲身经历来跟郝太冲将心比心，指出自己也曾因考场失败而产生过巨大的耻辱感，所以很佩服友人"挥毫裂笺、忿而不就"的先见之明。但自己并没有因此沉沦，而是壮志犹存，"誓雪前耻，庸何恨哉！夫如是，偶负小屈，岂能芥蒂吾辈之心乎！毒飙扇空，炉焰天地，告我行迈"，其境愈困，其志弥坚，愈挫愈勇，方可成就大事，如此岂能不让郝太冲心动？这篇文章写于太平兴国五年，其年王禹偁试举甲科失利，因此这篇序也算是跟友人互勉。

在这一点上，《送渤海吴倩序》可谓与《送进士郝太冲序》如出一辙。吴倩，字子英，与王禹偁均"拔立寒素，自强于儒墨间，视金玉如长物，以文学为己任，厥道未济，俱为旅人。豪右之门深隔如海，茫茫于六合中若陨箨之遇疾飙，固不知其攸适尔"，一个比喻就将两人飘忽不定、求仕无门的迷茫和惘然形象地表达出来。而在此情境之下，两人屡试不举，可谓"久穷而未通"也；两人相识十年，却总是在"春槛有花，秋庭有月，夏簟来风，冬帏舞雪；樽酒泛潋，琴弦疏越"的好景下"黯然相别""多散而寡聚"。如此，两人的穷苦可谓到了极点，正所谓物极必反，否极泰来，如果有朝一日，"苟时位之来也，子英与予必思上致君、下利民、终立身，建一时之功，垂千载之誉""偶聚偶穷，不足为恨，况洛阳故都，山水在目，游赏勿怠，免为春羞，子英勉之！"虽然豪言雅兴如此，文辞间却让人心情沉重，尤其子英曾经"抱泣帝门"，可见当时的失利对友人打击有多大，这个时候两个境遇和命运相同的知音之间除了勉励之外，便只有深深的宽慰了。

如果说送友人赴任序中侧重的是友人为官必有的品质才干和作者本人的为官之念，那么在送普通友人的序里更多的则是展示自己与友人之间的亲密无间和惺惺相惜。如《别长沙彭晖序》中就这样描绘两人的情谊："樽有醪、豆有肴，得以引满而大嚼之；编有诗，琴有曲，得以更唱而互奏之；草翠树碧、烟携雾织、蓝波黛岳、组阡绣陌，得以连臂而游之"，一起畅饮，一起琴诗酬唱，一起挽臂流连美景间，是何等的惬意和畅快，如此"奢冠盛服、锦鞯绮榖、膏面脂肌、狸心枭首，得以扬眉而傲之。至于穷达之分、王佐之业，则韬而待用，济无知者，何足道哉！"为什么两人如此亲密，一言以蔽之："德不孤必有邻。"可谓志趣相投，性情一致，两人这份情谊足以羡煞旁人矣！

二 送门生：谆谆教导、曲尽其意

宋代沿袭唐人行卷风气，士子执文拜谒当时的名儒钜臣以求赏识推荐，借以提高自己的知名度和扩大影响力，这样彼此之间就形成了一层座主和门生的关系，作为三掌制诰的王禹偁自然也不能置身事外，他自己考进士之前就曾经携文登宋白门下拜谒，以求引荐于名人士大夫。

宋太宗太平兴国八年（983年）王禹偁以省试第一的身份，殿试中乙科，"授成武主簿。徙知长洲县，就改大事评事。同年生罗处约时宰吴县，日相与赋咏，人多传诵。端拱初，太宗闻其名，召试，

第三章 王禹偁的序体文

擢右拾遗,直史馆,赐绯。故事,赐绯者给涂金银带,特命以文犀带宠之。"① 自此文名声望日隆,上门拜谒以求推荐赏识的人日渐增多,用王禹偁自己的话说,是"举进士者以文相售,岁不下数百人",可见其门生之多;而"天下举人日以文凑吾门,其中杰出者群萃者,得富阳孙何、济阳丁谓而已",足见在众多门生中其最为得意的是孙何和丁谓了,而且王禹偁也乐意招揽人才,"朝请之余,历览无怠"足见其惜才爱才之心。那么在彼此的诗文来往过程中,写一些文章相赠以表自己心意是再正常不过的事情了。通过文意看,在王禹偁《小畜集》及《小畜外集》中,可以看作写给门生的赠序有《赠别鲍秀才序》《送乐梁秀才谒梁中谏序》《送孙何序》《送丁谓序》《送郑褒序》《送江翊黄序》和《送徐宗孟序》等 7 篇。

这七篇文章中,《送乐梁秀才谒梁中谏序》表达知己、知遇、知恩之意,而《送郑褒序》则旌郑生一片纯孝之心和尊师之礼,两者均按时间顺承顺序自然行文,在此不再赘述,其余五篇在叙事结构上都采用"未见其人先闻其声"模式,通过层层铺垫的方式来抽丝剥茧般突出人物形象,如《送孙何序》:

> 先是,余自东观移直凤阁。同舍紫薇郎广平宋公尝谓余曰:"子知进士孙何者邪?今之擅场而独步者也。"余因征其文,未获。会有以生之编集惠余者,凡数十篇,皆师戴六经、排斥百氏,落落然真韩柳之徒也。其间《尊儒》一篇,指班固之失,谓儒家者流非出于司徒之职,使孟坚复生,亦当投杖而拜曰:"吾过矣。"又《徐偃王论》,明君之分,窒僭之萌,足使乱臣贼子闻而知惧。夫易之所患者,辨之不早辨也,斯可谓见霜而

---

① 脱脱:《宋史·列传第五十二》,中华书局 1977 年版,第 9793 页。

知冰矣，树教立训，他皆类此。且数千万言，未始以名第为意，何其自待之多也。余是以喜识其面而愿交其心者有日矣。

今年冬，生再到阙下，始过吾门，博我新文。且先将以书，犹若寻常贡举人惸惸然执先后礼，何其待我之薄也。观其气和而壮，辞直而温，与夫向之著述，相为表里。则五事之言貌、四教之文行，生实具焉。宜其在布衣为闻人，登仕宦为循吏，立朝为正臣，载笔为良史，司典谟备顾问为一代之名儒，过此非吾所知也，岂止一名一第哉！告归许田，序以为赠。余非多可而易与者也。凡百君子，宜贺圣朝得贤、吾道之不坠尔。

闻孙何之擅场独步之名，未见人而欲寻其文以探究竟，未得，此为"闻其声"一，亦为遗憾一；偶得孙何文集，读之，其文"树教立训""见霜而知冰"，果然"落落然真韩柳之徒也"，此为"闻其声"二，而且孙何文"数千万言，未始以名第为意"，其品行之高洁更让人欲一睹为快，想"喜识其面而愿交其心者有日矣"，但仍是未见，此为又一遗憾。此两层意思一为用他人之言来侧衬孙何之名，二为以其文品之优来正衬孙何之名，经过这样的烘托，不单作者对孙何倾慕已久，就是读者也迫不及待欲见其人了。这样一来，就为下文的会面做好了铺垫。

虽然是"千呼万唤始出来"，但作者毕竟见到了心仪已久的孙何。如果说上文叙述的是作者想象中的孙何，那么会面中的孙何就是真真实实的了。现实中的孙何虽然已是科举第一的进士但却"犹若寻常贡举人惸惸然执先后礼"，如此恭敬虚心之貌自然会让王禹偁心动，又见孙何"气和而壮，辞直而温"，与其文相得益彰。此时的孙何已经不只是一名科举考试第一的进士了，而且还是"闻人""循吏""正臣""良史"和"名儒"，一句"过此非吾所知也"足

第三章 王禹偁的序体文

见孙何在王禹偁心中的分量。王禹偁就这样一层一层地将孙何塑造成了一个完美的书生孙形象,难怪他发出"凡百君子,宜贺圣朝得贤、吾道之不坠尔"的呼唤。

这种叙事模式和衬托铺垫手法在其他几篇赠序中也得到了鲜明的体现,如堪称《送孙何序》姊妹篇的《送丁谓序》。文章首先叙述了自己阅读"岁不下数百人"的以文相售者文章时的感受:"有视其命题而罢者""有读数句而倦者""有终一篇而止者",但要么"诗可采,其赋则无有",要么"赋可称,其文则无有",能够谈得上文章的"百不四五",至于能做到"宗经树教、著书立言"的士子更少了。在此情况能得孙何一人可谓欣喜至极,因此当听说"济阳丁谓者,何之同志也,其文与何不相上下"时,王禹偁是全然不信的,这是一层铺垫,也是"闻声"一;直到从他人处得到丁谓的文章才知他人话语不虚,此为"闻声"二;"是秋,何来访。仆既与之交,又得生之履行甚熟,且渴其惠顾于我也",此为"闻声"三。

在层层铺垫中,王禹偁对丁谓的态度也实现了从"未之信"到"前言不诬"再到"渴其惠顾"的转变,这比起《送孙何序》来说衬托更浓厚、更丰富,这种一波三折的叙事结构让文章更有顿挫之美,而在面见丁谓对其进行大加褒扬之后又用"两制间咸愿识其面而交其心矣,翰林贾公尤加叹服"来表丁谓实至名归、名副其实,更是对人物形象塑造起了画龙点睛的作用,从首尾呼应,处处衬托来看,《送丁谓序》写得更为跌宕起伏。

与孙何、丁谓科场得意和风光无限相比,《赠别鲍秀才序》中鲍生则是科举失意、落魄潦倒,因此除了和《送孙何序》《送丁谓序》一样的叙事结构外,王禹偁在《赠别鲍秀才序》表达的不再是像前两文中那样褒美欣喜之情,而是劝慰、鼓励、爱护和期望之心了:"勤道以自强,加餐以自爱,勿辜我名声之望尔,生勉之。"可以说在这类序里，王禹偁对"未见其人先闻其声"的叙事结构的运用发挥到了极致，不但在这三篇序里极力发挥，就是在篇幅极短的《送江翊黄序》和《送徐宗孟序》两篇序里也信手拈来，毫不逊色。如《送江翊黄序》：

> 仆直翰林时进士钱易数以文相售，其中往往有赠江翊黄诗，怪其名异于常所谓进士者。今京西转运太常姚丞铉赴职时来与余别，盛言生之才，用是于生之名甚熟，不知果如何人也。夏六月，自内庭谪官滁上，下车数日，生缝掖而见。观其风骨秀朗、言论和雅，则钱之交、姚之荐斯得之矣。又继之以文好古近道，趣向不俗，修之不已，可为闻人，况一第哉！遽来告行，书此为送。

先是"怪其名"，再是"名甚熟，不知果如何人"，最后是"生缝掖而来"，会面方知"钱之交、姚之荐斯得之矣""可为闻人，况一第哉"，悬念丛生，波澜起伏，文虽短小但极为精悍，其在反复铺垫上丝毫不输《送孙何序》等篇，王禹偁极尽铺叙之能事由此可见一斑。

第四节　王禹偁序体文小结

明代曾鼎《文式》曰："序其事，随其大小而作，其文较宽，宜疏通圆美，而随所叙之事变化。"[①] 可以说王禹偁序文之所以能够随心所欲、收放自如正是发挥了序文"随所叙之事变化"的特点，不

[①] 王水照：《历代文话》，复旦大学出版社2007年版，第1572页。

第三章　王禹偁的序体文

但不同的序有不同的写法，如作品序客观平和，赠序则主观色彩浓厚；就是同类序也手法不同，如作品序中的集体作品序就重在叙述结集过程，而个体作品序则在此之外融入作者感情。

在表达方式上，王禹偁序文继承了叙事为主的传统，并掺杂了议论和抒情，当然根据行文的不同目的，这一点在不同类型的序文里也是有所区别的，譬如送友人上任序主要是为了阐明自己的为官之道，所以议论多一些；而送普通朋友和送门生的序文中叙事和抒情相对来说就多一些。同样在作品序里，个体作品序就比集体作品序抒情成分多一些。

在艺术手法上，王禹偁充分发挥了自己知识渊博的优势和驾驭文字的能力，或对比，或衬托，或铺垫，或用典；或冷静叙事，或写景抒情，或为洋洋之论；或长篇大论，或短小精干；或句式整齐，或语言多变；或依序行文，或错落有致，等等。诸如此类让原本平铺直叙的序体文多彩多貌，异趣横生，文采斐然，韵味十足，文有法度，潇洒跌宕。

第四章　王禹偁的表体文

第一节　表体文的发展与文体特征

表是古代臣子上书帝王表达己见、陈述政情的一种文体，属于上行文。它的产生最早可以追溯到尧舜时期帝王臣子在朝堂上的相互问答。刘勰《文心雕龙》曰："夫设官分职，高卑联事。天子垂珠以听，诸侯鸣玉以朝。敷奏以言，明试以功。故尧咨四岳，舜命八元；固辞再让之请，俞往钦哉之授，并陈辞帝庭，匪假书翰。然则敷奏以言，则章表之义也。"①敷，陈；奏，进也：敷奏即为进言之义。这就有章表的意思了，但只是口头上并没有形成纸面文字，到了周代这种敷奏已经明显具有陈辞谢恩的意思了，但仍未形成专门的书面形式，直到战国时期，才有专门陈辞谢恩的呈文言事于主。

这些呈文"皆称上书。秦初定制，改书曰奏。汉定礼仪，则有四品：一曰章，二曰奏，三曰表，四曰议。章以谢恩，奏以按劾，表以陈请……表者，标也。《礼》有《表记》，谓德见于仪。其在器式，揆景曰表。章表之目，盖取诸此也。"唐代李善在《文选·表》

---

① 刘勰著，范文澜注：《文心雕龙》，人民文学出版社1958年版，第406页。

第四章 王禹偁的表体文

中注曰:"表者,明也,标也。如物之标表,言标着事绪使之明白以晓主上,得尽其忠曰表。三王已前,谓之敷奏,故《尚书》云'敷奏以言'是也。至秦并天下,改为表,总有四品:一曰章,二曰表,三曰奏,四曰驳。六国及秦汉兼谓之上书,行此五事。至汉魏已来都曰表。进之天子称表,进诸侯称上疏。魏已前天子亦得上疏。"① 虽表述略有不同,但在揭示表的缘起和演变脉络方面则一脉相承。

对这一点,后世研究文体的学者,如吴讷、徐师曾等皆持相同意见,如吴讷云:"按韵书:'表者,明也,标也,标着事绪使之明白以告乎上也。'三代之前,谓之'敷奏',秦改曰'表',汉因之。"② 徐师曾云:"古者献言于君,皆称上书,汉定礼仪,乃有四品,其三曰表,然但用以陈请而已,后世因之,其用寖广。"③

当然,随着应用范围的扩大和自身的发展,表的内容不仅仅限于陈请,"其用则有庆贺、有辞免、有陈谢、有进书、有贡物"④。徐师曾更是将表的内容进一步扩大,认为表"有论谏、有请劝、有陈乞、有进献、有推荐、有庆贺、有慰安、有辞解、有陈谢、有讼理、有弹劾",大凡大臣在朝堂之上能跟皇帝说的都可以用表来表达,这就表现出来表这种文体适用范围的广泛性。除了共性外,因为表达内容的不同,每一类表文都有自身独特的特点。

在语言形式上,开始是用散体,后随着魏晋南北朝骈体文的发展,表也难独善其身,逐渐骈体化,文重骈俪。徐师曾曰:"至论其体,则汉、晋多用散文,唐、宋多用四六。而唐宋之体又自不同:唐人声律,时有出入,而不失乎雄浑之风;宋人声律,极其精切,

---

① 萧统编,李善注:《文选》,中华书局1977年版,第515页上。
② 王水照:《历代文话》,复旦大学出版社2007年版,第1617页。
③ 同上书,第2092页。
④ 同上书,第1617页。

而有得乎明畅之旨，盖各有所长也。然有唐、宋人而为古体者，有宋人而为唐体者……今取汉以下名家诸作，分为三体而列之：一曰古体，二曰唐体，三曰宋体。""三体"各有所长，古体即为散体，灵活多变，无拘无束，有利于自由表达；唐体虽然讲究格律但并不拘泥于此，自有一股豪放雄浑之气；而宋体虽讲究精切，却写得明白畅达。"三体说"的出现正好解释了表这种文体的由散至骈的蜕变，而且同时我们也看到不同时代的作家并不局限于一种语言风格，在语言组织形式上既可以用参差不齐的语句，也可以用四六句，亦可以骈散结合。刘勰《文心雕龙·章表》云：

  表体多包，情伪屡迁，必雅义以扇其风，清文以驰其丽。然恳恻者辞为心使，浮侈者情为文使。繁约得正，华实相胜，唇吻不滞，则中律矣。子贡云："心以制之，言以结之。"盖一辞意也。荀卿以为："观人美辞，丽于黼黻文章。"亦可以喻于斯乎！

在这里，刘勰提出了一些表体文的创作原则："雅义以扇其风""清文以驰其丽""繁约得正""华实相胜"和"唇吻不滞"，意思是：表的内容十分丰富，虚实变换，因此其文风必须雅正，既要做到有文采，又要有清新之气，要繁简得当，实事求是，行文婉转流利，能够表达作者内心的真实想法。这些特点也是由表的功用决定的，既然表是用来"标着事绪使之明白以告乎上也"，就必须考虑到君主的接受能力，务必做到通畅明晓，否则"主上"是难以理解的。关于这一点，《金石例》说得更为清晰明了："大抵表文以简洁精致为先，用事不要深僻，造语不可尖新，铺叙不要繁冗，此表之大纲也。"[①]

[①] 王水照：《历代文话》，复旦大学出版社2007年版，第1469页。

第四章　王禹偁的表体文

也正是因为表体文的公文性，其在发展过程中逐渐形成了某些固定的格式，如东汉蔡邕《独断》里云："凡群臣上书于天子者有四名：一曰章，二曰奏，三曰表，四曰驳议。……表者不需头，上言'臣某言'，下言'臣某诚惶诚恐，顿首顿首，死罪死罪'。左方下附曰某官臣某甲上，文多用编两行，文少以五行，诣尚书通者也。公卿校尉诸将不言姓，大夫以下有同姓官别者言姓"，可见在东汉时表文已经形成了固定的模式。到了宋代，对表体文规定更为精细，司马光《书仪》对表文规范道："臣某言。臣某诚惶诚惧，顿首顿首辞。谨奉表称谢以闻。臣某诚惶诚惧，顿首顿首谨言。年月日。具位臣姓名上表。右臣下奏陈，皆用此式。上东宫笺亦仿此，但易顿首为叩头，不称臣。命妇上皇太后皇后，准东宫笺，称妾。"[1] 在如此严格的规范下，作家能写出诸如诸葛亮《出师表》、李密《陈情表》等具有浓郁文学色彩的表文实属不易，这也从另一个侧面反映出作家的再造之功。

第二节　王禹偁的表体文

王禹偁《小畜集》共三十卷，其中古文十七卷，这十七卷古文中表文就有四卷，分别为二十一卷、二十二卷、二十三卷和二十四卷，按表文内容可分为贺表、谢表、请乞表、请让表、起居表、陈情表、进谏表和慰安表等，其中谢表36篇，贺表14篇，请乞表10篇，请让表5篇，进表3篇，陈情表、慰安表各2篇，起居表1篇，共73篇。

一　谢表

谢表是古代臣子对帝王表达感谢之情的奏章，谢表萌芽于周代，

---

[1] 王云五：《丛书集成初编》，商务印书馆1939年版，第1、2页。

发生、发展于两汉魏晋南北朝，兴盛于唐宋，到了宋代，"凡官员升迁除授、谪降贬官，至于生日受赐酒醴、封爵追赠等，均有谢表"①，"帅、守、监司初到任并升除，或有宣赐，皆上四六句谢表"②。由此可见研究谢表对考察一个官员的仕途变迁、从政理念和君臣关系等有很大的帮助。

谢表的一个共同特点是在体例安排上均以"臣某言"开头，用简略数语交代到任情况，接着用谦语"中谢"带过其诚惶诚恐、顿首等意，然后再敷陈其详，最后以"臣无任"等语结束。宋代周密在《齐东野语》中云："今臣僚上表，所称诚惶诚恐及诚欢诚喜、顿首、稽首者，谓之中谢、中贺。自唐以来，其体如此，盖臣某以下，亦略叙数语，便入此句，然后敷陈其详。"③ 这段话虽然是对"中谢、中贺"的解释但也很好地揭示了谢表的结构，而且我们还可以据此知道唐宋时期谢表形式就已趋于精致，臻于完美了。

王禹偁的谢表总体来说可以分为两类：一是到任谢表，二是谢封赏表。

1. 到任谢表：忧谗畏讥、忠君爱国

古代官员被朝廷外派地方到任时一般都要上表，汇报到任情况，表达对皇帝的忠心和感激之情，当然也可以趁势表达自己的主张和认识。王禹偁从宋太宗太平兴国八年考中进士开始，到真宗咸平四年终于蕲州任上，步入仕途十八年，历任颇多，但其在《小畜集》及《小畜外集》收录的到任谢表却只有《单州谢上表》《滁州谢上表》《黄州谢上表》和《扬州谢上表》四篇。至于《西京谢上表》，从"臣素乏宏才，偶逢开国，历两朝而窃禄……入则荣提相印，冠

---

① 龚延明：《宋代官制词典》，中华书局1997年版，第626页。
② 赵升：《朝野类要》，中华书局2007年版，第86页。
③ 周密：《齐东野语》，中华书局1983年版，第236页。

第四章 王禹偁的表体文

"四辅以调元"等语句来看显然不是王禹偁本人的上表,因为王禹偁既没到西京做官,也没有担任过宰相,徐规先生在《王禹偁事迹著作编年》中认为此篇上表为王禹偁代宰相赵普所作[①],这是毫无疑问的。

通过对这四篇谢上表的解读,我们会发现王禹偁的到任谢表都跟贬谪有关:《滁州谢上表》《黄州谢上表》直接写于谪官任上;《扬州谢上表》虽写于扬州任上,但终归是在从滁州谪所移解路上;《单州谢上表》虽然并非如此,但却是写于王禹偁初次被贬于商州任上被召回后乞求外任单州之时,字里行间依然隐约透露着贬谪的阴霾。

王禹偁被贬的时间非常集中,用他自己的话来说就是"一生几日,八年三黜":一贬商州,量移解州;二贬滁州,移知扬州;三贬黄州,命徙蕲州。几乎每隔一年多就动一次,如此密集,实属罕见,而且几乎每一次得到重用,贬谪便接踵而至,这种悲与喜的急剧转换对任何一个人来说都是一种极大的心理触动和折磨,更何况像王禹偁这样一个心有抱负之人。

端拱二年,宋太宗殿试贡生,王禹偁赋诗立就,太宗龙颜大悦,曰:"此不踰月遍天下矣。"旋拜禹偁左司谏、知制诰,恩宠加身,无上尊荣。可好景不长,淳化二年,徐铉被尼姑道安诬告,王禹偁抗表为徐铉申冤,结果触怒龙颜,坐贬商州团练副使。这次被贬突如其来,晴空霹雳,让王禹偁猝不及防,偕老带幼,仓促上路,惶惶若丧家之犬。商州贫瘠,地无多产,缺医少药,又加团练副使根本就没有俸禄,全家生活陷入困顿,"瘦妻容惨戚,稚子泪涟洏",在此情形之下,"历二稔而生还"已实属不易,所以当恩例王禹偁量移解州时,那种"笑领全家出翠微"的喜悦无以言表。

---

① 徐规:《王禹偁事迹著作编年》,商务印书馆2003年版,第98页。

淳化四年，王禹偁被召回京，官拜左正言，直昭文馆，但因俸禄微薄，无法负担京城高昂的生活成本，遂丐外任以便奉养，得知单州。一到任，就上表谢恩，表文首叙到任情况："臣某言，今月九日曹州进奏院递到敕一道。伏蒙圣慈，就差知单州军州事，兼赐钱三百贯文，祇荷宠荣，不任感惧，臣已于今月十七日到本州岛上讫。乍别天庭，除临郡印，赐赉颇厚，恩荣实多。"将从接到诏命到上任时间、职务以及赏赐都简明交代，并以"中谢"二字过渡，迅速转入正文。

初次被贬的痛苦记忆当然不能消失殆尽，但也不能在谢表中满是牢骚抱怨之语，即使借此向帝王倾诉衷情也不能过于直白，表达一定要委婉曲折：

> 伏念臣本乏才名，素无门地，徒偶文明之运，滥登俊造之科。升朝便忝于谏垣，效职仍叨于纶阁，常罹罪谴，永合弃捐。仰穹旻而方类戴盆，遇庆赦而遽收坠履。官复两省之列，职居三馆之先。俸厚于他司，班清于庶品。固合优游仙馆，耽习群书，常依日月之光，时贡刍荛之说，讵唯卒岁，亦可终身。昨以臣父将作监丞致仕。某足疾婴缠，年光迟暮。向因谪宦，深入穷山，常恐此生不归故里。自叨赴阙，颇更思乡，盖为衰羸，动多悲感。有孙儿不识面目，有子堦未接笑言。分俸则桂玉不充，聚族则京师难住。近闻馆殿，亦有遣差。频发家书，令求外任。遂沥事亲之恳，以干孝治之朝。

"臣本乏才名，素无门地，徒偶文明之运，滥登俊造之科"是王禹偁在这些上表中常常提及的，虽然表面上来看是自谦之语，但其实里面隐隐约约包含着幽怨之意，冤屈之重之厚时仰望苍天，感觉

第四章　王禹偁的表体文

就像一个大盆扣在自己头上压得自己无法呼吸，喊天天不应、叫地地不灵，"仰穹旻而方类戴盆"就将自己冤屈难伸的痛苦表达出来了。"遇庆赦而遽收坠履"运用了一个典故。汉代贾谊《新书·谕诚》曰："昔楚昭王与吴人战，楚军败，昭王走，履决，背而行，失之。行三十步，复旋取履。及至于隋，左右问曰：'王何曾惜一踦履乎？'昭王曰：'楚国虽贫，岂爱一踦履哉！思与偕反也。'自是之后，楚国之俗无相弃者。"[①] 显然这里王禹偁是感谢太宗不弃之恩，但前后一"偶"一"遇"两字却很好地说明命运并不是完全掌握在自己手里而是悬于帝王一念之间。

承蒙皇帝眷顾，重返朝廷，官复原职，而且父亲还被封为监丞致仕，自己很感恩，很知足，本该知足常乐、优游岁月、了此一生，但经商州一贬，自己"足疾婴缠，年光迟暮。向因谪宦，深入穷山，常恐此生不归故里。自叨赴阙，颇更思乡，盖为衰羸，动多悲感。有孙儿不识面目，有子塈未接笑言"，其状之凄惨，其情之悱恻，不能不让人顿起怜悯之心，不应允便是不近人情了。思乡情浓，但无奈俸禄微薄，"分俸则桂玉不充，聚族则京师难住"，一家难以团圆，家庭生活难以为继，"频发家书，令求外任"。外任不仅能"遂沥事亲之恳"而且还能"以干孝治之朝"，何乐而不为，何不成人之美呢？至此想必宋太宗也不能不体谅王禹偁的一片苦心了。

> 伏蒙尊号皇帝陛下，义在从人，恩推养老。假之符竹，惠以缗钱。居二千石之权，已为望外；受三十万之赐，实自宸衷。感深而泪湿诏书，恋极而魂飞帝阙。实时赴郡，不日迎亲。本州岛以臣叨奉新恩，言承旧例，亦将歌乐，远出郊坰。臣先以

---

① 贾谊著，何孟春校注：《贾谊集》，岳麓书社2010年版，第84页。

文书，并令止绝。盖以垄麦未秀、村民尚饥，当帝王旰食之时，非长吏自娱之日。庶几率下，不是近名。况臣早忝掖垣，每亲旒扆；备熟忧勤之旨，饱闻淳俭之风，足以宣扬圣猷，训导属吏。此外则详评案牍，精究簿书。虽管库以必亲，庶狴牢而无枉。幸逃官谤，用报圣知。

终于如愿以偿，即将赴任，但面对单州官员的隆重接待，王禹偁却断然拒绝制止了。从表面上看是因为还未麦收，君臣应该同心协力，与民共甘苦，但实际上"幸逃官谤，用报圣知"才是真正原因，人言可畏，这种忧谗畏讥之心也深刻反映了僧尼诬陷徐铉案留在王禹偁心里的那种挥之不去的阴影。

且念亲民之官，自古所重；凡今共理，亦曰难才。张齐贤罢自台司、止知京兆；辛仲甫出从参政、方莅宛邱。虽小大之不同，在郡国而无异。唯臣此任，最是殊恩。十一年前，始为成武主簿；九重天上，曾是制诰舍人。望旧官而隔云泥，过故邑而亦为荣遇。所恨者忽离侍从，莫遂朝辞，实非臣心。轻去辇毂，但以臣父。苦念邱樊，慰怀士之心；晨昏有遂，望拱辰之列。

伏惟陛下少减焦劳，俯加颐养。至于尧水汤旱，历数之常文；丹浦青邱，征伐之彝事。伫见斩继迁于独柳，送蜀寇于槛车。示天下不用干戈，驱域中咸归富寿。然后鸣銮日观，降禅云亭。追踪于七十二君，探策而万八千岁。此际臣之本郡实有行官，傥得导引皇舆、扫除御路、撰礼天之书册，虽匪职司，对盛德之形容，敢忘歌颂？臣无任。

第四章　王禹偁的表体文

殊恩难遇，不是不知报答君王，"轻去辇毂，但以臣父"，实在是因为俸禄难以奉养亲人，自古忠孝两难全，每想至此，不禁"涕泗无从"。在分别之际，唯有劝慰皇上"少减焦劳，俯加颐养"，虽然处朝堂之外，也会"导引皇舆、扫除御路、撰礼天之书册"，"虽匪职司"也会宣扬和歌颂君上盛德，王禹偁如此一再表达对皇帝的忠心，太宗岂有不悚然动容乎！

这三个层次，一层呈现思乡奉亲之意，二层表达知遇感恩之心，三层抒发对帝王关怀爱戴之情，层层递进，层层不缺对皇帝的一片忠心，一篇之中三致志焉！故以情动人是这篇表文的最大特色，行文朴实流畅，发自肺腑；言语浅显易懂，感人至深。

如果说《单州谢上表》对自己被贬的抱怨还隐晦委婉的话，那么《滁州谢上表》对皇帝的怨气就直截了当、毫不避讳了：

> 然而翰林学士，朝廷近臣。陛下登位已来，御前放人之后，从吕蒙正而下，拜此职者，止有八人。臣最孤寒，亦预其数，言于圣选，不为不精。数月之间，忽然罢去，众情尚或惊骇，微臣岂不忧惶？且臣在内廷一百日间，五十夜次当宿直。白日又在银台、通进司、审官院、封驳司当公事。与宋湜吕佑之阅视天下奏章、审省国家诏命，凡于利害，知无不为。三日一到私家，归来已是薄暮。先臣灵筵在寝，骨肉衰绖在身。纵有交朋，无暇接见，不知谤议自何而兴。
>
> 臣拜命已来，通宵自省。恐是臣所赁官屋，在高怀德宅中。一昨开宝皇后权措之时便欲移出，未有去处，甚不遑宁。寻曾指约公人，不令呵喝。切恐贵僧出入，中使往返，相逢之间，难为顾揖。按旧制，自左右正言已上，上谓之供奉官，街衢之间，除宰相外，无所回避。此盖贾谊所谓人君如堂，人臣如陛，

陛高则堂高者也。况臣头有重戴，身被朝章，所守者，国之礼容，即不是臣之气势。因兹谢表，敢违危诚。

况臣粗有操守，素非轻易，心常知于止足，性每疾于回邪。位非其人，诱之以利而不往；事匪合道，逼之以死而不随。唯有上天鉴臣此志。伏望陛下思直木先伐之义者，考众恶必察之言，曲于保全，俾伸诚节，则孤寒幸甚，儒墨知归，在于小臣，有何不足？今则隋岸千里，尧天九重，微躯或遂于生还，劲节尚期于死所。

这哪里还讲求委婉含蓄，简直就是对帝王的质问和对自己的辩护，语气强烈，言谈之间流露着愤愤不平！不过这也不能怪王禹偁，想想王禹偁刚到单州半月后即被召回，先后任礼部员外郎、知制诰、翰林为学士，兼任审官院及通进、银台和封驳司，谁知没过几个月又被放逐，这种境遇换作是谁也是难以忍受的。

这次被贬的原因是"孝章皇后崩，迁梓宫于故燕国长公主第，群臣不成服。禹偁常与客言：后尝母仪天下，当遵用旧礼。"① 而太宗罢黜王禹偁的制词是："具官某，顷以文词，荐升科级，而徊徉台阁，颇历岁时。朕祗荷丕图，思皇多士，擢自纶阁，置于禁林。所宜体大雅以修身，蹈中庸而率性；而操履无取，行实有违，颇彰轻肆之名，殊异甄升之意。宜迁郎署，俾领方州。勉务省躬，聿图改节。可工部郎中知滁州。"② 这种指责是很严厉的。

针对黜词里的说法，王禹偁在表文里逐一进行了反驳。一方面，翰林学士均是经过皇帝仔细斟酌选拔的，如果自己有问题，只能说

---

① 脱脱：《宋史·列传第五十二》，中华书局1977年版，第9795页。
② 司义祖：《宋大诏令集》，中华书局1962年版，第957页。

第四章　王禹偁的表体文

明皇上眼光有问题，这就直接对宋太宗的轻率决定提出了批评；另一方面，自己在朝廷一百天的时间里，有五十天值夜班，白天就和宋湜、吕佑等人忙于朝务，三天一到家，可见自己对朝廷忠心耿耿、对朝政兢兢业业、勤勤恳恳，难道这样还辜负朝廷的重用，"殊异甄升之意"吗？而且正值服丧期间，即使有朋友来访也无暇接见，在此情形之下，居然还有人向皇帝说自己谤讥朝廷，岂不是可笑吗？

至于为什么有人说自己诽谤朝政，那可能是因为自己租赁的房屋正好是高怀德的旧宅，但在孝章皇后迁梓宫之时便欲搬出，但无处可去所以未来得及搬出。为了不必要的麻烦，自己也曾约束府中公人，他们不听从所以自己曾经怒斥他们，有人可能就此生恨，造谣诽谤。除此之外，还有可能是因为自己碰到贵僧和中使时没有打招呼问候，因此得罪人了，但"按旧制，自左右正言已上，上谓之供奉官，街衢之间，除宰相外，无所回避。"不打招呼也是无可厚非的，"况臣头有重戴，身被朝章，所守者，国之礼容，即不是臣之气势"，所以何来轻肆之名？

最后，自己"性每疾于回邪。位非其人，诱之以利而不往；事匪合道，逼之以死而不随"，如此一身正气，何来"操履无取"之言？之所以获罪，恐怕另有原因吧，如果不是，那就是"欲加之罪，何患无辞"了，"唯有上天鉴臣此志"，希望皇上明察秋毫，不要冤枉忠臣，否则，哪怕"劲节尚期于死所"也在所不辞。

在这篇表文里，王禹偁既没用典故，也没用诸如宋表中常用的四六句等工整句式，而是大量运用了短句和散句，前后连贯，一气呵成。不用典故，让感情表达更直接；大量运用短句，语气更为短促有力，更能有利于作者酣畅淋漓地表达蕴藏心中、随时就会喷薄而出的愤懑。总之，这篇表文直抒胸臆，汪洋肆虐，气势磅礴，可谓是王禹偁流传千古的佳作。

但王禹偁毕竟是"致君望尧舜,学业根孔姬"的,即使自己受再大的委屈,也始终对帝王抱有一颗忠诚之心。其在滁州时"黾勉在公。忧虞度岁,鬓发渐白,眼目已昏。但以行年未高,不敢求退",之所以这样做的原因是"明代难遇,犹思报恩"(《扬州谢上表》,下同),由此可见王禹偁忠君爱国之心,此心昭昭,日月可鉴!正是如此,所以王禹偁尽管有所抱怨,但一旦被赦免或者从贬谪之地移至条件较好的地方,他就感激涕零了。到滁州的第二年,王禹偁奉命转任扬州。扬州"控淮海之津梁,会东南之漕运",是朝廷重镇。对于太宗的这次任命,王禹偁觉得能够被皇帝"擢从小郡,权莅大藩"就是"君恩未替"的体现,这就难怪他"谪官心宽,感恩而涕泗无状",激动得"省己而兢惶失次"了。

但是之前的诽谤还是让王禹偁心有余悸,他担心自己"素乏家财",一切生活开支"恐因供亿",这恐怕会引来流言蜚语,所以"冀圣心之察微,免众口之腾谤",其忧谗畏讥如此。此时的王禹偁已经身心疲惫,也早就做好了流浪的准备:"庶于岁时之间,别求散慢之地。举头见日,空知京阙之遥;白首为郎,甘老江湖之上。"果不其然,真宗咸平元年(998),刚刚回朝一年多的王禹偁因宰相张齐贤、李济不协,出知黄州,踏上了第三次贬谪之路,这一去便终于蕲州任上,再也未能回来。在简单汇报到任情况、表达自己要勉励勤政之后,王禹偁在《黄州谢上表》里如此写道:

> 伏念臣叨司帝诰,又历周星。既不曾上殿求见天颜,又不曾拜章论列时事;入直则闭阁待制,退朝则杜门读书。虽每日起居,实经年抱疾,不敢求假,恐烦医官。自后忝预史臣,同修实录。昼夜不舍,寝食殆忘,已尽建隆四年,见成一十七卷。虽然未经进御,自谓小有可观。忽坐流言,不容绝笔。夫馋谤

第四章 王禹偁的表体文

之口，圣贤难逃。周公作鸱鸮之诗，仲尼有桓魋之叹。盖行高于人，则人所忌；名出于众，则众所排，自古及今，鲜不如此。伏望皇帝陛下雷霆霁怒，日月回光。鉴曾参之杀人，稍宽投杼；察颜回之盗饭，或出如簧。未令君子之道消，惟赖圣人之在上。况臣孤贫无援，文雅修身，不省附离权臣。只是遭逢先帝，但以口无苟合，性昧随时。出一言不愧于神明，识一事必归于正直。愠于群小，诚有谤词。谋及卿士，岂无公论？以至两朝掌诰，四任词臣。紫垣最悉于旧人，白首不离于郎署。以臣之行，遇陛下之至公，久当辨明，未敢伸理。今则上国千里，长淮一隅，虽叨守土之荣，未免谪居之叹。霜摧风败，芝兰之性终香；日远天高，葵藿之心未死。仰望旒扆，不胜涕洟。臣无任瞻天恋圣，省己激切屏营之至。

虽然同是为自己辩护，但与《滁州谢上表》的言辞激烈、气愤难平相比，《黄州谢上表》则略显平和，大有心如死灰之感。之所以有这种感觉上的差异，是因为《黄州谢上表》没有采用《滁州谢上表》那种激烈而急促的短句，而是采用了工整的句式，这就让表文显得从容不迫，再加上恰如其分的典故运用，更使表文含蓄蕴藉，从而让全文感情基调较为平和。不过平和并不代表这篇表文没有批判的力量，反而是在细读之下，我们更能感觉到如同火山岩浆般奔腾于作者内心深处的幽怨之情：一方面，用周公作《鸱鸮》以明志和孔子有桓魋之叹来说明自古圣贤也难免被流言所伤，何况自己并非圣贤；另一方面，用孔子误认为颜回盗饭和曾参之母因听信他人流言而误信儿子杀人的典故来说明即使最亲近和最信任的人也会被流言蜚语和假象所蒙蔽，来暗喻皇帝是误听谗言而误解了自己，但这丝毫改变不了彼此信任的君臣关系。这种批评虽然委婉含蓄，但比直接严厉指责更有力度，更能击穿皇帝心理防线从而心生愧疚，尤其是在这基础上，王禹偁还不忘薪上加火，一句"以臣之行，遇陛下之至公，久当辨明，未敢伸理"恐怕更能让皇帝顿生忏悔之心，所以才有了后来的徙知蕲州。

对于自己一再被贬的原因，王禹偁其实是很清楚的："一旦命执法，嫉恶寄所施。丹笔方肆直，皇情已见疑。"（《吾志》）宋太宗曾经让宰相告诫过王禹偁不要那么刚直不容于物，由此可见必然是王禹偁屡屡直言不讳触怒了皇帝，所以才屡屡遭到流放，至于什么小人诽谤、苦寒无依等说辞，在皇帝忌惮之心面前都已经算不上什么了。但王禹偁一生屡受太宗知遇之恩，宋代皇帝在他眼里是堪比尧舜的一代贤君，岂容诋毁！在这样的心态之下那就只能委曲求全了。"霜摧风败，芝兰之性终香；日远天高，葵藿之心未死。仰望旒扆，不胜涕洟"，饱经风霜洗礼的芝兰让我们看到了一个屡受打击却始终高拔挺立的王禹偁，一心向阳的葵藿让我们看到了一颗忠于君主的赤诚之心，"仰望旒扆，不胜涕洟"则让我们眼前浮现出一个眷恋朝廷、报国无门的谪官形象。

可以说，"霜摧风败，芝兰之性终香；日远天高，葵藿之心未死"是王禹偁仕途人生的真实写照，刚直不屈的性格和忠君爱国的情怀如同经纬一样交织在王禹偁一生之中，构成了他生命的全部：一方面，刚直不屈的性格为了他带来了一次次仕途上的挫败；另一方面，忠君爱国的情怀让他虽屡被贬斥却总能忠于职守。这一点和屈原毫无二致，难怪有同样遭遇的苏轼在苏州虎丘寺瞻仰王禹偁画像时也不由得发出"想其遗风余烈，愿为执鞭而不可得"的呼声[①]了，其惺惺惜惺惺如此！

[①] 曾枣庄：《宋文纪事》，四川大学出版社 1995 年版，第 70 页。

第四章 王禹偁的表体文

虽然我们无从得知王禹偁被贬商州时谢上表的内容，但从其写于那个时期的诗歌内容来看，王禹偁虽然也迷茫痛苦，但毕竟是自己替徐铉雪冤，因此触怒太宗被贬也算事出有因，而且同时被贬的也不止自己一个，所以此时的王禹偁内心更多的是委屈而少有对帝王的怨恨，但其后就不同了。

总之，通过这几篇到任谢表我们可以看出王禹偁内心经历了一个从迷茫、愤慨、平和到豁达的转变过程，到蕲州任时他就已经发出了"宣室鬼神之对，不望生还；茂陵封禅之文，止期身后"[①] 的感叹，这说明历经沧桑的王禹偁已经对现实和人生看得很透彻了。这些情感融入文章中就让王禹偁的到任谢表显得感情丰富，真挚动人，这也是王禹偁表文最成功之处，也是到任谢表在王禹偁所有表文之中最为可读、最为感人的最大原因。

2. 谢封赏表

古代朝臣每逢帝王赏赐或者封官，都要上表谢恩。一方面，既然是谢恩，就少不了感激涕零之意，亦少不了对皇帝的溢美之词；另一方面，此类表也因此而形成了固定的格式，王禹偁的这类谢表亦是如此。

在王禹偁的谢封赏表里，有的是因皇帝赏物而谢恩，如《为宰臣谢御书钱样表》是皇帝赐给大臣们五铢货币新样，《谢赐御制赵遥咏秘藏诠表》是大臣们感谢皇帝赐给御制秘藏赵遥咏文集四十一卷，类似的还有《为宰臣谢新雕三史表》《谢赐圣惠方表》《谢宣赐表》《谢衣袄表》，等等；有的是因皇帝赐诗、赐文而谢恩，如《为宰臣谢赐御制歌诗表》就是感谢皇帝赐三首喜雨歌诗，《谢赐御草书诗表》是感谢皇帝赐给红绫上御草书赵南亭绝句诗一首，类似的还有

[①] 丁傅靖：《宋人轶事汇编》，中华书局1981年版，第175页。

《谢赐御制重午诗表》等。这些谢表格式上趋同性很强，开头均是"臣某（等）言、伏蒙圣慈"，有的开头还在中间加入赏赐时间，然后就是步入正文；有的还是开头和正文间加"中谢"二字，但大多都没有，这是因为此类谢表均是因一件赏赐之物而作，事由单一，而且纯粹是感恩，用很少的字数足以表述，故无须鸿篇大论，更无须省略什么。

在内容上，这类谢表的共同特征是大力赞美皇帝的德行，而且根据所赐对象的不同赞美之词都略有不同。如赐带有皇帝题字的铜钱就云"伏惟尊号皇帝陛下，道极至元，学探众妙，宸居多暇，书九府之钱刀。御笔摘华，夺三辰之文彩；尽真草欧行之法，在方孔之中通流将遍于溥天"（《为宰臣谢御书钱样表》）；赐道教书籍《逍遥咏》就说皇帝"思妙玄沙，心游赤水，因民设教，与天比崇。知几其神，建皇王之有极；恭默思道，念释老之多歧。于是诠注微言，咏歌至道。撮其枢要，闭庸于法门；搴其菁英，芟萧稂于玄圃。示万机之多暇，表三教之精通，足可指迷误于群生，扇穆清于四海，岂比刘庄萧衍，多佞佛之心；汉武秦皇，空作求仙之术"（《谢赐御制逍遥咏秘藏诠表》）；受赐御制喜雨诗就赞美皇帝"轸念三农，精心六义。自春徂夏，少致衍阳；以日系时，不忘善祷。诏近臣而遍走群望，御便殿而亲录缧囚。圣感玄通，天心昭答，潜驱屏翳，舒张东岱之云；暗使丰隆，樋击南山之鼓。连宵泛洒，率土昭苏，旱稼勃兴，丰年可望。缘情而有作，奋御笔以成篇。帝庸作歌，高视康成之咏；上以风化，远追皇矣之诗。粲然三章，诞敷四海"（《为宰臣谢赐御制歌诗表》）；写帝王赐臣子史书，则曰"皇帝陛下心存稽古，志在奉先。念五帝三王之书，具存道德；思列国两汉之事，可鉴兴亡"（《为宰臣谢新雕三史表》）；赐日历表则曰皇帝"五行为质，万国咸宁。星辰即序于尧天，风雨弗迷于舜麓。御明堂之一十

104

第四章 王禹偁的表体文

二位,克正阴阳;运璇玑而三百六旬,无差晷刻,焕乎正朔,被于华夷"(《谢历日表》),等等,诸如此类不胜枚举。

总之,这些谢表主体内容均是讴歌皇帝品行功德和表达臣子对皇帝所赐感激和珍惜之情,而且我们也可以看出,与到任谢表的率性而作、句式无拘无束相比,这类谢表普遍采用四六句式,对仗工整,朗朗上口,这也正是表体文发展到宋代成熟的标志,也反映王禹偁高超的驾驭语言的能力,宋代吴处厚《青箱杂记》卷六云"王禹偁尤精四六",所言不虚。

与这些谢赏赐表相比,王禹偁谢封官表更足为人称道,因为在谢封官表里王禹偁除了表达对皇帝的感恩外,还表达了一些个人的复杂情感。如王禹偁被贬滁州时被朝廷加封朝散大夫后上表云:"而自身离近侍,官带责词,既别白以无门,但忧危而度日。……遂使死灰之心稍生于寒焰,戴盆之首亦见于天光。"由《滁州谢上表》我们可知此是王禹偁对自己的无故被贬悲愤异常,因此在《谢加朝散大夫》中也难消这种铭刻在心的委屈,只不过来得比《滁州谢上表》委婉些而已,虽然是说皇帝的加封让自己死灰之心重新温暖、戴盆之首重见天日,但也明里暗里地责怪皇上加给自己的不白之冤。

但委屈是委屈,王禹偁终归是忠君爱国,蒙受冤屈中仍不忘"誓捐微躯以答鸿造",其《谢转刑部郎中表》曰:

> 伏念臣顷因薄技,逮事先朝,误记姓名,过有奖掖,两知制诰,一入翰林。报国之功,虽无绩效;侍君之道,粗守贞方。虚名既高,忌才者众;直道难进,黜官亦多。始贬商于,实因执法;后出滁上,莫知罪名。大行皇帝渐察非辜,移领大郡。方且精求民瘼,少报皇恩。期牵复于词臣,再发挥于王命。不

图上玄降祸，先帝登遐。奉讳之辰，号天罔极。不得趋朝夕之临，无以为臣子之心。泪如绠縻，悲入骨髓。

伏遇皇帝陛下，祗奉顾命，钦承庆基。荼蓼之情，既遵于易月；蓼萧之泽，遂洽于溥天。爰自起曹，升于宪部。望金銮之殿，诚隔烟霄；入白云之司，亦非冗散。得不恪居官次，虔奉诏条。谕淮海之遗民，识朝廷之新命。无汲黯积薪之叹，有子牟恋阙之心。感慨旧恩，追惟往事，西陵目断，泣血难收，东海日升，倾心更切。伏限权司藩服，不获拜赐玉阶。

公元997年3月宋太宗崩，真宗即位，大赦天下，授王禹偁尚书刑部郎中，散官勋赐如故，这让王禹偁看到回归朝廷的希望，于是写《谢转刑部郎中表》以表心志。表中除了感恩戴德外，主要表达自己报效朝廷之胸怀。引文第一段简要回顾了自己从政的经历，之所以被贬并不是自己没有才华，而是才高遭人妒，虽然如此，自己依然想"精求民瘼，少报皇恩。期牵复于词臣，再发挥于王命"，向真宗表达了自己渴望官复原职、报效朝廷的愿望；第二段说承蒙新帝圣恩、擢为刑部郎中，但"入白云之司，亦非冗散"，定当"恪居官次，虔奉诏条"，接着用汲黯积薪和子牟恋阙的典故来表白自己不贪恋权位，只有报效朝廷之心；最后用"东海日升，倾心更切。伏限权司藩服，不获拜赐玉阶"向真宗传达自己归心似箭的殷切之情。

这种忠心很快被付诸实践，同年五月，真宗下诏求言，王禹偁即刻上《应诏言事疏》。在这边疏里，王禹偁系统地阐述了自己的政治主张：一，谨边防，通盟好，使辇运之民有所休息；二，减冗兵，并冗吏，使山泽之饶稍流于下；三，艰难选举，使人官不滥；四，沙汰僧尼，使疲民无耗；五，亲大臣，远小人，使忠良謇谔之士人

第四章　王禹偁的表体文

知进而不疑，奸险倾巧之徒知退而有惧。此疏一上，王禹偁马上就被召回朝廷，一片忠心终于守得云开见月明。

这种有忠心但却不能一展抱负的遗恨在王禹偁诸多谢表里都有所体现，如《谢弟禹圭授试衔表》"报国之心，同期于死所。伏限郡印，不获蹈舞玉阶"，《谢加上柱国表》"誓将冰蘖之心，上答云天之施"，《谢落起复表》"援琴切切，痛岂忘于终天；佩玉铿锵，班尚遥于就日。伏限权司藩服，不获奔诣阙庭"，等等。

3. 谢表小结

通过上述分析，可以发现仕途是关乎王禹偁谢表内容的最主要因素，以仕途平坦与否为依据，我们明显可以将王禹偁谢表的内容划为两类：仕途平坦时王禹偁在朝中担任要职，陪伴皇帝左右，随时能得到皇帝的赏赐，此时的谢表满是对帝王的爱戴和歌颂；而仕途坎坷时，王禹偁被逐出京城，流放外地，这个时候的谢表无论是到任谢表还是谢封赏表，均是一方面倾诉自己所受的贬谪之苦，另一方面又处处表达自己对朝廷的一片忠心，无论从感情动人的角度还是从文学意味浓厚的角度来看，写于被贬时的谢表不但数量最多而且文学价值最高。

与之相应，在表达手法上，写于官运亨通之时的谢表篇幅较短，大量采用四六句式，讲究句句之间的工整与对仗，典故的运用又能达到蕴藉典雅的效果；而写于仕途颠簸时的谢表篇幅一般较长，句式不一，灵活多变，一会如奔出峡谷的长江之水浩浩向前，一会又如山涧溪水般回环婉转，随心所欲，任意东西，极尽吞咽之理，洋洋洒洒，一气呵成。

二　贺表

宋代赵升《朝野类要·文书》云："帅、守、监司遇有典礼及祥瑞，皆上四六句贺表，唯冬至岁节不用四六句，自有定式。"[1] 王禹偁四六贺表如《贺正表》：

> 元正首祚，景福惟新。数蓂荚于尧阶，初生一叶；献椒花于汉殿，齐列千官。式彰负扆之尊，大祝如山之寿。伏惟尊号皇帝陛下，业隆三代，道冠百王。和玉烛以授时，玄功克着；振金铃而徇路，春令爰行。当三元资始之期，见万国会同之盛。方物充庭而麇至，上公献寿以凫趋。日照冕旒，睹垂衣之肃穆；风和象魏，陈县法之威仪。讵遗率土之滨，同乐履端之候。膺干纳佑，与天齐休。臣滥奉朝历，叨权郡印。思预华封之祝，方远彤庭；新颁羲氏之书，空惊素发。但荷发生之德，莫酬煦育之私。臣无任祝圣戴天抃蹈惧呼之至。

四六句式随处可见、俯拾即是。从"元正首祚，景福惟新"等语来看，这是王禹偁祝贺真宗登基的贺表，言辞间充溢着对皇帝的美化之词，但同时也涉及了其远离朝廷、艰难困苦的处境，所谓"方远彤庭""空惊素发"是也。

从内容来看，除代赵普所作的贺表和《贺收复益州表》根据内容无法判断外，王禹偁遗留的贺表均写于贬谪时期，这从《贺正表》《贺南郊大赦表》《贺皇太子表》《贺皇帝嗣位表》《贺册皇太后表》《贺册皇后表》《贺胜捷表》和《贺圣驾还京表》等贺表依次出现的"叨权郡印、方远彤庭""伏限郡事、不获奔诣阙庭""伏限郡政、不获奔诣天阙""权守外藩""臣限拘官守、不获蹈舞玉阶""臣以任假列藩、不获蹈舞玉阶""伏限权司郡印、不获拜舞阙庭""处山

---

[1] 赵升：《朝野类要》，中华书局2007年版，第86页。

第四章 王禹偁的表体文

州无用之地,迎銮莫遂,望阙弥深"等语可以看出,这就决定了对朝廷的盛典喜悦固然是其内容的一个方面,对自己贬谪生涯的反映则是其另一个方面,以《贺南郊大赦》为例。

此贺表是王禹偁写于滁州任上。正如前文所述,此次被贬的理由可以说是无中生有的,王禹偁自然非常愤慨和不平,在有关《滁州谢上表》的论述中已有详尽表述,在此不再赘述。但一遇到朝廷重典和喜庆之事,王禹偁便出于对太宗知遇之恩的感激之情,自然要予以祝贺。《贺南郊大赦》中一方面歌颂宋太宗的圣功、圣德,认为太宗功德可比三代之王,南郊大赦虽是皇家典礼,但亦是普天同庆之幸:

> 伏惟尊号皇帝陛下,司牧黎元,敦崇孝治。言有父也,宣祖昭武皇帝积德而累功;言有兄也,太祖神德皇帝开基而创业。而自下武继志,守文则难。化成而日用不知,寅畏而夕惕若厉。故得昆虫咸遂,戎狄允怀。文物声明,损益乎三代;道德仁义,浸染乎万民。有是圣功,推功于天地;有是圣德,让德于祖宗。乃备严禋,聿伸大报。礼乐具举,岂三年之不为;玉帛载驰,见四海之助祭。列圣至止,上帝格思。锡鸿休于无疆,明大孝之不匮。礼成而退,天且不违。自非吉蠲之诚,达于上下,孝悌之至,通于神明,孰能若斯其盛欤?由是因纯嘏之休,覃雷雨之泽。谓万方有罪,于是乎释缧绁之人;谓百姓之不足,于是乎免逋逃之赋。照烛幽壤,涤荡瑕疵,顺天推恩,与物更始。诗不云乎,一人有庆;经不云乎,万国欢心。自可追三王而比崇,非止黜五霸而不用者矣。

另一方面,他也表达内心的遗憾:躬逢朝廷盛典,自己却不能随从皇帝参加南郊大祀，亦不能起草诏命、为皇帝进言献策，此乃不幸。但幸运的是可以在所任滁州郡内以此教化百姓，为君分忧：

> 臣出官内署，承乏专城。既不得陪冠剑之班、行俎豆之事、舞抃于皇道、登降于紫坛，又不得涌非烟之词、濡甘露之笔、藻绘于玉册、发挥于皇谋，亦臣之不幸也。然而当求治之朝，居分忧之任，得不导扬兑泽、训戒齐民、疗其疮痍、浸入骨髓，亦臣之大幸也。伏限郡事，不获奔诣阙庭，臣无任。

贺表本义在祝贺，理应表达欣喜、庆贺之意，在贺表中加入个人的一些牢骚之语实属难得，这也算是王禹偁贺表最大的特色，这是其一；其二，大凡贺表都是开始简述所贺之事，然后正文就直接阐述此事的意义，并进行评价和褒扬，一般很少再对所贺之事铺陈开来，但王禹偁的《贺胜捷表》就不一样，一上来就详尽列举宋军战果：

> 前后一十六度，掩杀着蕃贼。杀下来慕军主一十一人、吃啰指挥使等二十余人及杀下蕃贼五千，活捉到蕃贼二千余人，并收到马二千余匹，夺到衣甲器械二万余事件，伤杀却蕃贼不知数目，打夺到牛羊老少不少，收到粮料窖窌极多，并已散与一行诸军。其蕃贼帐族舍屋并烧毁荡尽，所有蕃贼田苗禾谷并总收刈及践踏净尽。其李继迁与蕃贼并已溃散逃遁，其诸路大军并百姓已于今月二日并平安却回，各归逐处驻泊讫。皇太子、宰臣、文武百官于今月十三日入贺者，臣当时集军州官吏等宣读告谕，望阙拜舞称贺讫。黠虏窥边，王师出塞，大歼凶丑，永息妖氛，凡在照临，毕同庆快。（中谢）

第四章 王禹偁的表体文

心深处一直就保留着古代文人士大夫心中的那种尊皇、崇皇、忠皇的情结。由此可见,褒美帝王和个人幽怨亦是贺表内容不可或缺的组成部分。

三 陈情表、进表、慰安表及其他

除了谢表和贺表外,王禹偁的其他表文也写得很出色。如《陈情表》,虽然不如李密的《陈情表》那样委婉曲折,但同样写得细腻流畅,正文曰:

> 伏念臣近自冗员,再叨谏署。秋兰解佩,重呼泽畔之魂;红药裁诗,不望禁中之树。固当老于小谏,日赴常参,其如亲寄解梁,身趋魏阙。四海无立锥之地,一家有悬磬之忧。以至仆马龙钟,杂于工祝;兄弟分散,迫于饥寒。若非内受职名、赐之实俸,外求差使以救食贫,则曷以养高堂垂白之亲、备上国燃金之费?望云就日,非无恋阙之心;玉粒桂薪,未有住京之计。伏望尊号皇帝陛下念臣过而能改,进不因人。或西垣再命于演纶,或东鲁且令于承乏。唯中外之二任,系君亲之一言。敢冒宸严,臣无任僭越兢忧,悃愊待罪之至。

宋太宗淳化四年(993年)六月,王禹偁通过来陕西巡视的左司谏吕文仲给太宗上疏,以父亲年迈为由乞求东归朝廷,太宗应允,将禹偁从解州召回并授予左正言即谏官之职务,但处境并没有多大起色,全家生活依然困顿。在此情形之下王禹偁向宋太宗呈上《陈情表》,乞求外任以赚俸禄养家糊口。

此表虽然没有李密的《陈情表》篇幅长,但忠孝两难全的主题却是相同的,都是通过渲染忠与孝的矛盾来达到自己的目的。其义

113

亦有三层：一云自己回归朝廷、重掌旧职，本应勤恳做事、老于任上；二用生活困窘与效忠朝廷的矛盾来打动皇上，每天在朝廷奔走却"亲寄解梁"，官居京城却"四海无立锥之地""一家有悬磬之忧""兄弟分散、迫于饥寒"，这种状况只有求得有足够俸禄的职务才能缓解；三层再云自己并非见异思迁，仍有恋阙之心，之所以要离开京城，是因为生活成本太高，俸禄微薄，无法在京城安家乐业，所以恳请皇上不要计较自己的过失，要么任命自己重掌制诰，要么派往东鲁任职，以赚取足够的俸禄赡养父亲；最后给皇帝以尊严，指出"唯中外之二任，系君亲之一言"，只有皇帝才能说了算，自己不敢僭越，全凭皇上做主。此表一上，马上就获得了宋太宗的恩准，外任单州，即使在单州任上没呆多久就被召回，但召回也是重掌制诰，和《陈情表》里想达到的目的完全一致。从这一点上来说，王禹偁《陈情表》丝毫不输李密，而且在用典方面王禹偁似乎更胜李密，"秋兰解佩""红药裁诗""魏阙""悬磬""望云就日""玉粒桂薪""演纶"等大量典故的运用既让文章顿生文墨之香，又让自己的意图非常含蓄地表达了出来。

又如《起居表》：

臣某言，今月二十五日，进奏院递到御札一道。皇帝陛下取今月五日暂幸河北者。黠虏猖狂，圣人顺动仡歼凶丑，永息妖氛。伏惟皇帝陛下，缵嗣鸿图，忧勤庶政。戢神武之不杀，用人文而化成。蠢尔契丹，敢干天纪。陵越保障，惊摇吏民。王师已振于捷音，帝命尚劳于巡幸。契百姓来苏之望，是六师贾勇之时。以锱秤铢，移山压卵。即日荡平蕃部，更无南牧之人。守吠塞垣、愿作北门之狗，在此一举。永服四夷，方属祁寒，暂劳天步。臣以任居僻郡，地远行朝。捍牧圉以无由，仰

第四章　王禹偁的表体文

云天而积恋。臣无任瞻天望圣激切屏营之至。

起居表"向来在恤制内，遇冬至故改之，名为起居"，"在外帅、守、监司，每月一日上起居表，所以代朝参也。各预先发上都进奏院，临期经阁门投进"①，可见起居表是外放官员必须上奏的。王禹偁这篇起居表写于宋咸平二年（999年）十二月二十五日。这一年，契丹来犯，真宗听从朝臣建议北巡以慰将士，十二月五日暂幸河北，有关消息很快随着御札递到了远在黄州的王禹偁手里，王禹偁为此而上《起居表》。此时的王禹偁已是第三次被贬，仕途风云变幻已让他宠辱不惊，"任百谪而何亏"，所以我们在表中除了常看到的对皇帝的赞美之情和眷恋朝廷之意之外，再也看不到之前上表中爆发式的激情和哀怨，有的只是从口中徐徐而出的平静和淡然。

这一点可以从《慰上大行皇帝谥号庙号表》可以看出。这篇表文作于王禹偁知扬州军州事期间，其时正逢太宗薨、真宗即位，在讴歌宋太宗和真宗父子两人的同时也表达了自己身世飘零之感：

> 太宗皇帝，知几其神，惟睿作圣，功济万物，德流八方。有经纬天地之文，有克定祸乱之武，录其行也既如彼，定其谥也宜如此。又以为极大曰太，有德称宗。懋建鸿名，永光清庙。……伏惟皇帝陛下，以大孝显亲，以至公立法，率由茂实。诞上尊称，太史之纪国；有光直笔，上公之读谥册，曾无愧词。终哀且荣，爱礼达孝。秩秩之容既肃，穰穰之福无穷。
>
> 臣逮事先皇，累叨近侍，流落郡政，哀号国丧。执戟之官，既伤于疏贱；如椽之笔，空入于梦魂。

---

① 赵升：《朝野类要》，中华书局2007年版，第86页。

上段赞太宗文韬武略、功德流芳，美真宗爱礼达孝、必有后福；下段有感于先帝知遇之恩，虽曾经侍奉先帝左右，如今却流落偏郡；忧伤于疏远，感慨于一身才华却换得浮华一梦：不禁悲从心来，哀伤至极。在慰安表中表达哀伤之情是理所应当的，由此抒发个人飘零的感伤却很少见，这就是王禹偁慰安表的独到之处。

另外，王禹偁的请乞表和进表也写得很有特色，前者以《乞赐终南山人种放孝赠表》为代表，后者以《进端拱箴表》为代表。《乞赐终南山人种放孝赠表》先以"陈蕃之荐五处士，名动邦家；田歆之举六孝廉，事光简册。惟两汉之制理，于三代而同风。复有聘以安车，赐之束帛。听其不仕，姑务优闲。八月奉羊酒之仪，四时致宗庙之胙。史之所记，代不乏人，为属昌期，宜兴坠典"来说明替种放乞赐执亲之丧所需费用的合理性，再从种放和皇家两个方面进行劝谏：

伏见终南山处士种放，山林养素，孝友修身。既聚学以诲人，亦躬耕而事母。庞公守道，不入襄阳之城；康伯避名，永绝长安之市。太宗皇帝，知其高尚，曾示征求，恐违鹤发之亲。未应鹄书之命，让赐钱而不受，悬好爵以难縻。今闻放执亲之丧，贫不能葬，棺衾未具，宅兆无归。

臣等或悉彼交游，或慕其名节，伤哉贫也，观兹窀穸之忧。闻斯行诸，岂吝匍匐之救？虽共谋分俸，而未若推恩。况褒岩穴之贤，敢掠朝廷之美？伏冀皇帝陛下，特旌素履，曲示鸿私。少加粟帛之恩，俾谐丧葬之礼。上则成先皇之雅意，下则扬隐士之清规。亦足以激浮竞之风，劝孝悌之俗。所系者甚大，所费者至微。比考叔之遗羹，一时小惠；较郑均之义谷，千古同途。

第四章 王禹偁的表体文

这篇文章的最大特色就是采用了引人入彀的论述方法和大量运用对比手法。首先，将种放在不同时期的遭遇进行了对比，用太宗时拒绝高官厚禄和真宗时穷困潦倒的鲜明对照来衬托种放高洁的隐士情怀，同时也讽喻真宗如果也像太宗一样赏识、赏赐种放，种放也不至于沦落到如此地步；其次，将真宗和群臣所作所为的意义进行了对比，用群臣的匍匐之救未若真宗曲示鸿私来说明褒岩穴之贤的美名应该由朝廷来担当，也就是说应该由皇帝来救济种放，而且皇帝这样做一则完成了太宗的心愿，二则也大力提倡了孝悌之道，有助于形成良好的社会风气，以微小的代价换得如此大的回报是值得的；最后，用颖考叔遗羹给母亲和郑钧、毛义因廉行受赐来对比说明自古朝廷都有奖励品行清廉、有孝心的人，那么真宗更应该不让古人。反复对比无非就是告诉宋真宗这样做是美德更是孝行，这样就一步步地逼真宗就范，真心实意下诏救济种放了。

写得同样出色的还有《进端拱箴表》。端拱初年（988年），太宗闻禹偁名，"召试，擢为右拾遗、直史馆，赐绯。故事，赐绯者给涂金银带，上特命以文犀带宠之。"[①] "越三月，以家寄江都，告假迎侍，亦即遂请"。是月，太宗下诏求直言，王禹偁返京即献《端拱箴》一篇，以寓讽谏，《进端拱箴表》附同献上，也可以看作《端拱箴》的序言，文头用"臣闻宣尼立教，陈五谏以训民。天子设官，命七人而庭诤。欲嘉言之罔状，致盛德之日新"之句言简意赅地表明"致盛德之日新"乃谏官谏诤的意义所在，然后开始正文。第一层言圣君广开言路，诏命臣子直言，而自己却无功受禄，不但愧对皇上知遇，而且羞对天下苍生：

---

① 脱脱：《宋史》，中华书局1977年版，第9793页。

伏惟尊号皇帝陛下，志在任贤，动必师古。大开言路，精择谏臣。改拾遗补阙之名，设司谏正言之位。必须端士，方称美官。臣且何人，亦当此任。三月中，伏奉明诏，用训庶僚，于中两省之班行，有异百官之督责，必容謇谔，无取因循。是时，臣方议迎亲，已谐告假。陛下矜其贫乏，赐以缗钱，恩麻曲被于一家，用度有充于千里。况臣曾为县吏，每督民租。为尺布斗粟之逋，行灭耳鞭刑之法。因知府库，皆出生灵。空有泪以感恩，惭无功而受赐。

第二层再叙自己未尽职责之事，虽然圣君贤明、朝廷大治，但鉴于自古就有文死谏、君纳言之说，所以还是要进言：

洎再趋象魏，时见冕旒，猥尘书殿之资，久蠹大官之膳，曾无绩效，空玷清华。且官在谏垣，未尝有一言俾补；职当史笔，未尝有一字刊修。语所谓饱食终日、无所用心者，臣之谓矣。思欲举谏诤之职，言朝廷之事，则陛下圣德昭被，神功着明，四辅无私而秉大钧，百姓不知而归至化，君何事哉？臣何言哉？然而安不忘危，理不忘乱，靡不有初，鲜克有终，古圣贤之深旨也。故夏后有盘盂之铭，周王有几杖之诫。敢征斯义，用导愚衷。

第三层希望君臣效仿唐太宗和张蕴古的美行，也做一代明君名臣：

臣又尝读唐史，见贞观中张蕴古上大宝箴，辞理切直，太宗深加称赏焉。臣虽不才，愿继其美，昧死撰端拱箴一首。固不足裨益明圣万分之一，亦臣之举职也。随表诣东上阁门跪进

第四章 王禹偁的表体文

以闻。敢冒宸严，臣无任僭越待罪之至。

层层递进，水到渠成，全表以情动人，以理服人：用对皇上恩遇的感激涕零来拉近与皇帝的距离，用对黎民百姓疾苦的切身体会让皇上认识到《端拱箴》并非无事生非，用自己未尽职责的羞愧让皇帝觉得臣下忠心可嘉，用古人至言和贤君名臣来说服皇上接纳自己的劝谏。与前面几篇表文相较而言，《进端拱箴表》语言更为朴实自然、通俗易懂，这也符合表文尤其进表不以深僻、尖新、烦冗为命意的特点。

第三节 王禹偁的笺、启文

笺、启，和表一样都是下达上的文体，虽然文体名称不同，但笺启却与表有共通之处。"笺者，表也，识表其情也"①；"启者，开也。高宗云'启乃心，沃朕心'，取其义也。孝景讳启，故两汉无称。至魏国笺记，始云'启闻'。奏事之末，或云'谨启'。自晋来盛启，用兼表奏。陈政言事，既奏之异条；让爵谢恩，亦表之别干。"② 笺、启一开始就具有表的作用：就表明心意这一点来说，笺与表并无二致；从表达让爵谢恩这一点来说，启就是表的另一种表现形式，只不过后来因为承担的功能不同，笺、启逐渐从表奏中脱离了出来。

这从徐师曾的《文体明辨序说》收录的一段话可以得到验证："古者君臣同书，至东汉始用笺，记公府奏记、郡将奏笺。若班固之

---

① 刘勰著，范文澜注：《文心雕龙》，人民文学出版社1958年版，第456页。
② 同上书，第423、424页。

说，广平、黄香之奏，江夏所称"郡将奏笺"者也。是时太子诸王大臣皆得称笺。后世专以上皇后、太子。于是天子称表，皇后太子称笺，而其他不得用矣"。今制奏事，太子诸王称启，而庆贺，则皇后太子仍并称笺云。① 这显然可以清楚地说明，表、笺、启在表达内容上并无本质不同，只是因为适用对象不同而各有所用：表只用于对皇帝奏事，笺用于皇后太子，而启则用于太子诸王。

正是因为如此，所以尽管于表之外，王禹偁在《小畜集》专辟二十五卷中专门收录了笺3篇、启12篇，但仍可以将这些笺启文放在这一节里加以讨论。

一　王禹偁的笺

刘勰云："原笺记之为式，既上窥乎表，亦下睨乎书，使敬而不慑，简而无傲，清美以惠其才，彪蔚以文其响，盖笺记之分也。"② 从笺的角度说，刘勰认为笺吸取了表的一些特点，既像表文那样表达恭敬之意，又不像表文那样诚惶诚恐，表达简洁明快，又不随意傲慢，王禹偁的笺即是如此。

在王禹偁作品集里，共有三篇笺：《贺皇太子笺》《皇太子贺正笺》和《皇太子贺冬笺》。因其篇幅极为短小，所以全文收录如下：

> 《贺皇太子笺》："臣某言，今月日，降到赫书一道，皇太子殿下光膺册命，正位储宫。凡在普天，不胜大幸。伏以三代旧章，百年坠典，举兹盛礼，允属昌朝。伏惟殿下，禀气涂山，诞祥甲观。蕴间平之茂德，早冠亲贤；迈启诵之多才，式当储副。既协

---

① 王水照：《历代文话》，复旦大学出版社2007年版，第2093页。
② 刘勰著，范文澜注：《文心雕龙》，人民文学出版社1958年版，第457页。

第四章　王禹偁的表体文

人神之望，永隆邦国之基。某谬忝专城，尝叨内署。正衔宣册，陪鸳序以无阶；僻郡效官，拜龙楼而尚远。无任抃跃。"

《皇太子贺正笺》："某言，伏以元正首祚，万物咸新。趋北阙以朝天，启东宫而应律师。伏惟皇太子殿下，重轮发彩，少海澄波。蕴克勤克俭之风，着惟孝惟忠之节。王畿千里，随木铎以行春；君门九重，捧金罍而上寿。应时纳祜，与国同休。权佩鱼符，遥瞻鸡戟。无任。"

《皇太子贺冬笺》："某言，伏以晷运推移，日南长至，启东朝而受贺。爰举旧章，诣北阙以称觞，率先群后。伏惟皇太子殿下，日跻盛德，天纵多才。忠孝克奉于君亲，谦让询于师友。寝门侍膳，诞彰三至之勤；望苑礼贤，永作万邦之本。应时纳祜，与国同休。某叨列通班，爰当亚岁。无任抃跃。"

我们可以看到尽管篇幅短小，但除了文头和正文之间没有"中谢、中贺"二字外，这些笺和表在形式上是大致相同的，都是"某言、伏以……伏惟……无任"的行文结构；文中除了对皇太子的赞美和崇敬之意外，再也没有对皇帝上表时的诚惶诚恐；而且跟前文的表文相比，王禹偁的这些笺文没有繁文缛节、曲尽其意，而是篇幅极短、简洁明快：这就是笺和表的区别。但王禹偁的启就不同了。

二　王禹偁的启

正如刘勰所说"让爵谢恩，亦表之别干"那样，王禹偁的十二篇启文中除了《荐戚纶上翰林学士钱若水启》外，都以谢恩为主题：《谢除右拾遗直史馆启》《谢除左司谏知制诰启》《谢除礼部员外郎知制诰启》《谢除翰林学士启》《谢除刑部郎中知制诰启》《上宰相谢免判吏部南曹启》《谢仆射相公求致仕启》，等等，其中以能反映王禹偁一生仕途的《谢除右拾遗直史馆启》《谢除左司谏知制诰启》《谢除礼部员外郎知制诰启》《谢除翰林学士启》《谢除刑部郎中知制诰启》等五篇启文为代表。

这五篇启能清晰地反映出王禹偁一生颇为自豪的"一入翰林三知制诰"的辉煌经历，但写作背景不同，《谢除右拾遗直史馆启》和《谢除左司谏知制诰启》是写于刚得宋太宗宠渥之时，而《谢除礼部员外郎知制诰启》《谢除翰林学士启》和《谢除刑部郎中知制诰启》则写于从谪所召回朝廷之际，因此其中蕴含的思想内容和感情色彩自然不同。

端拱元年（988年）正月，宋太宗下诏令群臣属和御制喜雪诗，王禹偁应中书试《诏臣僚和御制贺雪诗序》，深得太宗心意，即授右拾遗兼直史馆，王禹偁投桃报李，随之献上《端拱箴》以寓讽谏。端拱二年三月，太宗亲试贡士，令禹偁作诗，禹偁援笔立就，太宗大喜，曰："此不踰月遍天下矣。"即拜左司谏、知制诰，当年就上疏建议朝廷上下厉行节约以对灾年。当幸运的光芒照射到身上的时候，反映在《谢除右拾遗直史馆启》《谢除左司谏知制诰启》里的就只有王禹偁的感恩戴德、既喜且惧、谦恭和雄心壮志了。

《谢除右拾遗直史馆启》先以"虽听已行之命，难逃非据之言。祗荷宠荣，不任感惧。……矧兹庸贱，遽有忝尘"等语开题，接着回顾自己勤学苦读步入仕途的经历，然后叙述自己被擢升为右拾遗直史馆后的感受：

> 伏念某门第本寒，才华不秀，……明代方求于翘楚。高堂渐逼于垂榆，因持滥吹之竽……近阶前之蓂荚，顿觉光辉。而又召诣黄扉，显加明试。深虞固陋，有负品题；序贺雪之诗，固多肤浅。赋履冰之什，愈见荒唐。既有黩于宸严，讵敢期于

第四章 王禹偁的表体文

天奖。方在端忧之际，忽惊非次之恩。芝函乍降于人寰，棘寺骤归于谏署。职兼馆殿，地极清华。通宵未息怔忪，诘旦遽诣于告谢。绿袍襕处，休贻碧鹳之讥；朱绂纡来，但负维鹈之刺。备忽忘而简横象齿，耀搢绅而带饰犀文。荷王泽之沾濡，空惊浃背。对天颜咫尺，惟誓杀身。

夫何寒贱之人，有此遭逢之事？此皆相公尼邱借峻、文曲生光。数仞墙边，暗展铸颜之力；如椽笔下，潜施舆点之恩。遂令清切之资，光被孤贫之士。亦犹洴澼为事，遽邀列地之封；鹈鹕呈炙，误享钧天之乐。顾艺行之无取，荷生成之有归，得不慎守当官，恪供其职？况无遗可拾，幸有瑞而必书。编修出綍之言，垂于信史；撰着得贤之颂，播在乐章。少施染削之劳，上答受知之地。过此以往，不知所裁。

"非次""乍降""骤归"等语可以看出恩宠出人意料，让人猝不及防；"端忧""忽惊""通宵未息怔忪""空惊浃背"可以看出王禹偁面对突然而至的宠遇的手足无措和战战兢兢，"绿袍襕处，休贻碧鹳之讥；朱绂纡来，但负维鹈之刺"则说明了他唯恐此次骤然提升会引来非议。所以王禹偁除了在文中一再以谦卑的姿态示人外就只有一个劲地表示要"慎守当官，恪供其职"来报答皇上的知遇之恩，这种态度在《谢除左司谏知制诰启》中亦是如此：

伏念某才非秀民，世本寒族。适会文明之运，滥肩仕进之流。参常调以起家，永甘县吏；置周行而通籍，俄在谏垣。加以叨馆殿之清资，预校雠之美职。以日系月，方期读天下之书；自迩陟遐，不意掌禁中之诰。载循所自，必有攸归，此皆相公文曲分光，才江借润，遂使自天下之命，诋求批凤之才；列地

123

而封，翻及不龟之手，得不更精文翰，上答品题、恪事一人，少赎素养之咎？虔遵四禁，用畴黄阁之知。过此以还，未知所措。卑情不任感恩荣惧终始知归之至。

此启几乎就是《谢除右拾遗直史馆启》的缩减版，两者表达的主要意思是一致的：都强调家世贫寒、意外之喜、好的机遇、自己的不才和恪尽职守。可以说，骤荷君恩，王禹偁还是满心欢喜、踌躇满志的，但突如其来的喜悦还是让王禹偁感到了一阵阵的惊恐，以后的事实证明王禹偁这种担心是对的：骤然升迁果然带来了意料之中的后果，在被封为左司谏、直史馆一年多以后王禹偁就被贬为商州团练副使。正如前文所述的那样，王禹偁其后经历了仕途上的一次次大喜大悲、起起伏伏，而且每一次的提携之后贬谪都必然会接踵而至，这在《谢除礼部员外郎知制诰启》《谢除翰林学士启》和《谢除刑部郎中知制诰启》都能得到体现：《谢除礼部员外郎知制诰启》和《谢除翰林学士启》写于第一次被贬（商州）被召回之后，《谢除刑部郎中知制诰启》则写于第二次被贬（滁州）回归朝廷之时。以《谢除翰林学士启》为例：

右某启，伏奉制命，特授守本官知制诰，召入翰林充学士者。祇荷宠光，不任感惧。伏以汉朝故事，待诏甘泉之宫；唐室旧仪，召对浴堂之殿。自非枚、马、渊、云之述作，常、杨、元、白之才名，则何以塞清问于论思，润皇猷于典诰，岂宜孤陋，遽此忝尘。

伏念某植学非深，属文无取，滥中悬科之选，寻叨通籍之班。谏署拾遗，寒谔无裨于圣主；承明三入，清华空类于昔贤。顷因坐事以左迁，固亦息心于荣路。洎得归朝之命，遂求典郡

第四章 王禹偁的表体文

之官。去年召自琴台，再升纶阁。骤荷一人之宠遇，果罹三岁之凶丧。虽勉就于夺情，实重违于素志。顾潘安之毛发，已有雪霜；念季路之旨甘，不如藜藿。临文翰而方寸乱矣，对搢绅而面目何为。想石祈子之执丧，空惭至行；比欧阳通之起复，尚欠礼文。止期卜兆于松楸，再请效官于符竹。岂意未谐私顾，俄辱殊恩？翻令朽退之材，亦预深严之地。纶言诈降，俾离红药之阶；宸翰高悬，已践玉堂之署。哀荣交集，宠辱堪惊。副重华好问之心，先忧学寡；草武帝求贤之诏，更愧才难。通宵未息于战兢，举步犹疑于魂梦。此皆相公鸿钧造物，青律回春。征贾谊于谪官，终成前席；荐相如之视草，幸得同时。敢不四禁是遵，三缄为戒。况艰难备历，齿发始衰。用直道以事君，虽无改变；肆刚肠而嫉恶，渐亦消磨。庶寡悔尤，少酬知己。下情无任，感戴兢荣始终知归之至。

"骤荷一人之宠遇，果罹三岁之凶丧"的惨痛教训让王禹偁记忆犹新，面对再次被赋予重任，王禹偁除了一如既往的谦卑之外，"哀荣交集、宠辱堪惊"正是王禹偁此时心情的真实写照，也是这篇启的主旨所在。经历初次贬谪的王禹偁甚至都没有了从政之心，严酷的政治生活也让他不再想像过去那样锋芒毕露而"肆刚肠而嫉恶，渐亦消磨"了。

刘勰云："必敛饬入规，促其音节，辨要轻清，文而不侈，亦启之大略也。"[①] 大意是启文要整饬规范，音节舒畅，议论要抓住要害，风格要简明轻快，可以修饰语言但不能过于侈靡，《谢除翰林学士启》堪称这方面的典范：全文大量运用四六句式，句式工整，两两

---

① 刘勰著，范文澜注：《文心雕龙》，人民文学出版社1958年版，第424页。

相对，音节和谐，读起来有一种流畅美和音节美；大量典故的运用则又让文章无形当中有了一种蕴藉美，真不愧为王禹偁启文的代表之作，这也是王禹偁启文的共同特点。

第四节 王禹偁表体文小结

既然表在古代是作为臣子向皇帝陈情言事的文体，那么王禹偁开始撰写表文也应该从其步入仕途算起。从太平兴国八年（983年）考中进士、任成武县主簿到咸平四年（1001年）死于蕲州任上，王禹偁步入仕途十八年，但真正撰写表却是从端拱元年（988年）开始。在其后的十三年的时间里，王禹偁撰写了大量的表文，一个显著的特点是，以被贬商州这一事件为分水岭，王禹偁的表体文呈现出来了不同的风貌。

被贬商州之前所作的表文中除了对皇帝的颂扬和表达自己的忠心之外就是自己的理想抱负，被贬之后的表文则五味杂陈、感情复杂，虽然也屡屡表达对皇上的忠诚和感恩，但这种心态之后总会让我们看到一个战战兢兢、如履薄冰、惊惶失措、惶恐不安的文人士大夫的影子，而且在众多时期写作的表文中，数被贬后撰写的表文最为感情浓厚，这符合"表以陈情"的本质特点，更为可贵是，无论贺表、谢表或者其他什么表，王禹偁不仅都能在其中抒发个人的人生际遇，而且还能处理得不显痕迹，这就是他独到之处。

表作为一种文体，到了王禹偁这里已经尽显格式固定、句式工整与音节和谐的特点。王禹偁的表体文以四六句式为主，杂以长短不一的散句，能够根据不同的情感需要采用不同的句式，这也是王禹偁古文成功之处。另外，王禹偁的表体文还成功化用了众多历史典故，这些典故不但让文章典雅蕴藉，而且还更好地突出了主题，

第四章 王禹偁的表体文

更好地表达主人公的情感态度。徐师曾论表体文曰："宋人声律，极其精切，而有得乎明畅之旨。"此语用来评价王禹偁的表体文最是恰当不过了：两两相对的四六、工工整整的对仗让其表文表达精当确切，层层递进、娓娓道来的论述则使其表文在阐述道理、抒发情感方面表现得明快顺畅。

第五章　王禹偁散文的其他几种文体

除了碑体文、序体文和表体文外，王禹偁还有几种其他文体作品：杂文两卷，包括《小畜集》卷一四和《小畜外集》卷八，两卷共计有 20 篇，另外《小畜外集》卷九中有《乌先生传》《瘖髡传》和《休粮道士传》，杂文共计 23 篇；论两卷，包括《小畜集》卷一五和《小畜外集》卷九部分，共有 14 篇；书一卷，《小畜集》卷一八，有文章 14 篇；还有散落于《小畜集》十六、十七两卷加拾遗中的记体文 14 篇。

第一节　杂体文

"文而谓之杂者何？或评议古今，或详论政教，随所著立名，而无一定之体也。"[①] 从作品内容来看，王禹偁的杂文"合为时而著"，或臧否人物，或针砭时弊，或详论政教，或讴歌时代，文章虽然题材不一，但却包罗万象、内容丰富，而寓讽喻是王禹偁杂文最主要的特征，实现讽喻的手段有三种：托人、托物、托事。

---

① 王水照：《历代文话》，复旦大学出版社 2007 年版，第 1625 页。

第五章　王禹偁散文的其他几种文体

一　托人寓意：《唐河店妪传》《滁州五伯马进传》《乌先生传》《瘖髡传》《休粮道士传》

关于传，徐师曾曰："按字书云：传者，传也，纪载事迹以传于后世也。自汉司马迁作《史记》创为'列传'以纪一人之始终，而后世史家卒莫能易。嗣是山林里巷，或有隐德而弗彰，或有细人而可法，则皆为之作传，以传其事，寓其意，而驰骋文墨者，间以滑稽之术杂焉，皆传体也。故今辩而列之，其品有四：一曰史传，二曰家传，三曰托传，四曰假传，使作者有考焉。"[①] 由此来看，王禹偁的《唐河店妪传》《滁州五伯马进传》《乌先生传》《瘖髡传》和《休粮道士传》等五篇传是托传或者假传的可能性很大，撰写的目的也只不过是借此来表达自己的一些理想或者态度。

这些传记中只有《乌先生传》完全采用了司马迁的传记手法，以叙为主，篇末予以点评。全文主要是叙述乌光"隐—仕—隐"的人生经历，赞美他"始而隐者，求其志也；中而仕者，行其道也；终而退者，远其害也"的睿智，以突出"功成、名遂、身退，天下之道"的主题，其实也是在告诫文人士大夫们不要贪恋权位、要善于把握隐和仕之间的度。

与《乌先生传》相比，《唐河店妪传》《滁州五伯马进传》和《瘖髡传》这三篇传在文章结构上也是"叙事+议论"结构，但不是以叙事为主，而是以议论为主；而且与《乌先生传》不同的是这三篇的议论不仅仅局限于对人物的评价，而且还由人物事迹引申开来，以此来议论时政。以《唐河店妪传》为例，文章先叙述了一个老妪靠着自己的机智勇敢制服敌人、夺取敌人战斗装备的故事：

---

① 王水照：《历代文话》，复旦大学出版社2007年版，第2124页。

唐河店南距常山郡七里，因河而名。平时虏至店饮食游息，不以为怪。兵兴已来，始防捍之，然亦未甚惧。端拱中，有妪独止店上。会一虏至，系马于门，持弓矢，坐定，呵妪汲水。妪持绠缶趋井，悬而复止，因胡语呼虏为王，且告虏曰："绠短不能及也，妪老力惫，王可自取之。"虏因绠缶弓矢俯而汲焉。妪自后推虏堕井，跨马诣郡。马之介甲具焉，鞍之后，复悬一彘首，常山吏民观而壮之。

然后由此产生联想，引申出宋代边防策略的讨论：

噫！国之备塞，多用边兵，盖有以也，以其习战斗而不畏懦矣。一妪尚尔，其人可知矣。近世边郡骑兵之勇者，在上谷曰静塞，在雄州曰骁捷，在常山曰厅子，是皆习干戈战斗而不畏懦者也。闻虏之至，或父母辔马，妻子取弓矢，至有不俟甲胄而进者。顷年胡马南下不过上谷者久之，以静塞骑兵之勇也。会边将取静塞马分隶帐下以自卫，故上谷不守。今骁捷厅子之号尚存，而兵不甚众。虽加招募，边人不应，何也？盖选归上郡，离失乡土故也。又月给微薄，或不能充饥。所赐甲胄鞍马，皆脆弱羸瘠，不足御胡。其坚利壮健者，奚为上军所取。及其赴敌，此辈身先，宜其不乐为也。诚能定其军，使有乡土之恋；厚其给，使得衣食之足，复赐以坚甲健马，则何敌不破？如是，得边兵一万，可敌客军五万矣。谋人之国者，不于此留心，吾未见其忠也。故一妪之勇，总录边事，贻于有位者云。

从发生在唐河店老妪身上的故事可以看出边兵善战勇敢的特点，所以作者认为应该多用边兵。作者一针见血地指出，宋代边防军队

第五章 王禹偁散文的其他几种文体

战斗力不强、边境之战屡战屡败的原因一是大量骁勇善战的边境本土士兵被调往别地，流离故土，守土的积极性下降，而从别地调来的又没有乡土之情，自然不会珍惜守土，拼死一战之心更无从谈起了，这对朝廷奉行的"将不知兵、兵不知将"国策间接地提出了批评；二是对边兵供给不足，表现在粮饷不足以让边兵吃饱穿暖，坚利的铠甲和强健的战马都被抽走了，每当敌人来袭却又让这些士兵冲锋在前，士兵怎么可能做到呢？如此一来，宋军必败。所以王禹偁建议谋人之国者应该留心这些问题，找到解决办法，这样才能算是效忠朝廷。

文章采用对比手法，将过去边兵全家踊跃备战、参战的情形和如今边人冷对招募的情况作对比，鲜明突出地对军事当局治军方略提出了严厉的批评和切实可行的建议。这样一来，文章阐述的道理就远远超过了所记叙的一个老妪的故事本身，这跟一般的人物传记是大有不同的。

同样以议论为主和采用对比手法的还有《滁州五伯马进传》和《瘖髳传》。相比《唐河店妪传》而言，这两篇传叙事更简略，《滁州五伯马进传》全文229个字，叙事只用了50个字；《瘖髳传》全文269个字，介绍人物仅仅用了37个字。《滁州五伯马进传》叙述的是：滁州五伯马进因为贪财好利而对别人滥施酷刑，经常导致别人手脚残废，因果报应，自己的儿子刚出生就没了左臂，就像刚被砍断的一样。文中还列举了一些世禄之家子孙的悲惨下场，与马进及其之子形成对照，作者以此来告诫主政者要慎用刑，否则人在做天在看，迟早会遭天谴的，虽然在今天看来这有点封建迷信，但在古代社会这对那些滥施刑罚、谄主忌贤、剥民固宠的人无疑是一种强烈的警告，具有很强的心理震慑力。《瘖髳传》则将"默焉无辞，止求一钱之惠、一饭之费"的瘖髳与那些"馨炉、鸣螺、掌牌、肩像以动""城阶瓴庑、丹榱朱桷以为题""饭僧供佛、金容碧貌以为目""芒张丝棼、千万其说，欲率蠹人而利己"的"髡之丐者"相比，来突出瘖髡的品节之高尚，来讽喻那些"崇冠高车、扬扬君门，睹国非政失则诈瘖不语者"的行径更为恶劣、对国家来说更是一种犯罪。

而与以上传不同的是，《休粮道士传》的议论则是借传记对象的口中说出，这又是一体：

> 人有服古之儒服者，众目之曰道士。其人又从而称之，复能不食累月、一裘穿结数十年矣。隆冬之日无寒色，鼻气如虹，面光如童。虽披裘拥炉而酣酒者，神色未如也。姓氏乡里，人莫得而知焉。或师之以求却粒之术，则曰："非子之所宜学也，非吾之所乐也，盖不得已焉。衣食为民天，何可休也。但有用于时，则可食矣。是以君子运其智，有功德及于人，然后食之；小人运其力，有利益于世也，然后食之。吾既不仕，则无功德矣；又不为农工商贾，则无利益矣，苟窃其食，则人之蠹矣，吾是以弗食。故曰非吾之乐也，盖不得已焉。今子，士大夫也。有圣贤之道，布在方册，可学之以求仕。苟遭时得君，则天下之人受子之赐也，虽千钟万钱，不为愧尔，没世之后，又得血食焉，何粒之却邪！若反是道而求仕，苟利乎亲族妻子，亦人之大蠹也，不如舍名位而独善其身，则吾之术可授也，子其择之。"或闻之曰："隐者也。"故作传以示于后。

此传开头和结尾与前面诸传无异，唯有议论部分乍看似无，但其实议论就寓于休粮道士对求却粒之术之人所说的这一段话之中，这短话是全文的核心部分。在这段对话里，休粮道士从自身和他人

132

的角度回答了求教之人有关却粒的问题，表面上是休粮道士在解释食与不食的原因，其实是作者借道士之口批评那些既无功德又对世人没有好处但却享受俸禄的人，指出是这些人尸位素餐，正是祸国殃民的蠹虫，这也反映出王禹偁"在其位须谋其政"的从政理念，这和他在《进端拱箴表》中"久蠹大官之膳，曾无绩效，空玷清华。……所谓饱食终日无所用心者，臣之谓矣"所表现出来的愧疚之心是一致的。

二 托物寓意：《记蜂》《记马》《海说》《鹦鹉志》《吊税人场文》

此四篇的共同特征是以物拟人、托物寓意。《记蜂》由蜂想到王道："予爱其王之无毒似以德而王者。又爱其王之子尽复为王似一姓一君，上下有定分者也。又爱其王之所在，蜂不敢螫似法令之明也。又爱其取之得中似什一而税也。至于刺王之台，使绝其息，不仁之甚矣。"《记马》则记叙了一个马种培育过程中发生的故事：

> 居一岁，有牝产子，与他驹异者。既壮，圉人将以合其母。当孳尾之月，出而示之。见其所生，卒无欣合之态。将强之，则啼齿不可向迩。圉人复曰："以是驹配是母，幸而骝，其骏必倍；不幸而骡，又获其种。明年将胥靡之，不可失也。"乃以数牝马诱之。乘其峻作之势，以巾羃其目间而进其母也。撤巾，然后晓其所生，因垂耳俛首，若不欲活者。旁顾适有永巷，修直百余步。巷际有闲阓，扃鐍甚固，盖常所不启者。遂哀鸣疾驰，以首触其铺。如是者数，踣而死。

母马不堪乱伦，痛苦自杀，禽兽尚知廉耻，人又如何？故事结束后，作者发出了自己的感慨：

> 呜呼！礼称：禽兽无礼，故父子聚麀。夫马，圣人调伏而御之，故曰伏牛乘马是也。是马也，兽其身而人其心乎！圉人诱陷，知耻而死，于小人之心也远矣，圉人之心望于禽兽者又远矣。予尝恨不目睹其事、弊帷以葬之，又惧其事久泯而不传，且欲警声色狗马之家与世之内乱者，故记。

马虽是禽兽却有人的羞耻之心，世之小人却连这点都做不到，而像圉人那样的人则连禽兽都不如，这就是《记马》的寓意所在，也是王禹偁"警声色狗马之家与世之内乱者"的原因所在。全文对母马的描写形神兼备，极力突出其不堪屈辱、知耻而死的惨烈；对圉人言行的描绘也表现其卑劣的行为和险恶用心，可以说叙事部分言简意赅、用语简洁但刻画却入木三分，这也是这篇杂文的成功之处。

《记马》中的故事是由作者的挚友臧丙讲述的，采用同样叙事方式的还有《鹦鹉志》，其关于鹦鹉的故事是由一个因主人获罪流放而流落街头的女奴讲述的，故事的大意是：某使侯家豢养了两只鹦鹉，一只能言善语，一只终岁不出一言，不出一言的鹦鹉因为得不到主人欢心所以被放走了，能言善语的鹦鹉虽然更得主人宠爱但却因为说破女奴铺张浪费的事而被拉断脖子死去。叙述亦是简洁有力，两只鹦鹉前后截然相反的命运和结局足以"为君子之戒"：

> 且夫鹦鹉不言，非全身远害乎？鹦之能言，非评以为直之谓乎？妪之毙鹦，非恶直丑正乎？且念古之小人居大用者，尸堂庙之位、素钟鼎之食，人之言，岂特害其身、亦得赤其族，

第五章 王禹偁散文的其他几种文体

又何啻妪之毙鹦也。

文章以曾经"温于身而不知衣之出，饱于腹而不知食之自"的老妪比拟尸位素餐者，认为加害能够如实指摘自己错误的人的行为和故事里的老妪加害说真话的鹦鹉的行径性质是完全相同的，言外之意告诫居庙堂之人对批评自己之人应该持有允许和赞赏的态度。从鹦鹉身上得出的结论也多多少少折射出王禹偁的影子，虽然文中说是在"策名辇下，与同年觞于旗亭"之时遇到的老妪，但从后来王禹偁因为刚直不屈、屡屡直言进谏而被贬斥这件事情来看，因直言而惨遭毒手的鹦鹉后面隐隐约约仿佛有着王禹偁的影子。

与上面三篇叙议结合、先叙后议论的行文结构不同的是，《海说》则完全是一篇议论文，尽管如此，《海说》依然是托物寓意，全文抓住大海"有所纳亦有所施"的特点展开议论。文章首先以"凡物有纳者必有所出"开宗明义，接着从两个方面论述大海"不独有所纳，抑亦有所施也"：

> 海，吾见其纳也，未见其出也，然则弥天地，亘万世，滔滔百川，靡昼夜而东注，虽海之巨者，庸能不满溢乎？伯阳谓：海为百谷，固为王矣，固善下矣，然不独有所纳，抑亦有所施也。犹圣人之道，日用而不知。故朝夕被海之泽者曰：海之功也。何以明之？海涵虚东荒，密迩旸谷，每日浴于渊而气腾乎。由是蒸而润者谓之露，嘘而霈者谓之雨，飞而结者谓之霜，飘而散者谓之雪。雨露之生成，雪霜之收藏，是万物朝夕被海之泽也明矣。譬设爨于釜，盖之以盎缶，则釜未沸而盎缶已濡矣。物之小者犹尔，况巨浸乎？故曰：不独有所纳抑亦有所施也。或谓：方载万里，海在一隅，岂海之泽能备于天下邪？噫，海

既为王矣，则以五湖为五侯，以九川为九伯，以四渎为四岳，至于池沱沼沚、陂泽浦薮，皆附庸也。故五侯得以专其惠，九伯得以供其职，各以其所属土地分野。而为雨露以生成之，为霜雪以收藏之，斯亦上尊王室而旁市民利也，诚所谓有所纳而必有所施者尔。

先提出问题，接着借古圣人伯阳的话来回答，解释了虽然有滔滔百川日夜不停注入但大海不会满溢的原因是大海"不独有所纳，抑亦有所施也"。然后用问答论证法从两个方面论证：一是大海浴于渊而气腾从而形成露、雨、霜、雪来润泽万物，用"釜未沸而盎缶已濡"的比喻形象生动地回答了"何以明之"的问题；二是大海虽在一隅，但却通过九川、四渎、池沱沼沚和陂泽浦薮等遍洒雨露霜雪于人间，这就回答了"海在一隅，岂海之泽能备于天下邪"的问题。接着就由大海的特点联想到人：

故古之王者厚往薄来，以恩信御天下，不敢侮于鳏寡，况诸侯乎？故禹会涂山，玉帛万国，未闻禹之盈而覆、满而溢也，盖所纳鲜而所施广矣。商受积粟渭桥，聚财鹿台，知所纳而不知所施，故盈而覆、满而溢亦宜矣。是知海不特以柔远而为尊，亦以惠物而能永。是以屯其膏者，易象有悔；竭其泽者，诗人攸讥。自秦郡天下，恩苦惠干，食民若蚕，吞国若鲸。六国之鬼，馁而不祀；兆民之首，悬而不解。汉用晁错，削夺诸侯，亲亲之恩绝于上，憧憧之赋疲于下。厚敛自足，多藏取亡，吁可惜哉。以至天道用违，人心以离，春露之不滋，夏雨之不时，秋霜之不令，冬雪之不正，怨气积而为骄阳，谤言振而为迅雷，馁肤散而为飞蝗，战骨化为暴电，凶荒盗馑，良由是欤。呜

第五章 王禹偁散文的其他几种文体

呼！人君者，大海也；诸侯者，江湖川泽也；兆民者，百谷草木也。人君善下，则诸侯归之；国君利下，则兆民戴之。苟有所纳而无所出，知其积而不知其施，则诸侯叛、兆民乱矣，又焉能长久乎？如是，则为天下者，无于人鉴，当于海鉴。

在作者看来，人君如海，唯有像大海一样有所纳亦有所施方能让诸侯归附、百姓爱戴，否则便会众叛亲离。文章将禹与商、秦汉处理纳和施关系的做法进行了对比，指出唯有施恩泽于天下才能统治长久。全文论证层次分明，思路严谨缜密，环环相扣；比喻的运用让说理更形象生动，正反对比让议论更鲜明、更具说服力，而文中大量排比的铺陈让文章读起来有一股连绵不绝的磅礴之气，更能振聋发聩，引人深思。

《吊税人场文》更是将官之税人比喻成虎之搏人，文章先用了近一半的篇幅描绘了老虎的凶残和人们的谈虎变色，然后将官员横征暴敛和老虎搏人相联系：

于戏！虎之搏人，止于充肠；官之税人也，几于败俗。则有泉涌鹿台之钱、山积巨桥之粟、周幽厉之不恤、汉柏台之肆欲，是皆收太半以充国，用三夷而祸族。牙以五刑，爪以三木，搏之以吏，咥之在狱。马不得而驰其蹄，车不得而走其毂。钹在匣以谁引，矢在弦而莫属。斯场也，大于六合；斯虎也，害于比屋。虽有黄公之力，莫得而戮；虽有卞庄之戟，岂得而逐，必在乎立道德为戟刃为，张仁慈而为罥为机。俾尔兽之驯扰，见我场之坦夷。乃艾凶薙恶，除浇涤漓。帝道以之荡荡，人心以之熙熙。来驺虞之仁兽，返浮风兮庶几。

"苛政猛于虎也",将官之税人比喻成虎之搏人,形象生动地表达了作者对横征暴敛的无比痛恨,对征税这只猛虎只有用道德仁慈去制服了,唯其如此方能"帝道以之荡荡,人心以之熙熙。来驺虞之仁兽,返浮风兮庶几"。

三 借事说理:《记孝》《录海人书》《译对》《书蝗》《拾简牍遗事》《续戒火文》《有巢氏碑》

通过平常小事来阐发治国齐民的大道理也是王禹偁杂文的一大特色。如《记孝》从大食之民在福州葬父、庐于墓侧为父守孝三年、临行悲伤欲绝的事情感叹今之中原丧礼尽废,而中原人眼中的蛮夷之人却恪守孝道,孰是孰非,不辨自晓,如此下去,"所谓中国无礼节则求之四夷,非虚语也";《书蝗》则通过宋太祖时期爆发蝗灾、皇帝"贬常膳、避正寝、撤宫悬、眚灾恤刑以赦天下,会未旬浃蝗死于野"这件事来告诫帝王应该通过修德以对灾害而不是抱怨天数。

《录海人书》通过一个海岛夷人讲述自己的见闻描绘了一个海中的世外桃源,最后通过桃源之民表达了治国理念:"薄天下之赋,休天下之兵,息天下之役,则万民怡怡。又何仙之求、何寿之祷邪!"无论从哪个角度看,这完完全全是另一个版本的陶渊明《桃花源记》。

《译对》则从翻译这件事上让人联想到帝王应该善译生民之心,文中依次指出伏羲、神农、黄帝"始善译者,以皇道译天下人之心,故饮食、衣服、器械、耒耜、牛马之用作焉",少昊、颛顼、高辛、唐虞"以帝道译天下人之心,故君臣、父子、夫妇、长幼之制行焉",夏商周三代"以王道译天下人之心,故道德、仁义、礼乐、刑罚兴焉",接下来又列举了三代之后的诸侯相争时的齐桓晋文之译和秦汉之译,然后顺势提出"古之译天下者非己能之,必有师焉",指

第五章　王禹偁散文的其他几种文体

出周公、孔子才是"译之最大者",译者应该拜他们为师。到此为止,《译对》的主旨便非常明了,那就是:国家要施行周公、孔孟之道,帝王要顺从民心、因势利导以谋求君民安乐、和谐相处。

提倡仁政的还有《有巢氏碑》和《续戒火文》。《有巢氏碑》从有巢氏居民以巢但百姓却各得其乐、得以寿终说起,历数各代帝王宫殿的建设情况,指出今古的区别在于"太古之君,居民以巢,非君之巢,惟民之巢,故民不劳。后世之主,宅民以宇,非民之宇,惟君之宇,故民罹苦"。作者据此认为仁君应当"常念巢居,上节宫观,下丰室庐,纵不及于有巢,亦庶几乎尧乎、舜乎、大禹乎、周公乎"。而《续戒火文》则从成公发布禁火令一事说展开来,认为火灾的原因不在火本身,而在"于民"、在"于身","斯火也,防之在德,救之在仁。省征赋之烟焰、去征伐之乌薪,礼乐兴而绠缶斯具、刑罚明而畚挶是陈,如此则除害于六合、防灾于四邻,又乌煨烬万国而烟煤兆人者哉"。

相对于以上几篇杂文议论的繁杂,《拾简牍遗事》则采取不言自明的说理方式,除了文末一言蔽之外,对事件本身不作太多评述,其中蕴含的道理留待读者自己去思考:

> 秋,郑饥,郑伯使子产如公乞籴,宋亦辞以饥。子产还,舍于葛,遇田父之私者,召而与之语曰:"父老矣,凶荒水旱悉尝之。今兹国饥,君使不佞如宋乞籴,宋复以饥辞我。以今计稔,缺逾月之食,国将如之何?"对曰:"吾农夫也,皆尝计于家,未尝计于国。"子产曰:"愿闻家之说。"对曰:"岁在陬訾,郑已饥矣。葛有公孙氏,吾之婚姻也。井田车赋,非不侔也;婴耋丁壮,非不等也;播植储蓄,非不同也。然公孙氏之子泰于赖者。食非甘,弗食也;衣非鲜,弗衣也。虽有终岁之

蓄，不数月而廪已虚矣。由是有老而挤于沟壑者、壮而为人佣赁者、幼而毙于饿殍者。吾是岁之不足也，命僮隶之可去者去之；庆吊之，可绝者绝之；犬鸡羊豕，可市者市之。丁壮之劳者，精其食以充之；婴矗之优者，半其菽以供之。故卒岁而家无菜色焉。是吾之计于家也，国则吾不知。噫，吾又闻宋郑耦国也，今宋饥，郑亦饥矣。唯俭者能存之，盍以吾之公孙氏为戒乎？"

子产归以告。郑伯遂命贬肴膳、节车服。宫掖之冗食者出之，官吏之不急者废之。灭厩马之粟，去坊集之截，削聘会之仪，寝宴享之礼。是岁也，郑国饥而不困。传言：农鄙之言不可弃也。

农家之事相对国家是小事，但小事也蕴含大道理。葛之农夫与其亲家在灾年持家方式的不同直接导致了两种截然不同的结果：殷实的亲家因为不肯节衣缩食所以家破人忙，而自家却因为大力节俭得以安然度过灾年。一家如此，一国更是如此，郑伯从农夫的经历得到启示，在全国大力提倡节俭，并且身体力行，从自身做起，因此使郑国在饥荒之年没有陷入困境。小道理不啻大道理，很显然，作者也是借这个故事给当政者以警醒，希望统治者注意厉行节约。

除了上面提及的外，王禹偁杂文还有《并告》《论交趾文》《书纪》《诅掠剩神文》和《单州成武县行宫上梁文》，这五篇文章或写祭祀，或宣示朝廷威严，或歌颂圣君美德，无不写得通俗易懂。总之，王禹偁杂文内容丰富，文风古朴，充分显示了其向韩柳学习古文达到的功力。叶适曰："王禹偁文简雅古淡，由上三朝，未有及者。"此语用来评价其杂文最是恰当。

第五章 王禹偁散文的其他几种文体

第二节 书体文

关于书，刘勰云："盖圣贤言辞，总为之书，书之为体，主言者也。扬雄曰：'言，心声也；书，心画也。声画形，君子小人见矣。'故书者，舒也。舒布其言，陈之简牍，取象于夬，贵在明决而已。"① 吴讷曰："昔臣僚敷奏、朋旧往复，皆总曰'书'，近世臣僚上言，名为表奏，惟朋旧之间，则曰'书'。"② 可见书由古至今已经从无所不包的文体发展成了相对单纯的朋旧之间的来往书信了。

在现存的作品中，王禹偁书体文只有《小畜集》卷十八，有《上太保侍中书》《荐丁谓与薛太保书》《上许殿丞论榷酒书》《与冯伉书》《与李宗谔书》《答黄宗旦书二首》《答张知白书》《答郑褒书》《答张扶书二首》《答晁礼丞书》《上史馆吕相公书》和《答丁谓书》等篇目，共计文章14篇。从写作时间上来看，这些书最早的是《上许殿丞论榷酒书》，写于宋太宗雍熙二年（985年）；最晚的是《答晁礼丞书》，写于宋太宗至道三年（997年），前后跨越有十二年之久。在此期间，王禹偁经历了自己一生中的大起大落、荣辱交替、悲欢离合和喜怒哀乐，这一切都在王禹偁的书体文里得到了体现。

吴讷又云："战国、两汉间，若乐生、若司马子长、若刘歆诸书，敷陈明白、辩难恳到，诚可以为修辞之助。至若唐之韩、柳，宋之程、朱、张、吕，凡其所与知旧、门人答问之言，率多本乎进修之实。"正如斯言，王禹偁的书多写于同僚、同年和师生之间，内

---

① 刘勰著，范文澜注：《文心雕龙》，人民文学出版社1958年版，第455页。
② 王水照：《历代文话》，复旦大学出版社2007年版，第1621页。

容上或谈政见，或抒怀抱，或发议论，或引荐人才，或批评时弊；在手法上，或议论、或抒情、或叙事，不拘一格，挥洒自如，充分发挥了书作为一种书信体的文体特点。

一　与同僚（年）书

王禹偁在写给同僚的书里或关心民生疾苦，或奖掖后进，或诚恳请托，或关切慰问，说理精当，抒情至深，这既反映出王禹偁为人正直、忠于职守的一面，又表现出其情感丰富、乐于助人的一面。

关心民生疾苦如《上许殿丞论榷酒书》，写于长洲任上，是王禹偁现存最早的一篇书体文。在这篇文章里，王禹偁忧民之所忧，想民之所想，忧思深远，表现出强烈的儒家济世情怀。针对朝廷打着"割赤子之肉饱幸民之腹"的旗号派员推行榷酒新政的做法，王禹偁反复陈情，极力为民请命，先是指出长洲"赋舆之重出苏台五邑之右"，又指出榷酒新政实际上和"以琛赆为名而肆烦苛之政、邀勤王之誉而残民自奉"的钱氏统治者本质上是一样的，这样的新政对百姓来说"何异负重致远者未有息肩之地而更加石焉，何以堪之"，因此王禹偁期望许殿丞"必不尔为"，这样说的理由何在？接下来王禹偁规劝许殿丞道：

> 况阁下居士大夫之位，读古圣人之书，赫乎大名，辉映朝右，自当以兴利除害为己任，又非小吏之所及也。然屋漏在上，知之者在下。阁下试思之，使江东之地百万家以至子孙受阁下之赐者，在此时矣。某，县吏也，举宰人之职以贡说，是非得失，固不自知，惟阁下宽而勿罪。

规劝从两个方面入手：一、体恤民生是士大夫本该尽的责任，

第五章　王禹偁散文的其他几种文体

兴利除害是实至名归；二、建功立业、扬名后世正当其时。王禹偁话语至诚而委婉，而反复陈情也足见王禹偁一颗心系民瘼之心。这种情怀正是王禹偁为官之道的自然反映，在他的作品里总是反复在陈述积极从政的理念。在他的观念里，既然为官就该造福一方、遗泽后世，否则就是尸位素餐、国之大蠹。

他不但这样想，也这样身体力行着。端拱元年（988年），王禹偁官拜右正言兼直史馆，时任宰相吕蒙正监修国史，欲国子监博士李觉参与修撰国史。王禹偁"退食彷徨，不自宁处"，觉得此事不妥，于是上书给吕蒙正表示反对，他认为"李觉位列国庠，当教胄子以诗书礼乐、讲诵诲诱而已，又安得授之史笔哉"，而且史馆中并不缺修史之人，"先进者有若金部员外郎安德裕、左司谏兼直秘阁宋泌，皆砥砺名节、老于文学，俾之修撰，舆论归焉。其余后进十数辈，不敢自衒，虑有明党之刺也"，况且：

> 相公且曰：史笔之难有三焉：才也，学也，识也。相公岂以馆阁诸生才学识见皆不足觉邪？则舍此而取彼可矣，若犹未也，相公又何如哉？况朝行混杂也就矣，唯三馆两制非文士不居，一旦又轻之，盖堉地矣必也。相公尽至公、塞浮议，莫若遍召直馆与觉，聚而庭试以考之，则是非较然矣。若因而授之、取笑千古之下，则某耻之，相公亦耻之，矧相公监修国史，得不留意乎？

议论采取以子之矛攻子之盾的方式，言简意赅，有的放矢，而且建议也公平合理，虽然从后来事态的发展来看这次上书并未奏效，但这么激烈的反对也可以看出王禹偁确实是在履行自己的谏官职责，这种尽责之心还见诸他写给赵普的《上太保侍中书》。

《上太保侍中书》写于端拱二年（989年），是年宋太宗诏令群臣上边疆御戎之事，王禹偁应诏上《上太宗答诏论边事》①，上外任其人、内修其德各五条，尤其内修其德颇有见地，是王禹偁从政理论的系统体现。在《上太保侍中书》中，王禹偁对这一点颇为自负："且念少苦寒贱，又尝为州县官，人间利病，亦粗知之，则内修其德之说，皆实事也，用之则朝行而夕效矣。"由此亦可见王禹偁对民情体察至微，而且在此次上书中他还一再强调了谏官职责所在，认为"古者天子有诤臣七人，虽无道不失其天下。后代帝王因而设谏官、辟谏垣，盖所以顺考古道而乐闻己过也。旧制谏议大夫五品，补阙七品，拾遗八品，皆卑其秩而薄其俸禄、使无所顾惜而尽其謇谔也。国家又以谏官因循缄默为事，故诏改司谏正言之号，循其名而求其实也"。

又曰："某亦何人，辄玷是命，待罪三馆于今一年。居则禄养庭闱，出则荣奉朝请，上无益于国而下有蠹于民，乃名教中罪人耳。但以圣君贤相，共成大化；群材命物，茂育长养。而不有功力，故假此而偷安矣。昨奉御札以边事未宁，许百官各上封事，为谏官者得不内愧于心乎！"王禹偁时不我待、急于进用之心若是。而"然某道孤势危，辞直理切，心甚惧焉。非大丞相论思之际、救援开释之以来天下言路，则斥而逐之犹九牛之一毛也，敢露腹心，以乞嗟悯"等语则将王禹偁仗义执言、敢于冒死直谏之精神跃然纸上。

除了关心民瘼、直言劝谏外，王禹偁还奖掖后进、安慰同僚、陈情请托。奖掖后进如《荐丁谓与薛太保书》。在这篇文章里，王禹偁对丁谓大加赞赏：

---

① 赵汝愚：《宋朝诸臣奏议》，上海古籍出版社1999年版，第1426—1428页。

第五章　王禹偁散文的其他几种文体

　　进士丁谓者，今之巨儒也。其道师于六经、汛于群史而斥乎诸子，其文类韩柳，其诗类杜甫，其性孤特，其行介洁，亦三贤之俦也。先君尝为泾原从事，幼而侍行，故参政窦公抚顶叹异，以女妻之。伟乎窦公，能知人也如是。去年冬，携文百篇游辇毂下。两制司言之臣，览之振骇，佥谓今之举人未有出乎右者。

"类韩柳""类杜甫""孤特""介洁"等赞美之词不吝笔墨，赏识之情无以复加，伯乐识马之心呼之欲出。此段文字最大的特色在于以他人之言来评价人物，寓褒扬于无形之中。如此人物，若得不到重用，"亦圣朝之遗贤，吾道之深耻也。且念世之服儒冠而得禄者位至尚书，则月俸五万。而给长幼者三分有二，其下者从可知矣，又安能哀王孙而知国士乎。至于分茅为公侯者，仆又希识其面矣。惟阁下以名相之子得大将军官，而能市义礼贤、读书知古。知丁谓者非侯而谁。是以裁书荐才，不远千里。至止之日，幸解榻焉，勿使郭代公于襄阳辈独称义于前代也"，其惜才、爱才、揽才如斯。

王禹偁书体文有的还表达对同僚的关切慰问之情，如《答晁礼丞书》。是书作于至道三年（997年），王禹偁正在滁州任上，此时的王禹偁比以往任何时候更加清醒地认识到官场的险恶、人生的无常和自身性格的不足：

　　某褊狷刚直为众所知，虽强损之，未能尽去。夫今之领藩服当冲要者，必先丰厨传以咳人口、勤迎劳以悦人心，无是二者，虽龚黄无善誉矣。某皆不能也，唯官谤是待。又眼病虚花，不欲久视。髭苍发白，老相见逼。

性格刚直、不善逢迎是导致王禹偁屡陷官场漩涡的根本原因，而就在这沉浮俯仰间，自己已现华发，这岂不是人生最大之可悲邪！而这与晁迥之"策名十八载，官未出奉常丞，青衫白发"又岂不是"道不行则一也"？即使如此，晁迥却依然不辍笔耕，著有东阳西楚文赋二编，而自己在贬谪地却是"终日阅缧囚、呵胥吏、于刑名钱穀重轻欺诈间用机械以决胜负。其于文学，无一点墨落纸"，自己屈于官而自甘沉沦与晁迥"屈于官而大伸于道"对比是如此鲜明，怎能不让人唏嘘不已、感慨万千呢？读此文，于惺惺相惜之中自会感觉到内含对同僚的崇敬和敬仰之情。

与这种沧桑怆然相比，《与冯伉书》则充分展示了王禹偁初贬时如惊弓之鸟般的惶恐不安。从文中来看，王禹偁与冯伉的确结过怨，亲友也替王禹偁商州之行暗地里捏了一把汗。虽然王禹偁不以为然，但其实心里也是忐忑不安的，否则也没必要多此一举、修书一封。《与冯伉书》篇幅虽小，却也写得波澜迭起，首段提及李吉甫、牛僧孺以德报怨之旧事：

> 某读唐史，见陆忠州之在相位也，摈斥李吉甫不容于朝。及贽有南宾之贬，而吉甫方为刺史。贽之门人故吏，亦皆危之。洎到贬所而吉甫待之颇厚，有庶僚见宰相礼，又赞皇公之秉钧也，排逐牛僧孺，有循州之责。及德裕南迁，奇章公量移在汝。赞皇路由此郡，而僧孺接之，情礼甚至。为道南方风土之宜，殊不以向之嫌隙为意。贤哉！二君子之操心也如是，岂古之所谓以德报怨者邪？

李吉甫、牛僧孺遭排挤贬斥尚且如此对待昔日政见不同者，又何况你我之间？言外之意不言而明。次段叙述写书缘由：

第五章　王禹偁散文的其他几种文体

> 某向以紫薇郎兼廷尉事,亦尝议阁下之过。今有商于之命,而亲友间往往相咺,诚以阁下通理是郡也,某则独以为不然。且夫以怨报怨,皆私事也,故虽睚眦必报矣。今某于阁下,议刑,公事也;擢第,同年也,阁下岂以为怨乎?

以怨报怨皆因私事而起,而冯伉和王禹偁之间的芥蒂却只是因为公事,彼此为公,又何来结怨之说,更何况又是同年擢第,这种同年之情无法割舍,弥足珍贵。最后再次表达自己衷心期望:

> 虽某之名位、才业,望忠州赞皇也远矣。而阁下读书为文、立身行事,岂不知吉甫僧孺之为人乎?望阁下观古人之行、敦同年之契,穷愁之中少假气焰,则迁客之幸也。某顿首。

由古至今,无论讲道理还是讲感情,冯伉似乎都没有理由借机报复自己,否则枉为读书为文、立身行事,更何况迁客本来就愁苦不堪,就不要落井下石了。短文首尾呼应,层层推进,让人无懈可击、无话可辩。

同样跟被贬商州有关的书体文还有《与李宗谔书》,这也是王禹偁书体文中写得最让人心动的一篇,也最能代表王禹偁书体文的写作水平。淳化三年(992年)三月,王禹偁以父亲年迈、家境凄凉为由上表朝廷请求换一个地方任职,但又怕朝廷不准,因此撰书给李昉之子李宗谔,希冀李宗谔在朝中助己一臂之力。《与李宗谔书》最大的特色是用朴素自然的话语将人伦之情娓娓道来,让读此文者心中不由自主地去为作者伤怀。全文分四层,层层有深意。第一层,回顾两人的交往情况,对李宗谔不畏官场嫌隙、秉仁执义、坚持与自己保持来往的举动表示感激:

某，寒士也；足下，相门也；某在罪戾之中，足下处嫌隙之地，不当如是之至也。某自束发以来，与人游且多矣。能不以炎凉为去就者，虽贫贱之交固亦鲜得，况贵胄乎？岂某之未学小道，能动足下之心邪？将足下之秉仁执义，不以某为累邪？若两不然者，何其爱我之深也。

朝中人人自危，对贬斥之臣唯恐避之不及，就连那些平时与自己交游之人也如此，足见世态炎凉，人情淡薄，而李宗谔却不以炎凉为去就，不但心里记挂而且还经常派人送信以示关切、慰问之情，除了正直之人和真正的朋友，孰能为此？这也是王禹偁有胆气给李宗谔写信求助的缘由。第二层，用柳宗元和刘禹锡互换谪官任所的故事引出来信用意：

　　某读唐史，见元和中刘禹锡贬播州。播州非人所处，而梦得有母。时柳宗元同制贬柳州，固欲以柳易播。会宰臣裴度亦为启奏其事，宪宗遂移善地。书诸信史，以为美谈。至今君子伏裴柳之义而嘉章武之仁也。区区之怀，实望于此。

很显然，王禹偁提这个故事的目的就是希望李宗谔能效仿裴度说服宋太宗，君臣二人能够再续古人美谈，成人之美，让自己早移"善地"，"区区之怀，实望于此"。既然表明了来意，那就应该阐述自己请托的理由，这就进入了文章的第三层。这一层也是全文最出色、最出彩的一部分。

王禹偁初贬商州，商州地处偏僻、生活困苦不论，就其突遭横祸带来的打击而言已经足够他承受，但作为一个臣子，君君臣臣是任何时候都不能忤逆的人伦大纲。无论帝王给你荣耀还是屈辱都是

148

第五章 王禹偁散文的其他几种文体

合情合理的,是不能鸣苦喊冤的,否则必然会触犯君臣大忌,从而让自己陷入万劫不复的境地。对这一点王禹偁内心是非常清楚的,所以他不从自身冤屈入手,而是紧紧抓住父亲年迈、生活不便和父子人伦等方面铺展开来,来陈述自己请求量移的理由:

> 然其待罪来思,未及满岁,固宜慎言动而俟恩宥也。今又妄动者,诚以家君七十有五,齿发甚衰。生身以来,未尝暂去乡里。顷年前,某为长洲县令,侍亲而行。姑苏名邦,号为繁富。鱼酒甚美,俸禄甚优。是时,亲年方逾耳顺,子孙妇女聚在眼前,尚念邱园,忽忽不乐,况今年愈衰、家愈远。当非肉不饱之际,旅食于商山中,则其为情况不待具言而可知也。脱不幸疾恙,则地无医药,何以慰人子之心乎?

这封信虽然不是写给皇上的,但毕竟是一个被朝廷放逐的官员写给朝中大臣的,而且是拜托别人在皇上面前美言几句的,所以王禹偁也不得不放低姿态,故开头有"然其待罪来思,未及满岁,固宜慎言动而俟恩宥也"之句,表明自己服从朝廷的任命,以免让人感觉到自己对朝廷愤懑不满。这样就洗脱了自己不能受苦的嫌疑,然后笔锋一转,开始从自己的父亲说起,依次说父亲年迈、故乡情浓、思乡之切、食不果腹和疾病无药可治,语气缓慢,没有大声疾呼,也没有声泪俱下,但分量足够让闻者悲从心来、潸然泪下,与作者一起为父亲因自己而受苦感到痛心疾首,为人子者不能奉养双亲的那种锥心刺骨之痛是无以言表的。不但如此,远在家中的幼子也还时时刻刻牵动着老父亲的心:

> 又,父母之情,惜其幼子。家弟少失母爱,叙婚甚晚。前

年某忝职阁下，始能娶一妇。今年有孙矣，而家尊未及见。此所以当食兴叹、永夕不寐、悲咤而不能解者，为是也。前时家弟自荆南乞丐以来，数日而去。临歧聚泣，闻者泪下，况昆仲三院、妻女九人，亡者未祔葬，生者待婚嫁。散于彼者，糊口于人；系于此者，绝俸于官。其为穷人，亦无伍也。

除了上文中不能让家父在商州吃饱穿暖外，此处又添了一层人伦之痛。兄弟分离，孙子出生，家父连孙子的面都没见上，这岂不是人间最让人痛心的事吗？"当食兴叹、永夕不寐、悲咤而不能解"等语就将一个食不甘味、夜不能寐、叹息愁苦的年迈的老父亲形象展示在读者面前，而且从"家弟自荆南乞丐以来"来看，兄弟一家也是生活拮据、难以为继，此情怎么能不让"闻者泪下"呢？此处叙述兄弟告别的场景，让人如临其境、感同身受，无疑更加增添了全文的悲伤色彩；更何况"昆仲三院、妻女九人，亡者未祔葬，生者待婚嫁。散于彼者，糊口于人；系于此者，绝俸于官。其为穷人，亦无伍也"，其家族生存现状之凄惨让人无语凝噎，此情此形即使皇帝看了也绝不会无动于衷，这也是王禹偁最希望看到的。接下来就是文章的最后一层：

某尝自计之：一岁，则仆马去矣；再岁，则囊橐竭矣。苟至是而量移，其能行乎？牵复，果能起乎？静思熟虑，未免一诉。然前事是非，不敢较辩，直以穷苦闻于帝阍。所望者，移近乡园，少得俸入，乐病亲，聚穷族而已。斯亦自便其事，未知上果从乎？诉而不得，则无所望也；默而不诉，则有所恨也。今已沥恳再章附递入奏，惟足下极力振拔之。某再拜。

第五章　王禹偁散文的其他几种文体

这一层主要是王禹偁向李宗谔阐述自己进退两难、举步维艰的窘状，欲诉而不敢诉，不诉全家就会陷入绝境，可以说此时的王禹偁是既痛苦又极端矛盾的，所以再次阐述请求李宗谔振拔之意，并再次表达了自己请托的唯一理由是"移近乡园，少得俸入，乐病亲，聚穷族而已"。

全文步步为营，逐层推进，首尾呼应，没有直接抒情而情自蕴于叙事之中，没有单纯说理而理自在行文之中；语言平实朴素，没有对仗，没有浮饰，语气舒缓，看似没有波澜，但其实情感的海浪却一波接着一波，让人阵阵心痛。全文虽然以叙事为主，但却以情取胜，婉转悲切，反复陈情，让读者为之伤悲，为之喟叹。

二　答后进书

王禹偁自幼家境贫苦，家族零落，勤学苦读，三十岁才得以考中进士，这种艰辛的经历让他对天下举子始终有一种怜惜之情，所以他喜欢奖掖后进，对执文求见的举子从来不吝赐教，有文必读、有信必复、有问必答。王禹偁与这些后进书信来往频繁，保留在《小畜集》和《小畜外集》的书信却不多，只有七篇，分别为《答黄宗旦书》二首、《答张扶书》二首、《答张知白书》《答郑褒书》和《答丁谓书》。在这些答复后进的书信里，固然不缺王禹偁对后进的鼓励和褒奖，但更重要的是，王禹偁答后进书全面反映了王禹偁人生观、择人观和文学观，是我们进一步了解王禹偁思想和正确评价其文学地位的重要依据。

能够集中阐述王禹偁为人处世之道的书信，非《答丁谓书》莫属。至道元年（995年）五月，王禹偁坐轻肆之名被贬滁州，次年他的得意门生丁谓来信，对王禹偁提出了批评，王禹偁复信予以回击。从文中我们可以推断丁谓在给王禹偁的信中表达的大致意思是说王禹偁被贬滁州完全是因为高亢刚直的缘故，只要改掉这个毛病，幡然醒悟，就会在朝中获得好的名声和地位，否则就不会有好的结局。对这一点王禹偁是万万不能接受的，所以他就对来信逐条予以反驳。回信首先指斥丁谓"欲与世沉浮、自堕于名节"、自甘堕落：

《语》曰：丘也幸，苟有过，人必知之。《传》曰：过而能改，善莫大焉。《易》曰：不远复，无祗悔。此皆古圣贤之旨，吾将践而行焉。然书所谓"为善无近名。名者，公器，不可多得"云云者，吾亦有答焉。夫名之于人，亟且大者也。盖修之于身，则为名节；行之于世，则为名教。名废则教几乎息矣。且名恶可近邪，恶可得邪！苟无其实，虽欲近之，远矣；虽欲得之，失矣。是以仲尼修春秋，以名为主。故曰：求名而亡，欲盖而彰。彼魏豹者，欲得不畏强御之名而圣人不与；三叛人者，欲盖其恶名而圣人固书之。甚哉，仲尼之于名之急也。今谓之第一进士，得一中允，而欲与世沉浮、自堕于名节，窃为谓之不取也。

很明显，丁谓认为王禹偁总是直言进谏是错误的，只要知错就改，可能会获得近名，而且这种美名是不多得的，言外之意就是让王禹偁机巧一点、圆滑一点。而王禹偁则认为，对于一个人来说，名节是很重要的并且意义很大，但要实至名归，否则即使触手可及也不能去碰。然后以魏豹为例，指出他见风使舵、投机逢迎，虽然也曾煊赫一时但最终身败名裂，这显然在暗讽丁谓。丁谓曾经是王禹偁最看好的门生之一，无论品行和才华都受王禹偁赏识，没想到自己如此中意的门生居然反过来指责自己，这让王禹偁难以压抑心中的愤怒，所以他没有停留对丁谓的暗讽上，而是直截了当地喊出

第五章　王禹偁散文的其他几种文体

"今谓之第一进士,得一中允,而欲与世沉浮、自堕于名节,窃为谓之不取也"。接着他又开始批判丁谓的"高亢刚直"之说:

> 又谓:吾之去职,由高亢刚直者。夫刚直之名,吾诚有之。盖嫉恶过当而贤、不肖太分,亦天性然也。而又齿少气锐,勇于立事,今年四十有三矣。五年之中,再被斥弃,头白眼花,老态且具。向之刚直,不抑而自衰矣。孟子四十不动心,养浩然之气;先师五十而读易,可以无大过,吾将从事于兹矣。谓吾高亢,则无有也,何哉?吾为主簿一年,奔走事县令。为县令二年,奔走事郡守。郡守,即柴谏议成务也;县令,即崔著作惟宁也。今皆存焉,可问而后知也。在三馆两制,倍吾者皆父事之,长吾十年、五年者皆兄事之。如是而谓之高亢,使吾如何哉?是盖以成败为是非,以炎凉为去就者说之云。当吾在内庭、掌密命,亲我者不曰子高亢刚直、将不容于朝矣,又不当面折某人邪,不当庭争某事邪。及吾退而有是说,非知我者。夫子曰:天之未丧斯文也,桓魋其如予何?孟轲曰:予之不遇鲁侯,天也,臧氏之子焉能使予不遇哉。

在这里,王禹偁首先承认自己的确刚直,疾恶如仇,但这是天性使然,虽然如此,这种性格也随着年龄的增长、现实的残酷、无情的打击早已让自己再也没有年轻时的气盛,刚直的棱角早已被岁月磨去了不少,自己唯一能做的是像孔孟那样修身养性;其次,则说自己本来就不高亢,这可以从与自己共事过的同事那里得到验证,说自己高亢其实就是以成败为是非、以炎凉为去就,前恭后倨的态度实在让人心寒,这里的"亲我者""知我者"中显然就有丁谓。最后,王禹偁用孔孟的典故来说明,不管经历什么,都是命中注定的，跟性格无关，更跟别人无关，外人又何必品头论足呢？读罢此段文字，让人仿佛看到王禹偁正在面对面指着丁谓的鼻子声色俱厉地大声斥责，语气强烈，一点都不含蓄，跟《荐丁谓与薛太保书》赞美丁谓时一样直白，可见王禹偁对丁谓爱之深、恨之切。不但如此，王禹偁还借韩愈一事阐明了自己直言进谏是没有错的：

> 谓之又谓韩吏部不当责阳城不谏小事、不当与李绅争台参，以为不存远大者，吾曰退之皆是也。夫守道不如守官，春秋之义也。今不仕则已，仕则举其职而已矣。舜作漆器，谏者不止。君岂有明于舜乎？事岂有小于漆器乎？盖塞其渐也，退之为大京兆兼御史大夫，不台参，盖唐有制也。故退之引桂管中丞得免台参以自解，则曲在绅矣。吾又见退之为袁州刺史，故事，观察使、牒部刺史皆曰故牒。时王弘中廉间江西，以吏部为巨贤，特自损曰谨牒。而退之致书，恳请以为宜如旧制。夫如是，退之可谓当官而行，何强之有者也？谓之其少详焉？

很显然，在给王禹偁的信里，丁谓企图以韩愈不该责阳城不谏、不该与李绅争论台参为例来说服王禹偁不该多管闲事，不该凡事都非要争个是非曲直。王禹偁认为韩愈的做法是对的，并且从三个方面替韩愈做了辩护：一、从舜帝作漆器开始就有了诤谏之臣，韩愈作为御史大夫就应该坚持自己的职分，进谏不止；二、免台参在唐代已有先例，并非韩愈一人独享；三、韩愈任袁州刺史时曾以不符合旧制为由拒绝过谨牒之称，由此可见韩愈并不是不知规矩，"退之可谓当官而行，何强之有者也"，王禹偁由此也告诉丁谓自己直言进谏是官职所在，不是逞强好胜、高亢刚直。

由此我们可以感觉到王禹偁在这封信中言辞是强烈的，对丁谓

第五章 王禹偁散文的其他几种文体

的批评可谓是大加鞭挞,而且近乎是逐字逐句地进行批驳,足见当时王禹偁心中的愤怒,也可见丁谓的来信确确实实碰触到了王禹偁的心理底线,让王禹偁不堪忍受,而文末"东闽风土,与中土异,善饭自爱,是吾心也"等句足见王禹偁对丁谓失望之极。

当然,在答复拜谒求知的后进的书中,王禹偁更多的是对这些后进或予以勉励,或一起交流创作心得。鼓励后进,如《答黄宗旦书》二中高度赞扬黄宗旦的文章"剖析明白,若抵诸掌,虽古作者无以过此……道日益而文日新也",不输丁谓、孙何,"天下之人将知之";又如《答郑褒书》鼓励郑褒曰"以生之文高行修之如此而患无所立,吾不信矣,生宜爱其生而有待也";再如《答张知白书》中语重心长地告诉张知白"足下之文实亦鲜得,况可畏之年、日新之业,仆安敢测其涯涘乎",言外之意是张知白只要再接再厉,便可前途无量了。

不但如此,我们还能从这些答复中看出王禹偁选择门生的标准,那就是德艺双馨。不管前面的《荐丁谓与薛太保书》对丁谓的评价还是这一部分回信中都透露这一标准。如说丁谓"文类韩柳,其诗类杜甫,其性孤特,其行介洁,亦三贤之俦",突出丁谓文行皆优。又如,在《答黄宗旦书二首》中的第一首里,王禹偁还以"求名者,文也;成名者,命也"明确表达了对黄宗旦写信求知的反感,但当确认黄宗旦前后两次求知都是选择自己贬谪之时的时候,王禹偁就认为黄宗旦"不以位之高下,专以道求我也,甚善、甚善",并且"观生之文辞理雅正"。再如前文提及的郑褒,王禹偁也认为他"文高行修",并写信将郑褒推荐给丁谓、孙何。这些都说明了王禹偁在选择、奖掖和提拔后进时不仅看其文,更重其德,始终坚持德艺双馨的衡量标准,这也是求谒王禹偁的举子很多但真正让王禹偁为之自豪的不多的重要原因。

除此之外，王禹偁这部分书体文最受人重视、最有价值的可能是其中反映出来的王禹偁的一些文学观点，这也是文学史和文学批评史常常谈及的问题。如《答张知白书》中王禹偁论述了赋、铭和歌行的源流发展：

夫赋之作，本乎诗者也。自两汉以来，文士若相如、扬雄、班固辈皆为之，盖六义之一也。洎隋唐始以科试取进士而赋之名变而为律，则与古戾矣。然拘变声病以难后学，至使鸿藻硕儒有不能下笔者。虽壮夫不为，亦仕进之羽翼，不可无也。铭之本义，本乎钟鼎，孔悝之家庙详矣。歌又杂诗之伦也，故书曰：诗言志、歌永言。又诗序云：嗟叹之不足，则永歌之。此其始也。吁哉，后人流荡忘反。盖其得也，荐宗庙、播管弦；其失也，语淫奔、事诡怪而已。

王禹偁用极为精当的语言清晰而又简短地勾勒赋、铭、歌的源流，特别指出了赋和歌两种文学体裁发生的一些变化和特点，对律赋"拘变声病"和歌"语淫奔、事诡怪"的缺陷和不良倾向进行了批评，对后人的创作具有很强的指导意义和很高的理论价值。

王禹偁还在《答张扶书》两篇里系统而又全面地阐述了文与道的关系，提出了自己的文道观。第一篇，首先以"夫文，传道而明心也，古圣人不得已而为之，又欲乎句之难道邪？又欲乎义之难晓邪？必不然矣"提出问题，认为文章应该做到"传道而明心""句易道、义易晓"，这一著名论断在中国古代文学史上占有极高的地位，是谈及唐宋古文运动尤其是韩愈以来文与道之间关系的嬗变所不能回避的问题。传道明心是文章的功用，而句易道、义易晓则是达成这一功用的手段，二者是统一的。在提出问题后，王禹偁接下

第五章　王禹偁散文的其他几种文体

来以六经和韩愈文为例从两个方面进一步论证自己的观点,通过分析诗、书、礼、乐、易、春秋等六经的语言得出结论曰:

> 夫岂句之难道邪?夫其义之难晓邪?今为文而舍六经,又何法焉?若第取书之所谓吊由灵、易之所谓朋合簪者,模其语而谓之古,亦文之弊也。近世为古文之主者,韩吏部而已。吾观吏部之文,未始句之难道也,未始义之难晓也。其间称樊宗师之文,必出于己,不袭蹈前人一言一句。又称薛逢为文,以不同俗为主。然樊薛之文不行于世,吏部之文与六经共尽。此盖吏部诲人不倦、进二子以劝学者。故吏部曰:吾不师今,不师古,不师难,不师易,不师多,不师少,惟师是尔。……姑能远师六经,近师吏部,使句之易道、义之易晓,又辅之以学,助之以气,吾将见子以文显于时也。

王禹偁认为只有韩愈才真正继承了六经古文之风,所以让张扶向六经和韩愈学习,让自己的文章做到"句之易道、义之易晓"。之所以如此,是因为张扶的文章实在让人"茫然难得其句,昧然难见于义,可谓好大而不同俗"。对这个毛病,王禹偁在《答张扶书》第二篇里再次指出张扶"希慕高远,欲专以绝俗为主。故仆欲子之文句易道、义易晓也"。在第二篇里,针对张扶的四点疑问,王禹偁逐条做了解答:

首先,张扶认为扬雄将文比喻成天地、不当让人易度易测,扬雄文过于伏羲,而王禹偁则认为"天地,易简者。测天者,知刚健不息而行四时;测地者,知含弘光大而生万物,天地毕矣,何难测度哉?若较其寻尺广袤而后谓之尽,则天地一器也,安得言其广大乎?且雄之太玄,准易也。易之道,圣人演之,贤人注之,列于六经,悬为学科,其义甚明而可晓也。雄之太玄,既不用于当时,又不行于后世，谓雄死以来，世无文王周孔，则信然矣。谓雄之文过于伏羲，吾不信也。仆谓雄之太玄乃空文尔"，所以扬雄之文不足法。

其次，张扶认为既然六经之文语艰而义奥者十二三，那么自己的文章深奥一些也是正常的，而王禹偁却认为这个比例相比于张扶三十篇文章全部"语迂而艰也，义昧而奥也"强多了，所以张扶的文过于六经是不可能的，既然如此为何不学。

然后，张扶认为既然韩愈也曾说过"仆之为文，意中以为好者，人必以为恶焉。或时应事作俗，下笔令人惭。及示人，人即中。自是而人能是者百不下一二，下笔自惭而人是之者十有八九"，既然如此，写文章时是不是不应该坚持自己的个性而去应事作俗呢？王禹偁则让张扶"著书立言，师吏部之集可矣；应事作俗，去祭裴文可矣，夫何惑焉"。

最后，张扶又提出"汉朝人莫不能文，独司马相如、刘向、扬雄为之最，是谓功用深、其文名远者"，王禹偁则认为班固的《汉书》、司马相如的《上林赋》、刘向的《谏山陵》和扬雄的《议边事》都语不艰而义不奥，说他们功用深是指其中阐述的道理深刻，而不是语迂义暗。由此我们也可以看出，无论《答张扶书》第一篇还是第二篇都是按照提出问题、分析问题、解决问题这一逻辑顺序进行论证的，通过不断的立论、驳论，王禹偁宣传了文宗"六经、韩愈"的古文观念和"易道易晓"的创作原则。

王禹偁这种文道观意义重大，他"发挥了韩愈文从字顺的传统，比柳开更加强调文章平易，而且于传道之外，提出明心，于言外提出有文，他的文学见解，对欧阳修、曾巩等人起到了先导作用"[1]。而事实上，王禹偁的书体文本身就是"传道明心、易道易晓"这种

---

[1] 孙望、常国武：《宋代文学史》，人民文学出版社1996年版，第43页。

第五章　王禹偁散文的其他几种文体

文学观念的最好体现。刘勰曰："详总书体，本在尽言，言所以散郁陶，托风采，故宜条畅以任气，优柔以释怀；文明从容，亦心声之献酬也。"① 王禹偁的书体文正是做到了"尽言""散郁陶""风采""条畅"，言为心声，用语干练，表达顺畅。

第三节　记体文

"记者，记事之文也。西山先生曰：'《禹贡》《武成》《金縢》《顾命》，记之属似之。'《文选》止有奏记而无此体。《古文苑》载后汉樊毅《修西岳庙记》，其末有铭，亦碑文之类。至唐始盛。"② 刘勰《文心雕龙》中也没有专门论述此体，可知记在唐代之前作者不多，到唐始为大兴并取得了辉煌成就，诞生了一批以柳宗元《永州八记》为代表的名作。

在表达方式，记体文经历了从叙事到议论的转变，体裁也随之转变为三种模式：叙事、叙议结合、议论。"西山曰：记以善叙事为主，《禹贡》《顾命》乃记之祖，后人作记，未免杂以议论。后山亦曰：退之作记，记其事耳；今之记，乃论也。……后之作者，固以韩退之《画记》、柳子厚游山诸记为体之正，然观韩之《燕喜亭记》，亦微载议论于中。至柳之记新堂、铁炉步，则议论之辞多矣。迨至欧、苏而后，始专有以议论为记者。"③

吴讷又曰："大抵记者，盖所以备而不忘，如记营建，当记月日之久近、工费之多少、主佐之姓名。叙事之后略作议论以结之，此为正体。至若范文正公之记严祠、欧阳文忠公之记画锦堂、苏东坡

---
① 刘勰著，范文澜注：《文心雕龙》，人民文学出版社1958年版，第456页。
② 王水照：《历代文话》，复旦大学出版社2007年版，第1478页。
③ 同上书，第1622页。

之记山房藏书、张文潜之记进学斋、晦翁之作《婺源书阁记》，虽专尚议论，然其言足以垂世而立教，弗害其为体之变也。"可知记体文有正体和变体之分，正体为叙事后略作议论，变体为纯以议论为胜，当然这中间也不排除介于二者之间的叙事和议论平分秋色甚至议论多于叙事的情况，这也是文体渐进演变的必然结果。

王禹偁的记体文没有独立成卷，除了拾遗中的《新修太和宫记》外，其他十三篇都分布在《小畜集》十六、十七卷"碑记"中，这也看出记体文和碑铭的相似性，而事实上从《新修太和宫记》前有文后有铭来看，开始碑铭和记在形式上是没有什么区别的，只不过后来记体文后面没有铭，从而摆脱了碑铭的影响而独成一种文体，碑铭与记体文这种关系演变单从王禹偁的这十四篇记体文中也可以得到验证，由此我们可以知道，在王禹偁之前至少存在碑记一体的情况。

王禹偁的记体文可以分为两大类：厅壁类和营建类。厅壁类有《单州成武县主簿厅记》《长洲县令厅记》和《待漏院记》。营建类有《昆山县新修文宣王庙记》《李氏园亭记》《济州龙泉寺修三门记》《黄州齐安永兴禅院记》《野兴亭记》《江州广宁监记》《潭州岳麓山书院记》《黄州重修文宣王庙壁记》《无愠斋记》《黄州新建小竹楼记》和《新修太和宫记》。

一　厅壁类

唐代《封氏闻见记》"壁记"条曰："朝廷百司诸厅皆有壁记，叙官秩创置及迁授始末。原其作意，盖欲着前政履历，而发将来健羡焉。故为记之体，贵其说事详雅，不为苟饰。而近时作记，多措浮辞，褒美人材，抑扬阀阅，殊失记事之本意。"[1] 虽然着墨不多，

---

[1] 封演撰，赵贞信校注：《封氏闻见记校注》，中华书局1958年版，第37页。

第五章　王禹偁散文的其他几种文体

但也揭示了厅壁类记体文的共同特征：内容是叙事官职由来和变迁过程，目的是彰显前任政绩履历供后任仰慕效仿，写作要求是叙事详细、雅正而不浮饰。

从创作情况看，王禹偁的厅壁类记体文也是大致符合这些特征的。如《单州成武县主簿厅记》突出主簿虽然职小位卑但不可或缺："主簿之任，在名品间最为卑冗，然台府寺监洎郡县皆署焉。"再如《长洲县令厅记》叙述长洲县令设置及变迁始末："长洲之名，见于《吴都赋》。贞观中，分吴县以建之，垂二百年。宰邑名氏，县志阙焉。钱氏享国几一百稔，专建属吏，莫得而知。皇上嗣位之二载，汉南王归于我国家，始设官以理焉。袁仁镞首之，王某次之。"又如《待漏院记》交代了设置宰相待漏院的由来和目的："朝廷自国初因旧制设宰臣待漏院于丹凤门之右，示勤政也。"

但与"著前政履历，而发将来健羡"不同，王禹偁的撰写厅壁类记体文的目的不在于彪炳现任政绩以期后任羡慕，而在于以之激励和规劝后任。如：《单州成武县主簿厅记》"欲使后来居是位者勿以下位而自败其道焉"，《长洲县令厅记》"因鸠敛民瘼、评议政体，总而刊之，存诸厅事，待贤者以举之"，《待漏院记》"棘寺小吏王某，为文请志院壁，用规于执政者"。

既然撰文的目的具有警诫意味，那么在内容安排上，王禹偁的厅壁类记体文就突出官任的重要性和艰难性。《单州成武县主簿厅记》强调县主簿官职虽最卑冗但意义重大："为主簿者，始能公于心而执乎道，足下千里，毫末合拱，岂为难哉？又何卑冗之有？"《长洲县令厅记》提及长洲县时突出当地条件恶劣及艰苦："其土污浊，其俗轻浮。地无柔桑，野无宿麦。人无廉隅，户无储蓄。学校之风久废，诗书之教未行。田赋且重，民力甚虚。租调失期，流亡继踵。或岁一不稔，则鞭楚盈庭而不能集事矣。至有市男女以塞责，甚可

161

哀也。"《待漏院记》认为"一国之政、万人之命,悬于宰相",为宰相者必须慎之又慎。这样的记叙或评价自然会让后任体会到职责之艰难和责任之重大,对那些企图尸位素餐者犹如当头棒喝。

与此对应,在表达方式上王禹偁的这类记体文也一改记体文以叙事为主的习惯而以议论为主了,即使偶有叙事也是为了议论服务。王禹偁三篇厅壁类记体文中除了《长洲县令厅记》的记叙尚能在全文占有一席之地之外,《单州成武县主簿厅记》和《待漏院记》全篇均为议论,而且《长洲县令厅记》中有关长洲县风化不举、民瘼甚重的叙事部分目的也是突出时事维艰、做县令者不能像宓不齐那样弹琴化民而得致理之要。

对比是王禹偁厅壁类记体文一大特色。如《单州成武县主簿厅记》首叙主簿这一职位的重要性之后提出"总而言之,县主簿有为卑冗之魁者,是以古人或耻之"的问题,认为"士君子学古人入官,不以位之高下、身之贵贱,在行乎道利乎民而已矣。"文章接着从正反两面展开论证县主簿的重要性:"矧百里之惨舒,系一邑之令长。令长得其人,主簿又裨赞之,则人受其赐也宜矣。令长非其人,主簿又阿谀之,则人罹其苦也又宜矣。"又如《长洲县令厅记》通过对春秋时期和战国以后两个时代对比,认为宓不齐身处"王室虽微、皇嗣未绝,有周礼在鲁、有圣人为师"的春秋时代,所以才有"弹琴化民、民不忍欺"的超然自若;而战国、秦时期的"田有暴赋,丁有常佣。春役而夏不休,朝令而夕必具。小则惩之以殿最,大则惧之以刑法,岂唯道不行,亦将身受其辱",县令唯一能做的就是"苟禄食、免笞骂而已",又何遑行道?

最能体现对比特色的是《待漏院记》。文章开始指出宰相:"不独有其德,亦皆务于勤尔,况夙兴夜寐,以事一人。卿大夫犹然,况宰相乎!"接着阐述设置待漏院的目的:"朝廷自国初因旧制,设

第五章 王禹偁散文的其他几种文体

宰臣待漏院于丹凤门之右，示勤政也。"但"至若北阙向曙，东方未明，相君启行，煌煌火城；相君至止，哕哕銮声。金门未辟，玉漏犹滴，彻盖下车，于焉以息。待漏之际，相君其有思乎？"在待漏院等待上朝，宰相心里想些什么呢？下文接着就列举了宰相两种不同的想法：

> 其或兆民未安，思所泰之；四夷未附，思所来之。兵革未息，何以弭之；田畴多芜，何以辟之。贤人在野，我将进之；佞臣立朝，我将斥之。六气不和，灾眚荐至，愿避位以禳之；五刑未措，欺诈日生，请修德以厘之。忧心忡忡，待旦而入，九门既启，四聪甚迩。相君言焉，时君纳焉。皇风于是乎清夷，苍生以之而富庶。若然，总百官、食万钱，非幸也，宜也。

> 其或私仇未复，思所逐之；旧恩未报，思所荣之。子女玉帛，何以致之；车马器玩，何以取之。奸人附势，我将陟之；直士抗言，我将黜之。三时告灾，上有忧也，构巧词以悦之；群吏弄法，君闻怨言，进诌容以媚之。私心慆慆，假寐而坐，九门既开，重瞳屡回。相君言焉，时君惑焉。政柄于是乎隳哉，帝位以之而危矣。若然，则下死狱、投远方，非不幸也，亦宜也。

这显然是两种不同的宰相形象，前者是贤相，后者是奸相。贤相忧国忧民，心中念想的是百姓安居、四夷归顺、战火消弭、开垦荒田、招贤纳士、放逐奸臣、修德禳灾，忧心忡忡，心如急火，九门一开，即可进谏，如此则"皇风于是乎清夷，苍生以之而富庶。若然，总百官、食万钱，非幸也，宜也"；而奸相在待漏院等待上朝时心里想的却是报恩复仇、搜刮财富、攀附权势、罢黜正道、诌媚欺主、弄权营私，满怀私心，如此则"政柄于是乎隳哉，帝位以之而危矣。若然，则下死狱、投远方，非不幸也，亦宜也"。一正一反，截然不同，通过对两种宰相的对比显示了宰相一职对国家的重要性，为宰相者要谨言慎行："是知一国之政，万人之命，悬于宰相，可不慎欤？"

这两段文字不仅内容上相对，而且在语言形式也两两相对。大量运用排比句，多用四字句，句子整齐精练，用极简约的文字表达了极丰富的内容，真正做到了言简意赅、音节和谐，这样就更加突出了文章的对比意味，给人以外在和内心的强烈冲击，从而产生了良好的表达效果。

二 营建类

吴讷曰："大抵记者，盖所以备而不忘，如记营建，当记月日之久近、工费之多少、主佐之姓名。叙事之后略作议论以结之，此为正体。"王禹偁的营建类记体文也大致是沿着这条道路行进的。但与以往不同的是，王禹偁营建类记体文在叙述建筑物营建过程的同时，重点突出修建之人的品行和超越建筑物之外的意义，而且在形式上也稍作调整，在叙述营建过程前先以议论性的文字统摄全文，文末又以议论性的文字呼应，这就改变了以往"叙事之后略作议论以结之"的所谓正体结构，体现了营建类记体文的新变化，这也为后来范仲淹、欧阳修、苏轼等人的营建类记体文专以议论的行文模式奠定了基础，从这点看，王禹偁也是唐宋古文发展过程中的一个衔接性、过渡性人物，如《昆山县新修文宣王庙记》开头用假设法简论了孔子的价值：

夫圣人之生必受天命。有位者，天使之化民，为一时也，三五帝皇之谓乎；无位者，天使之立教，为万世也，先师夫子

第五章 王禹偁散文的其他几种文体

之谓乎。是以穷于旅人,终于陪臣,非不幸也。向使居帝王之位,行尧舜之风,则有颜闵之科,犹元凯之举也;两观之诛,即四凶之罪也。自然道至而我无为,化行而人不知时之歌者,必曰:何力之有?后之美者必曰:无得而称也。流为典谟,形乎简册,亦不过睿哲文明、温恭允塞而已,岂复有祖述宪章之道、流于后代乎?故曰:生人以来,未有如夫子者,秉笔之士,得轻议其德业欤?

不能轻议就得重视,所以才有了苏州昆山县大夫边公多方筹措、与众人同心协力修缮文宣庙之举,文末借议者之口对这件事进行了评价:"吴地,裸国也;昆山,海嵎也。旧染霸俗,未行儒风。非明君以文德敷万邦,非良宰以儒术化百里,又安能遵先王之教、移小国之风者哉?"上赞帝王,下歌良宰,作者企图非常明显,就是希望君臣大力提倡儒家风化,以期执政者在治理时达到经济与文化的和谐统一。

提倡教化是王禹偁营建类记体文的主要内容之一,这也突出体现了他的这类记体文中不重建筑本身而重人的因素的特点。如《潭州岳麓山书院记》对书院本身没有什么描绘,但对孔子及其门下七十二贤的塑像有所描述,称其"华衮竹簾、缝掖章甫、俨然如生",而且重在突出陇西公尊儒重士之举,除了重新修缮岳麓书院达到的"谁谓潇湘,兹为洙泗;谁谓荆蛮,兹为邹鲁。人存政举,岂系古今。导德齐礼,自知耻格"的效果之外,文中还特别提及陇西公"好儒术、通春秋"的修养和从自己的俸禄中出钱鼓励科举的高风亮节:"刺济州日命乡之荐,不减百人。宴以嘉宾之诗,遣以计吏之礼。举进士者钱五万,袭衣以副之。应学科者钱三千,绨袍以遗之。咸出己俸,人以为难。"由此可见,文章虽然对岳麓书院的来历及重新修缮过程有所着墨，但这并不是文章的重点，文章重点在于赞美一个人物，而这个人又是儒家思想的忠实践行者。

如果说《昆山县新修文宣王庙记》和《潭州岳麓山书院记》宣传儒家教化尚借他人之手，那么在《黄州重修文宣王庙壁记》里王禹偁则是亲力亲为了。文章首先提到了黄州文宣王庙屡屡不得修缮竟是因为一个流行于当地的非常荒谬可笑的说法："文宣王庙慎不可修，修之必起讼。"这个说法屡有应验，甚至连王禹偁的一向廉勤奉公的前任——国子虞博士也在费尽心血地去修缮文宣王庙的时候被弹劾，"留郡听命者百余日，穷窘不得去"，这就更加让人觉得修庙起讼的说法可信了，对此荒谬不堪的说法，王禹偁当然不信：

某自西掖谪守是郡，睹其事，叹曰："先师若是凶邪？吾将试焉。"因其旧赀鸠工，揆日，命左都押衙丁文璘督其役，月余而殿成。素王十哲，咸新其像，彩绘金帛，焕乎有光。又取上都国学赞文，请从事曾硕书之，刊石镂板，置于神座。俾夫春秋释奠，有所瞻仰。塞戏儒之口，刷先圣之耻，亦无愧孔门之徒也。至述先师之道，则孟轲所谓："生人以来未有如夫子者，其功不在舜禹下。"韩吏部曰："天下通祀者三，唯社稷与夫子庙。"某敢轻议哉！

因质疑当时的戏儒之说，所以偏要去修缮夫子庙宇，此不谓亲力亲为又何为哉？然是说也，不尽然也。王禹偁之所以敢冒天下之大不韪，顶风而上遂有此举，此其中也有其放手一搏的底气所在。王禹偁被贬黄州，已是"一生几日？八年三黜"中最后一黜，其内心之无奈之苦楚可想而知，在此情形下还有何顾虑？因此敢于直面"修庙必起讼"这一可怕咒语，奋起抗争，也算是对屡遭贬斥的无声

第五章 王禹偁散文的其他几种文体

控诉；同时，王禹偁也以此宣示自己是孔门之徒，再次标举了自己是孔子、孟子和韩愈的追随者。所以这篇文章表面是"书修建之缘由而已"，而其实蕴含着王禹偁满腹心事。

能够表达王禹偁自己思想的营建类记体文也不止《黄州重修文宣王庙壁记》一篇，还有《李氏园亭记》《江州广宁监记》《黄州新建小竹楼记》和《无愠斋记》。《李氏园亭记》借故隰牧陇西李侯好义忘利和子孙谨身节用、终蒙受浩荡皇恩而有福与"谋衣食之源、作子孙之计……广第宅、连坊断曲、日侵月占、死而不已。及乎坟土未干，则为子孙狱讼之具"进行对比，警告贪婪无度的官员要懂得洁身自好；《野兴亭记》重点不是叙述构筑野兴亭的经过而是详细描绘参政尚书陇西公优游野兴亭的场景，赞美其"宜其居崇高富贵之上、在忧勤逸豫之间、优游朝堂、可保无咎"的洒脱与从容，可见看出王禹偁借此抒发自己不能进退自由的遗憾；《江州广宁监记》借朝廷开设江州广宁监造钱一事讴歌宋太宗："非吾皇顺考古道，留心庶政，兴九府之圜法，恢二圣之永图，孰能若斯之速邪！"而众多作品中，又数《黄州新建小竹楼记》最为著名、最有意趣、最具品位，其文曰：

> 黄冈之地多竹，大者如椽。竹工破之，刳去其节，用代陶瓦，比屋皆然，以其价廉而工省也。子城西北隅，雉堞圮毁，蓁莽荒秽，因作小楼二间，与月波楼通。远吞山光，平挹江濑，幽阒辽敻，不可具状。夏宜急雨，有瀑布声；冬宜密雪，有碎玉声。宜鼓琴，琴调虚畅；宜咏诗，诗韵清绝；宜围棋，子声丁丁然；宜投壶，矢声铮铮然：皆竹楼之所助也。
>
> 公退之暇，披鹤氅，戴华阳巾，手执《周易》一卷，焚香默坐，消遣世虑。江山之外，第见风帆沙鸟，烟云竹树而已。

待其酒力醒，茶烟歇，送夕阳，迎素月，亦谪居之胜概也。彼齐云、落星，高则高矣；井干、丽谯，华则华矣；止于贮妓女，藏歌舞，非骚人之事，吾所不取。

　　吾闻竹工云："竹之为瓦，仅十稔，若重复之，得二十稔。"噫！吾以至道乙未岁，自翰林出滁上，丙申移广陵；丁酉，又入西掖。戊戌岁除日，有齐安之命。己亥闰三月，到郡。四年之间，奔走不暇；未知明年又在何处！岂惧竹楼之易朽乎？幸后之人与我同志，嗣而葺之，庶斯楼之不朽也。咸平二年八月十五日记。

　　这篇文章取胜之处就在于用轻灵淡雅的语言刻画了一个贬谪之后超然物我、恬然自适的主人公形象。全文结构严谨，开头先说黄州竹子之多、之大、之价廉、之工省等无尽好处，为下文于残垣断壁间以竹筑楼做好铺垫，竹楼成，与"月波楼通"，于是引出下文竹楼风光，远眺翠山，平视湖边，幽静辽阔，美不胜收，让人心旷神怡、流连忘返。接着写自然和人事之声音带给人美妙无穷的听觉：夏雨如瀑，涤荡心扉；冬雪如玉，悦耳动听；琴声虚畅，诗韵清绝，棋子丁丁，矢声铮铮。此间唯闻雨声、雪声、琴声、诗声、棋声，而不见人声，足见身处其中之人内心是何等恬静自若，对各种声音辨别得如此清晰！

　　如此便水到渠成地引出楼中之人，第二段顺承其意，为我们刻画了一个心无世俗之念、超然物我之外的隐者形象。披鹤氅、戴华阳巾、手执《周易》一卷、焚香默坐、消遣世虑，完全一副道家做派；江山之外，第见风帆沙鸟、烟云竹树，酒醒茶歇，送夕阳、迎素月，这就是谪居的妙处所在，至于什么高楼玉宇、妓女歌舞，统统与己无关，自己独爱这简陋的竹楼。

第五章 王禹偁散文的其他几种文体

行文至此，足以让人心底澄清、无限神往，但王禹偁之意并不仅仅如此，毕竟做一个孑然尘世的独行者并非自己所愿，所以第三段又借竹工之语表达另外一层意思。与片瓦竹有十稔之寿命相比，四年间奔走不暇、身无定所的自己又何惧竹楼之易朽！由此也可以看出贬谪留在王禹偁心里的阴影和对屡遭贬谪的愤懑不平，也由此可知所谓的超然物我只不过是在无法主宰自己命运的情形下的一种自我麻醉和慰藉罢了。

全文描绘竹楼之景处最为人称道，其原因想必是除了其中的唯美意境之外，还在于其运用了一系列的排比，这些排比整饬利落，语言精美，虽然话语不多但读来自有一种回环往复之美，其声之美如韶乐绕梁三日、不知肉味。全文层层推进，文随意动，不着痕迹，不失为一篇名文佳作。

托物言志也是王禹偁营建类记体文的一个特点，如写于咸平三年十月二十一日的《无愠斋记》：

> 古人三仕，无喜色；三已之，无愠色。某在先朝，自左司谏知制诰左迁商州团练副使，又自翰林学士出知滁上。今天子即位，自尚书刑部郎中知制诰出守齐安。到郡之明年，作书斋于公署之西偏，因征古义，以无愠为名。后之人治是郡者，公退之暇，当以琴书诗酒为娱宾之地，有余力则招高僧道士煮茶炼药可矣，若易吾斋为庖厨廥库者，非吾徒也。

此为王禹偁记体文中篇幅最短的一篇，文字虽少但寓意颇大。将书斋命名为"无愠斋"，本身就是告诉自己宠辱不惊、坐看风起云生。古人三仕，自己也三仕（左司谏知制诰、翰林学士、尚书刑部郎中知制诰）；古人无喜色，自己又何必喜形于色？古人三已之，自己也三黜落（左迁商州、出知滁上、出守齐安）；古人身处困顿而无愠色，自己屡遭不公又何必愤愤不平？既然有效仿古人之心，自当在书斋弹琴、写字、赋诗、喝酒、煮茶、炼药以娱自我，又何必纠结于庖厨廨库等俗务？由此可见，王禹偁是借《无愠斋记》来表达贬谪后的自嘲，但我们还是可以感觉到文字后仍有一丝淡淡的不平，只不过与《黄州新建小竹楼记》相比多了些洒脱罢了。

第四节 论体文

关于论，刘勰在《文心雕龙》中对它的定义以及写作注意的问题阐释得已经相当清楚："论也者，弥纶群言，而研精一理者也。……原夫论之为体，所以辨正然否。……其义贵圆通，辞忌枝碎，必使心与理合，弥缝莫见其隙；辞共心密，敌人不知所乘：斯其要也。是以论如析薪，贵能破理。斤利者，越理而横断；辞辨者，反义而取通；览文虽巧，而检迹知妄。"[①] 大意是：论是一种综合概括各种观点、集中阐述某一个道理的文章体裁；论的作用是把道理的是非曲直讲清楚，重在全面通畅，言辞切忌支离破碎；思想和说理一定要统一，不能留下任何漏洞；论辩要严密，不给对方可乘之机；分析问题要遵循逻辑，如果只靠在文字上投机取巧，那么即使勉强把道理说通也难免不被人发现破绽。

关于论体文的分类，吴讷曰："梁昭明《文选》所载，论有二体：一曰史论，乃史臣于传末作论议以断其人之善恶，若司马迁之论项籍、商鞅是也；二曰论，则学士大夫议论古今时世人物，或评经史之言，正其讹谬，如贾生之论秦过、江统之论徙戎、柳子厚之

---

① 刘勰著，范文澜注：《文心雕龙》，人民文学出版社1958年版，第327、328页。

第五章　王禹偁散文的其他几种文体

论守道、守官是也。唐宋取士，用以出题，然求其辞精义粹、卓然名世者，亦惟韩、欧为然。"[1] 徐师曾又将论分为八品："一曰理论，二曰政论，三曰经论，四曰史论，五曰文论，六曰讽论，七曰寓论，八曰设论。其题或曰某论，或曰论某，则各随作者命之，无异义也。"[2]

王禹偁的论体文题材广泛，内容丰富，作品主要是史论和政论。史论主要是就历史人物和历史事件阐发自己的看法，如《霍光论》《霍王元轨论》《李君羡传论》《郑善果非正人论》《杨震论》和《省试三杰佐汉孰优论》；政论主要就政治问题发表见解，如《用刑论》《既往不咎论》《朋党论》《先君后臣论》和《省试四科取士何先论》。不管是史论还是政论，驳论是王禹偁论体文的主要特点，就是先提出一个观点，然后再予以反驳，最后再阐明自己的主张。

一　史论

王禹偁对历史人物持有三种态度：一是批评，二是惋惜，三是褒扬。但不管什么态度，以史为鉴、借历史人物说事或者表达自己的主张及看法是王禹偁史论的基本内容和目的。

在史论里，王禹偁对一些历史人物进行了批评，从中总结出了能够给后人以警诫意义的道理。在论证的时候有驳有立、驳立结合，一般情况是先摆出别人的观点、树立个靶子，然后再通过论证推翻这个观点，从而达到批评的目的。如《霍光论》，开头先摆出"光之族也，光已死，罪在妻子，不在于光"的错误观点，然后从霍光自身和吴起、邴吉等人的角度进行批驳，批评霍光在妻子"显骄纵，

---

[1] 王水照：《历代文话》，复旦大学出版社2007年版，第1623页。
[2] 同上书，第2102页。

欲贵其女而鸩许后"的情况下，不能"明大义灭亲之道、收显下狱，免冠请罪，因上印绶、还政事"，依然"眷恋私恩，犹豫不决，奏免太医以藏大逆"，因此才有灭族之祸："光自族其家，非显禹之罪也"。又如，《郑善果非正人论》先提出"史臣谓郑善果幼事贤母，长为正人"的错误观点，接着通过郑善果的言行来进行批驳，批评郑善果一不能事母如孟轲、二不能"见危致命、奋不顾身、光肯构之孝心、励尽忠之臣节、扬没后之誉、立当世之功"，如此怎么可能"幼事贤母，长为正人"呢？告诫后人如果为正人就必须"临难无苟免、危邦不入"，否则就会"辜负邦家、污辱祖考"。

除了批评外，王禹偁在史论里还在对历史人物进行褒扬的同时表达了惋惜之情。如《霍王元轨传论》赞美唐高宗的儿子——霍王元轨具有"贤能""武艺""孝""礼""智""仁""义""善任使""识廉隅"的诸多优秀质量，认为霍王元轨在唐高宗诸子中在为人行事方面"称首"，"向使登元良之位、守宗庙之器，则周之成康、汉之文景未足多也，惜哉！"可谓仕途失意、空负满腹才华，可见王禹偁在赞美霍王时透露着惋惜和遗憾之情。

但褒贬人物并不是史论的主要目的，王禹偁的主要目的是从这些历史人物身上挖掘可供当世借鉴的意义。如《霍光论》，作者从霍光身上总结出两点教训：一是做人臣者不能据贪天之功为己有而不割爱让德；二是不能正其心则不能修其身，不能修其身则不能齐其家，不能齐其家又怎能治其国？又如，《郑善果非正人论》告诫后人如果为正人就必须"临难无苟免、危邦不入"，否则就会"辜负邦家、污辱祖考"。

不仅被批评的历史人物有可资借鉴的地方，连被王禹偁褒扬的人物身上也有发人深省的意义。如《霍王元轨传论》就有"王罹窜黜，卒以令终，天之善福，讵无验乎"之叹，后文又说元嘉狂悖起

第五章　王禹偁散文的其他几种文体

兵终"贻污宫之活、取笑后代",来告诫后人只要平时德行兼修其后自会有福。再如,《杨震论》中杨震为官行事无愧于比干,但其后代杨彪、杨修之辈不是于乱世中全身远害就是投身乱臣、坐法伏诛,与祖宗之风相去甚远,作者由此感叹:"呜呼!震杀身奉国,以训子孙,子孙犹不能及,况悠悠世人哉?而又混三仁之名迹、开去就之蹊径,欲望教人行劝,其可得乎!吾故曰:褒干显震而起教劝人,不其然欤?"结合前面所云"夫人莫不乐生恶死,非笃于名教者不能杀人以成仁。是以趋生易、即死之难不待诱而然也。立言垂教者当劝其所难、沮其所易"可知王禹偁是借杨震之事来告诫后人要注重名节、必要时可以杀身成仁。

又如《李君羡传论》,作者在文中明确指出本篇史论的借鉴意义:"叹君羡之罹罪无状而见诛,惜文皇之用刑有时而不中,因论以志之,亦以为君臣之失矣。"唐太宗因为听信"女王昌、当有女主武王者"而忌讳李君羡"封邑皆有武字、又名合女主之谶"从而诛杀之,造成了一大冤案,作者认为其中的教训可供后之君臣引以为戒:"天文变于上,人谣腾于下,虽圣人不能不疑惧矣。惧而修德,可也;疑而行诛,则有陷于非罪者也。然君羡,匹夫之命,不足道也。泊武氏出,则太宗之德得无累乎?故书曰'疑谋勿成者'为是也。"可见文章的重心并没有停留在叹息李君羡无辜丧命上,而是着眼于告诫后之君主疑谋勿成以免错杀大臣。

再明智的君主也可能会因为猜忌而诛杀大臣,那么作为臣子的也应该懂得把握形势、趋利避害,《省试三杰佐汉孰优论》就是表达这种思想。文中指出张良、萧何、韩信都对汉朝立下过汗马功劳,但"辅弼则同,优劣斯异","萧张,人之功也;韩信,犬之劳也",并认为张良"得名遂之道",而"萧公受系,韩信受戮,虽功成于前,终贻戚于后,未若定储君之计,从赤松而游,远害全身,垂名于万世,不为优哉!"可见功臣不能居功不去,这与《霍光传论》表达的意思是一致的。

二 政论

和史论一样,王禹偁的政论也是以驳论为主,有感而发,而且行文的目的也重在以古鉴今;相比史论而言,王禹偁的政论文更有现实针对性。

如《用刑论》就涉及了如何使用刑罚的问题。文中通过对今之法和古之法对"出入人罪"界定标准的对比,认为今之法制过于严苛,若想实现"刑措"的目的就必须施行孔子时代的法律,要宽严相济、恩威并施,不能少恩深刻、滥施刑罚,否则恰得其反,其中孔子所说的"上失其道而杀其下,非理也"至今仍有借鉴意义。

再如《朋党论》就对朋党这一关乎唐宋命运的大问题有了深刻的见解。针对唐文宗"破河北贼易,破此朋党甚难"的错误论调,王禹偁认为朋党问题从尧舜时代就有了,不足为奇,关键的问题在于"君子直,小人谀。谀则顺旨,直则逆耳。人君恶逆而好顺,故小人道长、君子道消也";如果君天下者诚能践行"有言逆于汝心,必求诸道;有言逊于汝志,必求诸非道"的古训,像尧舜那样"以德充化臻""彰善明恶",那么朋党问题就不难处理了。文末作者针对"奇章全德而不免窜逐,赞皇忌刻、逢吉倾巧而至大位"的局面直斥唐文宗"谁咎哉!又谁咎哉!",反复责问,语气强烈,可见作者对帝王造成朋党之难的不满,认为帝王难辞其咎,这无疑是一种警告。

帝王如此,做臣子的又当如何?王禹偁认为做臣子就必须首先明确君臣之分,不能首鼠两端、摇摆不定。《先君后臣论》对春秋时期卫国大夫公叔痤对卫鞅(后来的商鞅)"始请用、中请杀、终使

第五章 王禹偁散文的其他几种文体

逃"的做法进行了批判,认为其"先君后臣"的说法是非常滑稽可笑的。王禹偁认为"为社稷之臣计安危之事者,在任贤去不肖而已",除此之外不能再有别的什么不端想法,"予恐后之为人臣计国事者复履其迹,因论以明之"。

关于君臣职分,王禹偁还认为无论君主还是臣子都应该有所担当,如果"睹国家昏乱、政教缺失不能救者,率曰:事已成矣,吾不说矣;事已遂矣,吾不谏矣,且既往不咎,圣人之旨也",那么就会"上安其危,下稔其祸,事卒不言,言卒不听,覆亡而已"(《既往不咎论》)。另外,王禹偁还提到了科举取士的问题,认为取士当以德为先,这在他的《省试四科取士何先论》中有系统的阐述。在这篇论中王禹偁认为"古者立乡里之选、采廉让之名登于三庭、贡之天府"就是坚持以德取士的体现,如果只以言语取士,"则不过善应对、专议论,及其失也,则捷给、纵横、辩说之流";如果以政事取士,"则不过守循良、明法度,及其失也,则苛刻、聚敛、刀笔之徒";如果只以文学取士,"则不过通古今、明记叙,及其失也,则浮华、巧艳、诏谀之辞",因此"修其德、立其行,则言语、政事、文学可以兼而有也"。

王禹偁还打了比方,认为"德行之于人,犹车之有轮、舟之有楫不可斯须而离也",所以"善取士者,必能使师表一人、富寿百姓"。如此,"其为言也,垂于后;其为政也,利于时;其为文也,归于理。不离坚合异以侈其言,不乱常变古以施其政,不寻章摘句以骋其文,赫乎功名,与天地共尽,则德行之效,不亦章乎!"据此,王禹偁认为当今帝王如果"酌古典、行帝道"就应该"执取士之柄,致得人之昌,文物声明,与古争鬐,在乎厚德行而薄言语、卑政事而贱文辞""四科之名归乎德,使天下三尺童子知吾君好德之心,则取士之道其在兹乎!"整篇文章分条析理、环环

175

相扣、层层递进，从容不迫、说理透彻，不愧为太平兴国八年（983年）省试第一文。

从内容上来看，王禹偁论体文应该是对他从政观念的全面体现，这也从侧面反映出王禹偁的济世情怀，他的论体文也因此具有了鲜明的时代性和现实性。总之，王禹偁的论体文短小精悍，语言通俗易懂，内容丰富，论述针砭时弊，鞭辟入里。这种鲜明而又深刻的风格对以后的宋代文人影响很大，譬如欧阳修就"很能欣赏王（禹偁），王氏对欧文的影响，不只限于《朋党论》等几篇文章，更重要的是其选择平易的而非艰涩的韩愈"[①]。亦由此可见王禹偁的论体文更是他本人提倡的"句易道、义易晓"的典型体现。

---

① 陈平原：《中国散文小说史》，北京大学出版社2010年版，第105页。

结　语

宋代古文运动"倡始于柳开，见效于王禹偁，完成于欧阳修"[①]，在此背景下的王禹偁散文创作承前启后，这首先表现在王禹偁努力向前人学习散文创作上。王禹偁主张"远师六经，近师吏部"，学习韩愈方能让文章"句易道、义易晓"，因此他的散文不可能不烙上唐人文章的印记。除了从精神上学习韩愈外，王禹偁不少散文在形式上就能明显看出模仿韩愈的痕迹，如《拟侯君集平高昌记功碑并序》就模仿了韩愈的《平淮西碑》，无论内容和结构都高度相似；再如《送王旦序》构思布局和韩愈的《送张道士序》如出一辙，都是"赠意在诗，序言其故"。不仅如此，王禹偁还学习元稹，他在《滁州全椒县宝林寺重修大殿碑》后序就直言此文是"因效元相桐柏观体"；再如他的《吊税人场文》无论从立意和结构安排都与柳宗元的《捕蛇者说》高度相似，都阐述了"苛政猛于虎"的思想，行文也是先叙事再议论，由此可见王禹偁在向前人学习上广泛涉猎、不拘一格，这在北宋初期的作家中是不多见的，而且王禹偁散文本身就体现出古代文体发展的渐变性，如王禹偁碑文创作就充分体现了

[①] 漆侠：《宋学的发展和演变》，人民出版社2011年版，第13页。

碑文从叙事到夹述夹议再到议论的体制变化，这些无不体现了王禹偁散文与前人散文的一脉相承。

再次，王禹偁在他的散文中提出并在创作中身体力行的"句易道、义易晓"这一理念"不仅是韩柳文体革新基本精神的忠实继承，而且是其在新的历史条件下的发展，为宋代古文的健康发展奠定了坚实基础，赢得了欧阳修、苏轼热情洋溢的赞颂。……欧、曾、王、苏，风格各异，尽捐'僻涩'，四家如一。奠基之功，非禹偁莫属"[1]。如欧阳修，他"很能欣赏王（禹偁），王氏对欧文的影响，不只限于《朋党论》等几篇文章，更重要的是其选择平易的而非艰涩的韩愈"[2]。与王禹偁相较而言，"元之独开有宋风气，于是欧阳文忠得以承流传响。文忠之体，雄浑过于元之，然元之固其滥觞矣"[3]。

最后，无论哪种文体的作品，王禹偁都能借以表达贬谪时期的内容，浓厚的贬谪色彩也是王禹偁散文最大的一个特点，这对宋代贬谪文学的形成和发展有着重要的意义。

贬谪文学是中国封建社会特有的一种文化现象，贬谪造就了中国第一位真正意义上的文人——屈原和其他许许多多文名远扬的文学大家，如柳宗元、苏轼、范仲淹等。与唐代相比，宋代贬谪文学多了一些豁达，也多了一些理性。在贬谪过程中宋代文人固然也经历着精神和肉体上的双重痛苦，固然也有对不公的控诉和抗争，但与唐人相比，他们更多的是在贬谪之后"尽可能地顺适苦难人生，注重对自我实生命的把握，从而在心理上求得宽和、淡泊"[4]。因此宋代贬谪文学便"大多表现出高旷平远、淡泊闲吟乃至戏谑调侃的

---

[1] 梁道理：《试论宋代古文运动中的两条路线》，《陕西师范大学学报》（哲学社会科学版）1984年第1期。
[2] 陈平原：《中国散文小说史》，北京大学出版社2010年版，第105页。
[3] 吴之振：《宋诗钞》，中华书局1986年版，第13页。
[4] 周尚义：《宋代贬谪诗文的高旷情怀述论》，《湖南社会科学》2002年第6期。

结　语

特征，实现了对传统贬谪诗文以悲为美且多表现哀怨愁苦的超越"。在这一点上王禹偁无疑是作出了贡献的，如他的《黄州新建小竹楼记》虽然隐隐约约有对贬谪的不满，但更多的是一种超然物我、闲适自意，在这一点上，同样被贬黄州的苏轼与王禹偁一脉相承，不但苏轼前后《赤壁赋》里表达出与王禹偁一样的豁达，就连他同样写于黄州时期的《南堂》组诗中的"扫地焚香闭阁眠"也与王禹偁的"焚香默坐、消遣世虑"有异曲同工之妙。

不仅如此，王禹偁的"屈于身兮不屈其道，任百谪而何亏！吾当守正道兮佩仁义，期终身以行之"的人格也深深影响着后来的文人士大夫。"王禹偁将韩愈所确立的穷达都要明道的原则化为达观地对待贬谪的人生态度，则为许多在政治斗争中浮沉起落的正直士大夫找到了精神平衡的良方"，"无论穷达，都要刚正不屈，争取在一生中做一点有利于国计民生的事，这一思想在梅尧臣、欧阳修的诗文中得到进一步发展，并成为宋代进步文人诗感怀兴寄的基本主题之一"[①]。

王禹偁这种人格质量也为其后众多宋代文人所称赞和钦佩，如苏轼云："故翰林王公元之，以雄文直道，独立当世，足以追配此六君子者。方是时，朝廷清明，无大奸慝。然公犹不容于中，耿然如秋霜夏日，不可狎玩，至于三黜以死。有如不幸而处于众邪之间，安危之际，则公之所为，必将惊世绝俗，使斗筲穿窬之流，心破胆裂，岂特如此而已乎？始余过苏州虎丘寺，见公之画像，想其遗风余烈，愿为执鞭而不可得。"[②] 又如欧阳修在贬官滁州时曾在《书王元之画像侧》说道："想公风采常如在，顾我文

[①] 葛晓音：《北宋诗文革新的曲折历程》，《中国社会科学》1989 年第 2 期。
[②] 苏轼：《苏东坡全集》，北京中国书店 1986 年版，第 275 页。

章不足论。"① 由此可见二人发自肺腑的对王禹偁的钦佩之情，由钦佩到效仿也在情理之中。试想，在一个重视修身立德、文品如人品的时代，如果没有这种钦佩，说王禹偁的文学思想"是欧阳修、曾巩等一派的先导，为二人所继承而发扬，古文乃步入正途"② 恐怕也是难以自圆其说的。

正因为如此，从北宋开始人们就对王禹偁评价很高甚至有王禹偁主盟之说。③ 最早提出这一说法的是蔡启："国初沿袭五代之余，士大夫皆宗白乐天诗，故王黄州主盟一时。"④ 至于王禹偁是不是文坛盟主，从他死后六年的时间里西昆体便横扫文坛便知一番。

陈元锋先生在《宋太宗朝翰林学士述论》里认为有两大因素致使王禹偁不能成为文坛盟主："一是王禹偁曾赞扬宋白'大半生徒两制间'、王祜'两制门生伴凤毛'，但自己却从未知举，故有诗曰：'三人承明不知举，看人门下放诸生。'其次，王禹偁三人承明却累为迁客，时间均不长，在翰苑仅数月，此后亦未跻大用，这就在很大程度上削弱了他的政治地位和影响力，使他难以成为像宋白那样的'翰林主人'和文坛宗师。"⑤ 这个论断是非常恰当的，但遗憾的是论述不够充分，在此予以补充。

一 王禹偁虽为一代名儒但文坛影响力有限⑥

王禹偁是北宋初期公认的白体诗代表人物，但是不是像郭预衡先生说的那样"是北宋初期最伟大的作家"⑦，还是值得商榷的。姑

---

① 欧阳修：《欧阳修全集》，北京中国书店1986年版，第78页。
② 张毅：《宋代文学思想史》，中华书局2004年版，第54页。
③ 张兴武：《宋初百年文学复兴的历程》，中华书局2009年版，第2页。
④ 胡仔：《苕溪渔隐丛话前集》，人民文学出版社1962年版，第144页。
⑤ 陈元锋：《宋太宗朝翰林学士述论》，《文学遗产》2010年第4期。
⑥ 以下部分已整理发表于《天中学刊》2012年第3期，特此说明。
⑦ 郭预衡：《中国古代文学史长编》（三），上海古籍出版社2007年版，第84页。

结　语

且不论在当时就有"习尚淳古、齐名友善"的、具有"高、梁、柳、范"之称①的四大文坛名士，单就宋初学习白居易诗歌的文人而言，王禹偁也还算不上首屈一指的人物。就拿李昉和徐铉来说，两个人都是当时台阁文魁，位高权重，地位显赫，在当时士子群体中间有着比王禹偁更大的影响力，尤其是李昉。

李昉（925—996），比王禹偁（954—1001）大二十九岁，相对于王禹偁而言，李昉待在馆阁的时间更长。作为由周入宋的开国文臣，在宋太祖、太宗两朝四十多年的时间里，李昉官至宰辅，两度主持贡举，并参修《太宗实录》，尤其重要的是他主编了《太平御览》《文苑英华》和《太平广记》三部鸿篇巨制，这三部著作与《册府元龟》合称"宋代四大奇书"，据此说他是太宗时代（王禹偁的主要人生期）的文坛魁首一点都不为过。李昉"为文章慕白居易，尤浅近易晓。好接宾客，江南平，士大夫归朝者多从之游"②。"尤浅近易晓"说明他学白居易更到位；"好接宾客"以至"江南平，士大夫归朝者多从之游"意味着他门下文人众多。须知，宋初文人之中文学功底深厚者大多来自江南，自此而后，整个文坛基本上是南方文人的天下，此等人物大多都归附李昉，可见其在当时的影响力。凡此种种都表明，李昉比王禹偁更像一代文坛盟主。

除了李昉，这里必须提及另外一个重要人物，这个人物就是宋太宗。之所以提及宋太宗，是因为太宗时期是王禹偁一生中最重要的时期，他的仕宦基本完成于这一时期，因此考察宋太宗在文坛上的影响对界定王禹偁的文学地位至关重要。

从史料记载上看，在力促文学创作方面，宋太宗可能比王禹偁

---

① 脱脱：《宋史》卷四三九，中华书局1977年版，第13003页。
② 脱脱：《宋史》卷二六五，中华书局1977年版，第9138页。

的功劳更大。宋太宗不但自己参与创作，还经常组织群臣唱和，如《续资治通鉴长编》卷二十五记载：

> 雍熙元年三月己丑，召宰相近臣赏花于后苑，上曰："春风暄和，万物畅茂，四方无事，朕以天下之乐为乐，宜令侍从词臣各赋诗。"赏花赋诗自此始。数日后，"幸含芳苑宴射，宰相宋琪……与李昉等各赋诗，上为和，赐之。"①

不但如此，宋太宗还经常赋诗给新科进士，"太宗好文，每进士及第，赐闻喜宴。常作诗赐之，累朝以为故事"②。宋廷由此开创了赏花赋诗的风尚并使之成为朝廷惯例。宋太宗的这一举动对中举进士来说无疑是一种莫大的至高无上的荣耀。上有所好下必甚焉，宋太宗如此喜好赋诗唱和，下属的臣子和天下举人自是不甘于后，这必然对当时的文学风尚起到强有力的导向作用，从这个角度讲，在整个太宗时代，宋太宗在文坛上的作用也是不容忽视的。

再看王禹偁坚持创作的白体诗歌情况。人们之所以争相学习白居易的诗文，大概是因为当时正处于国之未平的时代，百废俱兴，人们还无暇完全静下心来沉潜于文学创作，但是又不能没有点文学趣味，这时候浅易朴实的白体诗便成了当时展示文学风雅的首选。随着北宋王朝平定四方，国家逐渐稳定繁荣。在宋代重文轻武的国策刺激之下，文人们开始有了足够的时间重视文学修养和赋词应对，也有足够的心思去斟词酌句，对诗歌的艺术也越来越重视。在这种情况下，这种不大讲求韵律的浅显的白体诗歌必然遭到冷落，欧阳

---

① 李焘：《续资治通鉴长编》，中华书局1992年版，第575、576页。
② 何文焕：《历代诗话》，中华书局1981年版，第284页。

结　语

修在《六一诗话》云：

> 仁宗朝，有数达官，以诗知名，常慕白乐天体，故其语多得于容易。尝有一联云："有禄肥妻子，无恩及吏民。"有戏之者云："昨日通衢遇一瑙轿车，载极重，而底牛甚苦，岂非足下肥妻子乎？"闻者传以为笑。①

虽是笑谈一则，但足以说明宋初的白体诗歌创作因为"其语多得于容易"，到了仁宗朝已完全走进了一条死胡同，没有任何美感可言。

陈师道《后山诗话》曰：

> 学诗当以子美为师，有规矩故可学。退之于诗，本无解处，以才高而好尔。渊明不为诗，写其胸中之妙尔。学杜不成，不失为工。无韩之才与陶之妙，而学其诗，终为乐天尔。②

虽然有失偏颇，但也说明了乐天诗浅易，不可尽学，"无韩之才与陶之妙"的诗歌是没有前途的。叶适曰："王元之又在尹、穆之前，虽未能尽去五代浮靡之习，而意已务实，但未得典则之正。"无"典则之正"，不大讲求诗歌法度，这也正是"白体"诗歌迅速被效法李商隐、讲求工对精美的西昆体诗歌取代的原因。而且在王禹偁屡遭贬谪、远离京城之时，杨亿、刘筠等人便已经在馆阁之中互相酬和，"西昆体"的创作已渐成风尚，只不过当时还没有结集，还没

---

① 何文焕：《历代诗话》，中华书局1981年版，第264页。
② 同上书，第304页。

183

有冠之以"西昆"二字罢了,否则绝不可能在王禹偁去世短短五年后的时间里西昆体便风靡一时、席卷整个文坛。后世之人之所以推崇王禹偁的"白诗"创作,并不在于王禹偁创作了大量白体诗歌,其实看重的是其在诗中发扬了白居易讽喻诗的传统,关注现实,针砭时弊的现实主义精神和情怀;人们更为感动的是他那种"屈于身兮不屈其道,任百谪而何亏!吾当守正道兮佩仁义,期终身以行之"(《三黜赋》)的高风亮节。相比其白诗创作成就而言,这更能激发人们的心灵共鸣。但正是因为如此,朱熹在《五朝名臣言行录》卷九里才说王禹偁"为文著书,师慕古昔,多治规讽,以是颇为流俗所不容",刚直的性格已经严重影响了时人对他文学创作的认知程度。时人的不称许和自己坚持的白体诗歌的越来越不合时宜,决定了王禹偁在当时难以登上文坛盟主之位。

二 王禹偁远离京城,错过了主持贡举的机会

自唐代科举以来,科举制度与文学就一直有着密切关系。正如今天的高考制度,科举考试一直是士子们读书的指挥棒。宋初科举沿用唐制,仍采用公荐制。考生在考试之前必去拜访当时的名臣望士,以期被荐于主持考试的官员,此谓之公荐。这种做法在终宋一代虽然因难免私人请托之嫌而屡遭宋廷禁止,但一直大行其道。这样一来主考官在录取上有很大的自主权和选择权。考生在考试之前一般都会携文拜访主考官,以期获得主考官对自己文风的认同,一旦得到认同,那么中举的机会就很大。在这种情况下主考官本人的文学喜好自然就成了考生们行文的风向标,司马光在《贡院乞逐路取人状》中就这样写道:

盖以朝廷所差试官,皆率两制、三馆之人,其所好尚,即成

结 语

风俗。在京举人,追趋时好,易知体面,渊源渐染,文采自工。①

由此可见主持贡举的考官对当时文人士子创作方向的影响,正因为如此,宋代文坛上的盟主无不是权知贡举的人物,而且虽然宋代科举考试有严格的"糊名"制度,但是考官在阅卷过程中仍然不可避免地凭个人对文章的好恶去评判考卷,所选拔的人才往往是与自己创作趣味相同的人。以欧阳修为例,为扭转当时的文风,欧阳修利用自己主持贡举的机会,不顾舆论压力,凡涉浮靡者一皆黜落,独取深醇浑厚之作,选拔了一大批诸如曾巩、王安石和苏轼、苏辙两兄弟等文学干将,正是在这些弟子前赴后继的努力之下,北宋文风才得以扭转并彻底发生了改变,北宋文学史上的诗文革新运动也因此高唱凯歌。

与欧阳修一样,在王禹偁死后不久就风靡文坛的"西昆体"的三大领袖杨亿、刘筠和钱惟演也是多次权知贡举。《宋会要辑稿·选举一》记载如下:

> (大中祥符)八年正月十三日,以兵部侍郎、修国史赵安仁权知贡举,翰林学士利瓦伊、知制诰盛度、刘筠权同知贡举,合格奏名进士高梾已下八十九人。
>
> 九年五月四日,诏权停贡举。
>
> 天禧元年五月四日,诏权停贡举。
>
> 三年正月九日,以翰林学士钱惟演权知贡举,枢密直学士王晓、工部侍郎杨亿、知制诰李咨权同知贡举,合格奏名进士

---

① 司马光著,李之亮笺注:《司马温公集编年笺注》(三),巴蜀书社 2009 年版,第 328 页。

程戡已下二百六十四人。

四年五月四日，诏权停贡举。

五年五月三日，诏权停贡举。

天圣元年五月九日，仁宗即位，未改元。诏曰："朕以初绍庆基，……宜令礼部贡院，权住贡举一年。"

仁宗天圣二年正月十四日，以御史中丞刘筠权知贡举，知制诰宋绶、陈尧佐、龙图阁待制刘烨权同知贡举，合格奏名进士吴感已下二百人。

三年五月二日，礼部贡院言："今年贡举，乞赐指挥。"帝曰："去岁放及第人数不少，然而览其程试，多未尽善。今宜权罢贡举，各令励志修学。"宰臣王曾奏曰："前来远郡下第举人方到乡里，今若复许随计，何暇温习事业？"即降诏曰："……其贡举宜令礼部贡院更权住一年。"

五年正月十二日，以枢密直学士刘筠权知贡举，龙图阁直学士冯元、知制诰石中立、龙图阁待制韩亿权同知贡举，合格奏名进士吴育已下四百九十八人。

六年五月十二日，诏权停贡举。

八年正月十二日，以资政殿学士晏殊权知贡举，御史中丞王随、知制诰徐奭、张观权同知贡举，合格奏名进士欧阳修已下四百一人。[1]

从以上材料可以看出，除了中间暂停贡举之外，在从真宗大中祥符八年（1016年）到仁宗天圣八年（1031年）十五年的时间里，每次贡举都有西昆派关键人物参与主持，其中，杨亿、钱惟演、晏

---

[1] 杨家骆编：《宋会要辑本》第九册，台北世界书局1977年版，第4234、4235页。

186

结 语

殊各一次，刘筠三次。杨亿、钱惟演、刘筠等三人是公认的西昆派三大领袖，晏殊虽未能入《西昆集》却仍不失为西昆派的重要人物。[①] 在当时公荐盛行的情形之下，其在当时士子中的地位可想而知。登门拜师以求知的学子必不在少数。在选择之余，其文学倾向也必然对当时旅居京城的文人学子产生巨大影响。而王禹偁就不同，虽然曾"四入掖垣""三掌制诰，一入翰林"，身份显赫，但"一生几日，八年三黜落"；身为翰林学士，却没有机会权知贡举，这一点在王辟之的《渑水燕谈录》和释文莹的《玉壶清话》都有相关记载：

> （王元之）谪黄州，作《三黜赋》以自述。时苏易简知举，适发榜，奏曰："禹偁翰苑名儒，今将全榜诸生送于郊。"上可其奏。诸生别元之。（元之）口占一绝，付状元孙何曰："为我谢苏易简曰'缀行相送我何荣，老鹤乘轩愧谷莺。三入承明不知举，看人门下放诸生。'"[②]

"三入承明不知举，看人门下放诸生"透露着王禹偁虽三入垣掖，但始终未能主持贡举，只能徒羡别人门下诸生云集的无奈。不仅如此，他还三黜三落，在京的时间很短，大部分时间基本都是在京城之外度过。身居京城对有宋一代的文人具有相当重要的意义，司马光云：

> 国家用人之法，非进士及第，不得美官；非善为赋诗论策

[①] 杨庆存：《论北宋前期散文的流派与发展》，《文学遗产》1995年第2期。
[②] 曾枣庄：《宋文纪事》，四川大学出版社1995年版，第73页。

者，不得及第；非游学京师者，不善赋诗论策。以此之故，使四方学士，皆弃背乡里，违去二亲，老于京师，不复更归。①

作为政治文化中心的京城在科举考试中的地位是如此重要，以至四方学子毕生云聚于此。而大部分仕宦时间都在朝廷之外的王禹偁即使"文学才藻，登金马玉堂不难"，但因为长期身居朝堂之外，对当时文人影响力也是微乎其微了。既然无法聚天下学子于身边赋诗吟唱，那主盟一说也就无从谈起。

三 王禹偁性格过于耿直，能够追随他的门生很少

叶适曰："王禹偁文简雅古淡，由上三朝，未有及者，而不甚为学者所称，盖无师友议论故也。"② 欧阳修云：盖自杨、刘唱和，《西昆集》行，后进学者争效之，风雅一变，谓之"昆体"，由是唐贤主集几废而不行。③ 一"无"一"争"，对比鲜明，足见王禹偁诗文并未具备西昆体那样让天下后进争相效仿的强大号召力。王禹偁两知制诰、一入翰林，当其鼎盛之时前来结交之人何其之多，但因其"性狷介，数忤权贵，宦官尤恶之"④ 以致"时交亲从亲密者，循时好恶，不敢私近，惟窦元宾执其手泣于阁门曰：'天乎！得非命欤？公（王禹偁）后以诗谢，略云：'惟有南宫窦员外，为余垂泪阁门前'"⑤，个中亲疏冷暖一看便知。王禹偁自太平兴国八年（983年）考中进士到咸平四年（1001年）去世，经历三黜三落，人生跌

---

① 司马光著，李之亮笺注：《司马温公集编年笺注》（三），巴蜀书社 2009 年版，第 328 页。
② 叶适：《习学记言序目》，中华书局 1997 年版，第 733 页。
③ 欧阳修：《六一诗话》，人民文学出版社 1983 年版，第 7、8 页。
④ 曾枣庄：《宋文纪事》，四川大学出版社 1995 年版，第 73 页。
⑤ 同上书，第 74 页。

结　语

宕起伏，这十八年的大部分时光都身处庙堂之外，在此种情形之下，朝中举足轻重之人自是不愿与他深交，即使有深交的故旧，这个时候也只能是避而远之了。当然我们不能据此否定王禹偁的文学成就，但是由于王禹偁诗文在当时并没有得到师友的响应，更没有得到当世学者的称赞，再加上也没有像欧阳修那样拥有一批"继出而羽翼之"的门徒，因此不但不能主盟一时，而且没有"余音绕梁"，下面两则材料很能说明问题：

> 晁以道《与三泉李奉议书》：本朝王元之之后晏公，晏公之后欧阳公，欧阳之后东坡，皆号一代龙门。其门下洒扫应对之士，后为名公卿将相者，不可胜数也。[①]
>
> 《郡斋读书志》卷一九：……元之辞学敏瞻，独步一时，锋气俊厉，极谈世事，臧否人物，以直道自任，故屡被摈弃，喜称奖后进，当世名士，多出其门下。[②]

这两则史料都说王禹偁不但门人多，而且都是名人。这似乎是王禹偁不是主盟的反证。但是问题在于当时王禹偁门下的名士到底有哪些人，他们是否推崇王禹偁并将其文学风格发扬光大呢？这些都是值得探讨的问题。

在探讨这个问题之前，先谈谈欧阳修的师生情况。嘉祐元年（1056年）苏洵、苏轼、苏辙三父子进京赶考，在考试之前都曾经携文登门拜访当时的主考官欧阳修，他们的文风得到了欧阳修的大加赞赏。在欧阳修的颂扬、推荐之下，父子三人的文章迅速风靡京城，

[①] 厉鹗：《宋诗纪事》，上海古籍出版社1983年版，第85—88页。
[②] 曾枣庄：《宋文纪事》，四川大学出版社1995年版，第72页。

苏轼、苏辙两兄弟都在随后欧阳修主持的科举考试高中进士,苏洵也被欧阳修推荐给了当时的宰相韩琦,"宰相韩琦见其书,善之,奏于朝,召试舍人院,辞疾不至,遂除秘书省校书郎"[①]。欧阳修也正式收苏轼、苏辙为门生,在此之前欧阳修还收了一个学生——曾巩,另外还有王安石,这几个人后来都名忝唐宋八大家之列,可见他们的成就之大。苏轼在《居士集叙》就描述了欧阳修在文坛上强大的影响力:

(韩)愈之后,三百有余年而后得欧阳子,其学推韩愈、孟子,以达于孔氏,着礼乐仁义之实,以合于大道。其言简而明,信而通,引物连类,折之于至理,以服之人心,故天下翕然师尊之。自欧阳子之存,世之不说者。哗而功之,能折困其身,而不能屈其言。士无贤不肖,不谋而同曰:"欧阳子,今之韩愈也。"

宋兴七十余年,民不知兵,富而教之,至天圣、景祐极矣,而斯文终有愧于古。士亦因陋守旧,论卑气弱。自欧阳子出,天下争自濯磨,以通经学古为高,以救时行道为贤,以犯颜纳谏为忠。长育成就,至嘉祐末,号称多士。欧阳子之功为多。呜呼,此岂人力也哉?非天其孰能使之!

欧阳子没十有余年,士始为新学,以佛老之似,乱周孔之真,识者忧之。赖天子明圣,诏修取士法,风厉学者专治孔氏,黜异端,然后风俗一变。考论师友渊源所自,复知诵习欧阳子之书。[②]

[①] 脱脱:《宋史》,中华书局 1977 年版,第 13097 页。
[②] 苏轼:《苏东坡全集》上册,台北世界书局 1964 年版,第 279 页。

结　语

　　这段文字从三个角度论述了欧阳修的功绩：一是"士无贤不肖，不谋而同曰：'欧阳子，今之韩愈也'"，肯定了欧阳修继承与韩愈一脉相承的文学思想；二是"长育成就，至嘉祐末，号称多士。欧阳子之功为多"，说明了欧阳修在培养文坛新人方面的功劳；三是欧阳修的成就影响深远，文学成就天下公认。总之，无论从文学主张还是从文学成就来说，欧阳修在当时可谓是举世公认的一代文坛盟主，具有登高一呼、天下便云集回应的号召力。其后他的门生曾巩、王安石、苏轼等一大批干将接过欧阳修古文革新的大旗，继续摇旗呐喊，高歌猛进，将宋代古文推向了一个新的阶段，彻底完成了北宋古文革新运动。

　　以此反观王禹偁，实在不敢妄断他就是当时的文坛盟主。倒不是说王禹偁没有门生，也不是说他的门生里面一个名士也没有，而是说无论从门生数量还是从他们的文学成就、后世影响及师生事业相承来看，王禹偁是远远不如欧阳修的。王禹偁门生情况到底如何呢？其《答郑褒书》曰：

> 　　天下举人日以文凑吾门，其中杰出者群萃者，得富阳孙何、济阳丁谓而已。吾常以其文夸大于宰执公卿间。有业荒而行悖者既疾孙何、丁谓之才，又忿吾之无曲誉也，聚而造谤焉。……明年，孙、丁俱取高第，……有进士林介者，食于吾家七年矣，私谓吾曰："今兹诏罢贡举而足下出郡，进士皆欲疾走滁上以文求知。"吾谓介曰："为吾谢诸公，慎勿来滁上。吾不复议进士之臧否以贾谤矣！……不如绝之可也。"介亦以为然。既登舟中，夕思之心又甚悔。……下车以来，有进士皆接焉。数日前得生书读之，因自贺："向如前谋，则失郑矣！"洎与生晤，见生言讷而貌庄，气和而心谨，吾益自喜于得生也。

退而阅其文，句辞甚简，理甚正，虽数千百言无一字冗长耳。吾欲生谒滁之僚属，生固拒吾曰："某数千里来所求见者唯执事耳，诣他人非本志。"……以生之文高行修如此而患无所立，吾不信矣！

从这段材料看，投文于王禹偁门下的举人数量很多，但并不是所有前来投文的举子都能得到王禹偁的赏识。在众多举子中，王禹偁唯认为孙何、丁谓二人是出类拔萃者，其诗曰："三百年来文不振，直从韩柳到孙丁。如今便可令修史，二子文章似六经。"[①] 极力赞美之余还将两个人推荐当时的宰执公卿，时人号之为"孙丁"。除此二人之外，一"自贺"一"自喜"亦足见王禹偁对郑褒的赏识，他认为郑褒行文"直得古人述作之旨"，"文高行修"，来日必有大成。从这些表述来看，这三个人可以说王禹偁的得意高徒了，是王禹偁寄予厚望的，但这三个人是不是像曾巩、王安石、苏轼等人那样继承老师事业并将之发扬光大呢？下面我们分别予以分析。

不负王禹偁厚望，孙何、丁谓于宋太宗淳化三年（992年）同中进士，孙何为状元，丁谓位列第四；郑褒则于真宗咸平元年（998年）登孙仅榜甲科进士。但后面事情的发展是王禹偁始料不及的。郑褒刚刚登第还未等到朝廷任命就猝然离世，一颗韩愈之星就此陨落；而孙何也在王禹偁死后的第三年（1004年）因操劳过度，和他师父一样死于官任上，此二人自是无法在继承发扬老师事业上有所建树。而寿命最长的丁谓"有才智，然多希合，天下以为奸邪，及稍进用，即启导真宗以神仙之事，又作玉清昭应宫，耗

[①] 司马光：《涑水记闻》卷二，中华书局1989年版，第39页。

结　语

费国帑，不可胜计"①。虽然官至丞相，却醉心于权谋。在王禹偁在世之时就和自己的老师发生了分歧，王禹偁《答丁谓书》云：

> 今谓之（丁谓字）第一进士，得一中允，而欲与世浮沉，自堕于名节，窃为谓之不取也。又谓吾之去职，由高亢刚直者。夫刚直之名，吾诚有之。盖嫉恶过当而贤不肖太分，亦天性然也，而又齿少气锐，勇于立事。今四十有三矣，五年之中，再被斥弃，头白眼昏，老态且具，向之刚直，不抑而自衰矣。孟子四十心不动养浩然之气，先师五十而读易，可以无大过。吾将从事于兹。谓吾高亢，则无有也。何哉？吾为主簿一年，奔走事县令。为县令三年，奔走事郡守。郡守即柴谏议成务也，县令即崔著作惟宁也，今皆存焉，可问而后知也。在三馆两制时，倍吾年者皆父事之，长吾十年、五年者皆兄事之。如是而谓之高亢，吾其如何哉？是盖以成败为是非、以炎凉为去就者谓之云。当吾在内庭掌密命，亲我者不曰予高亢刚直将不容于朝矣！又不当面折某人邪！不当庭争某事邪！及吾退而有是说，非知我者也。

这显然是师徒二人在做人道德上起了纷争，丁谓不但自甘沉沦、与世沉浮，而且对王禹偁的高亢刚直也颇有微词，在王禹偁看来这无疑是以成败论是非、以炎凉谈去就，是不足取的，至此师徒二人在人格上已经走到了对立面。不但如此，丁谓的文学创作也走上西昆体的道路②，无论是做人还是作文，丁谓都已背离了王禹偁的一贯

---

① 魏泰：《东轩笔录》卷二，中华书局1983年版，第15页。
② 杨庆存：《论北宋前期散文的流派与发展》，《文学遗产》1995年第2期。

做法和主张。从苏轼对欧阳修的推崇来看，如果王禹偁的确是当时文坛盟主，那么我们在他最得意的门生丁谓、孙何现存的诗文中看不到颂扬王禹偁的文字是难以让人理解的，我们只能说王禹偁在当时文坛还未具备足够的影响力，孙何、丁谓和郑褒这三个王禹偁的得意门生也没有将师傅的事业发扬光大。既没有师友的称赞，又没有门生的继承发扬，也是王禹偁不能像欧阳修那样成为一代文坛盟主的重要原因。

尽管如此，曾经三掌制诰的王禹偁"所倡导的'韩柳文章李杜诗'，作为太宗朝文学的尾声，却为庆历以后的文学复古高潮做了重要的铺垫，而'翰林王公'的道德文章与学士品格也被后来的翰苑词臣反复提起，遗风余烈流传不绝"[①]。

---

① 陈元锋：《宋太宗朝翰林学士述论》，《文学遗产》2010年第4期。

参考文献

一 著作

蔡镇楚:《中国古代文学批评史》,岳麓书社1999年版。

晁公武著,孙猛校:《郡斋读书志校正》,上海古籍出版社2011年版。

晁瑮:《晁氏宝文堂书目》,上海古籍出版社2005年版。

陈平原:《中国散文小说史》,北京大学出版社2010年版。

陈友冰:《新时期中国古典文学研究述论》,商务印书馆2008年版。

陈柱:《中国散文史》,江苏文艺出版社2008年版。

丁傅靖:《宋人轶事汇编》,中华书局1981年版。

丁日昌:《持静斋书目》,上海古籍出版社2008年版。

董诰:《全唐文》,中华书局1983年版。

范邦甸:《天一阁书目》,上海古籍出版社2010年版。

封演、赵贞信:《封氏闻见记校注》,中华书局1958年版。

冯志弘:《北宋古文运动的形成》,上海古籍出版社2009年版。

傅增湘:《藏园群书经眼录四》,中华书局2009年版。

高步瀛:《唐宋文举要》,上海古籍出版社1982年版。

龚延明:《宋代官制词典》,中华书局1997年版。

古曙光:《韩愈诗歌宋元接受史研究》,安徽大学出版社2009年版。

［德］顾彬、梅绮雯等：《中国古典散文》，华东师范大学出版社 2008 年版。

郭璞注：《尔雅》，浙江古籍出版社 2011 年版。

郭绍虞：《中国历代文论选》，上海古籍出版社 2001 年版。

郭绍虞：《中国文学批评史》，百花文艺出版社 2008 年版。

郭绍虞、罗根泽：《中国古典文学理论批评专著选辑》，人民文学出版社 1959 年版。

郭象、成玄英：《庄子注疏》，中华书局 2011 年版。

郭预衡：《中国古代文学史长编》，上海古籍出版社 2007 年版。

郭预衡：《中国散文史》，上海古籍出版社 1986 年版。

何寄澎：《唐宋古文新探》，北京大学出版社 2010 年版。

何文焕：《历代诗话》，中华书局 1981 年版。

何玉兰：《宋代赋论及作品散论》，巴蜀书社 2002 年版。

赫广霖：《宋初诗派研究》，齐鲁书社 2008 年版。

胡仔：《苕溪渔隐丛话前集》，人民文学出版社 1962 年版。

霍松林：《文艺散论》，中国社会科学出版社 1981 年版。

贾谊：《贾谊集》，岳麓书社 2010 年版。

江少虞：《宋朝事实类苑》，上海古籍出版社 1981 年版。

姜光斗：《中国古代文学》，华东师范大学出版社 2009 年版。

姜书阁：《中国文学史纲要》，浙江大学出版社 2006 年版。

金开诚、葛兆光：《古诗文要籍叙录》，中华书局 2005 年版。

李焘：《续资治通鉴长编》，中华书局 1992 年版。

李龙生：《道家及其对文学的影响》，岳麓书社 2005 年版。

厉鹗：《宋诗纪事》，上海古籍出版社 1983 年版。

厉锷辑：《宋诗纪事》，上海古籍出版社 1983 年版。

利瓦伊：《诗史》，东方出版社 1996 年版。

参考文献

林纾：《春觉斋论文》，人民文学出版社1959年版。

刘培：《北宋辞赋研究》，山东人民出版社2009年版。

刘勰著，范文澜注：《文心雕龙》，人民文学出版社1958年版。

刘昫：《旧唐书》，中华书局1975年版。

刘衍：《中国古代散文史》，高等教育出版社2004年版。

刘扬忠、王兆鹏等：《宋代文学研究年鉴》，武汉出版社2005年版。

刘扬忠、王兆鹏等：《宋代文学研究年鉴》，武汉出版社2009年版。

刘永济：《文心雕龙校释》，中华书局2007年版。

刘真伦、岳珍：《韩愈文集汇校笺注》，中华书局2010年版。

吕肖奂：《宋诗体派论》，四川民族出版社2002年版。

马端临：《文献通考》，中华书局1986年版。

马积高、黄钧：《中国古代文学史》，人民文学出版社2009年版。

马茂军：《宋代散文史论》，中华书局2008年版。

欧阳修：《六一诗话》，人民文学出版社1983年版。

欧阳修：《欧阳修全集》，中国书店1986年版。

欧阳修、宋祁：《新唐书》，中华书局1999年版。

潘守皎：《王禹偁评传》，齐鲁书社2009年版。

漆侠：《宋学的发展和演变》，人民文学出版社2011年版。

钱基博：《中国文学史》，中华书局1993年版。

钱泳：《履园丛话》，中华书局1979年版。

钱曾：《读书敏求记校证》，上海古籍出版社2007年版。

钱钟书：《宋诗选注》，人民文学出版社1982年版。

邵伯温：《邵氏闻见录》，中华书局1983年版。

沈治宏、王蓉贵：《中国地方志宋代人物数据索引》，四川辞书出版社1997年版。

释文莹：《玉壶清话》，中华书局1984年版。

司马光：《资治通鉴》，中华书局1956年版。

司马光、邓广铭：《涑水记闻》，中华书局1989年版。

司马光著，李之亮笺注：《司马温公集编年笺注》，巴蜀书社2009年版。

司马迁：《史记》，上海古籍出版社2011年版。

司义祖：《宋大诏令集》，中华书局1962年版。

苏轼：《苏东坡全集》，中国书店1986年版。

苏轼：《苏轼全集》，（台北）世界书局1964年版。

孙梅、李金松：《四六丛话》，人民文学出版社2010年版。

孙望、常国武等：《宋代文学史》，人民出版社1996年版。

脱脱：《宋史》，中华书局1977年版。

王辟之、吕友仁：《渑水燕谈录》，中华书局1981年版。

王岚：《宋人文集编刻流传丛考》，凤凰出版社2003年版。

王琳：《山东分体文学史》，齐鲁书社2005年版。

王世禛：《带经堂诗话》，人民文学出版社1963年版。

王水照：《历代文话》，复旦大学出版社2007年版。

王水照：《首届宋代文学国际研讨会论文集》，复旦大学出版社2001年版。

王水照：《新宋学》第二辑，上海辞书出版社2003年版。

王水照：《新宋学》第一辑，上海辞书出版社2001年版。

王禹偁：《小畜集》，四部丛刊本，商务印书馆1937年版。

王禹偁：《小畜外集》，四部丛刊本，商务印书馆1937年版。

王云五：《丛书集成初编》，商务印书馆1939年版。

王云五：《丛书集成续编》，（台北）新文丰出版公司1991年版。

王运熙、顾易生：《中国文学批评史新编》，复旦大学出版社2001年版。

参考文献

王重民：《中国善本书目提要》，上海古籍出版社1983年版。

魏泰：《东轩笔录》，中华书局1983年版。

吴楚材、吴调侯：《古文观止》，上海古籍出版社2006年版。

吴处厚：《青箱杂记》，中华书局1985年版。

吴洪泽、尹波：《宋人年谱丛刊》，四川人民出版社2003年版。

吴之振：《宋诗钞》，中华书局1986年版。

西渡：《名家读宋元明清诗》，中国计划出版社2005年版。

萧统：《文选》，西苑出版社2003年版。

萧统编，李善注：《文选》，中华书局1977年版。

徐规：《王禹偁事迹著作编年》，商务印书馆2003年版。

许慎著，段玉裁注：《说文解字》，上海古籍出版社1988年版。

严可均：《全上古三代秦汉三国六朝文》，中华书局1958年版。

杨家骆编：《宋会要辑本》，（台北）世界书局1977年版。

杨庆存：《宋代散文研究》，人民文学出版社2002年版。

杨庆存：《宋代文学论稿》，复旦大学出版社2007年版。

杨仲良：《续资治通鉴长编纪事始末》，北京图书馆出版社2003年版。

姚鼐：《古文辞类纂》，西苑出版社2003年版。

叶适：《习学记言序目》，中华书局1997年版。

永瑢：《四库全书简明目录》，上海古籍出版社1985年版。

永瑢：《四库全书总目》，中华书局1965年版。

曾国藩：《曾国藩诗文集》，上海古籍出版社2005年版。

曾枣庄：《宋代文学与宋代文化》，上海人民出版社2006年版。

曾枣庄：《宋文纪事》，四川大学出版社1995年版。

詹锳：《文心雕龙义证》，上海古籍出版社1989年版。

张海鸥：《北宋诗学》，河南大学出版社2007年版。

张海鸥：《宋代文化与文学研究》，中国社会科学出版社 2002 年版。

张炯、邓绍基等：《中华文学通史》，江苏文艺出版社 2011 年版。

张明华：《西昆体研究》，人民文学出版社 2010 年版。

张兴武：《宋初百年文学复兴的历程》，中华书局 2009 年版。

张延杰：《宋代文学国际研讨会论文集》，宁夏人民出版社 2005 年版。

张毅：《宋代文学思想史》，中华书局 2004 年版。

张之洞：《书目答问二种》，生活·读书·新知三联书店 1998 年版。

赵汝愚：《宋朝诸臣奏议》，上海古籍出版社 1999 年版。

赵升：《朝野类要》，中华书局 2007 年版。

周密：《齐东野语》，中华书局 1983 年版。

朱东润：《中国文学批评史大纲》，上海古籍出版社 2005 年版。

朱世英、方遒等：《中国散文史学通论》，安徽教育出版社 1995 年版。

朱迎平：《宋文论稿》，上海财经大学出版社 2003 年版。

祝尚书：《宋代文学探讨集》，大象出版社 2007 年版。

庄绰、萧鲁阳：《鸡肋编》，中华书局 1983 年版。

左丘明著，杨伯峻注：《春秋左传注》，中华书局 2009 年版。

二　期刊

陈瑞生：《王黄州和他的〈黄冈竹楼记〉》，《语文教学与研究》1982 年第 5 期。

陈元峰：《宋太宗朝翰林学士述论》，《文学遗产》2010 年第 4 期。

陈植锷：《试论王禹偁与宋初诗风》，《中国社会科学》1982 年第 2 期。

池泽滋子：《论丁谓与王禹偁的交往》，《江苏文史研究》1998 年第

3 期。

傅蓉蓉：《杨亿与王禹偁诗学思想之离合及西昆体之诞生》，《中国韵文学刊》2001 年第 2 期。

葛晓音：《北宋诗文革新的曲折历程》，《中国社会科学》1989 年第 2 期。

何沛雄：《宋代古文家的"尊韩"》，《清华大学学报》2002 年第 1 期。

梁道理：《试论宋代古文运动中的两条路线》，《陕西师范大学学报》（哲学社会科学版）1984 年第 1 期。

刘娜：《从〈黄州新建小竹楼记〉窥探王禹偁的散文风格》，《现代语文》2009 年第 1 期。

墨铸：《试论王禹偁的诗歌创作》，《柳泉》1983 年第 3 期。

墨铸：《王禹偁略论》，《东岳论丛》1982 年第 5 期。

墨铸：《王禹偁农村田园诗浅议》，《牡丹》1983 年第 6 期。

墨铸：《王禹偁三次谪官缘由》，《东岳论丛》1985 年第 1 期。

墨铸：《王禹偁散文创作特色散论》，《文苑纵横谈》1983 年第 3 期。

潘守皎：《王禹偁与晁迥的文学交游》，《山东大学学报》2008 年第 1 期。

唐衡：《年谱和著作系年的结合》，《读书》1983 年第 7 期。

陶尔夫：《掀开两宋词坛帷幕的重要诗篇》，《文史哲知识》1983 年第 5 期。

田景丽：《杨亿与王禹偁交游及诗学继承》，《河南商业高等专科学校学报》2008 年第 1 期。

王文涓：《王禹偁散文的分类评析》，《太原师范学院学报》（社会科学版）2007 年第 4 期。

王文涓：《王禹偁散文的人格呈现与审美追求》，《太原师范学院学报》

2006 年第 6 期。

王延梯：《本与乐天为后进：王禹偁与白居易的师承关系》，《菏泽师专学报》1991 年第 1 期。

王延梯：《王禹偁的杂文艺术》，《理论学刊》1991 年第 6 期。

王延梯：《王禹偁杂文的思想意义》，《临沂师专学报》1997 年第 5 期。

王延梯：《王禹偁政论文刍议》，《烟台大学学报》1992 年第 3 期。

王延梯、肖培：《王禹偁的辞赋观和辞赋创作》，《齐鲁学刊》1997 年第 3 期。

吴振华：《序体溯源及先唐诗序的流变过程》，《学术月刊》2008 年第 1 期。

杨庆存：《论北宋前期散文的流派与发展》，《文学遗产》1995 年第 2 期。

尹恭弘：《对〈试论王禹偁与宋初诗风〉的意见》，《中国社会科学》1983 年第 1 期。

曾枣庄：《论宋代律赋》，《文学遗产》2003 年第 5 期。

曾枣庄：《论王禹偁与孙何、丁谓的关系》，《菏泽学报》2010 年第 4 期。

曾枣庄：《以序名篇，文非一体》，《古典文学知识》2011 年第 4 期。

张小明：《王禹偁对杜甫诗歌结构和语言的学习》，《黄山学院学报》2006 年第 1 期。

张忠纲：《王禹偁——两宋尊杜第一人》，《齐鲁学刊》2004 年第 1 期。

周尚义：《宋代贬谪诗文的高旷情怀述论》，《湖南社会科学》2002 年第 6 期。

三　硕博学位论文

程秀利：《王禹偁散文研究》，硕士学位论文，兰州大学，2007 年。

参考文献

林岩:《北宋科举与文学之研究》,博士学位论文,复旦大学,2002年。

刘培:《北宋初中期辞赋研究》,博士学位论文,山东大学,2002年。

龙理鹏:《王禹偁及其散文研究》,硕士学位论文,湘潭大学,2008年。

宁俊红:《二十世纪中国古代散文研究史》,博士学位论文,复旦大学,2002年。

彭金海:《王禹偁成为北宋诗文革新运动先驱原因初探》,硕士学位论文,广西大学,2008年。

附录一 王禹偁作品书目提要

1. 郑振铎《劫中得书记》，上海古籍出版社 2006 年版。

2. 缪荃孙《艺风藏书记》，上海古籍出版社 2007 年版，第 137 页。

小畜外集七卷，原本二十卷见《书录解题》，今存七卷至十三卷，首尾均有缺页。吾友章小雅手抄本，贤兄硕卿复校过。章氏手跋曰："甲午嘉平十九、二十两日，用桐乡汪氏藏抄本校。"为兵注：甲午，光绪年号，即 1894 年。

《艺风藏书记续》，第 410 页，小畜集诗钞二卷，胡菊圃手抄本，菊圃名重，浙江平湖人，上编二卷即吴氏《宋诗钞》，下编六卷就原集补《宋诗钞》之未录，又《补遗》一卷。前辈用功如是。

3. 傅增湘《藏园群书经眼录四》，中华书局 2009 年版，第 1120 页。王黄州小畜外集二十卷，宋王禹偁撰，存卷七至十三卷，宋刊本，半页十一行，版心记刊工姓名。按：此书刻工古厚，版式阔大，避桓字讳，则为南宋初刊本审矣。（日本静嘉堂文库藏书，己巳十一月十三日阅）

王黄州小畜集三十卷，宋王禹偁撰，清乾隆二十五年赵熟典爱日堂刊本。黄丕烈据宋本较，有跋。吴翌凤据抄本校，有跋。张绍

附录一　王禹偁作品书目提要

仁据吾砚斋抄本较,有跋。(藏园收得,癸亥)

1121页:小畜集三十卷,宋王禹偁撰。明写本,十一行二十字。序可补抄本缺佚数字。有"叶氏藏书"朱文方印,疑录竹堂故物也。(直隶书堂送阅,丙寅)

王黄州小畜集三十卷,宋王禹偁撰。旧写本,十一行二十字。后有绍兴十七年黄州契勘造此书公文,具载纸板墨价,后列官衔八行。末并录万历庚戌谢肇淛跋,言从内府宋本钞出者。钤有"蒋长泰学山氏收藏记""元龙""蒋曰翁""春雨秘籍""春雨赏鉴过物"各印。(丙子收得)

王黄州小畜集三十卷,宋王禹偁撰。旧写本,十行二十字。前有咸平三年十二月自序,后有绍兴丁卯历阳沈虞卿序。又绍兴十八年黄州契勘文及刊资官衔。又万历庚三月望日戌谢肇淛跋。(丙寅)

王黄州小畜集三十卷,宋王禹偁撰。清倪氏经鉏堂绿格写本,九行二十一字。有绍兴戊辰六月历阳沈虞卿序。(徐梧生书藏,乙丑)

王黄州小畜集三十卷,宋王禹偁撰。绿格旧写本,经鉏堂校录,九行二十一字。钤有汲古阁、顾千里、翁覃溪印,皆伪。(瑞安杨志林寄来。乙丑)

1122页:王黄州小畜集三十卷,宋王禹偁撰。清写本,曹炎据宋本较正,有曹彬侯炎藏印。(涵芬楼藏。己未)

王黄州小畜集三十卷,宋王禹偁撰。耘业山房写本,十行二十字。钤印列后:章氏子栢过目。章紫伯所藏、杨灏之印,继梁、席后滉字次韩、东吴席氏珍藏图书。又"国子监"大官印、"光绪戊子湖州陆心源捐送国子监之书匦藏南学"朱文木记、"前分巡广东高廉道归安陆心源捐送国子监书籍"白文长印。(邃雅斋送阅,乙亥)

4. 王文进《天禄堂访书记》,上海古籍出版社2007年版,第278页。王黄州小畜集三十卷,宋王禹偁撰,清初抄本,宋漫堂钞本。半叶十行，行二十二字，蓝格。版心下刊"漫堂钞本"四字。绍兴丁卯沈虞卿序，有"鸣野山房藏"印。

5. 钱曾《读书敏求记校证》，上海古籍出版社 2007 年版，第 385 页。王黄州小畜集三十卷　原校：《直斋》云外集二十卷，其曾孙汾哀辑遗文，得三百四十首。又有《承明集》十卷、《奏议集》三卷、《后集诗》三卷，未见。

案：《宋史·艺文志》无《奏议集》、《后集诗》，而有别集十六卷。陈鳣云《汲古阁数目》云王黄州小畜集三十卷，八本，影宋抄，有钱宗伯朱笔字及赵清常题识。

张氏《藏书志》云小畜集三十卷，宋刊配旧抄本，宋王禹偁撰。有自序及绍兴丁卯沈虞卿镂板序。后附纸墨工价及校正监造衔名八行。卷十二至卷十六，卷十八至卷二十四，宋宋绍兴刊本，余俱旧抄本，旧抄本板心有"五字吾砚斋补钞"。《述古目》注"钞"字。"补"黄录《采遗》云（王禹偁自序）。

黄州契勘小畜集，文章典雅，有益后学。旧本计一十六万三千八百四十八字，绍兴十七年申明雕造，开板之不苟如此，是本后有嘉靖乙丑岳西道人复初跋语，藏于栩栩斋。钰案：此书后入《皕宋志》。复初跋云得之沈辨之。陆心源得沈本校赵熟典所刊据宋椠钞补本，成校初二卷。又有北宋本《小畜集外集》，卷六末页起卷十三止，后有"嘉靖二年闰四月二十二日野竹斋裱完"一行，别见《仪顾堂集》。

补：周星诒云：诒于丙寅得王晚闻校本，续得影宋本续集。蒋凤藻云，两本皆归于予。

6. 孙星衍《平津馆鉴藏记书籍》，上海古籍出版社 2008 年版，第 102 页。王黄州小畜集卅卷，前有绍兴戊辰沈虞卿序，后有绍兴十七年黄州刊书契勘衔名。洪颐煊曰：末记"印书纸并副板四百四十八张，裱褙碧纸一十一纸，大纸八张，共钱二百六文足。赁板棕墨钱五百文足。装印工食钱四百三十文足。除印书纸外，共计钱一千一百三十文足。见成出卖每部价五贯"文。可省宋时印书工价如此。

晁氏《读书志》、陈氏《书录解题》，《小畜集》卅卷有王禹偁自序，《书》本又有《外集》廿卷，此本皆无之。此从南宋黄州刊本影写，每页十六行，行廿三字。

孙氏祠堂书目：小畜集三十卷，宋王禹偁撰，影宋写本。

7. 丁立中《八千卷楼书目》中册，国家图书馆出版社2009年版，第302页。小畜集三十卷，外集七卷，宋王禹偁撰，经鉏堂钞本，乾隆刊本，抄外集本，珍仿宋版印。

8. 丁日昌《持静斋书目》，上海古籍出版社2008年版，第421页。小畜集三十卷，外集七卷，宋王禹偁撰。注：明初刊本无外集。此集世所罕见，虽间有讹伪，然胜赵氏本也。

9. 刘琳、沈治宏《现存宋人著述总录》，巴蜀书社1995年版。王黄州小畜集三十卷，宋绍兴十七年黄州刻递修本（北京）。

清乾隆二十五年太平赵熟典爱日堂刻本，清·吴翌凤、黄丕烈、张绍仁校有跋。

四部丛刊·集部，据宋刻配吕无党抄本影印，附张元济札记一卷。

王黄州小畜外集二十卷（卷七至十三卷）南宋初刻本要，日本静嘉堂文库。

10. 王延梯《王禹偁诗文选集》，人民文学出版社1993年版，王禹偁诗集编年笺注。

11. 张之洞《书目答问二种》卷四·集部，生活·读书·新知三联书店1998年版，第209页。小畜集三十卷，外集七卷，宋王禹偁撰。聚珍本，福本，平阳赵氏刻本无外集。广州局重刻聚珍本，四部丛刊影印经鉏堂钞本三十卷，又影印影写本外集七卷。

415页：小畜集三十卷，外集七卷，宋王禹偁撰，乾隆丁丑平阳赵氏刻本，无外集。

12. 张人凤《张元济古籍书目序跋汇编》，涵芬楼烬余书录，商务印书馆2003年版，第675页。王黄州小畜集三十卷，抄本四册。据宋本校，钱遵王曹彬侯徐紫珊旧藏。前有绍兴丁卯历阳沈虞卿序，卷一、二，赋；卷三至十三，诗；卷十四至三十，文。无外集。昔人以宋本校勘，并记行款。藏印：虞山钱曾遵王藏书、曹彦印、彬侯、徐豫、上海徐豫石史收藏书画金石经籍记、石史所藏金石书画记、曾为徐紫珊所藏、诗礼传家、无求于世。

13. 邵懿辰《增订四库简明目录标注》，上海古籍出版社1959年版，第682页。小畜集三十卷，外集七卷，宋王禹偁撰。明以来但有写本，近及有平阳赵氏刻本。外集三十卷，为其曾孙汾所编，久佚不传。此本为河间纪氏阅微草堂所藏，仅有第七卷至十三卷。宋绍兴十七年刻于黄州，知府沈虞卿为后序，并间开载工价，计五百三十二板，一十六万三千八百四十八字，影宋抄本，有嘉靖乙丑岳西道人复初跋，又有万历庚戌谢肇淛跋。平阳赵氏刊本，无外集，振绮堂有抄本三十卷，平津馆有影宋抄本正集三十卷。

683页：徐积余藏影宋抄本，十一行二十字，后附纸墨工价及校正监造衔名八行。张氏有不全本十二卷，吾砚斋旧钞补足。东安影刊本，见钱竹汀集中序。八千卷楼有经鉏堂钞本，清乾隆二十二年爱日堂刊本，四部丛刊本。

14. 潘树广《古典文学文献及其检索》，陕西人民出版社1984年版，第90页。小畜集三十卷附札记，四部丛刊影印宋刊配吕无党抄本。第一次用经鉏堂写本，重印时改用此本，重印时改用此本，此本佳。小畜集外集残本七卷，四部丛刊影印宋写本，第一次影印无苏颂原序，重印时补入。

附录一　王禹偁作品书目提要

15. 王重民《中国善本书目提要》，上海古籍出版社1983年版，第510页。小畜集三十卷六册，清乾隆间刻本，十一行二十二字（21.5×15.5）此本有眉校，颇工颇详。所据本一称宋钞，一称怡钞，卷十六至二十又据四库原抄本校。小畜集有绍兴十七年黄州刻本，流传不广，明清以来，转相抄录，要皆以黄州本为祖。黄丕烈得补钞宋本，谓宋刻居三之一，堪傲汲古阁，似已不存。陆心源得明野竹斋抄本，曾为跋，记其异同，载《仪顾堂题跋》卷十；后又校赵熟典刻本，为《校补》二卷，刻入《群群书校补》卷六十八、六十九。此所据宋钞，"当为宋钞"，仅存卷一至卷十一《赠王殿院同年诗》；怡钞不知何谓？殆为怡府抄本欤？其异同多与四部丛刊影印经鉏堂钞本合。则眉校颇为有据，若多录成书，所得可倍于陆氏。惜校者惜墨如金，竟不留一行姓氏，卷端有：奇文共欣赏、开卷有益、半柏独秀书屋珍藏等三印记。赵熟典序，乾隆二十五年1760年，沈虞卿序，绍兴十七年（1147年）。

附录二　王禹偁《滁州全椒县宝林寺重修大殿碑》考证一则

王禹偁碑文《滁州全椒县宝林寺重修大殿碑》序有"因效元相桐柏观体，韵而书之"（《小畜集》十七卷，商务印书馆1937年版，第235页）等语，其中"元相桐柏观体"颇让人困惑。

从文意看，"元相"当指人，"桐柏观体"应为其所作的一种碑文模式并为王禹偁所效仿。为了弄清楚"元相桐柏观体"的含义，我们先从桐柏观入手。

桐柏观即浙江台州桐柏宫，"唐景云二年，为司马承祯建，然梁沈约有《桐柏山金庭观碑记》，则唐以前先有之矣。至太和、咸通之间，道士徐灵府、叶藏质新之，元微之、刘处静为记。五代开平中，先武肃王重建，名桐柏宫。至宋大中祥符元年，又改名崇道观……洪武间重建，永乐中又加新之。其时尚有唐人碑刻，如《崔尚碑颂》，韩择木八分书"（钱泳《履园丛话》，中华书局1979年版，第488—499页）。由此可知，桐柏观至五代始称桐柏宫，宋大中祥符元年（1008年）又以观名，而此时王禹偁（954—1001年）早已去世多年，从这一点来说，王禹偁效仿五代或者宋代以桐柏观命名的碑文的可能性不大，那么"元相"就极有可能是五代以前之人。

附录二　王禹偁《滁州全椒县宝林寺重修大殿碑》考证一则

从上面史料记载来看，在五代之前给桐柏观撰写碑记的有沈约、元微之、刘处静和崔尚。其中，沈约，字休文；刘处静字道游，处静又作玄静、玄靖，无论从姓名和字讳来看都跟"元相"没有关系，故这两个人可以排除，那"元相"的最可能人选就在崔尚和元微之两人之间。

崔尚，登久视（武则天年号）六年进士第，唐玄宗时官祠部郎中，新旧唐书中均没列传，名讳无所考，但从碑文形式来看，王禹偁《滁州全椒县宝林寺重修大殿碑》以铭为主，序为辅，铭有304字，序为87字，铭的篇幅远远超过序；而崔尚所撰《唐天台山新桐柏观颂颂并序》（《全唐文》，中华书局1983年版，第3089页），序洋洋洒洒1171字，而铭却只有寥寥110个字，这种结构形式明显与王禹偁碑文不同，故王禹偁不可能效法崔尚，元相也不可能是崔尚。

那"元相"是元微之的可能性最大，而且这种可能性的理由也最充分。据查，元微之即是元稹，"元稹，字微之，……与太原白居易友善。工为诗，善状咏风态物色，当时言诗者，称元、白焉。自衣冠士子，至间阎下俚，悉传讽之，号为'元和体'"（刘昫《旧唐书·元稹传》，中华书局1975年版，第4334页，下同）。王禹偁诗学白居易，在北宋初期"白体诗"派作家中成就最高，从这一点来说，他在学习白居易的同时不可能不去关注与白居易同为"元和体"诗人的元稹，学习元稹的行文之法并为己所用也与王禹偁"宗白"精神相吻合，这是其一；其二，元稹的《重修桐柏观记》（《全唐文》，中华书局1983年版，第6646页）铭文有269字，而序则只有26字，铭的篇幅远远超过序的部分，王禹偁的碑文结构布局与之高度相似，都是典型的铭繁序简结构；其三，从"稹初罢相，三司狱未奏"和元稹自编《元氏长庆集》"自叙曰：卒用予与裴俱为宰相"等语句来看，元稹官至宰相之职。按古人以官职相称的习惯，王禹偁称元

211

稹为"元相"合情合理。

所以我们可以断定,"元相桐柏观体"中的"元相"即指元稹,桐柏观体即为元稹所作碑记《重修桐柏观记》,王禹偁《滁州全椒县宝林寺重修大殿碑》所模仿的正是元稹这篇碑文。

附录三 王禹偁年谱简编(黄启方)[①]

王禹偁（954—1001年）字符之，济州巨野（今山东巨野）人。世为农家子，宋太宗太平兴国八年进士，知长洲县。端拱初擢右拾遗、直史馆，历知制诰。后坐事贬知滁、扬诸州。宋真宗咸平四年，卒于知蕲州任上。王禹偁为宋初文学宗师，以变革五代浮艳文风为己任，成就颇著。平生撰著极富，现存《王黄小畜集》三十卷、《王黄州小畜外集》二十卷及《五代史阙文》一卷等。事迹见《宋史》卷二九三本传。

王禹偁年谱，有徐规《王禹偁事迹著作编年》（一九八二年中国社会科学出版社版），全书十五万余字，对谱主生平事迹与著述，作了较全面的考证与系年。本书所收为台湾学者黄启方所编，较为简明。

王禹偁，字符之，史称济州巨野（今山东巨野县）人，生于后周世宗显德元年（954年），卒于宋真宗咸平四年（1001年），仅四十八岁。其生平事迹，略见于《隆平集》卷十三及《宋史》卷二九

[①] 此年谱刊于《幼狮学志》第十五卷第一期，现为吴洪泽、尹波主编的《宋人年谱丛刊》所收。

三本传，然均有欠翔实（《隆平集》仅三百六十七字，《宋史》本传共约三千五百六十余字，若减除引用之奏疏，亦仅千余字），殊有不足者，盖王禹偁在当时不仅为忠清鲠亮之名臣，且于诗文均有承先启后之成就，虽天不假年，壮岁云逝，其以文学名家，或不能与韩愈、柳宗元、欧阳修、苏轼并肩，亦足与元结、李翱、苏辙比美，乃颇为世所忽，良可欢也！兹据其手编《小畜集》三十卷，及其曾孙王汾所辑《小畜外集》残本七卷，并参考其他有关文献，详为考订，为撰成年谱，既可详其事而知其人，又可补史传之阙失，并有助于宋初文学发展之考察。以详于行谊而略于时事，故称简编。撰写期间，虽反复检核，再三补正，仍恐挂一漏万之不免，则有待日后之随时补正耳！再者，王禹偁时文，笔者别有系年之作，谱中所列文篇，考证亦多从略。

后周世宗显德元年甲寅，一岁。

九月十七日生于雷泽（今山东省雷泽县）。按：《小畜集》（以下称本集）卷二《罔极赋》，王禹偁自述生年月日云："后周广顺太岁甲寅季秋戊子，实生吾身。"据《五代史·周本纪》，周太祖于甲寅年正月丙子（一日），改广顺为显德，后十六日，周太祖崩，周世宗即位，不改元。又是年季秋（九月）戊子为九月十七日（《二十史朔闰表》）。关于王禹偁之里籍，《宋史》本传、《隆平集》十三、《东都事略》三十九、《宋史》新编八十三均谓"济州钜野"（即今山东巨野县），而禹偁自序本集则署"太原王禹偁"，又自号"太原生"（外集卷九《瘖聋传》），其称太原者，当是祖籍：据《广韵》所记，王姓共二十一望，而以太原、琅琊为著（见《广韵》下平声十阳下）。王禹偁自序文集在死前半年，令誉早具，固无取名地望以自炫之必要，而以其性格，亦不屑为此也。《续资治通鉴长编》（以下称《长编》）四十二宋太宗至道三年引是年五月十八日王禹偁应

附录三　王禹偁年谱简编（黄启方）

诏言事疏，疏中王禹偁自称："臣本鲁人，占籍济上。"又本集十九《送鞠仲谋序》云："余因念家本寒素，宅于澶渊。梁季乱离，学族分散。叔父没于兵而葬雷夏，伯父没于客而葬博关，太夫人又旅葬于济，当时未名，以乞丐自给，无立锥之地以息幼累。"本集三十《建溪处士赠大理评事柳府君墓碣铭》云："博士之归朝也，得雷泽合，雷泽，某之故里也，始以邑中进士见，博士厚于我。司直之从事于济也，某寓家焉，司直善于我。"所提博士即柳永之父柳宜，司直即宜弟柳宣。据王禹偁至道三年五月十八日所上疏云："太平兴国中，臣及第归乡，有……推官柳宣。"（据《宋文鉴》四十二，今《长编》误作"李宣"）由以上可知王禹偁先人本出太原，五代时居澶渊（今河北省濮阳县西），因梁末避乱，逐由澶渊迁雷泽（即雷夏，又称雷夏泽，在今山东省濮阳县东南，巨野之西），王禹偁必在雷泽出生，后迁巨野，故自谓"臣本鲁人，占籍济上"，又称"雷泽，某之故里也"。史传称其济州巨野人者，盖由此也。又其由雷泽迁巨野，最迟不晚于开宝三年（970年），《小畜外集》（以下称《外集》）十三《别长沙彭晖序》云："始予僦居于济有年矣，室甚虚，庭甚芜，邻喧里卑，匪屠即沽，虽有豪宗侠族，皆诡道啡德，非吾辈徒。"味其文意，则从居巨野时，当已非童秩之年；开宝三年，王禹偁十七岁，在此稍前从巨野，当是合理之推测。

王禹偁之先世无从查考，由澶渊迁雷泽时，其伯父、叔父先后逝世。而又早年丧母，《冈极赋》云："痛吾母之早终"，然不知究在何时。其父亦名讳无考，但知颇享高年，卒于淳化五年（994年），年七十七，赠太子中允致仕（见本集十五《画记》、廿一《单州谢上表》及廿五《谢除翰林学士启》）。由此上推其生年，是为梁末帝贞明四年（918年），距梁之亡仅四年，当时天下扰扰，梁与契丹连年交兵，王禹偁所谓"梁季乱离，学族分散"者，当在此时。

本集十八《与太宗谔书》有云"昆仲三院，妻女九人"，又本集八《谪居感事》述落第后有"唯惭亲倚户，敢望嫂停炊"语，再者，《古今图书集成》第六二七册引丁谓《谈录》谓"王二丈禹偁"云云，知王禹偁兄弟三人，而王禹偁行二。其兄名字无考，有女（本集四《赠刘仲堪》）。弟名王禹圭，至道三年，授将仕郎试秘书省校书郎，时年"渐及强仕"（见本集二十二《谢弟禹圭授试衔表》）。有三子（本集五《北楼感事》），长子嘉佑，仕不显，咸平元年娶张咏女（见张咏《乖崖集》附钱易撰《张公墓志铭》及韩琦撰《张公神道碑》）。长孙名寿，约生于至道三年（本集十二有《寿孙三日》诗）。次子嘉言，端拱二年（989年）生，仕至殿中侍御史，卒年四十七（见刘敞《彭城集》三十七《赠兵部侍郎王公墓志铭》）。三子名不详。曾孙王汾，字彦祖，元丰中知兖州（《宋诗纪事补遗》廿五）。时苏轼知徐州，汾以王禹偁墓志示之，轼为作《王元之画像赞》。汾又与苏颂、黄庭坚相往来。

王禹偁自称"家本寒素"，《宋史》本传谓其"世为农家"，《隆平集》《东都事略》《宋史新编》均同。《宋名臣言行录》九则云"以磨面为生"，毕仲游亦云"为磨家儿"（见《西台集》十六《丞相文简公行状》），则其家务农又兼磨面耶！然王禹偁七、八岁时已能文（《宋名臣言行录》），或其家本士族，因避乱迁移，逐以耕磨自养也。

王禹偁曾三掌制诰，一入翰林，故所交均当时名臣，其关系较深者，并列于下：

徐铉　三十八岁（《历代人物年里碑传综表》，以下称《碑传表》）。淳化二年，王禹偁判大理寺，为徐铉辩诬，逐贬商州团练副使。徐铉见《宋史》四四一《文苑传》。

赵普　三十四岁（《碑传表》）。

附录三　王禹偁年谱简编（黄启方）

端拱二年，王禹偁上御戎十策，时赵普为相，大为嘉赏，王禹偁且有《上太保侍中书》（本集十八），又本集廿三全部与廿四部分表奏，均为代赵普作。本集九有赵普挽歌十首。普，《宋史》二五六有传。

翟守素　三十三岁（《碑传表》）。

淳化二年王禹偁贬商州团练副使时，翟守素为团练使。本集九有《翟使君挽歌》三首，本集廿九有《故商州团练使翟公墓志铭》。守素，《宋史》二七四有传。

李昉　三十岁（《碑传表》）。

王禹偁初入朝，李昉为相。本集十有《司空相公挽歌》三首，即挽歌李昉，《宋史》二六五有传。

柴成务　廿一岁（《碑传表》）。

王禹偁于雍熙初知长洲县时，柴为苏州郡守，本集中有诗酬应。柴成务，《宋史》三〇六有传。

宋白　十九岁（《碑傅表》）。

王禹偁举进士时，宋白知贡举，本集有诗酬应。宋白，《宋史》四三九有传。

毕士安　十七岁（《宋人生卒考示例》）。士安于开宝三年任济州团练推官，赏识王禹偁。《宋史》二八一有传。

田锡　十五岁（《碑传表》）。

锡以直言极谏闻名一时，王禹偁会与同在禁中，锡言事贬陈州，再贬海州，王禹偁均有诗寄之（本集九）。《宋史》二九三有传。

安德裕　十五岁（《碑传表》）。

王禹偁初游词场，安曾力为延誉，本集十三有《酬安秘丞歌诗集》。《宋史》卷四四〇有传。

赵昌言　十岁（《碑传表》）。

王禹偁由县令擢词职，赵昌言曾荐之，见《宋史》二六七《赵昌言传》。

　　张咏　九岁（《碑传表》）。

　　王禹偁长子嘉佑娶张咏独女，本集十九有《送张咏序》。《宋史》二九三有传。

　　柳开　八岁（《碑传表》）。

　　开与王禹偁同时，而二人集中无往还迹象可考，唯王禹偁之推赏孙何、孙仅、丁谓则与开相同。《宋史》四四○有传。

　　显德四年丁巳，四岁。

　　王旦生（《碑传表》）。

　　太宗淳化初，王禹偁曾荐王旦之才任转运使，本集十九有《送王旦序》。王旦《宋史》二十八有传。

　　苏易简生（《碑传表》）。

　　太宗淳化二年，王禹偁为左司谏知制诰，苏易简为翰林学士、祠部郎中知制诰，二人合编罗处约《东观集》，王禹偁并作序文（见本集十七）。苏易简传见《宋史》二六六。

　　宋太祖建隆元年庚申，七岁。

　　正月乙巳（五日），大赦改元，定有天下之号曰"宋"（见《宋史·太祖本纪》）。王禹偁能文。

　　《宋名臣言行录》《邵氏闻见录》《宋人轶事汇编》均云"年七、八，已能文"。本传则云"九岁能文"，《东都事略》则云"九岁能为歌诗"，《隆平集》同。又《诗话总龟》二引《古今诗话》云："王元之内翰，五岁已能诗，因太守赏白莲，倅言元之能，语于太守，因召而吟一绝云：'昨夜三更后，姮娥堕玉簪。冯夷不敢受，捧出碧波心'，又曰：'佳人方素面，对镜理新妆。'守曰：'天授也。'"

　　钱若水生（《碑传表》）。

附录三　王禹偁年谱简编（黄启方）

本集廿五有《荐戚编上翰林学士钱若水启》，又钱若水于宋真宗咸平元年奉诏重修《太祖宝录》，荐引王禹偁与修。详咸平元年下。钱若水传见《宋史》二六六。

罗处约生（《碑传表》）。

罗处约字思纯，与王禹偁为太平兴国八年同年进士，王禹偁知长洲县时，罗知吴县，相与酬唱，闻名一时，又同时召入朝廷，于淳化元年十一月卒，年三十三岁。王禹偁与苏易简辑其文为《东观集》，并为之序。《宋史》四四〇有传。

魏野生（《碑传表》）。

建隆二年辛酉，八岁。

寇准生（《碑传表》）。

寇准于端拱二年七月拜枢密直学士，系王禹偁草制。本集廿五有《回寇密直谢官启》，王禹偁是年三月知制诰。又本传载王禹偁死后，寇准赞赏王禹偁长子嘉祐，谓"元之虽文章冠天下，至于深识远虑或不逮吾子也"。《宋史》二八一有传。

孙何生（《碑传表》）。

孙何尝游王禹偁门下，王禹偁大加赞赏，太宗淳化三年状元及第。本集十九有《送孙何序》。《宋史》三〇六有传。

建隆三年壬戌，九岁。

丁谓生（《碑传表》）。

丁谓尝游王禹偁门下，王禹偁以为其诗如杜甫，而文章比韩、柳。本集十九有《送丁谓序》，十八有《荐丁谓与薛太保书》《答丁谓书》。《宋史》二八三有传。

乾德三年乙丑，十二岁。

李宗谔生（《宋人生卒考示例》）。

宗谔为李昉子。王禹偁淳化二年贬商州团练副使后，有《与李宗谔书》（本集十八）。《宋史》二五六《李昉传》附《宗谔传》。

乾德五年丁卯，十四岁。

林逋生（《碑传表》）。

林逋《读王黄州诗集》诗有句云："放达有唐唯白传，纵横吾宋是黄州。"见《和靖诗集》卷三。《宋史》四五七《隐逸传》有传。

开宝元年戊辰，十五岁。

秉笔为赋。

本集二《律赋序》云："禹偁志学之年，秉笔为赋，逮乎策名，不下数百首。"按：《论语·为政篇》孔子曰："吾十有五而志于学。"志学之年盖十五岁也。又本集二十《孟水部诗集序》云："余总角之岁，就学于乡先生，授经之外，日讽律诗一章。"按《礼记·内则》："男女未冠笄者，拂髦总角。"注云："总角，收发结之。"则王禹偁之就学于乡先生，必在本年之前，以今年已能为赋矣。本集八《谪居感事》诗亦云："偶叹劳生事，因思志学时。读书方睹奥，下笔便搜奇。赋格欺鹦鹉，儒冠薄骏骥。"

姚铉生（《碑传表》）。

铉与王禹偁同为太平兴国八年进士，本集十二有《送姚著作之任宣城》，以铉赴宣城通判任也，诗中赞铉云："学术纵横才磊落，当年雄揭第三名。"铉编《唐文粹》一百卷，《宋史》四四一有传。

开宝二年己巳，十六岁。

孙仅生（《碑传表》）。

孙仅为孙何弟，真宗咸平元年（998年）状元及第。本集二十九《殿中丞赠户部员外郎孙府君墓志铭》，即为孙氏兄弟之父所作也。《宋史》三〇六《孙何传》附。

开宝三年庚午，十七岁。

见毕士安于巨野。

附录三　王禹偁年谱简编（黄启方）

《宋史》二八一《毕士安传》云："开宝四年，历济州团练推官。"而士安曾孙毕仲游《西台集》十六《丞相文简公行状》则云"开宝三年，送授济州团练推官"。今从行状。巨野为济州治，故王禹偁得见士安。毕仲游于士安行状中载士安识拔王禹偁之经过，较本传、《隆平集》《东都事略》均较详细，今具引如下："开宝三年，送授济州团练推官，州民王禹偁为磨家儿，年最少，数以事至推官廨中。禹偁貌不及中人，然公阴察禹偁，类有知者。问：'孺子识字乎？'曰：'识'。'尝读书乎？'曰：'尝从市中学读书。''能舍而磨家事从我游乎？'曰：'幸甚。'遂留禹偁于推官廨中，使治书学为文，久之，公从州守会后园中。酒行，州守为令，嘱诸宾客竟席对，未有工者。公归，书其令于壁上，禹偁窃从后对，甚佳，亦书于壁。公见大惊，因假冠带，以客礼见。（原注：州守令'鹦鹉能言难似凤'，元之对'蜘蛛虽巧不如蚕'）由此，禹偁寖有声，后遂登第，进用反在公前。"（方案：《永乐大典》卷二〇二〇四《丞相文简公事迹》即录行状全文）。又，《宋名臣言行录》云："年七八已能文，毕文简公为郡从事，始知之。问其家，以磨面为生，因令作磨诗。元之不思以对：'不存心里正，先愁眼下迟。若人轻着力，便是转时身。'文简大奇之，留于子弟中讲学。"又，《西清诗话》下云："王黄州禹偁，始居济阳，父本行磨家，时毕文简公士安为州从事，元之七岁，一日代其父输面至公宇，立庭下，应对不慑，文简方命诸子属对云'鹦鹉能言争似凤'，文简因曰：'童子口舌喧呶，顾能对此乎？'意犯分而讥之。元之抗首应声曰：'蜘蛛虽巧不如蚕。'复涵讽意，报文简。文简叹曰：'子精神满腹，将且名世矣！'其后与公接武朝廷焉！"《西清诗话》三卷，无为子杨杰所撰，所记元之事甚不符，录以为参考耳！

开宝四年辛未，十八岁。

刘筠生（《宋人生卒考示例》）。

开宝五年壬申，十九岁。

毕士安移任兖州，王禹偁作序送之。按：毕仲游所作士安行状云："公在济州二年，太祖皇帝闻公名，诏赴阙，面授兖州管内观察推官。"毕士安于开宝三年到济州任，移兖州当在本年。《外集》十三有《送毕从事东鲁赴任序》，兖州在济州之东，故称东鲁，又为孔子故乡，故序中称士安"有仲尼之德""法姬旦，师仲尼，手握宪章，心抱仁义"云云，于士安极见推崇之意。又序称士安为"东平毕公"者，以士安远祖后汉毕谌曾任兖州别驾，居东平，遂为东平人云，见行状。

开宝七年甲戌，二十一岁。

杨亿生（《宋人生卒考示例》）。

王禹偁于雍熙二年由长洲令奉诏入阙时，杨亿适以神童召。本集十一有《送正言杨学士亿之任缙云》诗，杨亿于真宗咸平元年九月八日出任缙云，时王禹偁在朝任刑部郎中知制诰，诗有"相送泪盈襟"之语，足见交谊之深。

九月，遣曹彬伐江南（南唐）（《太祖本纪》）。

开宝八年乙亥，二十二岁。

十一月，曹彬克金陵，南唐亡（《太祖本纪》）。

太宗太平兴国元年丙子，二十三岁。

冬十月，太祖崩，弟晋王光义即位，是为太宗，十二月大赦改元。

太平兴国二年丁丑，二十四岁。

三月戊寅（十七）命李昉等编类书为一千卷（即《太平御览》），小说为五百卷（即《太平广记》）（《长编》十八）。

钱惟演生（《宋人生卒考示例》）。

太平兴国四年己卯，二十六岁。

附录三　王禹偁年谱简编（黄启方）

见安德裕于广济陶丘（今山东定陶）。

《宋史》四四〇《安德裕》传："太平兴国中，累迁秘书丞知广济军，时军城新建，德裕作《军纪》及《图经》三卷，俄改太常博士，八年通判泰州。"按：广济军新建于太平兴国二年（见《宋史》八五《地理志》），安德裕知广济军或在去年，而王禹偁今年见之。本集十三有《酬安秘丞歌诗集》《酬安秘丞见赠长歌》二诗，第二首中有"去年始上芸香阁，出典陶丘滞锋锷"语，芸香阁即秘书省，陶丘即广济军治，离巨野甚近。又安传云："王禹偁、孙何皆初游词场，德裕力为延誉。"而王禹偁诗有"得君引上登天梯"之语，王禹偁明年首试进士，由巨野赴京，陶丘正在途上，当即赴京时过陶丘谒安德裕也。

作《幷诰》。

按：《宋史·太宗本纪》载本年二月甲子（十五日），帝发京师征北汉，五月甲申（六日），北汉平。庚子（廿二日），发太原还京。本集十四有《幷诰》一文，幷即指北汉所都太原，诰文有"惟四年，王归自幷，敷告幷民，作幷诰。"盖仿《尚书》诸诰而作，据丁谓《谈录》载："王二丈禹偁，忽一日阁中商较元和、长庆中名贤所行诏诰，有胜于《尚书》者。众皆惊而请益之，曰：'只如元稹行牛元翼制曰："杀人盈城，汝当深戒；挈戮示众，朕不忍闻。"且《尚书》云："不用命汝于社。"又云："予则挈戮汝。"以此方之，《书》不如矣！'其阅览精详也如此，众皆伏。"（《古今图书集成》六二七册）于此既可见王禹偁之博学强识，又可知王禹偁在文章上求自然明白之主张。

穆修生（《碑传表》）。《宋史》四四二有传。

太平兴国五年庚辰，二十七岁。

试礼部，获首荐，闰三月，覆试殿廷，遭黜落。

本集廿二《请撰大行皇帝实录表》云:"臣太平兴国五年,徒步应举。"本集二十一《送薛昭序》云:"今上即为之五年庚辰岁,仆始随计吏游举场,……有司考艺,俱登甲科,覆试殿延,不中上旨。"又《外集》十三《送进士郝太冲序》云:"五年春三月,章旨下有司,校群士之艺,预其试者八百人,缝掖之衣,雪晃贡部。生因叹而言:'大丈夫处世,当拔立群萃,求明天子之知,恶能与阘茸辈丛试于礼闱哉!'掷毫裂笺,忿而不就。王公大人,为之兴叹,况同侪乎?洎予受知春卿,荐以甲科,喧喧我名,雷震人耳;廷试不利,前功并遗。……"本集八《谪居感事》诗述其应举前后情形甚详,有"光阴常矻矻,交友常偲偲。步骤依斑马,根源法孔姬。收萤秋不倦,刻鹄夜忘疲,流辈多相许,时贤每见推。刁荣偕计吏,滥吹谒春司。仆疲途中病,驴寒雪裹骑。空拳入场屋,拭目看京师。技痒初调箭,锋铦欲试锥。甲科登汉制(自注:太平兴国五年予首中甲科),内殿识尧眉。数刻愁晡矣,三题亦勉之。先鸣输俊彦,上第遂参差,罢举身何托,还家命自奇。唯惭亲倚户,敢望嫂停炊"。按:《长编》二十一太平兴国五年三月甲寅(十一日)载:"上御讲武殿覆试权知贡举程羽等所奏合格进士,得铜山苏易简以下百十九人。"程羽以礼部侍郎权知贡举。又《外集》八有《省试三杰佐汉孰优论》,自注"太平兴国五年",即本年礼部试获首荐之作。

本年落第后有以下诸文:

《送进士郝太冲序》(《外集》十三)。

《送张咏序》(本集十九)。

《宋史》二九三《张咏传》云:"太平兴国五年登进士乙科,大理评事知鄂州崇阳县。"序文云:"今春举进士,一上中选,将我王命,莅乎崇阳。"与传同。

《论交趾文》(《外集》八)。

附录三 王禹偁年谱简编（黄启方）

文首云："皇上嗣位之五祀，国家将取交趾岁贡。"按《长编》二十一，本年七月丁未（六日）云："以侯仁宝为交州路水陆转运使，并孙全兴讨之（交州）。"

文当作于此时。

《送渤海吴倩序》（《外集》十三）。

序有："子英（案即倩字）泊予拔立寒素，自强于儒墨间，视金玉如长物，以文学为己任，厥道未济，俱为旅人"之语，知尚未登第；又有"子英与予始会于济北，再会于互乡，复会于京师，今会于闾里……"之语，当是本年下第由京师返乡后所作。

太平兴国六年辛巳，二十八岁。

王禹偁再至京师。

按：《外集》十《北狄来朝颂序》云："臣旅寓帝里，荣观国光。"知时在京师。又《太宗本纪》本年十一月甲辰（十日），女真遣来使贡。《北狄来朝颂》缘此而作。

太平兴国八年癸未，三十岁。

正月试礼部，获首荐。

本集八《谪居感事》云："礼闱冠多士，御试拜丹墀。"自注云："八年，予忝春官首荐。"又《宋会要》选举一之一二："八年正月七日，以中书舍人宋白权知贡举，知制诰贾黄中、吕蒙正、李至，直史馆王沔、韩丕，秘书丞杨砺权同知贡举，合格奏名进士王禹偁以下，……"《外集》九有《省试四科取士何先论》，自注"太平兴国八年"，是本年获礼部首荐之作。

三月，进士乙科及第。

本集十九《送鞠仲谋序》云："王八年春，余年中乙科。"按《长编》二十四本年三月丙子："上御讲武殿覆试礼部贡举人，擢进士长沙王世则而下百七十五人。"又按《长编》载本年两京诸道州府余人，其不易可知。

四月二日，赐宴琼林苑。

《宋会要》选举二之二："太平兴国八年四月初二日，上赐新及第进士于琼林苑，自是遂为定制。"

七月，授成武（今山东成武县）主簿。

本集八《谪居感事》自注云："予释褐授成武主簿。"按《长编》二十四本年："六月戊申（二十四日）以进士王世则等十八人送中书门下，特别授大理评事、知今录事，余送流内铨，并授判司簿尉。未几，世则等移判诸州，为薄尉者改试大理评事知今录。明年郊礼毕，迁守大理评事。"又《太宗实录》二十六："八年六月戊申，新及第进士王世则以下十八人送中书门下处分，余并送流内铨，命文明殿学士李昉，枢密直学士张齐贤、王沔，中书舍人王祐同于吏部注拟。"又云："七月戊午（五日），以新及第进士王世则等十八人并为大理评事，知令录事参军。"王世则等十八人为甲科第进士，于本年七月五日授职，则王禹偁等乙科进士亦当于同月稍后授职也。《清一统志》曹州府城武县条："怀贤堂在城武县治内，宋王禹偁尝佐此邑，人思之，因构堂焉。"《东都事略》误作武城。本集十九《送鞠仲谋序》述其初到成武之情形云："庭有顽吏，土无秀民，或通刺而来者，皆腐儒也，以是供使职奉晨羞外，经旬浃未尝与人语。"按：王禹偁如七月授职，最迟应在八月到任。《长编》二十一载太平兴国五年四月丁酉诏："应敕除及吏部注授幕职令录司理、判司薄尉，自令除，程给一月限，其川陕岭南福建路，给二月，违者本州岛不得放上，护送至阙。"即授职后，必须在一月内到任。

本年及第后，有以下诸文：

《双鹦志》（《外集》八）

文有"癸未岁，予策名辇下，与同年觞于旗亭"之语，知在此

附录三　王禹偁年谱简编(黄启方)

时作。

《送翟骧序》(本集二十)。

序有："八年,复举进士科中第,迁从事于广陵",是及第后相送之文。骧字士龙,史无传。

《送鞠仲谋序》(本集十九)。

序有"洎余解褐掌簿书于成武,……经旬浃未尝与人语。居一日,生欤扉而来。"知为初至成武所。鞠仲谋,雍熙二年进士,《宋史》四四〇有传。

《允淮海国王乞落大元帅批答》(本集二十七)。

按:吴越王钱俶于太平兴国三年封淮海国王及天下兵马大元帅,八年十二月凡三上表求罢爵号,诏准罢天下兵马大元帅。详见《宋史》四八〇《吴越世家》。此文亦拟作。

太平兴国九年甲申,三十一岁。

十一月丁卯(二十一日)改元,是为雍熙元年。由成武主簿改大理评事、知长洲县(今并入江苏吴县)。

按:《长编》廿四,去年进士为簿尉者,今年郊礼毕,改守大理评事。据《长编》二十五,本年十一月丁卯祀天地于南郊(《太宗本纪》则云十一月丁巳,丁巳为十一日。而《太宗实录》三十一亦作丁卯。知《本纪》误),大赦改元。本集十八《答丁谓书》云:"吾为主簿一年",王禹偁去年八月莅成武主簿,改试大理评事应在今在八月后,实授大理评事知长洲县则在十一月二十一日后。本集七《赴长洲县》诗二首,有"移任长洲县,辞亲泪满衣"之语,知先只身赴任。本集十八《与李宗谔书》则云:"顷年某为长洲县令,侍亲而行,姑苏名邦,号为繁富,鱼酒甚美,俸禄甚优。是时亲年方逾耳顺,子孙妇女,聚在眼前,尚念丘园,忽忽不乐。"是家人随后俱迎往任所。又考本集、《外集》诗文,叙其家庭状况者,即以此书为最详,书为淳化三年(993年)所作,其时王禹偁父年七十五,则今年六十七,所谓"方逾耳顺"也。且既云"子孙妇女,聚在眼前",则王禹偁长子嘉佑已生;书中又有"昆仲三院,妇女九人"之语,时其弟王禹圭亦已娶妇,九人如为三院人口总数,则除兄嫂弟妇妻子(时次子嘉言已生)及已身外,另一人即其兄之女。

本年在成武有以下诸文:

《单州成武县行宫上梁文》(《外集》八)。

原注:太平兴国九年。

《单州成武县主簿厅记》(本集十六)。

记文有:"某策名起家,作吏斯邑,到任之明年,属岁丰政简,因笔其志于屋壁"语,王禹偁去年到任。

《拟封淮海国王可汉南国王册文》(《外集》十三)。

吴越国王本年十一月壬子(六日)改封汉南国王。见《太宗实录》三十一、《宋史》四八〇。

十一月癸酉(廿七日),以建州进士杨亿为秘书省正字,时年十一岁(《长编》廿五)。

太宗雍熙二年乙酉,三十二岁。

在长洲。正月有《上许殿丞论榷酒书》(本集十八)。

《书》云:"某自前岁策名起家,作吏于成武,无功无过,偶历一考,而国家有长洲之命。越江而来,莅事亦未旬浃。"旬浃,十日。王禹偁抵长洲莅任,应在去年十二月廿一日前后,而此言前岁云云,知此书在本年正月作。又按:《宋史》一六〇《选举志》六"考课"云:"凡考第之法,内外选人周一岁为一考,欠日不得成考。"王禹偁既历一考,则在成武主簿任上必满一年矣。许殿丞即许衮(949—1005年),时以殿中丞通判苏州,生平事迹见《范文正公集》十二《赠户部郎中许公墓志铭》。

附录三　王禹偁年谱简编（黄启方）

长洲丰收。

本集十六《长洲县令厅记》云："到任之明年，大有年也。"王禹偁去年底到任。得目疾。

本集十八《答张扶书》云："仆顷尝为长洲令，因病起抄书，得目疾。"

按：王禹偁之由病而致目疾，约在今年，本集七《春日官舍偶题》诗有"鹦花愁不绝，风雨病无知"之语，《外集》七《潘阆咏潮图序》有"会予卧病不果"，当亦此时事。而此次卧病，遂成目疾，故明年有《官舍书怀呈郡守》诗，自谓"药债渐多医宿疾"，此宿疾，其亦指目疾耶！本年所为文有：

《上许殿丞论榷酒书》（本集十八）。

《长洲县令厅记》（本集十六）

《送上官知十序》（本集十六）

按序文所述，上官知十于去年圜丘礼后，由苏州通判卸任，上书求改葬其先人于高密，王禹偁等为践行，因有此序。上官知十，史无传。

《批答处士陈抟乞还旧山》（本集二十六）

按《长编》二十五雍熙元年冬十月：陈抟入见，赐号希夷先生，数月，遣还。《宋史》四五七《陈抟传》同，则此文今年内拟作。

《送乐良秀才谒梁中谏序》（《外集》十三）。

梁中谏即梁周翰，《序》云："自予作吏长洲，言交有日，……问其行，则曰谒梁公于淮楚也。……梁公与古为徒，与时相戾，……颠踬官途三十年矣，以至自官僚分司，以贰车左降淮水之涘。……先是梁公之牧苏也，……"今按《宋史》四三九《梁周翰传》云："周广顺二年举进士，太平兴国中知苏州，……以本官分司西京，逾月，授左赞善大夫，仍分司，俄除楚州团练副使。雍熙中，宰相李昉以其名闻，召为右补阙。"自广顺二年至今年为三十四年，而雍熙共四年，故系于今年。

雍熙三年丙戌，三十三岁。

在长洲。以下诸文在本年作：

《拟赐天下雍熙三年新历诏》（《外集》十二）。

自署，"雍熙三年在长洲"。按《太宗本纪》，本年十月甲辰（九日）以陈王元僖为开封尹。

《神童刘少逸时贤联句诗序》（《外集》十三）。

序云："其诗集吴县尹罗君为之序，逮十一岁，得三百篇。"按：《长编》二十九端拱二年三月："越州进士刘少逸者，年十三中选，既覆试，又别试御题，赋诗数章，皆有趣，授校书郎，令于三馆读书。"刘少逸端拱二年为十三岁，而王禹偁序诗则在其十一岁时，当在今年。又按：《苏州府志》云："少逸，郡人，年十一，文辞精敏，有老成之体。从其师潘阆谒长洲令王禹偁、吴县令罗处约，以所作为贽。二令名重当时，疑其假手，未之信，因试与之联句，略不涉思。禹偁曰：'一回酒渴思吞海。'少逸曰：'几度诗狂欲上天。'凡数十联皆敏妙，二公惊异，闻于朝，赐进士及第，官至尚书员外郎。"（《古今图书集成》六二七册引）又《渑水燕谈录》卷四同，并称禹偁赠之诗曰："待学韩退之，矜夸李长吉。"

《潘阆咏嘲图赞并序》（《外集》十）。

据序知图为李允所绘，罗处约序之，应与前文同时之作。

《昆山县新修文宣王庙记》（本集十六）。

自署"大宋雍熙三年"。

雍熙四年丁亥，三十四岁。

八月，奉诏赴阙。

本集十八《答郑褒书》云："前年八月，仆自长洲令征拜右正言直使馆，既岁满迁左司谏知制诰。"书末自记月日、官称为："七月三十日，尚书工部郎中典滁阳郡王某。"按王禹偁知滁州在至道元年乙未岁（995年），是年六月莅任，次年十一月移知扬州。又书中有"今春吾自西掖召拜翰学士"语，王禹偁拜翰林学士在至道元年正月廿八日左右（详该年下），则《答郑褒书》作于至道元年七月三十日。是所谓"前年八月"者，应作"前八年八月"，由今年至至道元年计八年也。准此，奉诏赴阙在今年八月。王禹偁之奉诏，据苏颂云系赵普所荐，《小畜外集》序云："及策名从事，中书令赵韩王荐其文章，太宗皇帝既已知名，命召试中书，宸笔赐题《诏臣僚和御制雪诗序》，奏篇称善，自大理评事擢右拾遗，直史馆。"（《苏魏公集》六十六）按：试中书、擢拾遗俱在明年，则赴阙后即专职大理评事。

本年赴阙前在长洲有以下诸文：

《送柴侍御赴阙序》（《外集》十三）。

《送柴转运赴职序》（《外集》十三）。

按：序文有"雍熙纪号之四年夏四月，苏州郡守平阳柴公受代江城，将归宪府，翌日，诏以转运使就加之，……梅雨初霁，麦秋尚寒"之语，知二序均作于本年四、五月间。

《送许制归曹南序》（《外集》十三）。

本集七有《即席送许制之曹南省兄衮》诗，有句云"梅斓荷圆六月天"，知在六月作。许制兄许衮，雍熙初任苏州通判，王禹偁有书与论榷酒事，旋拜奉常博士领曹南郡。许制赴曹府，或在此时。

《桂阳罗君游太湖洞庭诗序》（《外集》十三）。

即罗处约，序有"子见受代之日，盈编而归"。按：《宋史》本传，处约与禹偁同时诏入阙，当即作于此时。

又自雍熙二年至此时在长洲县令任上，于苏州附近名胜古迹均有纪游之作，如《惠山寺题留》《游虎丘》《陆羽泉茶》《南园偶题》《题响屧廊壁》等，均见本集七。

叶梦得《石林诗话》卷下：姑苏南园，钱氏广陵王之旧园也，老木皆合抱，流水奇石，参错其间，最为工。王翰林元之为长洲县宰时，无日不携客醉饮，尝有诗云："他年我若成功后，乞取南园作醉乡。"今园中大堂，遂以"醉乡"名之。

按：《南园偶题》诗云："天子优贤是有唐，鉴湖恩赐贺知章。他年我若成功去，乞取南园作醉乡。"即叶梦得所引。又有词作《点绛唇》一首，词云："雨恨云愁，江南依旧称佳丽。水村渔市，一缕孤烟细。天际征鸿，遥认行如缀。平生事，此时凝睇，谁会凭栏意。"（《全宋词》卷一）清丽可爱，与诗风相近。

奉诏入朝后有：

《待漏院记》（本集十六）。

文末自署"棘寺小吏王某"，棘寺即大理寺也，王禹偁既解长洲令，又未有新职，专任大理评事，故自称小吏。

《岁暮偶寄苏台旧僚友》（本集七）。

诗云："吴门吏隐过三年，何事陶潜捧诏还。步武已趋龙尾道，梦魂犹忆虎丘山。花开茂苑谁同醉，雪满梁园独掩关。会待他年求郡印，剑池重溅碧潺潺。"当是本年年底所作。

十二月丁巳（廿九日），大雨雪。

《太宗本纪》："十二月壬寅（十四日），帝幸建隆观相寺祈雪，丁巳，大雨雪。"故王禹偁明年应制序文有"繁云翳空，密雪飘野，至诚攸感"之语。

端拱元年戊子，三十五岁。

正月庚申（初二），御制雪诗。

《太宗实录》四十三端拱元年："正月庚申，御制《喜雪》诗五

附录三 王禹偁年谱简编（黄启方）

言二十韵，赠宰相李昉等，令属和。"按：《锦绣万花谷》后集一录有"宋太宗御制《大雪》诗赐学士云：'轻轻相亚如凝酥，宫树花装万万株。'"却为七言，姑录之以为参考。

正月丙寅（八日），拜右拾遗，直史馆。

《长编》二十九端拱元年："春正月丙寅，以大理评事王禹偁为右拾遗，罗处约为著作佐郎，并直史馆（以上同《太宗实录》四十三）。先是禹偁知长洲县，处约知吴县，相与日赋五题，苏、杭间人多传诵。上闻其名，召赴中书，命试《诏臣僚和御制雪诗序》称旨，故皆擢用为直史馆，赐绯，旧止赐涂金带，特择犀带宠之。"按：《外集》七有《哭罗三》诗，自注云："仆早岁在苏州与思纯同为县令，每日私试五题，约以应制，必取两制官，仆偶尘忝，而思纯赍志以终。"又本集十九有《中书试诏臣僚和御制雪诗序》，本集廿五有《谢除右拾遗直史馆启》。

编修日历。

本集二十二《请撰大行皇帝实录表》云："况端拱元年春季日历，是臣编修。"编修日历应在直史馆后。

正月乙亥（十七日）帝亲耕田，改元端拱。

本集一《籍田赋序》云："皇家享国三十载，陛下嗣统十四年。"三十载、十四年均有泛说也。田锡《咸平集》二十一《籍田颂序》即云："国家嗣位之十三载。"《太宗本纪》、《长编》二十九均同。二月乙未（八日）改左、右补阙为左、右司谏，左、右拾遗为左、右正言（《太宗本纪》、《长编》二十九）。

三月，告假赴江都迎亲。

《外集》十三《赠别鲍秀才序》云："皇家耕籍之岁，仆始自廷评擢补谏官，分直于太史氏，越三月，以家寄江都。告假迎侍。"又本集二十一《进端拱箴表》："三月中，伏奉明诏，……是时臣方议迎亲，已谐告假。"

迎亲返京后上《端拱箴》。

《长编》二十九端拱元年："上励精图治，欲闻谠论，以致太平，患群下莫肯自尽以奉其上，三月甲子下诏申警之。其后上封事者颇众。"甲子为三月七日，是时王禹偁"已谐告假"，将赴江都迎亲，未及献言。又据《进端拱箴表》所述，则在迎亲返京后，始上《端拱箴》。而《宋史》本传、《宋史新编》均言"擢右拾遗直史馆，……即日献《端拱箴》"，此盖因王禹偁至道三年五月十八日应诏言事，自云："初拜右正言直史馆，即日进《端拱箴》一篇"而来，实应在三月也。

本年所撰文有：

《中书试诏臣僚和御制雪诗序》（本集十九）。

《谢除右拾遗直史馆启》（本集二十五）。

《籍田赋》（本集一）。

《上史馆吕相公书》（本集十八）。

据《宋史》二一〇《宰相表》一，本年二月庚子（十三日），吕蒙正以昭文馆大学士监修国史、同中书门下平章事。书有云："某窃不自料，遂以书日历为请。"又荐安德裕、宋泌可为修撰。

《代王侍郎让官表》（本集二十四）一：

《宋史·宰辅表》"二月庚子，王沔自枢密副使加户部侍郎参知政事"表有"特授臣户部侍郎参知政事"语，知为代王沔作。

《赠别鲍秀才序》（《外集》十三）。

序有"皇家耕籍之岁，……三月，以家寄江都，告假迎侍"云云，知在三月间作。

《送荣礼丞赴宋都序》（《外集》十三）。

序有"端拱元祠春三月，诏以曲台丞荣公出莅于宋"之语，是

234

在三月作。

《端拱箴》（《外集》十）。

三月上。

《进端拱箴表》（本集二十一）。

《送李巽序》（本集十九）。

序有："端拱元祀夏六月，诏以光禄寺丞李公督婺州关市之赋"。知在六月作。

《送王旦序》（本集十九）。

序有"圣人籍千亩之岁"语，据序文，王旦是时以殿中丞通判郑州。王旦本传同。

《送牛冕序》（本集十九）。

序有"语名郡者以丹阳为重地"，按《宋史》二七七《牛冕传》，冕本年召试文章，迁左正言直史馆，出知润州。丹阳即润州也。

《谢宣赐御草书急就章并朱邸旧歌集》（本集十二）。

据文"元年十月近乾明节"，知作于本年，乾明节即太宗诞日（十月十七日），而王禹偁"元年"在朝廷者只本年淳化元年，淳化元年已改乾明为寿宁矣。

《放五坊鹰犬诏》（本集二十六）。

按：《长编》二十九本年十月癸未，太宗谓侍臣曰："朕每念古人禽荒之戒，自今除有司顺时行礼之外，更不于近甸游猎，五坊鹰犬悉解放之，庶表好生之意。"遂诏天下勿复以鹰犬来献。

端拱二年己丑，三十六岁。

正月十二日，献《御戎十策》。

本传云："时北庭未宁，访群臣以边事，禹偁献《御戎十策》，大略假汉事以明之。"《长编》三十本年正月癸巳（十一日）："诏文武群臣各陈备边御戎之策，……右拾遗直史馆王禹偁奏议曰：（全文略)。上览奏，深加叹赏，宰相赵普尤器之。"按《宰辅表》，赵普于去年二月庚子（十三日）后相。王禹偁所献十策，"外任其人""内修其德"之道各五，具见《长编》，兹不赘。又禹偁既上疏，即有书上赵普，本集十八《上太保侍中书》云："昨奉御札，以边事未宁，许百官各上封事，为谏官者得不内愧于心乎！某因诣上阁，陈所见十事，其五事言外任其人，其五事言内修其德，且以汉文时事迹以为比类，所恨不知兵事，不游边土，则外任其人之事皆臆说也，适足资帷幄之欷笑矣。且念少苦寒贱，又尝为州县官，人间利病粗知之，则内修其德之说，皆事实也，用之则朝行而夕效矣。然某道孤势危，辞理切直，心甚惧焉，非大丞相论思之际，救援开释之，以来天下言路，则斥而逐之，犹九年之一毛也！敢露腹心，以乞嗟闵。"可见王禹偁之忠谨，而此疏虽得君相之赞赏，然其后再三贬斥者，实皆由类此"切直"之言也。本集八《谪居感事》自注云："端拱三年，诏百官各言边事，因上封章极言，为上容纳。予论边事，特为赵许公所器"二年讹作三年。

三月二十一日，应制作《皇帝亲试贡士》诗，擢左司谏知制诰。

本传云："二年，亲试贡士，召禹偁，赋诗立就，上悦曰：'此不逾月，当遍天下矣。'即拜左司谏知制诰。"《小畜外集序》亦云："端拱二年，亲试贡士，俾公面赋长歌，上览而喜曰：'此不逾月，当遍天下。'"本集八《谪居感事》诗自注："端拱二年，……是岁蒙上召予殿上作歌，遂有西掖之拜。"按《长编》三十本年："三月壬寅，上御崇政殿试合格举人。"壬寅为二十一日，知由右拾遗直史馆擢左司谏知制诰在此时。今本集十二有《应制皇帝亲试贡士歌》，本集二十五有《谢除左司谏知制诰启》。五月，开宝宋皇后父邢国公薨，王禹偁奉诏撰神道碑。

本集二十八有《右卫上将军赠侍中宋公神碑奉敕撰并序》。

附录三　王禹偁年谱简编（黄启方）

七月己卯（初一），毕士安以越王府记室参军考功员外郎为知制诰（《长编》三十）。按：毕仲游《西台集》十六《文简公行状》云："及（文简）公除知制诰，禹偁先已为舍人，其词禹偁所行也。"今制词不传。又《宋名臣言行录》引《闻见录》谓"至文简入相，元之已掌书命"者误，毕士安拜相在真宗景德元年八月，距禹偁之死已二年矣。

七月己卯，寇准拜虞部郎中、枢密直学士（《长编》三十）。

本集二十五有《回寇密直谢官启》，寇准此时始拜枢密直学士，其书命由王禹偁所作，故有《谢官启》。

七月戊子（十日），彗星见（《长编》三十）。

本集二十四有《为宰相以彗星见求退表》，又因彗星事，前后代宰相赵普上《谢恩表》《乞差官通摄谒庙大礼使表》（本集二十四）《贺罢谒庙大礼表》《贺御楼肆赦表》（本集二十三），又代赵普别上《乞归私第养疾表》《为乾明节不任拜起陈情表》《谢降御札表》《贺雨表》等，具见本集二十三。

十月，上疏言旱灾，自愿减俸。

本传云："是冬，京城旱，禹偁疏云：'……臣朝行中家最贫，俸最薄，然愿首减俸以赎耗蠹之咎……'"《长编》三十同。按：旱灾实自秋始，本集廿三《贺雨表》云："自秋以来，时雨不降。"《贺雪表》云："自秋徂冬，密云不雨。"十二月丙辰（九日），大雨雪（《太宗本纪事》）。

本集廿三有代赵普上《贺雪表》云："伏睹今月九日，腊雪应时。"九日，即十二月丙辰也。

十二月，作《为宰臣上尊号表》。

《长编》三十本年十二月甲子（十七日）："赵普率百官上表请复尊号，表凡再上，皆不许。戊辰（二十一日）又上'法天崇道文武'，诏去文武二字，余许之。"今按本集二十三《贺册尊号表》则云："奉去年十二月二十四日批答，允百僚所上尊号内四字。"二十四日为辛未。《太宗本纪》则云："辛酉，上法天崇道文武皇帝。诏去'文武'二字。"辛酉十四日，当以辛未为是，盖《长编》三十载：十二月庚申（十三日）诏省尊号，辛酉（十四日）吕蒙正等奏请勿省，不听，然后甲子（十七日）赵普始率百官再请复尊号，戊辰（二十一日）始上"法天崇道文武"，次第极明。《本纪》作辛酉，误。

  本年次子嘉言生，不详生于何月。

  按：刘攽《彭城集》三十七《赠兵部侍郎王公墓志铭》言嘉言"生十三岁，而丁翰林丧"。王禹偁卒于咸平四年（1001年），上推十三年，即今年也。

  范仲淹生（《碑传表》）。

  淳化元年庚寅，三十七岁。

  正月元日改元淳化，受尊号。

  本集八《谪居感事》诗自注："淳化元年立正，伏别上尊号，予摄中书侍郎，捧玉册玉宝。是岁加柱国，谢，上面赐金紫。"《长编》亦载正月元日上尊号事。本集二十四有《代贺册尊号表》。

  正月戊戌，以赵普为中书令西京留守。

  《长编》三十一及《宋史》卷二五六《赵普传》均言："普遂称疾笃，三上表致政，上不得已，戊子以普为西京留守兼中书令。"而本集二十三有代赵普《求致仕表》，表凡四上，其第四表云："臣自今月五日至十四凡三上封章，恳陈致仕，伏奉十七日批答不允。"又同卷《让西京留守表》则云："自今月五日至十五日，四上表章，恳求致仕，伏睹二十一日内降白麻，伏蒙圣恩，授臣守本官兼中书令行河南尹兼功德使充西京留守者。"按第三表批答不允既在十七日，则第四表不当在十五日上，"五"字疑讹。而授中书令、西京留守则在二十一日，二十一日为戊戌，《长编》及本传戊子者误。又本集二十三又有代赵普《让西京留守表》，亦四上。

本年，为弟王禹圭娶妇。

本集十八《与李宗谔书》云："家弟少失母爱，叙婚甚晚，前年某忝职阁下，始能为娶一妇，今年闻有孙矣。"书作于淳化三年，知本年为弟娶妇。

冬有《送孙何序》（本集十九）。

序有"会有以生之编集惠余者，凡数十篇，皆师戴六经，排斥百氏，落落然真韩、柳之徒也"之语。

本年别有以下诸文：

《谢赐御书字样钱表》（本集二十一）。

按：陈均《九朝编年备要》云："淳化元年三月，铸淳化元宝钱。"并称："国初钱文曰'宋元通宝'，后曰'太平通宝'，至是改铸，上亲书其文作真草行三体。"本集八有《御书钱》诗云："谪官无俸突无烟，惟拥琴书尽日眠。还有一般胜赵壹，囊中犹有御书钱。"

《重修北岳庙碑奉敕撰》（本集十六）。

本集八《谪居感事》自注云："淳化元年，奉敕重修北岳，予撰碑。"

《李氏园亭记》（本集十六）。

自属本年九月作。

《送柳宜通判全州序》（本集二十）。

序有"淳化元祀，……改官芸阁，通倅湘源"语。

全州即今广西全州，而湘水源于广西兴安，流经全州入湘，故称之为湘源。

《代宰执慰公主薨表》（本集二十三）。

按《皇宋十朝纲要》：徐国大长公主以淳化元年十月薨。表当在此时上。

淳化二年辛卯,三十八岁。

三月,琼林苑侍宴赏花,作《诏臣僚和御制赏花诗序》。

本集八《初出京过琼林苑》诗云:"忽忆今春暮,宫花照苑墙。琼林侍游宴,金口独褒扬。立向句陈内,宣来帝座旁。丁宁问年纪,委屈叙行藏。屏息闻天语,酡颜醉御觞。近臣多健羡,睿眷岂寻常。"自注云:"以上并叙淳化二年三月实事。"本集二十有《诏臣僚和御制赏花诗序》,当是此时所作。按:《渑水燕谈录》卷二云:"王元之在翰林,太宗恩遇极厚,尝侍燕琼林,独召至御榻殿阁顾问。帝语宰相曰:'王某文章独步当代,异日垂名不朽。'"按王禹偁拜翰林学士在至道元年。

四月乙丑(二十日),上疏言:"请自今群官诣宰相及枢密使,并须朝罢于都堂请见,不得于本厅廷揖宾客,以防请托。"诏付施行,后旋又罢去。详《长编》三十二。

七月,李继迁请降,以为银州观察使,赐名赵保吉(《长编》三十二),王禹偁草制书。

按:《长编》三十五王禹偁上言:"七月间在中书当直,(继迁)会得此官兼改姓名。"又《长编》三十七:"禹偁尝为继迁草制,继迁送马五十匹,备濡润。禹偁以状不如式,却之。"而欧阳修《归田录》云:"王元之在翰林,尝草夏州李继迁制,继迁送润笔物数倍于常,然用启头书送,拒而不纳,盖惜事体也。"王禹偁为翰林学士在至道元年初,当时无授继迁职事,《归田录》误。

判大理院。

本传云:"拜左司谏知制诰,未几,判大理院。"拜左司谏知制诰在去年三月,兼判大理院,不详何时,姑系于此。

九月二日,贬商州团练副使。

附录三　王禹偁年谱简编（黄启方）

本传云："庐州妖尼道安诬讼徐铉，道安当反坐，有诏勿治。禹偁抗疏雪铉，请论道安罪，坐贬商州团练副使。"本集八《谪居感事》云："书命犹无诰，评刑肯有欺？厚诬凌近侍，内乱疾妖尼（自注：妖尼道安诬告徐骑省）。丹书当无赦，金科了不疑。拜章期悟生，引法更防谁。萋萋终无已，雷霆遂赦斯。如弦伤讦直，投行觅瑕疵。众烁金须化，群排柱不支。佞权回北斗，谗舌簸南箕。"述其为雪徐铉罪而遭黜之情甚详，而"佞权""谗口"之语，其人呼之欲出，由是知尼道安案只是导火线，王禹偁因言事切直，书命无讳，遂得罪人而不自知。按《宋史·宰相辅表》，当时刑部侍郎为张齐贤，王禹偁贬后次日（九月己亥三日），张齐贤即代吕蒙正入相，所谓"佞权"，岂指张齐贤乎！（参至道元年五月下）。按《宋史》四四一《徐铉传》："淳化二年，庐州女僧道安诬铉奸私下吏。道安坐不实抵罪，铉亦贬静难军行军司马。"《东都事略》云："二年，以庐州尼道安讼其弟与妇姜氏不养母姑，姜氏铉妻之甥，且诬铉与姜奸，铉坐贬静难军行军司马，道安亦坐告奸不实抵罪。"尼道安案始末不详，唯因案而受牵累被贬者，除王、徐外，又有宋白、张去华、宋湜等人，各见其本传。又本集九有《诗序》云："淳化二年八月晦日，夜梦于上前赋诗，既寤，唯省一句云'九日山州见菊花'，间一日有商于贰车之命，实以十月三日到郡。重阳已过，残菊尚多，意梦已征矣。"《长编》三十三引《太宗实录》曰："九月戊戌，王禹偁等始免官。"戊戌，初二日也，与《诗序》合。

十月三日，抵商州。王禹偁由京师经中牟、郑州、荥阳，遇鸿沟，再经新安、硖石，抵阌乡，再由阌乡南下三百里，始抵商州。沿途各有诗记行，并有《与冯伉书》（本集十八），伉与王禹偁同年，时为商州通判，书有："望阁下观古人之行，敦同年之契，穷愁之中，少假气焰，则迁客之幸也。"盖王禹偁兼判大理院时，曾讦冯伉之过，故亲友为之担忧，惧冯伉借机投怨也。在被贬前有《送薛昭序》（本集二十），在赴商州途中有《记蜂》（本集十四）、《吊税人场文》（《外集》八），到商州后，谒四诰庙，有《四诰庙碑》（本集十六），有《商州福寿天王殿碑》（本集十六）。

淳化三年壬辰，三十九岁。

在商州。三月，孙何状元及第，寄诗贺之。《长编》三十三："三月戊戌，上御崇政殿覆试合格进士，……得汝阳孙何以下凡三百二人。"本集八有《闻进士孙何及第因寄》云："昨朝邸吏报商州，闻道孙何得状元。为贺圣朝文物盛，喜于初入紫微垣。"按柳开《河东集》十三《赠诸进士诗》云："今年举进士，必谁登高第。孙传及孙仅，外复有丁谓。"（注云：孙传改名为孙何）知孙、丁在当时文名之盛，丁谓亦今年登第，孙仅等咸平元年状元。柳开本年为滁州团练副使。

七月己巳（十四日），赵普卒。王禹偁作《挽歌》十首。

《挽歌》十首（本集九）。

八月，召种放，辞疾不赴（《皇宋十朝纲要》）。本集九有诗三首记之，有句云："洛南迁客堪羞死，犹望量移近帝城。"本年，弟王禹圭得子，不知在何月（本集十八《与太宗谔书》）。

本年有以下诸文：

《冯氏家集序》（本集二十）。

序云"某去岁自西掖左宦来商"，自署"正月五日"。

《卮言日出赋》（本集二）。

本年殿试赋题。三月作。

《与太宗谔书》（本集十八）。

有"待罪以来，思未及满岁"语，当系在九月前作。

《答黄宗旦第一书》（本集十八）。

附录三 王禹偁年谱简编（黄启方）

按《福建通志》：黄宗旦，惠安人，咸平元年进士第二人。

《商于驿记后序》（本集二十）。

十月十九日作。

《济州龙泉寺修三门记》（本集十六）。

自署"淳化三年某月日记"。

《谏议大夫臧公墓志铭》（本集廿八）。

臧丙卒于本年五月，年五十三。据铭文，王禹偁试进士时，住臧丙家。

淳化四年癸巳，四十岁。

四月，量移解州。

《外集》七《鹽池十八韵》诗序文："淳化四年孟夏日，始自商山（二序原缺）移于解梁。"又本集九有《量移自解》诗云："商山五百五十日，若比昔贤非滞留。"王禹偁以前年十月三日抵商山，五百五十日，约在今年四月十三日。四月孟夏也。考《解县志》五《名宦》云："元之淳化四年自商洛移刺解州，多善政，有题盐池诗，原碑陷县署壁。"按《鹽池十八韵》诗序文言"宗人太常博士侗领池事"，又本集九量移后《留别仲咸》诗有"命薄甘閑副使"语，同卷《解梁官舍》有"副使量移岂是恩"，是王禹偁移解梁仍是团练副使之职，并非"刺解州"也。

八月二十四日，由解州召还朝，拜左正言。《长编》三十四淳化四年八月戊寅下云："初，商州团练副使（商字讹作黄）王禹偁量移解州，因左司谏吕文仲巡抚陕西，疏言父老求徒东土。上即诏禹偁还朝。已卯，授左正言。谓宰相曰：'禹偁文章独步当世，然赋性刚直，不能容物，卿等宜召而戒之'。命直昭文馆。"已卯，二十四日。又《宋史》二百一十《宰辅表》，当时宰相为李昉。太宗既知禹偁"文章独步当世"，却又因其"赋性刚直"而不能用，实亦可叹。

243

《名臣言行录》与《东都事略》所记同。

十一月，直昭文馆。

本传云："淳化四年，召拜左正言，俄直弘文馆，求补郡以便养亲，时使曹州决狱，就知单州，赐钱二十万（应是三十万，见下引《单州谢上表》），至郡十五日，召为礼部员外郎，复知制诰。"《长编》三十五引此注云："直昭文馆在四年十一月，改礼外、知制诰在五年四月。"按：王禹偁既自解州召还为左正言，有诗寄冯伉云："重为东掖垣中士，犹梦西晖旁下山。"又《幕次闲吟》云："月入可供茶作俸，雨多还怯桂为薪。懒求郡印缘何事，曾忝西垣侍从臣。"（本集十）又本集二十五《谢除礼部员外郎知制诰启》有云："去岁量移善地，甄叙通班，贴文馆雠书，奉皇华而按狱。属以高堂垂老，悬磬屡空，恳求郡国之权……"则上表陈情在直昭文馆按狱曹州后，即在明年正月二十一日后。又按本集二十一《陈情表》言："臣闻改过自新，人臣之晚节，弃瑕责效，王者之旧章。伏念臣近自冗员，再叨谏署，……其如亲寄解梁，身趣魂阙，四海无立锥之地，一家有悬磬之忧。……弟兄分散，迫于饥寒，若非内受职名，赐之实俸，外求差使，以救食贫，则何以养高堂垂老之亲，备上国燃金之费！望云就日，非无恋阙之心；玉粒桂薪，未有住京之计。伏望陛下念臣过而能改，进不因人，或西垣再命于演纶，或东鲁且令于承乏，唯中外之二任，系君亲之一言。"当时汴京生活之昂贵可以想见。

淳化五年甲午，四十一岁。

春，上书言边事。

《长编》三十五本年正月下："左正言直昭文馆王禹偁言：'伏观国家出偏师讨李继迁，臣有便宜，比欲论奏，忽奉差使，仍放朝辞，奔命以来，在公少暇，必料天威大振，逆竖已擒，尚恐稽诛，

附录三　王禹偁年谱简编（黄启方）

敢伸前志。'"按《长编》诏讨李继迁在今年正月癸酉（二十日），忽奉差使，当即决狱曹州之命。禹偁之论，以为不必多举兵以击贼，可用计而取之。同时又有宋琪上书，亦言宜守而俟机，不宜追击。王夫之《宋论》二以为太宗自歧沟一败（雍熙三年五月），而"宋琪、王禹偁相奖以成乎怯懦"，盖谓此也。

上表求补郡以养亲。

据上引诸事，知上《陈情表》应在本年春，或与言边事同时上。时在曹州。

四月知单州，在任十五日，五月召还为礼部员外郎、知制诰。

本集二十一《单州谢上表》云："今月九日，曹州进奏院递到敕一道，伏蒙圣慈就差知单州军州事，兼赐钱三百贯文，祇荷宠荣，不任感惧。臣已于今月十七日到本州上讫。"又云："即时赴郡，不日迎亲，本州以臣叨奉新恩，……亦将歌乐远出郊坰，臣先以文书，并令止绝，盖以垄麦未秀，……"知受命时仍在曹州决狱，而麦既未秀，当是四月，设表中所谓九日者为四月九日，则四月十七日到任，遇十五日，是五月初八召入为礼部员外郎知制诰，《谢礼部员外郎知制诰启》有"未遑布政，忽忝归朝，十五日之專城，焉知民瘼"之语。又王禹偁初及第时即任单州成武县主簿一年，今又知单州，自是荣耀，故《单州谢上表》有云："唯臣此任，最是殊恩。"当时感激欢欣之情，盖有衣锦荣归之意也。

丁父忧。

按：明年（至道元年）正月，王禹偁拜翰林学士后，有《谢除翰林学士启》云："去岁召自琴台，再升纶阁，骤荷一人之宠遇，果罹三岁之凶丧。虽勉就于夺情，实重违于素志，……止期卜兆于松楸，再请效官于符竹，岂意未谐私愿，俄辱殊恩。"是今年除知制诰后遭父丧。又本集三十《柳府君墓碣铭》有注云："时有诏，不听吏

245

守三年之丧。"是以王禹偁仍"勉就于夺情"也。其父卒年七十七，赠太子中允致仕。

本年别有以下各文：

《单州谢上表》（本集二十一）。

《谢除礼部员外郎知制诰启》（本集二十五）。

《谢仆射相公求致仕启》（本集二十五）。

按《宰辅表》：李昉于本年五月二十一日致仕。

《回司空相公谢官启》（本集二十五）。

李昉以特进司空致仕。

《右卫将军秦公墓志铭》（本集二十九）。

秦羲之父，本年五月卒。

《故泉州录事参军赠太子洗马陈君墓志铭》（本集三十）。

文有"又请尚书礼部员外郎知制诰王某书墓表"，知在本年五月后作。

《回孙何谢秘书丞直史馆京西转运副使启》（本集二十五）。

据本集二十五《殿中丞赠户部员外郎孙府君墓志铭》序文，孙何任京西转运副使当在本年下半年。

《诸朝贤寄题洪州义门胡氏华林书斋序》（本集十九）。

自署"淳化五年十月十五日"。

至道元年乙未，四十二岁。

正月拜翰林学士，百日而罢。

《学士年表》云："至道元年正月，以礼部员外郎知制诰拜。"按《长编》三十七本年五月甲寅："禹偁坐轻肆罢知滁州。"而本集五《北楼感事》诗有"玉堂百日罢"之语，五月甲寅为九日，上推百日，则在正月廿八左右。本传云："至道元年，召入翰林为学士，知审官院，兼通进银台封驳司。"此百日翰林，为王禹偁一生最得意

附录三　王禹偁年谱简编（黄启方）

之时。二月，上言请祠五岳不御署。

《长编》三十七本年二月："甲申，命宰相及群臣分于京城寺观祠庙祷雨，又命中使分祠五岳。故事：御署祝版以遣之。翰林学士王禹偁上言：'准礼：五岳犹三公，今虽加王爵，犹人臣尔，天子称名恐非古制，请自今更不御署，庶尊卑适序，典礼无差。'上亲批其纸尾曰：'昔唐德宗犹屈拜风雨，且国朝典礼素定，岂可废也。朕为万民祈福，桑林之祷，犹无所惮，至于亲署，又何损焉。'"

五月九日，贬知滁州。

本集二十一《滁州谢上表》云："奉五月九日制，伏蒙圣慈特授臣守尚书工部郎中知滁州军州事，已于六月三日到本州上讫。"按本传："至道元年召入翰林为学士，知审官院兼通进银台封驳司，诏命有不便者，多所论奏。孝章皇后崩，迁梓宫于故燕国长公主第，群臣不成服，禹偁与客言，后尝母仪天下，当遵用旧礼。坐谤讪罢为工部郎中，知滁州。"《长编》三十七于"当遵用旧礼"下云："或以告，上不悦，甲寅，禹偁坐轻肆罢为工部郎中，知滁州。上谓宰相曰：'人之性分，固不可移，朕尝戒勖禹偁，令自修饬，近视举措，终焉不改，禁署之地，岂可复处乎？'"则此次罢黜实出太宗，又与开宝皇后之死有关。《渑水燕谈录》七云："坐辨孝章皇后不实，谪滁州。"故王禹偁于《谢上表》中，于得咎之缘由，深致犹惶之意，有云："臣在内廷一百日间，五十夜次当宿直，白日又在银台通进司、审官院对封驳司勾当公事，与宋湜、吕佑之阅视天下奏章，审省国家诏命，凡干利害，知无不为。三日一到私家，归来已是薄暮。先臣灵筵在寝，骨肉衰绖满身，纵有交朋，无暇接见，不知谤议自何而兴！"又云："臣拜命以来，通宵自省，恐是臣所赁官屋在高怀德宅中，一昨开宝皇后权厝之时，便欲移出，未有去处，甚不惶宁，寻曾指约公人，不令呵喝，切恐贵僧出入，中使往还，相逢之间，难为顾揖。……

伏望陛下思直木先伐之意者，众恶必察之言，曲予保全。"则是王禹偁得罪权幸，遂遭谗谤也。又表中有"诸县丰登，苦无公事；一家饱暖，共荷君恩"之语，后欧阳修守滁州，有《书王元之书像侧（在琅琊山）》诗云："偶然来继前贤迹，信矣皆如昔日言。诸县丰登少公事，一家饱暖荷君恩。想公风采常如在，顾我文章不足论。名姓已光青史上，壁间容貌任尘昏。"（《居士集》一）。又《宋大诏令集》二〇三册收有《黜翰林学士尚书礼部员外郎知制诰王禹偁制》，有："操履无取，行实有违，颇彰轻肆之名，殊异甄升之意。宜迁郎署，俾领方州，勉务省躬，聿图改节。可工部郎中知滁州。"题"至道元年五甲寅"，史传言以"轻肆"罢者，据此也。

八月，立三子元侃为太子，改名恒。（《皇宋十朝纲要》）。

本集二十二有《贺册太子表》。

本年有以下诸文：

《谢除翰林学士启》（本集二十五）。

《代吕相公让左仆射表》（本集二十四）。

《宰辅表》：至道元年四月癸未，吕蒙正以中书左仆射出判河中。

《滁州谢上表》（本集二十一）。

六月三日，抵滁州。

《滁州五伯马进传》（本集十四）。

《答黄宗旦第二书》（本集十八）。

《答张扶书》《再答张扶书》（本集十八）。

《送江翊黄序》（本集二十）。

《答郑褒书》（本集十八）。

《荐戚纶上翰林学士钱若水启》（本集二十五）。

《贺册皇太子表》（本集二十二）。

《贺皇太子笺》（本集二十五）。

附录三　王禹偁年谱简编(黄启方)

《贺皇太子冬笺》(本集二十五)。

《滁州全椒县宝林寺重修大殿碑》(本集十七)。

至道二年丙申，四十三岁。

二月，加承奉郎，旋加朝散大夫。

本集二十一《谢加朝散大夫表》云："臣自去年五月出职，今年二月加恩，承奉郎陛级未崇，朝散阶迁升不次。……遂使死灰之心，稍生于寒焰；戴盆之首，亦见于天光。"按正月己酉新飨太庙，辛亥合祭天地于圜丘，故表中有"礼成天祀，泽霈百僚"，盖郊礼后必推恩赐于天下也。正月己酉为八日，辛亥为十日。

二月壬申(初一)，李昉卒。

本集十有《司空相公挽歌三首》。

十一月二十四日，移知扬州。

本集二十二《扬州谢上表》云："去年自禁中出职滁上"，又云："十一月二十四日枢密院马递敕牒一道至滁州，伏蒙圣慈就差臣知扬州军州事，兼管内堤堰桥道事。……臣已于十二月四日到扬州上讫。"按王禹偁《小畜集自序》云："至道二年乙未岁(乙未岁为至道元年，"二"字误)，黜守滁上，得尚书工部员外郎。明年十二月，移知广陵。"盖十二月四日始到任，故云。

本年有以下诸文：

《贺南郊大赦表》(本集二十二)。

《谢历日表》(本集二十一。)

《谢加朝散大夫表》(本集二十一)。

《画记》(本集十五)。

记文云"淳化甲午岁，某小子实罹大罚"，又云"大祥已竟"。按淳化甲午即淳化五年，王禹偁父约卒于是年五月，大祥为二十五月之祭，则在今年七月作。

《答丁谓序》（本集十八）。

《送郑褎序》（本集二十）。

有"官署历闰在孟秋"，考《二十史朔闰表》，是年闰七月，七月即孟秋也。

《送徐宗孟序》（本集二十）。

《殿中丞赠户部员外郎孙府君墓志铭》（本集二十九）。

柳赞善写真赞（《外集》十三）。

《扬州谢上表》（本集二十二）。

至道三年丁酉，四十四岁。

三月五日终丧，有《谢落起复表》（本集二十二）。

《表》云："今月五日进奏院递到敕牒官告各一道，蒙恩落起复，授臣依前尚书工部郎中知扬州军州事。丧纪爰终，朝恩遽至，泣血罔极，悼心失图。伏以三年之丧，百王不易。墨衰急用，本因将帅之臣；缞经从公，罔叶《春秋》之义。臣顷居近职，方执通丧，断恩勉副于鸿私，达礼重违于素志，……日月有期，俄卒禫祥之制。"按此表在扬州上，表中又称皇帝尊号，真宗在咸平二年十一月始有尊号，而王禹偁本年六月解扬州职，王禹偁父卒于淳化五年五月，至今年三月，盖即终丧矣，故言"丧纪爰终"云云。

三月癸巳（二十九日），太宗崩，真宗即位枢前（《长编》四十一）。

四月乙未（一日），尊皇后为皇太后，大赦天下（《长编》四十一）。

本集二十二有《贺皇帝嗣位表》《贺册皇太后表》均言"奉四月一日制书"。

弟禹圭授将仕郎，试秘书省校书郎。

本集二十二有《谢弟禹圭授试衔表》云："臣某言，臣禹圭昨差

附录三　王禹偁年谱简编（黄启方）

押本州岛贺登宝位进奉，伏蒙圣慈授将仕郎，试秘书省校书郎。……先臣惜其幼子，……渐及强仕，未有出身。"知禹圭今年近四十岁。

五月丁卯（四日），诏御史台告谕内外文武群臣，自今人君有过，时政或亏，军事臧否，民间利害，并许直言极谏，抗疏以闻（《长编》四十一）。

五月十八日，王禹偁上疏言五事。

《宋史鉴》四十二录全文，其所言五事：其一曰谨边防，通盟好；其二曰减冗兵，併冗吏；三曰艰选举，使入官不滥；四曰沙汰僧尼，使民无耗夫；五曰亲大臣，远小人。

五月丁亥（二十四日），立秦国夫人郭氏为皇后（《长编》四十一）。

本集二十二有《贺册皇后表》。

六月己亥（六日）翰林学士承旨宋白上大行皇帝谥曰神功圣德文武，庙号太宗（《长编》四十一）。

本集二十二有《慰上大行皇帝谥号庙号表》。

是日，转刑部郎中，旋解职归京。

本集二十二有《谢转刑部郎中表》，云："今月六日，进奏院递到敕牒一道、官告一通，伏蒙圣慈特授臣尚书刑部郎中，散官勋赐如故。……先帝登遐，奉讳之辰，号天冈极。"知在此日。又本集二十五《谢除刑部郎中知制诰启》云："寻以拜章言事，解印归京，睹七月之园陵，魂销弓剑。"以园陵指太宗陵寝永熙陵，太宗以十月己酉（十八日）葬，此时仍在营建中。然知王禹偁必在此时卸知扬州职。

十月，上表请撰《太宗实录》。

本集二十二《请撰大行皇帝实录表》云："今陵寝有日，论谥足资，偁得措一词于帝典之中，署一名于国史之后，臣虽死之日，

251

如生之时。"太宗于十月十八日葬,则表在此前上。

十一月己巳(八日),诏工部侍郎、集贤院学士钱若水修《太宗实录》(《长编》四十二)。王禹偁请预修,不果。《太宗实录》原八十卷,今仅存二十卷。十二月二十四日,复知制诰。

本集二十二《黄州谢上表》云:"伏奉去年十二月二十九日敕落知制诰,差知黄州军州事。……伏念臣叨司帝诰,又历周星。"是禹偁以刑部郎中知制诰在本年十二月,至明年十二月二十九日落职是"又历周星"。《长编》四十二至道三年十二月甲寅:"以夏、绥、银、宥、静五州赐赵保吉,翌日命禹偁守本官复知制诰。"按:王禹偁五月十八日上疏有"请赦继迁之罪,复与夏台"之议。十二月甲寅为廿三日,则王禹偁知制诰在二十四日。

本年别有以下各文:

《扬州建隆寺碑》(本集十七)。

《答晁礼丞书》(本集十八)。

《皇华集序》(本集二十)。

真宗咸平元年戊戌,四十五岁。

九月,上表乞赐种放孝赠。

《长编》四十三本年九月:"豹林谷隐士种放母死,贫不克葬,遣僮奴告于翰林学士宋湜等,湜与钱若水、王禹偁同上言。……壬申(十六日)优诏赐放粟帛缗钱。"

十月戊子(三日),张齐贤、李沆相(《宰辅表》)。

十二月二十九日,出知黄州。

本集十八《黄州新建小竹楼记》云:"戊戌岁除日,又有齐安之命,己亥闰三月到郡。"戊戌即本年。本传云:"咸平初,预修《太祖实录》,直书其事。时宰相张齐贤、李沆不协,意禹偁议论轻重其间,出知黄州。"《长编》四十三本年十二月:"刑部郎中知制诰王

附录三　王禹偁年谱简编（黄启方）

禹偁，预修《太祖实录》，或言王禹偁以私意轻重其间，甲寅（廿九日）落职知黄州。"按本集廿二《黄州谢上表》云："去年十二月二十九日敕落知制诰差知黄州军州事，逼于日限，寻即朝辞，自后以改葬先臣，蒙恩给假，已于今月二十七日到州上讫。"又据《小竹楼记》，则明年闰三月二十七日始到黄州任。表又云："臣叨司帝诰，又历周星，既不曾上殿求见天颜，又不曾拜章论列时事，入直则闭阁待制，退朝则闭门读书。虽每日起居，实经年抱疾，不敢求假，恐烦医官。自后忝预史臣，同修实录，书夜不舍，寝食难忘，已尽建隆四年，见成一十七卷。虽然未有经进御，自谓小有可观，忽坐流言，不容绝笔。夫谗谤之口，圣贤难逃。"则被贬确与修史有关。重修《太祖实录》在九月己巳（十三日）（《长编》四十三）。《宋史》二八三《李沆传》："咸平初，以本官平章事监修国史。"而张、李之不协，已非一日。叶梦得《石林燕语》云："王元之初自掖垣谪商州团练副使，未几复为学士，至道中复自学士谪守滁州。真宗即位，以刑部郎中召为知制诰，凡再贬还朝不能无怏怏。时张丞相齐贤、李文定沆当国，乃以诗投之曰：'早有虚名达九重，官途流落渐龙钟。散为郎吏同元稹，羞见都人看李邕。旧日谬吟红药树，新朝曾献皂囊封。犹期少报君恩了，归卧山林作老农。'然亦竟坐张齐贤不悦，继有黄州之迁，盖虽困而不屈也。"诗见本集十一《阁下言怀上执政三首》之二。又《外集》七有《出守黄州上史馆相公（即李沆）》诗云："出入西垣与内廷，十年四度直承明。又为太守黄州去，依旧郎官白发生。贫有妻贤须有禄，老无田宅可归耕。未甘便葬江鱼腹，敢向台阶请罪名。"足见其愤激不平之气。又《渑水燕谈录》七载"王元之谪黄州，实由宰相不悦，交亲无敢私见，惟窦元宾握手泣言于合门曰：'天使公屡出，岂非命耶！'士大夫高之。元之以诗谢之曰：'唯有南宫窦员外，为我垂泪合门前。'"又载"禹偁前任翰林，作齐贤罢相麻，其辞丑诋。"（李心传《旧闻证误》一同）考王禹偁为翰林学士在至道元年正月至五月，张齐贤淳化四年六月免相，时王禹偁在解州，无由草诏。又王禹偁淳化二年九月贬商州时，张齐贤为刑部侍郎，旋入相，本年贬黄州，均与张齐贤有关，可谓巧合。

赴任黄州之前，告假改葬亡父。

《黄州谢上表》云："……逼于日限，寻即朝辞。自后以改葬先臣，蒙恩给假。"按：王禹偁以十二月二十九日奉诏知黄州，明年闰三月抵黄州，中间三个月，为其父营葬。本集六《一品孙郑昱》诗云："卜葬得假告，南出安上门。鞭马六十里，暮投中书村。"又按，《彭城集》三十七《赐兵部侍郎王公（嘉言）墓志铭》云："享年四十七，葬于开封府开封县宰辅乡凤池里先茔之次"，所谓"中书村"，即"宰辅乡"也。

本年有以下诸文：

《野兴亭记》（本集十七）。

自署本年二月作。

《为兵部向侍郎谢恩表》（本集二十四）。

《宰辅表》：咸平元年十月己丑，向敏中自枢密副使加兵部侍郎，除参知政事。

《为温侍郎谢除礼部尚书表》（本集二十四）。

《宰辅表》：本年十月己丑，温仲舒自吏部侍郎参知政事以礼部尚书免。

《为兵部张相公谢官表》（本集二十四）。

《宰辅表》：十月戊子，张齐贤自守户部尚书、知安州加兵部尚书、同中书门下平章事。

《为史馆李相公让官表》（本集二十四）。

254

附录三　王禹偁年谱简编（黄启方）

《宰辅表》：十月戊子，李沆自户部尚书、参知政事仍本官加同中书门下平章事、监修国史。

《殿中丞赠太常少卿桑公神道碑铭》（本集二十九）。

《三黜赋》（本集一）。

有"今去齐安，发白目昏"语，是在赴齐安（即黄州）前作。

咸平二年己亥，四十六岁。

闰三月二十七日抵黄州，有《黄州谢上表》（已见前引）。

六月十三日，授朝请大夫，赐绢五十疋，银五十两，以预修《太祖实录》故也。

《长编》四十四本年六月丁巳（六日）："宰臣监修国史李沆等上《重修太祖实录》五十卷。上览之称善，……仍降诏嘉奖，……钱若水而下又加散官食邑。"

本集二十有《谢加朝请大夫表》。

十一月，黄州城南长圻村两虎夜斗，一虎死，食之殆半。欲密奏，值真宗北征，以飞吉祥，难闻行在，乃罢（见《宋史纪事本末》二十，详明年十月）。按：王禹偁生于寅年，生肖属虎。

十一月乙未（十六日），诏以边境驿骚，取来月暂幸河北。十二月甲寅（五日），发京师（《真宗本纪》）。王禹偁上《起居表》（本集二十二）。

十本年别有以下诸文：《黄州重修文宣王庙壁记》（本集十七）。

《谢衣袄表》（本集二十一）。

《黄州新建小竹楼记》（本集十七）。

自署本年八月十五。

《黄州齐安永兴禅院记》（本集十七）。

自署本年八月十五。

《左街僧录通慧大师文集序》（本集二十）。

通慧大师释赞宁，时年八十二岁。

《孟水部诗集序》（本集二十）。

《著作佐郎赠国子博士鞠君墓志铭》（本集三十）。

咸平三年庚子，四十七岁。

正月丁亥（九日），范廷昭大破契丹于莫州东三十里，斩首万余级。王禹偁有《贺胜捷表》（本集二十二）。

正月辛卯（十三日），王均反益州。甲午（十六日），以雷有终讨之（《长编》四十六）。

正月甲午（十六日），真宗发大名，庚子（二十二日）抵京。王禹偁有《贺圣驾还京表》（本集二十二）。

四月，上《谢宣赐表》。表云："今月八日进奏院递到宣头一道，伏蒙圣慈以臣先撰《元德皇太后谥册文》，特赐臣衣着五十匹，银器五十两。礼毕园陵，恩沾论譔。……今者谥册入陵，神主衬庙。"按：《皇宋十朝纲要》："元德皇后以至道二年三月十二日崩，咸平元年五月日谥曰元德。"又《长编》四十七本年四月乙卯（八日）："改葬元德皇太后于永熙陵侧，奉神主衬享别庙。"

十月，收复益州。

《长编》四十七本年十月辛亥："雷有终遣使驰奏益州平"，《真宗本纪》："冬十月甲辰，雷有终大败贼党，复益州。"甲辰，十月一日，辛亥，十月八日。按《长编》详载王均于甲辰日兵败自缢死，是甲辰日败王均而辛亥日奏捷。

十月，上疏言黄州灾异以自劾。

《宋史纪事本末》二十："三年冬十月，知黄州王禹偁上疏曰：……今年八月十三日、十四日夜，群鸡忽鸣，至今时复夜鸣不止。又十月十三日，雷声自西北起，与盛夏无殊。……"此疏全文又见于《宋名臣奏议》卷三十七，题《上真宗论黄州虎斗鸡鸣冬雷之异》。按本传及

附录三　王禹偁年谱简编（黄启方）

《长编》均将黄州灾异事列于咸平四年六月，与禹偁之卒并叙，以说明其上应灾异而死。《长编》言"仲冬震雷暴作"，仲字误。又疏有："臣又念古之循吏，政感神灵，……此皆臣化人无状，布政失和。合置常刑，以当自劾。"真宗览奏，为之怃然，遣内侍乘驿劳问，醮禳之，并询日官，则言守土者当其咎，惜其才，遂命徙知蕲州（今湖北蕲春）。

徙蕲州在明年。

十一月二十三日，张齐贤罢相。

《宰辅表》云：十一月丙申，门下侍郎张齐贤以朝会失仪守本官免。按李心传《旧闻证误》一云："张忠定（咏）为御史丞，弹奏张丞相齐贤，齐贤深以为恨，言于上曰：'张咏本无文，凡有申奏，皆婚家王禹偁代之。'王禹偁前在翰林，作齐贤罢相麻，其词丑诋，故并欲中伤之。公闻自辩，因以所作文进。"上大悦。又《渑水燕谈录》二载："忠定公为御史中丞，一日于行香所，宰相张齐贤呼参知政事温仲舒为乡弟，及他语尤鄙。公以非所宜言，失人臣体，遂弹奏之。齐贤深以为恨。后于上殿短公曰：'张咏本无文，凡有章奏，皆婚家王禹偁代为之。'"禹偁前任翰林，作齐贤罢相麻，其辞丑诋，及再入中书，禹偁亦再知制诰，故两中伤之。公闻，自辩曰：'臣苦心文学，缙绅莫不知，今齐贤以臣假手于人，是掩上之明，诬臣之非罪也。'上曰：'卿平生著述几多。可进来。'公遂以所著进。上阅于图阁未竟，赐坐，曰："今日暑甚。"顾黄门于御几，取常所执红绡金龙扇赐公，且称文善。公起再拜，乃纳扇于几上，曰："便以赐卿，美今日献文事也"。考王禹偁未曾有作张齐贤罢相麻之事，说已见前。韩琦作张咏神道碑云："咸平初，改御史中丞，承天节大臣主斋会，被酒不如礼，公弹奏之，无所惮。"按本传张咏于咸平元年为御史中丞，奏弹大臣亦在元年，咸平二年夏，即以工部侍郎出知杭州。又《宋史》二六五《张齐贤传》则云："舆李沆同事不相得，坐冬至朝会被酒失仪免相。"是张咏弹奏之大臣，恐未必是张齐贤，是则元年之事，何至三年始决。然张咏进文事则确有之，《乖崖集》卷十有《进文字表》，卷十一有《谢进文字赐诏奖谕状》，但亦与张齐贤无关。《进文字表》云："某因接内侍高品赵履信言语，履信谓臣曰：'多见朝臣言尚书文章高古，理道深远；圣君好文，何不写录一本进呈者。'"按：张咏为工部尚书已在大中祥符三年矣。

十二月，上疏言事。

《长编》四十七本年十二月壬申："初，濮州有盗夜入城，略知州王守信、监军王昭度。知黄州王禹偁闻之，以为国家武备不修，故盗贼窃发近辅，因奏疏曰：（略）疏奏，上嘉纳之。"

十二月三十日，自序《小畜集》。

按：王禹偁自编文集当自去年始，本集十三《还杨遂蜀中集》诗有"近命编缀《小畜集》，谪官诗什何纷如"，而序云："咸平二年，守本官知齐安郡，四十有六，发白目昏，居常多病，大惧没世名不称矣，因阅平生所为文，散失焚弃之外，类而第之，得三十卷。"小畜之取义，序中言之甚详。

本年别有以下诸文：

《江州广宁监记》（本集九七）。

自署本年三月。

《潭州岳麓山书院记》（十九集十七）。

自署本年某月。

《无愠斋记》（本集十七）。

自署十月二十一日。

咸平四年辛丑，四十八岁。

二月，令各路置病囚院，从禹偁之请。

附录三　王禹偁年谱简编（黄启方）

《长编》四十八本年二月："从知黄州王禹偁之请，令诸路置病囚院，持杖劫贼徒流以上有疾者处之。"

六月，徙知蕲州。

本传云："真宗惜其才，遂命徙蕲州。王禹偁上表谢有'宣室鬼神之问，不望生还；茂陵封禅之书，止期身后'，上异之，果至郡未逾月而卒。"《蕲州谢上表》今不见集中。

六月十七日，卒于蕲州。

按：本传、《长编》《东都事略》俱言移蕲未逾月而卒。逾月指逾当月，则徙蕲在六月初。《长编》系卒日于六月辛巳，辛巳，六月十七日。又《渑水燕谈录》六云："谢表有'茂陵封禅之书，止期身后'之语。帝深异之，促诏还台，未行捐馆。帝甚叹息之。"考它书均无"促诏还台"之记载。又苏轼谪黄州，作《五禽言》诗，自注云："王元之自黄移蕲州，闻啼鸟，问其名。或对曰：'此名蕲春鬼。'元之大恶之，果卒于蕲。"见《东坡前集》十二。

六月戊午（十八日），讣闻。

本传云："讣闻，甚悼之，厚赙其家，赐一子出身。"按：王禹偁次子嘉言今年才十三岁，赐出身者当为长子嘉佑。王禹偁卒，友人谏议大夫戚纶诔之曰："事上不回邪，居下不谄佞。见善若己有，嫉恶如雠仇。"人以为知言。（《宋名臣言行录》九）。

本传云：王禹偁词学敏赡，遇事敢言，喜臧否人物，以直躬行道为己任。尝云："吾若生元和时，从事于李绛、崔群间斯无愧矣！"其为文著书，多涉规讽，以是颇为流俗所不容，故屡见摈斥。所与游必儒雅后进，有词艺者，极意称扬之。如孙何、丁谓辈，多游其门。赞曰："禹偁醇文奥学，为世宗仰。"

附录四 王禹偁史料汇编

一 元·脱脱《宋史·卷二百九十三·列传第五十二·王禹偁》

王禹偁,字符之,济州巨野人。世为农家,九岁能文,毕士安见而器之。太平兴国八年擢进士,授成武主簿。徙知长洲县,就改大事评事。同年生罗处约时宰吴县,日相与赋咏,人多传诵。端拱初,太宗闻其名,召试,擢右拾遗、直史馆,赐绯。故事,赐绯者给涂金银带,上特命以文犀带宠之。即日献《端拱箴》以寓规讽。

时北庭未宁,访群臣以边事。禹偁献《御戎十策》,大略假汉事以明之:"汉十二君,言贤明者,文、景也;言昏乱者,哀、平也。然而文、景之世,军臣单于最为强盛,肆行侵掠,候骑至雍,火照甘泉。哀、平之时,呼韩邪单于每岁来朝,委质称臣,边烽罢警。何邪?盖汉文当军臣强盛之时,而外任人、内修政,使不能为深患者,由乎德也。哀、平当呼韩衰弱之际,虽外无良将,内无贤臣,而致其来朝者,系于时也。今国家之广大,不下汉朝,陛下之圣明,当让文帝。契丹之强盛,不及军臣单于,至如挠边侵塞,岂有候骑至雍,而火照甘泉之患乎?亦在乎外任人、内修德尔。臣愚以为:

外则合兵势而重将权,罢小臣诇逻边事,行间谍离其党,遣赵保忠、折御卿率所部以掎角。下诏感励边人,使知取燕蓟旧疆,非贪其土地;内则省官以宽经费,抑文士以激武夫,信用大臣以资其谋,不贵虚名以戒无益,禁游惰以厚民力。"帝深嘉之。又与夏侯嘉正、罗处约、杜镐表请同校《三史书》,多所厘正。

二年,亲试贡士,召禹偁,赋诗立就。上悦曰:"此不逾月遍天下矣。"即拜左司谏、知制诰。是冬,京城旱,禹偁疏云:"一谷不收谓之馑,五谷不收谓之饥。馑则大夫以下,皆损其禄;饥则尽无禄,廪食而已。今旱云未沾,宿麦未苗,既无积蓄,民饥可忧。望下诏直云:'君臣之间,政教有阙,自乘舆服御,下至百官奉料,非宿卫军士、边庭将帅,悉第减之,上答天谴,下厌人心,俟雨足复故。'臣朝行中家最贫,奉最薄,亦愿首减奉,以赎耗蠹之咎。外则停岁市之物;内则罢工巧之伎。近城掘土,侵冢墓者瘗之;外州配隶之众,非赃盗者释之。然后以古者猛虎渡河、飞蝗越境之事,戒敕州县官吏。其余军民刑政之弊,非臣所知者,望委宰臣裁议颁行,但感人心,必召和气。"

未几,判大理寺,庐州妖尼道安诬讼徐铉,道安当反坐,有诏勿治。禹偁抗疏雪铉,请论道安罪,坐贬商州团练副使,岁余移解州。四年,召拜左正言,上以其性刚直不容物,命宰相戒之。直弘文馆,求补郡以便奉养,得知单州,赐钱三十万。至郡十五日,召为礼部员外郎,再知制诰。屡献讨李继迁便宜,以为继迁不必劳力而诛,自可用计而取。谓宜明数继迁罪恶,晓谕蕃汉,垂立赏赐,高与官资,则继迁身首,不枭即擒矣。其后潘罗支射死继迁,夏人款附,卒如禹偁言。

至道元年,召入翰林为学士,知审官院兼通进、银台、封驳司。诏命有不便者,多所论奏。孝章皇后崩,迁梓宫于故燕国长公主第,群臣不成服。禹偁与客言,后尝母仪天下,当遵用旧礼。坐谤讪,罢为工部郎中、知滁州。初,禹偁尝草《李继迁制》,送马五十匹为润笔,禹偁却之。及出滁,闽人郑褒徒步来谒,禹偁爱其儒雅,为买一马。或言买马亏价者,太宗曰:"彼能却继迁五十马,顾肯亏一马价哉?"移知扬州。真宗即位,迁秩刑部,会诏求直言,禹偁上疏言五事:

一曰谨边防,通盟好,使辇运之民有所休息。方今北有契丹,西有继迁。契丹虽不侵边,戍兵岂能减削?继迁既未归命,馈饷固难寝停。关辅之民,倒悬尤甚。臣愚以为宜敕封疆之吏,致书辽臣,俾达其主,请寻旧好。下诏赦继迁罪,复与夏台。彼必感恩内附,且使天下知陛下屈己而为民也。

二曰减冗兵,并冗吏,使山泽之饶,稍流于下。当乾德、开宝之时,土地未广,财赋未丰,然而击河东,备北鄙,国用未足,兵威亦强,其义安在?由所蓄之兵锐而不众,所用之将专而不疑故也。自后尽取东南数国,又平河东,土地财赋,可谓广且丰矣,而兵威不振,国用转急,其义安在?由所蓄之兵冗而不尽锐,所用之将众而不自专故也。臣愚以为宜经制兵赋,如开宝中,则可高枕而治矣。且开宝中设官至少。臣本鲁人,占籍济上,未及第时,一州止有刺史一人、司户一人,当时未尝阙事。自后有团练推官一人,太平兴国中,增置通判、副使、判官、推官,而监酒、榷税算又增四员。曹官之外,更益司理。问其租税,减于曩日也;问其人民,逃于昔时也。一州既尔,天下可知。冗吏耗于上,冗兵耗于下,此所以尽取山泽之利,而不能足也。夫山泽之利,与民共之。自汉以来,取为国用,不可弃也;然亦不可尽也。只如茶法从古无税,唐元和中,以用兵齐、蔡,始税茶。唐史称是岁得钱四十万贯,今则数百万矣,民何以堪?臣故曰减冗兵,并冗吏,使山泽之饶,稍流于下者此也。

三曰艰难选举，使入官不滥。古者乡举里选，为官择人，士君子学行修于家，然后荐之朝廷，历代虽有沿革，未尝远去其道。隋、唐始有科试，太祖之世，每岁进士不过三十人，经学五十人。重以诸侯不得奏辟，士大夫罕有资荫，故有终身不获一第，没齿不获一官者。太宗毓德王藩，睹其如此。临御之后，不求备以取人，舍短用长，拔十得五。在位将逾二纪，登第殆近万人，虽有俊杰之才，亦有容易而得。臣愚以为数百年之艰难，故先帝济之以泛取，二十载之需泽，陛下宜纠之以旧章，望以举场还有司，如故事。至于吏部铨官，亦非帝王躬亲之事，自来五品已下，谓之旨授官，今幕职、州县而已，京官虽有选限，多不施行。臣愚以为宜以吏部还有司，依格敕注拟可也。

四曰沙汰僧尼，使疲民无耗。夫古者惟有四民，兵不在其数。盖古者井田之法，农即兵也。自秦以来，战士不服农业，是四民之外，又生一民，故农益困。然执干戈卫社稷，理不可去。汉明之后，佛法流入中国，度人修寺，历代增加。不蚕而衣，不耕而食，是五民之外，又益一而为六矣。假使天下有万僧，日食米一升，岁用绢一匹，是至俭也，犹月费三千斛，岁用万缣，何况五七万辈哉。不曰民蠹得乎？臣愚以为国家度人众矣，造寺多矣，计其费耗，何啻亿万。先朝不豫，舍施又多，佛若有灵，岂不蒙福？事佛无效，断可知矣。愿陛下深鉴治本，亟行沙汰，如以嗣位之初，未欲惊骇此辈，且可以二十载，不度人修寺，使自销铄，亦救弊之一端也。

五曰亲大臣，远小人，使忠良謇谔之士，知进而不疑，奸憸倾巧之徒，知退而有惧。夫君为元首，臣为股肱，言同体也。得其人则勿疑，非其人则不用。凡议帝王之盛者，岂不曰尧、舜之时，契作司徒，咎繇作士，伯夷典礼，后夔典乐，禹平水土，益作虞官。委任责成，而尧有知人任贤之德。虽然，尧之道远矣，臣请以近事言之。唐元和中，宪宗尝命裴垍铨品庶官，垍曰："天子择宰相，宰相择诸司长官，长官自择僚属，则上下不疑，而政成矣。"识者以垍为知言。愿陛下远取帝尧，近鉴唐室，既得宰相，用而不疑。使宰相择诸司长官，长官自取僚属，则垂拱而治矣。古者刑人不在君侧，《语》曰："放郑声，远佞人。"是以周文王左右，无可结袜者，言皆贤也。夫小人巧言令色，先意希旨，事必害正，心惟忌贤，非圣明不能深察。旧制，南班三品，尚书方得升殿；比来三班奉职，或因遣使，亦许升殿，惑乱天听，无甚于此。愿陛下振举纪纲，尊严视听，在此时矣。

臣愚又以为今之所急，在先议兵，使众寡得其宜，措置得其道。然后议吏，使清浊殊涂，品流不杂，然后艰选举以塞其源，禁僧尼以去其耗，自然国用足而王道行矣。

疏奏，召还，复知制诰。咸平初，预修《太祖实录》，直书其事。时宰相张齐贤、李沆不协，意禹偁议论轻重其间。出知黄州，尝作《三黜赋》以见志。其卒章云："屈于身而不屈于道兮，虽百谪而何亏！"三年，濮州盗夜入城，略知州王守信、监军王昭度，禹偁闻而奏疏，略曰：

伏以体国经野，王者保邦之制也。《易》曰"王公设险，以守其国"。自五季乱离，各据城垒，豆分瓜剖，七十余年。太祖、太宗，削平僭伪，天下一家。当时议者，乃令江淮诸郡毁城隍、收兵甲、彻武备者，二十余年。书生领州，大郡给二十人，小郡减五人，以充常从。号曰长吏，实同旅人；名为郡城，荡若平地。虽则尊京师而抑郡县，为强干弱枝之术，亦匪得其中道也。臣比在滁州，值发兵挽漕，关城无人守御，止以白直代主开闭，城池颓圮，铠仗不完。及徙维扬，称为重镇，乃与滁州无异。尝出铠甲三十副，与巡警使臣，彀弩张弓，十损四五，盖不敢擅有修治，上下因循，遂至于此。

附录四　王禹偁史料汇编

今黄州城雉器甲，复不及滁、扬。万一水旱为灾，盗贼窃发，虽思御备，何以枝梧。盖太祖削诸侯跋扈之势，太宗杜僭伪觊望之心，不得不尔。其如设法救世，久则弊生，救弊之道，在乎从宜。疾若转规，固不可胶柱而鼓瑟也。今江、淮诸州，大患有三：城池堕圮，一也；兵仗不完，二也；军不服习，三也；濮贼之兴，慢防可见。望陛下特纡宸断，许江、淮诸郡，酌民户众寡，城池大小，并置守捉。军士多不过五百人，阅习弓剑，然后渐茸城壁，缮完甲胄，则郡国有御侮之备，长吏免剽略之虞矣。

疏奏，上嘉纳之。

四年，州境二虎斗，其一死，食之殆半。群鸡夜鸣，经月不止。冬雷暴作。禹偁手疏引《洪范传》陈戒，且自劾；上遣内侍乘驲劳问，醮禳之，询日官，云："守土者当其咎。"上惜禹偁才，是日，命徙蕲州。禹偁上表谢，有"宣室鬼神之问，不望生还；茂陵封禅之书，止期身后"之语。上异之，果至郡未逾月而卒，年四十八。讣闻，甚悼之，厚赐其家。赐一子出身。

禹偁词学敏赡，遇事敢言，喜臧否人物，以直躬行道为己任。尝云："吾若生元和时，从事于李绛、崔群间，斯无愧矣。"其为文著书，多涉规讽，以是颇为流俗所不容，故屡见摈斥。所与游必儒雅，后进有词艺者，极意称扬之。如孙何、丁谓辈，多游其门。有《小畜集》二十卷、《承明集》十卷、《集议》十卷、诗三卷。子嘉佑、嘉言俱知名。

嘉佑为馆职，寇准曰："吾尹京，外议云何？"对曰："人言丈人且入相。"准曰："于吾子意何如？"嘉佑曰："以愚观之，不若不为相之善也，相则誉望损矣。自古贤相，所以能建功业、泽生民者，其君臣相得，如鱼之有水，故言听计从，而臣主俱荣。今丈人负天下重望，中外有太平之责焉，丈人于明主，能若鱼之有水乎？"准大喜，执其手曰："元之虽文章冠天下，至于深识远虑，或不逮吾子也。"嘉佑官不显。

嘉言以进士第为江都簿，真宗尝观禹偁奏章，嗟美切直，因访其后，宰相以嘉言闻。即召对，擢大理评事，至殿中侍御史。

曾孙汾举进士甲科，仕至工部侍郎，入元祐党籍。

二 丁傅靖《宋人轶事汇编卷五·王元之·子嘉言曾孙汾》

王元之，济州人，年七八岁，已能文。毕文简为郡从事，闻其家以磨面为生，因令作磨诗，元之不思，即对曰："但存心里正，无愁眼下迟。若人轻着力，便是转身时。"文简大奇之，留于子弟间讲学。一日太守席上出诗句："鹦鹉能言争似凤。"坐客皆未有对，文简写之屏间，元之书其下："蜘蛛虽巧不如蚕。"文简叹息曰："经纶之才也。"遂加以衣冠，呼为小友。至文简入相，元之已掌书命。——《邵氏闻见录》。《西清诗话》略同。吕希哲《侍讲杂记》谓鹦鹉对为梁颢事。

王元之病鹤诗云："埋瘗肯同鹦鹉冢，飞鸣不到凤凰池。"其文学才藻，登金马玉堂不难也。竟不至其地，见于此矣。——《诗话总龟》。

王元之，淳化间在禁从，梦赋诗上前，记一句云："九日山间见菊花。"莫喻其然，翌日授商州团练副使。初抵官所，菊纷盈于目。——《珍席放谈》。

太宗欲周知天下事，虽疏远小臣，皆得登对。王禹偁大以为不可，上疏曰："至如三班奉职，其卑贱可知。"云云。当时盛传其语。未几王坐论妖尼道安救徐铉事，贬商州团练副使。一日从太守赴国忌行香，天未明，仿佛见一人紫袍秉笏，立于佛殿之前。王意其官高，欲与之叙位，其人敛板曰："某即可知也。"王不晓其言而问，其人曰："公尝疏言三班奉职，卑贱可知。某今官为借职，是即可知也。"王怃然自失。——《东轩笔录》。

王元之谪齐安郡，民物荒凉，殊无况，营妓有不佳者，公诗云："忆昔西都看牡丹，稍无颜色便心阑。而今寂寞山城里，鼓子花开也喜欢。"——《能改斋漫录》。

王元之初自掖垣谪商州，至道间复自学士谪滁州。真宗即位，以刑部郎召知制诰，凡再贬还朝，不无怏怏。时张丞相齐贤、李文定沆当国，以诗投之曰："早有虚名达九重，宦途流落渐龙钟。散为郎吏同元稹，羞见都人看李邕。旧日谬吟红药树，新朝曾献皂囊封。犹祈少报君恩了，归卧山林作老农。"齐贤不悦，继有黄州之迁。——《石林燕语》。

王元之在朝，与宰相不相能，作江豚诗刺之，讥其肥大云："食啖鱼虾颇肥腯。"又云："江云漠漠江雨来，天意为云不干汝。"俗云江豚出能致风雨也。——《事实类苑》。靖按此即刺张齐贤。

王元之尝作三黜赋，初为司谏，疏辨徐铉，贬商州，召归为学士。孝章皇后迁梓宫，群臣不成服，元之坐讪谤出守滁州。召还知制诰，撰太祖玉册，语涉轻诬，时相不悦，密奏黜黄州。泊近郊，将行，时苏易简内翰榜下放孙何等进士三百五十三人及第，奏曰："禹偁禁林宿儒，累为迁客，漂泊可念。臣欲令榜下诸生，期集送于郊。"奏可之。至日行送过西短亭，诸生拜别于官桥，元之口占一绝付状元曰："为我深谢苏公，偶不暇笔砚。"其诗曰："缀行相送我何荣，老鹤乘轩愧谷莺。三入承明不知举，看人门下放诸生。"时交亲纵深密者，不敢私近，惟窦元宾执手泣于阁门，曰："天乎！得非命欤！"公后以诗谢云："惟有南宫窦员外，为余垂泪阁门前。"至郡未几，二虎斗于郡境，一死之，食殆半，群鸡夜鸣，冬雷雨雹。诏内臣驰驿劳之，命设禳谢，司天奏守土者当其咎。即命徙蕲，上表谢，略曰："宣室鬼神之对，不望生还；茂陵封禅之文，止期身后。"上览曰："噫，禹偁其亡乎？"御袖掩涕。至郡，逾月卒。尝侍琼林，太宗独召至御榻，面戒之曰："卿聪明文章，在有唐不下韩、柳之列。但刚不容物，人多沮卿，使朕难庇。"禹偁泣拜。——《玉壶清话》。《渑水燕谈录》略同。

元之自黄移蕲，临终遗表云："岂期游岱之魂，遂协生桑之梦。"盖昔人梦生桑。占者云桑乃四十八，果以是岁卒。元之亦四十八而殁也，临殁用事犹精当如此。——《四六丛话》。

王元之在黄州作竹楼与无愠斋，纪其末云："后人公退之余，召高僧道侣，烹茶炼药则可矣。若易为厩库厨传，非吾徒也。"后安信可至访之，则楼且半圮，而斋已更为马厩矣。求其记，则庖人取所刻石压羊肉，信可叹曰："元之岂前知也，抑其言遂为谶也。"于是楼与斋皆葺如旧，而以其记龛之于壁。——《曲洧旧闻》。《梦溪笔谈》云：余见饔人以石镇肉，视之，乃宋海陵王墓铭，谢朓撰书，字如钟繇。

王元之有僮名青猨【同猿。】——《研北杂志》。

王禹偁子嘉言，为馆职，平居若愚骏，独寇莱公知之，喜与之语。莱公知开封府，一日问嘉言曰："外人谓劣丈云何？"嘉言曰："外人皆云旦夕入相。"莱公曰："于吾子意何如？"嘉言曰："以愚观之，丈人不若未相为善，相则誉望损矣。"莱公曰："何故？"嘉言曰："自古君臣相得，皆如鱼之有水。今丈人负天下重望，相则有太平之责焉。而丈人之于明主，能若鱼之有水乎？此嘉言所以恐誉望之损也。"莱公喜执其手曰："元之虽文章冠天下，至于识虑深远，则不能胜吾子也。"——《涑水纪闻》。《清波杂志》较略。

皇祐间，王汾第进士甲科，以免解例当降，仁宗阅其世次曰："此王禹偁孙也。"令无降等。及汾改京官，又命优进其秩。——

《涑水纪闻》。

王彦祖初名亢宗，庆历二年，廷试应天以实不以文赋，梦一人告之曰："君今年未当得第，君入选赋题，天字在下，三入选皆然。今题天字在上，是以知其未也。"及唱名，果不预。次举不利于礼部，八年再预廷试盖轸象天地赋，又黜。至皇佑五年，赴礼部试，前此梦至一大府，见二人指面前池水曰："待此水分流，君即登第。"久之乃寤，即更名汾。及试礼部"严父莫大于配天"，廷试"圜丘象天"，皆入高选。其后召试学士院，又赋明王谨于事天，得帖馆职。——《湘山野录》。

三　江少虞《宋朝事实类苑》之王禹偁

卷第七·君臣知遇·王元之：

（一）王元之尝草李继迁制，继迁送马五十匹润笔，公却之。后守永阳，闽人郑褒有文行，徒步谒公，及还，公买一马遗之。或谤其亏价者，太宗曰："彼能却继迁五十匹，顾肯亏一匹马价耶？"（见《渑水燕谈》）

（二）王禹偁，濮州（《涑水》及《宋史》并作"济州"）人，生十余岁，能属文。太平兴国八年，进士及第，补成武主簿，改大理评事，知长州县。太宗方奖拔文士，闻其名，召拜右拾遗，直史馆，赐绯。故事：赐绯者，给银带，上特命以文犀带赐之。禹偁献端拱箴以为戒，寻以左司谏知制诰，上尝称之，曰："王禹偁文章，当今天下独步。"判大理寺，散骑常侍徐铉为妖巫道安所诬，谪官，禹偁上疏讼之，请反坐尼罪，由是贬商州团练副使，无禄，种蔬自给，徙解州团练副使。上思其才，复召为左正言，仍命宰相以刚直不容物戒之。真宗初即位，召王禹偁于扬州，复知制诰，修太宗实录。执政疑禹偁轻重其间，落职，出知黄州。州境有二虎关，食其一。冬雷,鹙鸡夜鸣,禹偁上疏引洪范陈戒,且自劾。上以问司天官,对以守臣任其咎,上乃命移知蕲州。寻召还朝,禹偁已卒。

(三)太宗时,禹偁为翰林学士,尝草继迁制,送马五十匹以备濡润,禹偁以书不如式,却之。及出守滁州,闽人郑褒徒步谒,禹偁爱其儒雅,及别,为买一马。或言买马亏价者,太宗曰:"彼能却继迁五十马,顾肯亏此价哉?"禹偁之卒,谏议大夫戚纶诔曰:"事上不曲邪,居下不谄佞。见善若己有,嫉恶过仇雠。"世以为知言。祥符中,真宗观书龙图阁,得禹偁章奏,叹美切直,因访其后,宰相称其子嘉言以进士第为江都尉,即召对,擢大理评事。(并涑水纪闻)

(四)王元之在翰林,太宗恩遇极厚,尝侍宴琼林,独召至御榻顾问。帝语宰臣曰:"王某文章,独步当代,异日垂名不朽。"故元之有诗云:"琼林侍游宴,金口独褒扬。"(见渑水燕谈)

卷第十六·顾问奏对(二)·忠言谠论(一)·王元之

(一)太祖末,王禹偁上言,请明数继迁罪状,募诸胡杀之。真宗即位,诏鳌臣论事,禹偁上疏陈五事"一曰,谨边防,通盟好,因嗣统之庆,赦继迁,复与夏台,彼必感思内附,且使天下知屈己而为人也。二曰,减冗兵,并冗使,使山泽之饶,稍流于下。开宝前,诸国未平,而赋足兵威强,由所蓄之兵锐而不众,所用之将专而不疑,设官至简,而事皆举。兴国后,增损太冗,皆经制之。三曰,难选举,使入官不滥。先朝登第仅万人,乃纪以旧制,还举场于有司,吏部铨择官,亦非帝王躬亲之事,宜依格敕注拟。四曰,澄汰僧尼,疲民无耗,罢度人修寺一二十载,容自销铄,亦救弊之一端。五曰,亲大臣,远小人,使忠良謇谔之士,知进而不疑;奸憸倾巧之徒,知退而有惧。"其后潘罗支射死继迁,平夏款附,卒如禹偁策。而岁限度僧尼之数,及病囚系轻,得养治于家,至今行之。

附录四　王禹偁史料汇编

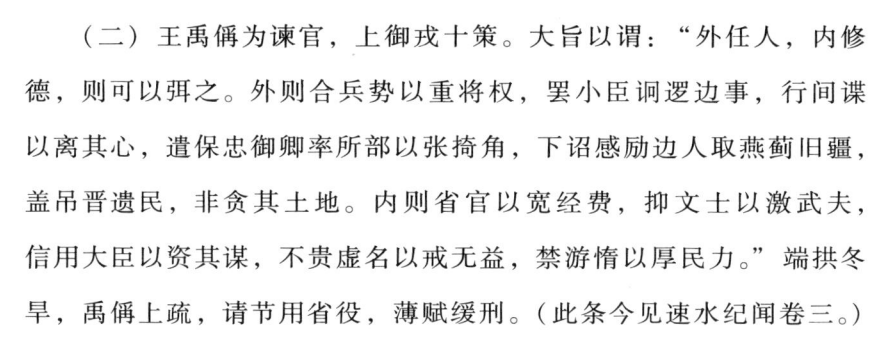

（二）王禹偁为谏官，上御戎十策。大旨以谓："外任人，内修德，则可以弭之。外则合兵势以重将权，罢小臣诇逻边事，行间谍以离其心，遣保忠御卿率所部以张掎角，下诏感励边人取燕蓟旧疆，盖吊晋遗民，非贪其土地。内则省官以宽经费，抑文士以激武夫，信用大臣以资其谋，不贵虚名以戒无益，禁游惰以厚民力。"端拱冬旱，禹偁上疏，请节用省役，薄赋缓刑。（此条今见涑水纪闻卷三。）

卷第三十四·诗歌赋咏（一）·王元之

（一）王元之谪黄州也，实由宰相不悦，交亲无敢私见，惟窦元宾握手泣言于阁门，曰："天乎！使公屡黜，岂非命耶！"士大夫高之。元之以诗谢之曰："惟有南宫窦员外，为予垂泪阁门前"。

（二）雷德骧、有终父子二人，尝并命为江南、淮南两路转运使，当世荣之。王禹偁赠诗二首，其一曰："江南江北接王畿，漕运帆樯去似飞。父子有才同富国，君王无事免宵衣。屏除奸吏魂应丧，养活疲民肉渐肥。还有文场受恩客，望尘情抱倍依依。"其二曰："当时词气压朱云，老作皇家谏诤臣。章疏罢封无事日，朝廷犹指直言人。题诗野馆光泉石，讲易秋堂动鬼神。棘寺下僚叨末路，斋心唯祝秉鸿钧。"盖禹偁尝出德骧门下，而德骧深于易，而酷嗜吟咏故也。

（三）王禹偁诗多纪实中的，作赵普挽词云："玄象中台坼，皇家上相薨。大功铭玉铉，密事在金縢。"宋湜挽词云："先帝飞遐日，词臣遇直时。柩前书顾命，笔下定洪基。"盖普尝密赞太祖传位太宗，而湜为内相宿直，遇太祖升遐，是夜草遗制立太宗故也。云此事湜家亦不知，唯以公挽词为传信。

（四）王黄州始居济阳，父本磨家。时毕文简公士安为州从事，元之七岁，一日代其父输面至公宇，立庭下，应对不慑，文简方命诸子属句："鹦鹉能言宁比凤？"文简曰："童子口舌喧呶，顾能对此

271

乎?"意恶犯分而讥之。元之抗首应声曰:"蜘蛛虽巧不如蚕。"复涵讽意报文简,文简叹曰:"子精神满腹,将且名世矣。"其后与公接武朝廷焉。

(五)王元之谪黄州,有诗云:"又为太守黄州去,依旧郎官白发生。"论诗者尚其质直。元之先谪滁州,谢上表云:"诸县丰登,若[活字本明抄本均作'苦'。]无公事。一家饱暖,全荷君恩。"元之有画像在滁,及欧阳尚书谪官至郡,谒画像,取表中语为诗曰:"诸县丰登少公事,一家饱暖荷君恩。"元之在朝,与宰相不相能,作江豚诗刺之,讥其肥大云:"食啖鱼虾颇肥腯。"又云:"江云漠漠江雨来,天意为霖不干汝。"俗云江豚出,能致风雨也。

卷第四十·文章四六·王元之

王禹偁尤精四六,有同时与之在翰林而大拜者,王以启贺之曰:"三神山上,曾陪鹤驾之游;六学士中,独有渔翁之叹。"以白乐天尝有诗云:"元和六学士,五相一渔翁"故也。

四 胡仔《苕溪渔隐丛话前集》卷第二十五·王元之

《西清诗话》云:"王禹偁元之,父本磨家,毕文简士安为州从事,元之代其父输面,至公宇,立庭下,文简方命诸子属句,云:'鹦鹉能言宁比凤。'元之抗声曰:'蜘蛛虽巧不如蚕。'文简曰:'子精神满腹,将且名世。'后与公接武朝廷。"

《石林诗话》云:"姑苏南园,钱氏广陵王之旧圃也,老木皆合抱,流水奇右,参差其间,为最胜处。王翰林元之为长洲宰时,无日不携客醉饮,尝有诗曰:'它年我若功成后,乞取南园作醉乡。'今园中大堂,遂以醉乡名之。"

蔡宽夫《诗话》云:"元之本学白乐天诗,在商州尝赋《春日杂兴》云:'两株桃杏映篱斜,装点商州副使家。何事春风容不得,和莺吹折数枝花。'其子嘉佑云：'老杜尝有恰似春风相欺得，夜来吹折数枝花之句，语颇相近。'因请易之。王元之忻然曰：'吾诗精诣，遂能暗合子美邪？'更为诗曰：'本与乐天为后进，敢期杜甫是前身。'卒不复易。"

五　宋人之论王禹偁

王元之真赞（黄庭坚）

天赐王公，佐我太宗。

学问文章，致于匪躬。

四方来庭，上稍宴衎。

公舍瓦石，责君尧舜。

采芝商山，以切直去。

惟是文章，许以独步。

白发还朝，泣思轩辕。

鸡犬舔鼎，群飞上天。

真宗好文，且大用公。

太阿出柙，公挺其锋。

龙怒鳞逆，在廷岌岌。

万物并流，砥柱中立。

古之遗直，叔向以之。

呜呼王公，其尚似之。

书王元之画像侧（欧阳修）

偶然来继前贤迹，信矣皆如昔日言。

诸县丰登少公事，一家饱暖荷君恩。

想公风采常如在，顾我文章不足论。

名姓已光青史上，壁间容貌任尘昏。

王元之画像赞并序（苏轼）

传曰："不有君子，其能国乎？"予尝三复斯言，未尝不流涕太息也。如汉汲黯、萧望之、李固，吴张昭，唐魏郑公、狄仁杰，皆以身殉义。招之不来，麾之不去，正色而立于朝，则豺狼狐狸自相吞噬，故能消祸于未形，救危于将亡。皆如公孙丞相、张禹、胡广，虽累千百，缓急岂可望乎？故翰林王公元之，以雄文直道，独立当世，足以追配此六君子者。方是时，朝廷清明，无大奸慝，然公犹不容于中，耿然如秋霜夏日不可狎玩，至于三黜而死。倘不幸而处于众邪之间、安危之际，则公之所为，必将惊世绝俗，使斗筲穿窬之流，心破胆裂，岂特如此而已乎？始予过苏州虎丘寺，见公之画像，想其遗风余烈，愿为执鞭而不可得。其后为徐州，而公之曾孙汾为兖州，以公墓碑示予，乃追为赞，以附其家传云：

"维昔圣贤，患莫已知。公遇太宗，允也其时。帝欲用公，公不少贬。三黜穷山，一死靡憾。咸平以来独为名臣。一时之屈，万世之伸。纷纷鄙夫，可拜公像。何以占之，有泚其颡。公能泚之，不能已之。茫茫九原，爰莫起之。"

六　曾枣庄《宋文纪事》之王禹偁

1. 卷五·王禹偁之一

苏颂《小畜外集序》（宋文纪事省略些许文字，现予以补充）

宋王禹偁；原三十卷，今存卷七至卷十三，凡七卷，又卷六末一页苏颂序曰：或谓言不若功，功不若德，是不然也。夫见于行事之谓德，推以及物之谓功，二者立矣，非言无以述之，无述则后世不可见，而君子之道几乎熄矣。是以纪事述志必资于言，较于事为，其寔一也。自昔能言之类，世不乏贤。若以德与功偕，文备于道，嘉谟谠论见信于时主，遗风余烈不泯于将来，有若故翰林学士尚书

附录四　王禹偁史料汇编

刑部郎中赠礼部尚书巨野王公者，几希矣。公讳禹偁，字符之。生知好学，九岁能诗，与郡从事故相毕文简公为唱酬之友。及策名从事，中书令赵韩王荐其文章。太宗皇帝既已知名，命召试中书，宸笔赐题《诏臣僚和御制雪诗序》，卷篇称善。自大理评事擢右拾遗，直史馆，赐绯衣、犀带，以宠异之。端拱二年，亲试贡士，俾公面赋长歌。上览而喜曰："此不逾年月，当遍天下。"一日，侍燕琼林，宣至膝前，愿谓宰相曰："王某一朝名士，独步当代，异日垂名不朽矣。"公尝谓遭知己之主，非尽言无以报称，故自登文馆，至涉禁林，如无不为，入则以告，两朝献替，一节始终。由是圣君以忠亮报之，士论以公卿属之。然而襟抱冲夷，锋气高迈，直躬行己，不为时屈。上知其然，使宰执喻旨，戒以容物，而愤懑所激，不能自已，三坐去官，皆以直道，因作《三黜赋》以见志，有"不屈于道，百谪何亏"之句。此其见于行事之深切者也。雍熙中，林胡内侵，边警未艾。公援汉文君单于事，劝上内修德而外任人，若劳民以事边，则寇在内而不在外矣。于时京畿旱沴，奏省乘舆服御暨紫云工巧之技，第减百官月俸，愿以己先，稍赎尸素之罪。章圣时，应直言诏，亦以通和好、赦继迁为请。复议减冗兵、并冗吏，以宽租赋；亲大臣，远小臣，以重国体；艰难选举，以清士流；澄汰僧尼，以除民蠹；增州郡武备，以防窥窃；推天官洪范，以弭灾变。皆切于时宜，有裨朝论。未几，临潢讲和，平夏封策，息民罢兵，省费除弊，多公先识之所启发。此其推以及物之着明也。前后三直西掖，一入翰林，辞诰深纯，得裁成制置之体，册命庄重，兼典谟训诰之文。《端拱箴》，切劘上躬；《待漏记》，规警时宰；《上三贤疏》，推原前代之失，不异方今；《请东封赋》，前知盛德之事，必行圣代。论议书叙，理极精微，诗謌赞诵，义专比兴，虽在燕闲，或罹忧患，凡有论撰，未尝空言。此其纪事述志之尤最者也。惟公道直行果既如彼，主知人望又如此，若天假之年，久于是位，则经国致君之业，必大施于当时，岂待言而后显？惜乎寿不及知命，官止于省郎，卒不得究其怀蕴。此所以发而为文章，著见于后者也。公之亡也，天子悼叹，赙家恤后，恩逾常比。嗣子嘉言，擢祥符进士，上以词臣之裔，特迁大理评事，以禄其亲。曾孙汾，第皇佑甲科，以免解法当降等。仁宗阅卷，首见公名，嘉其有后，特赐元第。未几考课，上犹记前事，命加秩一级。今为朝议大夫、集贤校理、诸王府翊善。兹以见文学行义足以垂裕后昆，则夫臧孙不朽之言，信于是矣。公之属稿，晚年手自编缀集，为三十卷，命名《小畜》，盖取《易》之懿文德而欲己之集大成也。《后集》诗三卷，《奏议集》三卷，《承明集》十卷，《五代史阙文》一卷，并行于世，而遗编坠简，尚多散落。集贤君购寻裒类，又得诗、赋、碑志、论议、表著，凡三十卷，目曰《小畜外集》，因其名，所以成先志也。谓仆常学旧史，前言往行，多得其详，见咨序引，久不获辞。窃谓文章末流，由唐季涉五代，气格摧弱，沦于鄙俚。国初屡有作者，留意变风，而习尚难移，未能复雅。至公特起，力振斯文，根源于六经，枝派于百氏，斥浮伪，去陈言，作而述之，一变于道。后之秉笔之士，学圣人之言，由藩墙而践突奥，系公为之司南也。集贤君力学名家，克大门阀，振其绝业，传于无穷，又足以继纪事善述之美也，不其韪欤？

晁补之《张穆之触鳞集序》（《鸡肋集》卷三四）

黄州，名世士，亦吾里人，事熙陵为学士，熙陵称其独步天下者。尝以直谏斥，久不召，召且大用，复谏不悔，卒复斥，竟不大用，死黄州。

毕仲游《上王子韶侍郎》（《西台集》卷一一）

伏蒙手示迁徙二贤堂本末开缄伸纸，口诵心服至于叹息而无言。昔曾闻文简公开宝中为济州团练判官而王元之为民家子，年绝少，

附录四　王禹偁史料汇编

偶以事至推官廨中，文简公知其贤，留使治书学为文。久之，文简公从州守会后园中酒行，州守为令属诸宾客，竟席对未有工者。文简公归，书其令于壁上。元之窃后对甚工，亦书于壁上文。简公见之大惊，因假冠带以客礼见之。[原注州守之令"鹦鹉能言争似凤"，元之对"蜘蛛虽巧不如蚕"]由此元之寖有声，后遂登第进用转在公前。及公除知制诰，元之已为舍人。其词元之所行也，世以文简公为知人。其后元之谪黄州，文简公亦罢翰林学士，以兵部侍郎知潞州，则立朝行道又可知矣。此济人所以谓之二贤者也，然二贤堂处非其地。宿昔所患，乃遇太常少卿学士镇守巨野，慨然想见其遗风，特为改作。立堂于宣圣殿侧，迁二像其中，春秋配飨。郡人大喜，非宗工钜儒乐与二贤同道者，其肯出力以慰邦人之望如此乎？则两家之子孙虽不振宜，如何论报以称盛德？伏惟亮察。

毕仲游《丞相文简公行状》（《西台集》卷一六）

开宝三年，选授济州团练推官。州民王禹偁为磨家儿，年最少，数以事至推官廨中。禹偁貌不及中人，然公阴察禹偁类有知者，问："孺子识字乎？"曰："识。""尝读书乎？"曰："尝从市中学读书。""能舍而磨家事从我游乎？"曰："幸甚。"遂留禹偁于推官廨中。使治书，学为文。久未有工者。公归书其令于壁上，禹偁窃从后对甚佳，亦书于壁。公见大惊，因假冠带，以客礼见之。由此禹偁寖有声，后遂登第进用，反在公前。及公除知制诰，禹偁先已为舍人。其词，禹偁所行也，世以公为知人。

沈虞卿《黄州刊小畜集序》

平生撰著极富，有手编文集三十卷，名曰《小畜集》。其文简易醇质，得古作者之体，往往好事得之者珍秘不传，以故人多未见。

《郡斋读书志》卷一九

右皇朝王禹偁字元之，巨野人。家微贱，九岁能为歌诗，毕士安见而异之。及长，善属文。太平兴国八年登进士第。端拱初，试文，擢左司谏、知制诰，判大理寺。辨徐铉罪，忤上旨，贬商州团练副使。久之，复召知制诰，入翰林为学士。孝章皇后崩，梓宫迁主第，禹偁谓后尝母仪天下，当用旧典。以谤讪，左迁知滁州。真宗即位，复召掌制诰，修《太宗实录》，坐语涉轻诬，出知黄州，从蕲州，卒，年四十八。元之词学敏赡，独步一时，锋锐气厉，极谈世事，臧否人物，以直道自任，故屡被摈斥。喜称奖后进，当世名士，多出于门下。集自为序。

《四库全书提要·小畜集》（补充）

禹偁字符之，巨野人。太平兴国八年进士。官至翰林学士、知制诰。屡以事谪守郡，终于知蕲州。事迹具《宋史》本传。禹偁尝自次其文，以《易》筮之，得乾之小畜，因以名集。晁公武《读书志》、陈振孙《书录解题》皆作三十卷，与今本同。惟《宋志》作二十卷。然《宋志》荒谬最甚，不足据也。宋承五代之后，文体纤俪，禹偁始为古雅简淡之作。其奏疏尤极剀切。《宋史》采入本传者，议论皆英伟可观。在词垣时所为应制骈偶之文，亦多宏丽典赡，不愧一时作手。集凡赋二卷、诗十一卷、文十七卷。绍兴丁卯历阳沈虞卿尝刻之黄州。明代未有刊本。世多钞传其诗，而全集罕觏。故王士禛《池北偶谈》称仅见书贾以一本持售，后不可复得为憾。近时平阳赵氏始得宋本刊行。而陈振孙《书录解题》所载《外集》三百四十首，其曾孙汾所裒辑者，则久佚不传。此残本为河间纪氏阅微草堂所藏。仅存第七卷至第十三卷，而又七卷前阙数页，十三卷末《集贤钱侍郎知大名府序》惟有篇首二行，计亦当阙一两页。原帙签题，即曰《小畜外集残本》上下二册，知所传止此矣。其中《次韵和朗公见赠》诗及题下自注，"朗"字皆阙笔，知犹从宋本影抄也。凡诗四十四篇、杂文八篇、论议五篇、传三篇、箴赞颂九篇、代拟二十篇、序十二篇，共一百一篇。较原帙仅三之一。然北宋遗集，流传渐少。我皇上稽古右文，凡零篇断简，散见《永乐大典》中者，苟可编排，咸命儒臣辑录成帙，以示表章。此集原书七卷，岿然得存，是亦可宝之秘籍，不容以残阙废矣。

2. 卷六·王禹偁之二

《谪守滁州谢表》

宋敏求《春明退朝录》卷下：本朝两省清望官、尚书省郎官，并出入重戴。祖宗时，两制亦同之。王黄州罢翰林，《滁州谢上表》云"臣头有重戴，身被朝章"，是也。其后，祥符、天禧间，两制并彻去之，非故事也。

祖宗时未有磨勘，每遇郊祀等恩，皆转官，未满二载者不转官，例加五阶。王黄州自知制诰，未有勋便加柱国，在滁州为散郎，自承奉郎加朝散大夫阶。

汪应辰《石林燕语辨》：杨文公《谈苑》云：重戴者，大戴帽也。本野夫严叟之服，以皂为之。后魏孝文帝自云中迁代，以赐百僚，五代以来，惟御史服之。淳化初，宰相、学士、御史台、北省官、尚书、两省五品以上，皆令服之。王元之《谢表》云"头有重戴"，谓为翰林学士也。

魏泰《东轩笔录》卷四：王禹偁在太宗末年以事谪守滁州，到任谢表略曰："诸县丰登，苦无公事；一家饱暖，全荷君恩。"禹偁有遗爱，滁州怀之，画其像于堂以祠焉。庆历中，欧阳修责守滁州，观禹偁遗像而作诗曰："偶然来继前贤迹，信矣皆如昔日言。诸县丰登少公事，一家饱暖荷君恩。想公风采犹如在，顾我文章不足论。名姓已光青史上，壁间容貌任尘昏。"盖用其表中语也。

黄彻《碧溪诗话》卷九：王元之《到任表》有"全家饱暖，尽荷君恩"之语，到今传诵，永叔为诗云："诸县丰登少公事，一家饱暖荷君恩。"梦得亦尝有云："一生不得文章力，百口空为饱暖家。"白云："不才空饱暖，无力及饥贫。"

《蕲州谢表》

沈括《梦溪续笔谈十一篇》：王元之知黄州日，有两虎入郡城夜斗，一虎死，食其半。又群鸡夜鸣，司天占之曰："长吏灾。"时元之已病，未几移刺蕲州，到任谢上表两联曰："宣室鬼神之问，绝望生还；茂陵封禅之书，付之身后。"上闻之愕然，顾近侍曰："禹偁安否？何以为此语？"不逾月，元之果卒，年四十八。遗表曰："岂知游岱之魂，遂协生桑之梦。"

释文莹《玉壶清话》卷四（补充）：王元之禹偁尝作三黜赋以见志。初为司谏、知制诰，疏雪徐铉，贬商州团练副使。方召归为学士，坐为孝章皇后迁梓宫于燕国长公主之第，群臣不成服，元之私语宾友曰："后尝母仪天下，当奉旧典。"坐讪谤，出守滁州。方召还，知制诰，撰太祖徽号、玉册，语涉轻诬，会时相不悦，密奏黜黄州。（"黜"一作"出"。）泊近郊将行，时苏易简内翰榜下放孙何等进士三百五十三人，奏曰："禹偁禁林宿儒，累为迁客，漂泊可念，臣欲令榜下诸生罢期集，缀马送于郊。"奏可之。至日行，送过四短亭，（一云"至行日，送过西短亭"。）诸生拜别于官桥。元之口占一阕，付状元曰："为我深谢苏公，偶不暇取笔砚。"其诗云："缀行相送我何荣，老鹤乘轩愧谷莺。三入承明不知举，看人门下放诸生。"时交亲纵深密者，（"纵"一作"最"。）循时好恶，不敢私近，惟窦元宾执其手泣于阁门曰："天乎，得非命欤？"公后以诗谢，略云："惟有南宫窦员外，为余垂泪阁门前。"至郡未几，忽二虎斗于郡境，一死之，食殆半；群鸡夜鸣；冬雷雨雹。诏内臣乘驿劳之，命设禳谢。司天奏："守土者当其咎。"即命徙蕲。上表略曰："宣室鬼神之问，不望生还；茂陵封禅之文，止期身后。"上览曰："噫，禹偁其亡乎？"御袖掩涕。至郡，踰月果卒。尝侍宴琼林，太宗独召至御榻，面诫之曰："卿聪明，文章在有唐不下韩、柳之列，但刚不容物，人多沮卿，使朕难庇。"禹偁泣拜，书绅而谢。

吴处厚《青箱杂记》卷八：王禹偁徙蕲州，到任谢上表曰："宣室鬼神之问，敢望生还；茂陵封禅之文，已期身后。"李淑到河中府，谢上表曰："长安日远，戴盆之望徒深；宣室夜阑，前席之期不再。"王陶再来河南府，谢上表曰："田园仅足，二疏那见其复来；羽翼已成，四皓宁闻于再起。"三公表意一同，到任未几皆卒。

王辟之《渑水燕谈录》卷六·先兆：王元之谪守黄州，有二虎斗，一虎死，食之殆半；群鸡夜鸣。日官谓守土者当其咎，真宗惜其才，即徙蕲州。谢表有"茂陵封禅之书，止期身后"之语，帝深异之，促诏还台。未行，捐馆，帝甚叹息之。

王辟之《渑水燕谈录》卷七·歌咏（补充）：

王元之谪黄州，实由宰相不悦。交亲无敢私见，惟窦元宾握手泣言于阁门曰："天使公屡出，岂非命耶！"士大夫高之。元之以诗谢之云："惟有南宫窦员外，为予垂泪阁门前。"

元之初知制诰，上疏雪徐铉，贬商州；召入为学士，坐辨孝章皇后不实，谪滁州；复召知制诰，撰《太祖尊号册》，坐轻诬，谪黄州，作《三黜赋》以自述。时苏易简知举，适发榜，奏曰："禹偁翰苑名儒，今将全榜诸生送于郊。"上可其奏。诸生别元之。口占一绝，付状元孙何曰："为我多谢苏易简云：'缀行相送我何荣，老鹤乘轩愧谷莺。三入承明不知举，看人门下放诸生'。"

王元之在翰林，太宗恩遇极厚，尝侍燕琼林，独召至御榻顾问。帝语宰相曰："王某文章独步当代，异日垂名不朽。"元之有诗云："琼林侍游宴，金口独褒扬。"范文正公未免乳丧其父，随母嫁淄州长白山朱氏。既冠，文章过人，一试为南宫第一人，遂擢第。仕宦四十年。晚镇青，西望故居，才百余里。以诗寄其乡人曰："长白一寒儒，登荣三纪余。百花春满地，二麦雨随车。鼓吹前迎道，烟霞指旧庐。乡人莫相羡，教子苦诗书。"

魏泰《东轩笔录》卷一：真宗圣性好学，尤爱文士，即位之初，王禹偁为知制诰，坐事谪守黄州，谢上表有"宣室鬼神之问，岂望生还；茂陵封禅之书，惟期身后"之语。真宗览表，惊其词之悲，方欲内徙，会黄州境有二虎斗而食其一，占者以为咎在守土之臣。遽有旨移守蕲州，以避其变，敕下而禹偁死矣。

吴开《优古堂诗话》（补充）：

○门雀屋乌宣室茂陵主

张天觉既相，谢表有云："十年去国，门前之雀可罗；一日归朝，屋上之乌亦好。"徽宗亲题于所御扇。然丁晋公诗固尝云"屋可占乌曾贵仕，门堪罗雀称衰翁"矣。王元之黄州上任谢表云："宣室鬼神之问，敢望生还；茂陵封禅之书，已期身后"亦出于杜子美"竟无宣室召，徒有茂陵求"之语。前辈不以为嫌者，盖文势事情自须如此也。

○诗可以观人

吴献可尝海云："丁谓诗有'天门九重开，终当掉臂入'，王元之禹偁见之曰：'入公门犹鞠躬如也，天门岂可掉臂入乎？此人必不忠。'后果如其言。"

胡仔《苕溪渔隐丛话》后集卷一九：

《艺苑雌黄》云：文人用故事，有直用其事者，有反其意而用之者，元之《谪守黄冈谢表》云："宣室鬼神之问，岂望生还；茂陵封禅之书，惟期死后。"此一联每为人所称道，然皆直用贾谊相如之事耳。李义山诗："可怜夜半虚前席，不问苍生问鬼神。"虽说贾谊，

附录四　王禹偁史料汇编

然反其意而用之矣。林和靖诗："茂陵他日求遗稿，犹喜曾无封禅书。"虽说相如，亦反其意而用之矣。直用其事，人皆能之，反其意而用之者，非识学素高，超越寻常拘挛之见，不规规然蹈袭前人陈述者，何以臻此。苕溪渔隐曰："《艺苑》以元之直用贾谊相如事，不若李义山林和靖反用之；然元之是谢表，须直用其事，以明臣子之心，非若作诗可以反意用，此语殊非通论也。"

王铚《四六话》：王元之谪居黄州。至郡，二虎斗于郡境，一死之。群鸡夜鸣，冬雷电，司天奏守土者当之，诏内臣乘驲劳之，即徙蕲州。抵蕲上谢表曰"宣室鬼神之问，敢望生还；茂陵封禅之书，止期身后"。上览之曰"禹偁其亡乎？"

《代王侍郎辞官表》

叶梦得《石林燕语》卷六：〔考异〕：旧有诰文，又有敕。仁宗封寿春郡王，礼仪院言：皇子诰敕，请令阁门进纳宫中给赐。王元之《代王侍郎辞官表》云：伏蒙圣慈，赐臣官诰一道，敕牒一道，特授参知政事。陈尧叟自枢密使罢为右仆射，命其子赍诰牒赐之。司马温公辞副密云：乞收还敕诰。其他证据甚多，此特举其显然者。近世诰敕不并行，岂特谓国初宰相亦敕除未尝降麻乎？赵韩王拜相麻制，见《实录》。

《遗表》

王铚《四六话》：元之自黄移蕲州。临终作遗表曰"岂期游岱之魂，遂协生桑之梦"。盖昔人梦生桑而占者云"桑字乃四十八"。果以是岁终。元之亦以四十八而殁也。临殁用事精当如此，足以见其安于死生之际矣。顾起敦诗罢台官，久之得太原倅。与先子同官，素相好也。敦诗作"火山军试官归诧，得人且言其解头"。作谢启甚工，云"梦蕉中之鹿，奚辨其真；探颔下之珠，适遭其睡"。先子戏谓敦诗曰"主文何太恍惚耶？"

《上疏》

潘永因《宋稗类钞》卷六：太宗欲周知天下之事，虽远小臣，苟欲询访，皆得登对。王禹偁大以为不可，上疏有曰"至如三班奉职，其卑贱可知。比因使还，亦得上殿"云云。当时盛传此语。未几，王坐论妖尼道安救徐铉事，谪为商州团练副使。一日从太守赴国忌行香。天未明，彷佛见一人紫袍秉笏立于佛殿之侧。王意恐官高，欲与之叙位。其人敛板曰："某即可知也。"王不晓其言而问之。其人曰："公尝疏云三班奉职卑贱可知。某今官为借职，是即可知也。"王怃然自失，闻者莫不大笑。

《知黄州与中书门下书》

洪迈《容斋随笔》卷五：真宗时，并州谋帅，上谓辅臣曰："如张齐贤、温仲舒皆可任，但以其尝历枢近，或有固辞，宜召至中书询问，愿往则授之。"及召二人至，齐贤辞以恐为人所谗。仲舒曰："非敢有辞，但在尚书班已十年，若得改官端揆，赐都部署添给，敢不承命？"辅臣以闻，上曰："是皆不欲往也，勿强之。"王元之自翰林学士以本官刑部郎中知黄州，遣其子嘉祐献书于中书门下，以为："朝廷设官，进退必以礼，一失错置，咎在廊庙。某一任翰林学士，三任制诰舍人，以国朝旧事言之，或得给事中，或得侍郎，或为谏议大夫。某独异于斯，斥去不转一级，与钱谷俗吏，混然无别，执政不言，人将安仰？"予谓仲舒尝为二府，至于自求迁转及增请给；元之一代刚正名臣，至于公移笺书，引例乞转。唯其至诚不矫伪故也。后之人外为大言，避宠辞禄，而阴有营求，失其本真者多矣，风俗使然也。

《与赞宁书》

吴处厚《青箱杂记》：近世释子多务吟咏，唯国初赞宁独以著书立言尊崇儒术为佛事，故所著《驳董仲舒〈繁露〉》二篇、《难王充

〈论衡〉》三篇、《证蔡邕〈独断〉》四篇、《斥颜师古〈正俗〉》七篇、《非〈史通〉》六篇、《答杂斥诸史》五篇、《折海潮论》兼《明录》二篇、《抑春秋无贤臣论》一篇，极为王禹偁所激赏，故王公与赞宁书曰："累日前蒙惠顾譃才，辱借《通论》，日殆三复，未详指归。徒观其涤《繁露》之瑕，劚《论衡》之玷，眼瞭《独断》之瞽，针砭《正俗》之疹，折子玄之邪说，泯米颖之巧言，逐光庭若摧枯，排孙郊似图蔓，使圣人之道无伤于明夷，儒家者流不至于迷复。然则师胡为而来哉？得非天祚素王，而假手于我师者欤！"

《东观集序》

《宋史·卷四百四十·列传·一百九十九·文苑二》：处约形神丰硕，见者加重，虽有词采而急于进用，时论亦以此薄之。卒后，苏易简、王禹偁集其文凡十卷，题曰《东观集》。禹偁为序，易简表上之，诏付史馆。

《黄冈竹楼记》

黄庭坚《书王元之竹楼记》（《山谷题跋卷二》）：或传王荆公称《竹楼记》胜欧阳修《醉翁亭记》，或曰此非荆公之言也。某以谓荆公出此言未失也。荆公评文章，常先体制而后文之工拙。盖尝观苏子瞻《醉白堂记》，戏曰："文词虽极工，然不是'醉白堂'记，乃是韩白优劣论耳。"以此考之，优《竹楼记》而劣《醉翁亭记》，是荆公之言不疑也。

附录五　王禹偁政论文研究

杨桂妍

（贵州财经大学 2017 届汉语言文学专业毕业生）

一　王禹偁政论文创作背景

王禹偁共有 18 年的仕途经历，从太宗太平兴国八年考取进士始至真宗咸平四年逝世止，其间经历八年三黜，仕途生涯跌宕起伏。从炙手可热到贬官乡野，这期间多少辛酸苦楚怕是只有他自己才知道了。他主要的政治活动就集中在这段时间内，而其政论文也多数创作于这段时期。宋朝建立后，遗留了许多前代的社会弊端，宋朝面临的社会环境在各个层面上都表现出新的面貌。王禹偁的政论文便是其政治思想的具体体现，也是他积极参与国家治理的主体意识的体现。

宋朝建立后承接了晚唐五代遗留的很多社会问题，例如积贫积弱、内忧外患、文风羸弱等突出的问题，宋朝建立的前七十年间都无法真正摆脱这些历史遗留问题。然而这些问题已经越来越无法适应时代和宋朝社会的发展，阻碍了人们物质和精神生活的双重发展，整个社会的发展进入了一个瓶颈期。宋代也是我国历史上一个特别的朝代，宋太祖夺取政权之后，由于害怕有人重演他夺取政权的历

附录五　王禹偁政论文研究

史，浓墨重彩地唱了一出"杯酒释兵权"——为防止武将专权而采取了"重文抑武"的政策，弱化了武将的权力而重用文官。

宋太宗和宋真宗经过这样的一段时间，深知这样的社会必须有改变才能向前发展，才能更好地休养民生。于是他们把改革的重点着眼于改革前代遗留的各种弊端上，鼓励从多方面听取民众的建议，从而更全面地掌握各种社会问题，从而营造了一个宽容大气的谏言氛围，更激励了人们直言敢谏的风气。这样一来宋代的士大夫们就多了许多参政议事的空间，也是这一时代的政论文层出不穷的直接原因，也为王禹偁的政论文创作创造了宽松的社会环境。

这时的北宋政府虽然已经完成了国家的统一，但对外民族矛盾十分尖锐。与此同时，国内农民起义时有发生，阶级矛盾也逐渐激化。这样的内忧外患都使得宋朝无法有效地取得国家的进步、社会的发展。这所有的现象都表明当时的法度已经无法适应宋朝社会的发展，因此，北宋对外御敌和对内改革变法的主张层出不穷，而王禹偁正是其中杰出的代表之一。

在宋初的社会背景下，王禹偁初任制诰便充分表现了自己的政治才能，创作了《端拱箴》《三谏书序》《御戎十策》《唐河店妪传》《吊税人场文》等一系列文章，这些文章是王禹偁政论文的代表作，充分体现了王禹偁的政治才能和直言敢谏的真性情。即使在后来王禹偁面对排斥及贬谪，都没有摒弃自己忧国忧民的抱负和热情，在被贬期间，在艰苦的条件下亦不忘深入体察民情，在后来又提出了一系列的改革主张和具体措施，为宋初社会的发展贡献了他毕生的力量。

二　王禹偁政论文的思想内容

王禹偁为官十八年，这十八年的宦海浮沉恰恰是他政治思想形成的依托，他所留下的不仅是后世传颂的文章，更重要的是他作为一名政治家，在这期间对国家和朝廷所做的贡献，以及提出的政治改革措施和为官的思想。

王禹偁的政论大致可以分为两种：一种论述宋朝对外关系，其中最突出的是御戎思想；另一种则论述对内执政方法，其中最突出的是民本思想。这些政治思想在一定程度上促进了宋朝社会的发展，虽然他的政治思想没有完全得到推行，但是他的改革思想和主张为北宋中后期范仲淹等人的改革运动提供了一定的思想基础和依据，间接推动了改革的进行和宋朝社会的发展。

1. 御戎思想

北宋建国以后，消灭了一些割据政权，完成了国家的统一，结束了国家的分裂，但这并不意味着真正意义的太平，割据政权消灭了，少数民族政权却转而成了北宋最主要的威胁。北宋和周边少数民族的政权的关系在很长一段时间内都十分不稳定，以匈奴为主要威胁的少数民族政权时而假意归顺，时而骚扰北宋边境。在对待紧张的边境问题，北宋统治者显得有些捉襟见肘，在这样的环境的驱使下，北宋统治者向广大的士大夫群体寻求御戎备边的良策，王禹偁就是众多士大夫中突出的一员，他积极献策，为国家的发展找寻出路，并且提出了独到的对待少数民族政权的政策。

端拱二年，北伐失败以后，太宗召集满朝官员商议抵御外侵的对策，当时王禹偁官拜右拾遗，王禹偁在这时便提出了《御戎十策》，《十策》阐释了怎么样处理宋朝与少数民族政权之间的关系，主要是关于对辽关系的主张。"在外任其人，而内修其德"[①]是《御戎十策》的核心内容。《御戎十策》是王禹偁对外关系思想最好的

---

① 李焘：《续资治通鉴长编》，中华书局2004年版，第672页。

附录五 王禹偁政论文研究

体现,对宋朝统治的对外关系进行了详尽的分析,并指出了切实可行的做法。

王禹偁指出匈奴是宋朝最主要的忧患,在总结前代御戎方法的基础后,他认为汉代在宋朝之前的历史上是最有经验的,也是最有借鉴意义的,他对比了汉代明君和昏君时期不同的对外民族关系状况,从而来阐释《御戎十策》中提出的"外任其人,内修其德"的主张的科学性和可行性。他在文中指出:

> 汉文当军臣强盛之时,而外能任人,内能修德,使不为深患者,是由乎德也。哀、平当呼韩衰弱之际,虽外无良将,内无贤臣,而使之来朝者,是系于时也。①

王禹偁在文段中指出汉文帝、景帝能够做到"外任其人,内修其德",才是这一时期匈奴没有来犯从而边境太平的根本原因,才保证了人民安稳的生活,保证了国家的休养生息,维护了人民正常的生产生活。而汉哀帝、平帝的时候,虽然也同样没有外患,但匈奴反而在这一时期每岁朝贡,只是恰巧遇上了匈奴势弱的时期,并不是像表象那样比文帝、景帝在位之时更为高明。总结起来,王禹偁的对外关系的思想核心就是"外任其人,内修其德"。

除此之外,王禹偁还认为边民是保卫国家的中坚力量。在《唐河店妪传》中,王禹偁赞美了一位边疆老妪在对待契丹将领时体现的智慧和勇敢,并号召将边民集合起来从而组成抵御外敌的强大力量。文中写道:

---

① 李焘:《续资治通鉴长编》,中华书局2004年版,第672页。

> 噫！国之备塞，多用边兵，盖有以也：以其习战斗而不畏懦矣。一妪尚尔，其人可知也。①
>
> 诚能定其军，使有乡土之恋；厚其给，使得衣食之足；复赐以坚甲健马，则何敌不破！如是得边兵一万，可敌客军五万矣。谋人之国者，不于此而留心，吾未见其忠也。②

文段指出，边疆一老妪便可以抵挡戎狄万千军马，其智慧和勇敢是值得学习的，这里虽然有点夸张的嫌疑，但进一步指出如果统治者能够做到稳定军队，让士兵们怀着对故土的满腔热爱去作战，那么肯定是事半功倍的效果。并指出增加边兵的军需给养从而让他们能够吃饱穿暖，再配以铠甲骏马，如此一来，一万的边兵便可以抵挡五万的外敌。所以王禹偁认为保卫国家边塞，应该多利用边民的能力，组成军队，才能在有边患时及时应对，这样才是明智的举措。

总的来说，王禹偁的对外关系思想表明了当时的社会背景下统治阶层对少数民族政权的关系的思想的转变趋势，由攻变守是大势所趋，更是民之所向。纵观历史，他的思想在今日看来仍有很多可取之处，王禹偁虽是文官，对于军事方面的见解并不输于武将，在一些御戎备边的事情上的见解十分到位，而更表明了王禹偁的中心思想是希望统治者将治国的重点归于内政而非外交关系上，要正确处理好两者关系的思想。

2. 民本思想

"民本"一词最早出自《尚书·五子之歌》："皇祖有训，民可近，不可下。民惟邦本，本固邦宁。"③ 其意思是民众是国家的根本，

---

① 王禹偁：《小畜集》，四部丛刊本，商务印书馆1937年版，第133页。
② 同上。
③ 孔颖达：《中国古籍全录》，《尚书正义·卷七》。

附录五　王禹偁政论文研究

应该时时刻刻把民众放在首位，以民为本。出于宋朝积贫积弱的社会状况，当时的文人士大夫们在学术上和政治上都有强烈的使命感。而王禹偁在他的政论文中也充分论证了这种"民本"思想，他作为创作的主体，将作为一代文官的责任心和使命感都在他的文章中体现了出来，处处透露着为民着想、以民为本的"民本"思想。

王禹偁是一位关心民瘼、敢说敢为的好官，他发自内心地对人民的关注和处处为民着想的情感和思绪在他的政论文中是十分强烈而普遍的，具体表现在：

第一，对人民的地位和作用的正确认识。

封建社会的一大弊端就是往往将人民摆到很低的地位，虽然比起奴隶社会有了很大的提升，但是统治者还是往往视人民如草芥。人民如水，水能载舟亦能覆舟，唐太宗便能意识到这个问题的独特性，而宋朝时王禹偁也有着同样的认识。最能表现王禹偁态度的就是《君者以百姓为天》一文。从题目我们就可以看出王禹偁的态度，为君者应当以百姓为自己的天而不是因为自己拥有至高无上的权力而视百姓如草芥。文章一开篇便说：

> 勿谓乎天之在上，能覆于人；勿谓乎人之在下，不覆于君。政或施焉，乃咈违于民意，民斯判矣，同谪见于天文。①

在这句话中，王禹偁将人民和君主的关系一针见血地揭露了出来，虽然提出这种思想的王禹偁并不是第一个，但是在当时的社会十分可贵。宋代社会"君者，天也"诸如此类的教条主义严重束缚着人们的思想，他能够在这样的环境中有这样清醒的认识是十分难

---

① 王禹偁：《小畜集》，四部丛刊本，商务印书馆 1937 年版，第 11 页。

能可贵的。

在《天道如张弓赋》中，还以天道、张弓的形象说明了人民在社会发展过程中的作用，指出统治者不仅要重视人民的地位，更要用具体行动来实现。

第二，对人民灾难和处境的理解和真切的关怀。

王禹偁出身寒门，家道并不富裕，十八年的为官生涯中，"八年三黜"的经验让他充分接触人民，被贬谪的期间也着实过了一段清苦的日子，家徒四壁，更让他能够充分体会到人们的灾难和处境，并对他们有着充分的理解和真切的关怀。第一次贬谪商州，他就充分见识和经历到了人民的苦难。

北宋一定时期内扩大科举取士的范围导致了科举进士的人数激增，而军队实行招募制，一旦碰上天灾人祸，流民都难免被招募到军队中去，军队士兵的数量也随之增加。在这样的情况下，朝廷的财政支出便需要增加，财政的增加便无法避免地要通过增加赋税来填补，于是所有的负担便又落到了最底层的人民的身上，给人民造成越来越沉重的负担。王禹偁在他的《吊税人场文》中就直接而尖锐地揭露了这种因沉重的赋税给人民造成沉重负担的危害。

《吊税人场文》将税人与虎作比，开头便用过半的篇幅来描绘虎的残暴特性和人们闻虎色变的心情，接着将官员的横征赋税的劣迹与凶残的老虎作对比联系起来：

虎之搏人也，止于充肠；官之税人也，几于败俗。[1]

上述文字一针见血地指出，虎搏人只是为了充饥肠；而官场中

---

[1] 王禹偁：《小畜集》，四部丛刊本，商务印书馆1937年版，第9页。

的税人，却是压榨百姓，几近败俗。柳宗元的《捕蛇者说》在这之前已经对这样的官员横征赋税的现象有了深刻的揭露，而王禹偁在《吊税人场文》中将征税人与虎作比，把人们对虎的惧怕之心与对征税的痛恨相联系，更是表现了其认识的深刻和对人民灾难的认同和关切之情。

三　王禹偁政论文的特点

1. 修辞手法运用灵活

王禹偁的政论文运用了大量的修辞手法对其观点主张进行润色，使得文章形象生动，简单易懂，也使得文章所述政治观点更为突出。

对比的修辞手法是王禹偁的政论文中运用得最多的，王禹偁在他的政论文中用了大量的对比结构，其中包含着各种各样的对比关系。例如《御戎十策》和《应诏言事疏》中都是通过回复历史、对比历史从而论证了自己关于治国之道和用兵之策的观点和看法。《端拱箴》则是通过将皇帝的奢靡生活和百姓的贫穷困苦的处境作对比，表达了他对当时政治的不满和强烈要求统治者以德治国的诉求。《用刑论》中也运用了对比的手法，将古今的刑罚方式作了详细的比较，批判了当时社会的刑罚过于严苛和残暴。《待漏院记》通过对不同类型的宰相的对比描写，一种是亲政爱民的宰相，另一种则是奸佞忘形、以权谋私的宰相。一好一坏，对比明显而强烈，具有很强烈的讽刺意味。《吊税人场文》则是将横征赋税的官员与老虎作比，表明了对民众深切的关怀之心和对黑暗的社会现象的深恶痛绝之情。

王禹偁在他的政论文中运用了大量的对比手法，用大量的对比结构和对比关系论证了他的治国之道和政治思想。突出了他所要论证的观点，让文章具有思想性和深度。在不同事物或同类事物的对比关系中，读者可以更清晰地分辨事物的优劣好坏，更容易分辨是非，也更能跟作者产生共鸣，作者的建议和政策更容易被采纳，从而更有利于社会的发展。

除了对比，另一个常用的是比喻。比喻的手法能把抽象的事物变得具体易懂，也能增加形象性和生动性。《天道如张弓赋》正是运用了比喻的修辞手法，建议君王要体恤臣民，敬民爱民。文中写道：

上天如之何？匪谦莫益；张弓如之何？匪高莫抑。瞻倚杵之为状，考弯弧而取则。所以老氏赜之立玄言，王者法之而建皇极。①

而作者心中适当的君民关系则应当是：

人君者，大海也；诸侯者，江湖川泽也；兆民者，百穀草木也。人君善下则诸侯归之，国君利下则兆民戴之。苟有所纳而无所出，知其积而不知其施，则诸侯叛，兆民乱矣，又能为长久乎？②

"弓"和"海"是随处可见的并为人民所熟悉的东西，用这样熟悉的意象来比喻君民关系，将复杂的理论简单化形象化，将复杂的事物变得更加具体，让人更容易接受，从而增强人们对文章的理解能力。《吊税人场文》一文也是这种修辞手法运用的具体体现，文中把老虎吃人的现象比喻成为官征税的人，将官府征税的人的丑陋面目和人民群众对其憎恶的心态描写得淋漓尽致，也把作者的心情

---

① 王禹偁：《小畜集》，四部丛刊本，商务印书馆1937年版，第22页。
② 同上。

附录五 王禹偁政论文研究

表现得更加形象。

在王禹偁的政论文中也时有用到夸张的手法，夸张手法的运用有助于以小见大，从而凸显问题的关键。夸张手法在《唐河店妪传》一文中有明显的体现。该文用夸张的手法描写一个边疆老妪保卫国家、保卫边疆的机智勇敢的行为。区区老妪，却在面对戎狄来袭时从容镇定，斗智斗勇，由此以小见大，歌颂和赞美了整个边疆人民上下一心保家卫国的决心和品行。"一妪之勇，总录边事，贻于有位者云"[1] 道出了王禹偁对当时文武大臣在对抗外敌的态度上的批判态度，谴责了由于指挥不当对边疆和国家造成的损失的行为。讽喻了不正当的治国行为，也体现了王禹偁的以德治国的政治思想。

王禹偁在政论文中运用了大量的修辞手法使得其文章更加形象易懂，化抽象为具体，化复杂为简易，也使得统治者更加容易接受和采纳。

2. 平易晓畅的语言特点

宋代继承了晚唐五代以来颓靡的文风，而王禹偁就是大力推行文风改革的一员，是宋初散文革新运动的先驱性人物。王禹偁在散文创作实践方面深刻践行了自己倡导改革的思想，这种主张在他的政论文中也广为体现。

王禹偁倡导平易文风，主张文章不应用奢华的辞藻来堆砌，更应注重文章的内涵和实质。语言应当能够随着时代的发展而变化才能够源远流长，并且应该首先适应大众的阅读水平。王禹偁的政论文多在平淡的语言中表达自己的观点和思想内涵。但是应该注意的是，王禹偁倡导平易并不代表不注重语言和辞藻，滥写滥用词句同样不能算是好文章，应当追求平淡而精准，简洁而中的，应当摒弃

---

[1] 王禹偁：《小畜集》，四部丛刊本，商务印书馆1937年版，第21页。

的是过分的形式主义。王禹偁对社会问题见解独到，并提出切实可行的对策以供统治者参考，从而实现自己的政治抱负，展现自己作为宋朝一名士大夫的强烈的使命感。他在《端拱箴》一文中写道：

> 无侈乘舆，无奢宫宇，当念贫民，室无环堵。无崇台榭，无广陂池，当念流民，地无立锥。①

语言犀利直接，平易晓畅，没有奢华的辞藻，简洁明了地予以议论，表明了自己对于皇帝奢靡生活的不满和对人民群众贫苦生活的同情。在《朋党论》《既往不咎论》《用刑论》等文章中也延续了同样的风格，立意独特，语言平淡而犀利，不用过多华丽的辞藻堆砌却字句铿锵有力。由此我们可以看出，王禹偁政论文的语言平易晓畅，也符合他本人的改革方向和要求。从后世的散文发展趋势来看，沿着王禹偁作品所流露出的深刻的政治思想和语言风格在向前发展着。

四　王禹偁政论文的影响

王禹偁作为士大夫阶层的代表，满怀爱国救民之心，为了维护国家政权的稳定，促进宋朝社会的有序发展，他的政论文切中时弊，对社会危机和一系列社会问题进行了分析，提出的解决途径和措施有着先进的一面，立足于社会时间，通过其为官经历政论文而深化形成其体系性的政治思想，为北宋中后期的改革运动奠定了扎实的基础。

1. 对宋代文坛的影响

王禹偁是宋初散文改革派的代表性人物，倡导平易晓畅的散文

---

① 王禹偁：《小畜集》，四部丛刊本，商务印书馆1937年版，第138页。

附录五　王禹偁政论文研究

风格。他师从韩愈，却避开了其中古怪之处，呈现出简约朴素的风格特点。王禹偁的政论文也包含着这样的特点，具有很大的包容性和辩证性，具有宋代文学思辨性的特点，这些都对宋朝中后期乃至后世的文学发展产生了一定的影响。

宋朝的政论文发展空前迅速并涌现了一大批优秀的文章，王禹偁正是宋初政论散文创作的代表性人物。宋朝国力衰微、积贫积弱，内忧外患不断，在这样的社会环境下，王禹偁的政论文创作关心国计民生，体现了忧国忧民的大丈夫气概。正是由于王禹偁积极改革文风，并将自己的观念都渗透其政论文创作中，王禹偁的政论文才会整体呈现出其革弊复古的思想内涵，推动了后代的文学艺术的改革和发展，也对后世欧阳修等人的改革提供了理论基础。同处宋朝名扬千古的欧阳修、苏轼等人都对王禹偁赞赏有加，并对其表示深切的怀念和敬佩之心，同时他们也深受王禹偁的影响，在后代的文学艺术的改革发展中继承并辩证地发展了王禹偁的思想，并在他的基础之上推动了宋代文坛的健康发展。

2. 对宋代政坛的影响

王禹偁的政治思想，特别是改革思想较同时期的文人士大夫所提出的改革具有其先进性，他的改革主张和措施是围绕着解决社会的危机的主要矛盾而展开的，形成了完整的理论体系并且更为深刻。从王禹偁在端拱元年上《端拱箴》到至道三年上《应诏言事疏》，这期间北宋文臣士大夫们都纷纷向皇帝进言，这其中不乏改革之声，都围绕着治理内政提出了建议。但是很多士大夫进言是为了个人仕途，并非真正从国计民生出发，不是怀着深切的忧国忧民的心态来进言的，因而没有提出具有实际意义的解决措施。王禹偁也在此期间提出过许多可行而具有针对性的文章，《端拱箴》《御戎十策》《应诏言事疏》等都是其突出的代表，与许多其他的文人士大夫所不同的是，王禹偁真正从人民的角度出发，能够找出引起社会问题的根本原因并据此提出全面而系统的改革方针和对策，因此而具有先进性，才能对社会的发展起积极的作用。

端拱二年时，宋太宗为求保卫边疆抵御戎狄而要求大臣们积极进言，其他大臣在进言中将重点放在抵御外侵中，虽然也说到要统治者重视内政，但较王禹偁的观点来说就显得较为片面了，前文已经说到王禹偁的《御戎十策》核心是"外任其人，内修其德"，并且分为十个方面论述了自己的主张，因此告诫了统治者要对国内出现的社会危机引起相当的重视；而他也能清晰地认识到军事制度的缺陷、官僚机构设置的不合理、科举取士的弊端、大兴佛事等都是造成国家"冗兵""冗官"的根本原因，所以有针对性地提出加强地方军备、省兵革吏、艰难选举等改革措施。王禹偁成体系而又全面的政治思想正是在其《御戎十策》《端拱箴》《三谏书序》《用刑论》《朋党论》《君者以百姓为天》等一系列政论文中体现出来。

王禹偁的政论文是其政治思想的具体体现，蕴含了系统而具有针对性的思想体系，对宋初社会的发展和改革措施的推行具有重大的意义。王禹偁为官十八年的生涯中，留下许多优秀的政论文，正是这些政论文，对宋朝社会的发展和变革贡献了他作为一代文人士大夫的智慧和情怀，推动宋朝向前发展，为宋朝政坛增添了不少的光彩。

结　语

王禹偁有着文学家和政治家的胸怀和忧患意识，积极为国献策、推动宋朝社会改革，王禹偁的政论文处处体现儒家的"民本"思想，心怀天下，关心人民，忧国忧民的情怀让人敬佩。

王禹偁的政论文也具有较高的思想价值，首先，其政治对策和

附录五 王禹偁政论文研究

思想切合实际，切中时弊，不论是在中央为官，还是被贬地方的时间里都时刻关心国家的军政大事，并且能够把握住社会的主要矛盾，发现社会问题并追究其根源，通过文章向统治者传达自己的意见和建议，贡献自己的力量。而宋朝发展的历史和实践证明了王禹偁的政论文确实具有很大的政治意义，对北宋中后期的改革有不可忽视的借鉴意义。其次，王禹偁的政论文中所蕴含的政治思想并不是一成不变的，是在不断深化和变革的。最后，王禹偁的政论文还是具有针对性，立意准确而具有深意，不会泛泛而谈，也不会恶意诋毁中伤，具有思辨性的特征。

值得我们注意的是，王禹偁虽然提出了一系列系统的改革方案，却并没有得到施行。王禹偁的政论文虽然具有其先进性，但是也有局限性，对少数民族带有歧视的眼光是不对的，因而我们应该辩证地看待王禹偁的政论文，对其正确的思想给以肯定，也不能一味赞扬肯定，忽视其缺陷所在。客观地评价其政论文的价值，才更有利于对北宋初期历史的把握。

后 记

还记得2010年春季硕士复试结束的时候，恩师岳珍老师曾言之谆谆地提醒我读博的艰难性，可能是借硕士答辩完之余风，那时还有点头脑发热的我不假思索地说别人能的我一定能。但现实是最有说服力的，其后果如恩师所言，攻读博士对年龄偏大的我来说的确是一件很苦的差事。且不说理论知识的匮乏，更不必说学术素养的欠缺，单就时间、心思和精力来说，我就远不及身边的那一帮博士同学。他们要么年轻、头脑灵活思维敏捷，要么久处高校、对如何做学术早就耳熟能详，而我却什么都没有，只有愚性迟钝、笨鸟先飞。

在读博的三年里，尽管我早早确定了论文题目，也早早着手撰写，但终因资质太差而步履蹒跚，若不是恩师一再鼓励、指导和鞭策，恐怕我不知何时才能毕业；三年里，不知道熬过了多少日日夜夜，也不知道来来回回跑了多少趟图书馆、数据室，更不知道裁裁剪剪了多少文字，只知道自己若不是付出比别人更多的努力就无法走得更远，还知道自己若不能顺利及时地完成论文就会辜负恩师一直以来对我无微不至的关心和爱护，更对不起恩师对我一如既往的耳提面命和谆谆教导。

在老师的指导下，经过反复修改，论文在2013年5月顺利通过

后 记

答辩,然后就是来贵州财经大学参加工作至今。六年的时间里一直想对论文进行整理修改,但无奈冗务在身,每每提笔就放下,深感愧疚。今年夏天终于摆脱了众多冗务,孩子也如期考入大学,在出版社的催促和鼓励之下,才得以腾出时间对论文加以整理出版。在此感谢一直默默支持我的家人,对其他关心我的师长、同事和亲朋好友,一并表示感谢。

陈为兵

2019 年 8 月